TSUNAMI　津波

高嶋哲夫

集英社文庫

目次

TSUNAMI

津　　波

本書はフィクションです。最新の研究をもとにしておりますが、震災の設定はあくまでも著者によってシミュレーションされたものです。また、実在する施設等が登場しますが、物語の構成上、実在のものとは異なる描き方がされている場合があります。

第一章　空は青く、海は輝くとも

10：00 Mon.

強い日差しが照りつけている。

黒田慎介《くろだしんすけ》は目を細めた。

陽炎《かげろう》のように空気が揺らいでいる。

白く続く砂浜。焼けた砂浜には色とりどりのパラソルが並び、人で溢《あふ》れている。浜に沿った歩道に面して隙間《すきま》なく海の家が建てられ、売店が並んでいる。

そして、その東方に巨大なコンクリート製の建物群が見える。東海電力、大浜《おおはま》原子力発電所だ。

八月上旬、月曜日。

陽《ひ》の光を浴びたサーファーたちが海上を風のように走っていく。

黒田の頭の中は薄いもやがかかったようにぼやけていく。しかし、そのもやの中に一人たたずむ黒っぽい姿が海を見つめている。その黒い影が突然、振り向く。それは――。息が詰まる。血液が逆流し、心臓が飛び出しそうに波打つ。いつものパターンだ。夢だと分かっているが目覚めることができない。

冷やりとした感触で我に返った。

「夢、見てたでしょ。それも、普通じゃない夢」

美智《みち》が黒田の胸に濡《ぬ》れた手を置いて顔を覗《のぞ》き込んでいる。

「どうして――」

「泣きそうな顔してた」

黒田は答えず視線を外《はず》した。

「シンスケ、昔はサーフィンやってたんでしょ」

美智が黒田の視線を追って、身体《からだ》の位置を変えた。肩の少し下まである薄茶がかった髪から、しずくが垂れている。髪は染めているのではなく、潮風と太陽の光で褪色《たいしょく》しているのだ。

美智の身体からは陽の匂《にお》いがすると思う。どこか幼いころを思い出させる懐かしい匂いだ。小麦色に焼けた肌は水を弾いてつややかに光っている。

「昨日、シンスケの家に寄ったらお父さんが物置の整理をしてたの。手伝わされたんだから。奥にサーフボードがあった」

「俺《おれ》は知らないよ。それに、ミチが来たって話も聞いてない」

「写真もあったんだから。サーフボードの横に立ってるの。長髪で、痩《や》せてがりがり。生意気そうな顔は今と同じ。特にそのドングリ眼《まなこ》。あれ、高校生くらいのときじゃないの。場所は――たぶん、湘南《しょうなん》」

美智が身体を寄せてきた。ほてった肌に美智の冷えた肌が心地よかった。

「横にカッコいい男が立ってたよ。背が高くって逞《たくま》しいの」

黒田は身体を回して美智に背中を向けた。砂に刺したサーフボードに描かれたパンダが黒田を見つめている。

「ねえ、あの人だれなのよ。かなりイケてる感じだった。私のタイプ」

黒田は目を閉じた。閉じた目蓋《まぶた》の裏にまで、陽の光は入り込んでくる。

背中に柔らかい美智の身体を感じる。

静岡県、大浜海岸。晴れた日には原発の先に御前崎《おまえざき》が見える。

海岸の西側に鉄パイプで城のような箱型が建設中だ。でき上がると両側の塔の高さは二〇メートルにもなり、左右一〇台ずつのスピーカーが取り付けられる。中央部にセットされるのは巨大スクリーンだ。野外コンサートのステージが組み立てられている。その周《まわ》りには、無数のテントと半裸の若者たち。

今週土曜日、この海岸でパシフィック・フェスティバル・ジャパンが開かれる。世界中のサーファーが集まるサーフィンの国際大会だ。その前夜祭として、金曜日の午後このステージでロックコンサートが開催される。この夏、日本でいちばんホットな若者のフェスティバルだ。一週間も前から、テントを張って泊り込んでいる者も多い。美智は運営委員の一人だ。そして参加サーファーの一人でもある。

〈——自然を破壊し、人々の心に、不安と——危険な原発を廃止し——我々は子供たちが安全に暮らすことができる——全力を尽くして、断固——運転再開を阻止していくところこそ——。我々の使命は——断固、阻止するために——〉

風に乗って拡声器の声が聞こえてくる。ここから二キロばかり東の大浜原発近くで開かれている原発反対集会だ。

黒田は薄く目を開け、太陽の位置を見て飛び起きた。太陽は水平線と頭上の真ん中近くにまで上がっている。

「まずい、もう一〇時すぎだ。俺の発表は午後四時からだ」

知らない間に二時間近く寝たことになる。

「まだ六時間もあるじゃない」

「これから家に戻って、車を置いて名古屋まで行くんだ。遅れたら一年間の努力が無駄になる。それに——」

上司に無理を言って、許可してもらった発表だ。

黒田は立ち上がり、短パンについた砂を払った。

黒田慎介、二六歳。肩書きは大浜市役所防災課職員。昨年一月、名阪大学大学院博士課程を中退し、地元の市役所に就職した。太平洋沿岸地域の市町村防災課の職員に呼びかけて、独自の地震、津波ハザードマップを作っている。

昨日から名古屋の名古屋国際ホールで、国際地震学会が開かれていた。

黒田はそこの防災分科会で、昨年から取り組んでいる『市民参加の防災と意識向上――大阪の沿岸地域連携の津波ハザードマップ――』の発表をする。本来なら午後一番から出席していなければならないが、美智を送ってきたついでに海を見ていたら眠ってしまったのだ。

デイパックに手を伸ばした黒田の動きが止まった。

砂浜からわずかな揺れが伝わってくる。

「地震だ」

「嘘《うそ》でしょう」

美智が周りを見回しながら言った。

海岸を埋め尽くしている海水浴客には、なんの変化も見られない。子供たちは大声を上げながら、海に向かって走っていく。それを目で追っている母親たちも、立ち上がろうとはしない。アベックは相変わらず肩を寄せ合ったままだ。

「震度2。ここは建物がないから、さほど感じないだけだ」

屋内にいる人の多くが揺れを感じる。眠っている人の一部が、目を覚ます。電灯などの吊り下げ物が、わずかに揺れる。これが、気象庁震度階級2のレベルだ。

黒田は腰に巻いたヨットパーカのポケットから、携帯電話を出してボタンを押す。

気象庁の情報が流れてくる。

「震源は伊豆半島沖二〇キロ、震源の深さは一〇キロ。規模はマグニチュード6。大浜市の震度は3。名古屋は震度2」

黒田は携帯電話を切ってポケットに戻した。

「津波は？」

「津波警報が出ているが、大したことはないと思う」

「東海地震のときはちゃんと分かるんでしょ。シンスケ、言ってたわよね」

東海地震は唯一、予知が可能だと言われている地震だ。しかし、本当のところどうなんだろうと思う。

「大学でもっと地震の勉強、続けていればよかったのに」

「今の仕事だって無関係じゃない」

黒田が地元に戻ってきたとき、ちょうど市役所の防災課で募集があった。その年に初めてできた課で、専従職員は黒田と事務の女性。課長は総務課の課長が兼務している。東海地震が迫っていると騒がれる中、市民からの強い要望で作られたのだ。

　黒田は大浜原発のほうを見た。拡声器の低い声は続いている。数分前より大きくなっているのは気のせいか。

「昨日からやってるの。原発反対の人たちの集会よ。止まってた原発が、今日から動き始めるの」

「何人くらいいるんだ」

「昨日は二〇〇人くらいだって。今日はもっと増えるわね。午後には一〇〇〇人を超すだろうって。夏休みだから多いのよ」

「いつまでやるつもりだ」

「私は来週までやるって聞いたけど」

「じゃあ、パシフィック・フェスティバル・ジャパンと重なるんじゃないか」

「そうなのよ。わざとぶつけたって噂《うわさ》もあるみたい。なんせ、すごい人が集まるでしょ。いい宣伝にはなるわよ。でも、冗談じゃないわよ、いくら夏休みだからって。こっちは一年も前から準備を進めてきたのに。向こうは、先月決めたって言うじゃない」

「大群衆の前で反対を訴えたいんだ。でも、混乱するだろうな」

「だから困ってるの。こっちは前夜祭にコンサートがあるから凄《すご》いわよ。運営委員会じや、一〇万人を予定してるんだって」

「この辺りの海岸は人だらけになる」

「警察はかなり神経質になっている。警備について聞きに来てた」

夏休みに入ってから、平日でも数万の海水浴客が押し寄せ、土日には五万人を超えることもある。確かにフェスティバル当日は一〇万も夢じゃない。

黒田は立ち上がって、ヨットパーカを着た。

「これから名古屋に行くんでしょ。今度連れてってよ」

「オーシャン・ビューか」

オーシャン・ビューは名古屋市の南、常滑《とこなめ》市に建設されている超高層ビルだ。ショッピングモールが入った巨大商業施設で、尾張《おわり》の六本木ヒルズと騒がれている。オープンは来週だが、金曜日にオープニングセレモニーがある。

「あんなの興味ない。セントレアに行きたいわ」

セントレアは中部国際空港の愛称で、今ではすっかり定着している。

「名古屋の近くだぜ。あの辺りは嫌いじゃなかったのか」

「そうよ。でも、飛行場って好き。なんとなくゆったりするの。世界につながってるって気がするからかな」

玉城《たまき》美智は関東出身だ。訛《なま》りがないから本当だろう。その前に少しだけ名古屋に住んでいたことがあると、知り合って三ヵ月目に酔っ払ったとき語った。翌日、名古屋について聞くと、露骨に嫌な顔をされた。家族のことも一度も話したことがない。その他には、サーフボードの店でアルバイトをしている一九歳ということしか知らない。

　半年前の早朝、黒田が浜の様子を見ての帰りだった。小雨の中をサーフボードを担いで、国道を歩いている女の子を見つけた。何もない一本道で、ぐっしょりと濡れている。見かねて車を停《と》めて声をかけた。一月にサーフボードも不思議だったし、そのパンダの絵が描いてあるボードには見覚えがあった。黒田の友人が捨てたものだ。車を停めて聞くと、拾ったボードを持ってアパートに帰る途中だと答えた。

　アパートの場所を聞くと、一〇キロ近くある。その道を五キロ以上あるボードを担いで歩くつもりだったのだ。なんとか四輪駆動車の屋根に縛りつけてアパートまで運んだ。

「お土産にういろう買ってきてよ。あれ、あっためてハチミツ付けて食べると最高なんだ。名古屋は嫌いだけど、あれは大好き」

「今日、帰りはどうする。俺は迎えに来れないよ」

「頼める人はいくらでもいる」

　美智が目で砂浜を指した。数人の真っ黒に陽焼けした若者が、サーフボードを担いで歩いている。美智がアルバイトをしている店のなじみ客だ。

　黒田と美智は海岸を歩いた。

外れに人だかりができている。強い腐臭が風に乗って流れてくる。清掃員が三人、黒いビニール袋に死んだ魚を詰めている。

「昨日の朝も打ち上げられてたのよ。数百匹はいたらしいわ」

「聞いてないな」

普通なら市役所にうるさいくらい電話があるはずだ。

「お役所には届けてないんじゃないの。この時期に保健所が来たりしたら困るもの。掃除しているおじさんも民間の清掃業者でしょ」

この時期におかしな噂でも立つと、ここらの海の家や食堂は大打撃だ。

近づいてみると、膨らんだ黒いビニール袋が五袋並んでいる。清掃員が二〇センチほどのタイを袋に入れた。

「行きましょ。時間がないんでしょ」

清掃員に何か言おうとした黒田の腕を美智が引いた。

「保健所に届けるべきだ」

「昨日はタイが豊漁だったよ。釣り船を出した友達が二〇匹も釣って来て、お刺身パーティーやったんだって。事務所にも差し入れがあったのよ」

黒田は立ち止まり、海に視線を向けた。いつもと同じ、青い空、輝く海、夏の海と浜辺だ。

「どうかしたの」

「なんでもない」

再び歩き始めた。しかし、黒田の脳裏に何か割り切れないものが残った。

黒田は海岸の入り口に停めてある車のところにいった。この四輪駆動車には、美智のサーフボードを運ぶために屋根にキャリアをつけた。

黒田がシートベルトを締めたとき、美智が側に寄ってきた。

「気をつけなよ。昨日、寝てないんでしょ」

「大丈夫。ここでたっぷり寝た」

「最近、疲れた顔してる。無理は禁物。もう若くないんだから」

黒田はエンジンをかけた。確かにもう若くはない。二〇代半ばをすぎた。昨夜は完全に徹夜だった。発表に使う図表と写真の準備に、思ったより時間がかかったのだ。

黒田は家に戻った。

父は内科と小児科の個人医院『黒田医院』をやっている。一〇歳違いの兄があとを継ぐために医者になったが、黒田が大学二年のとき事故で死んだ。

着替えてオートバイに乗った。市役所の作業服にフルフェイスのヘルメット。暴走族上がりかと、真剣な顔で上司に聞かれたことがある。

東名高速道路を名古屋に向かって走った。

左手には太平洋が続き、夏の陽を浴びて、水平線の彼方《かなた》までさざめくように輝いている。

ふと、海岸で感じた地震の揺れの感触が蘇《よみがえ》った。町中で体感するものより静かで、原始的なものだった。地球の息吹というべきものを感じる。

ここ数日の間に有感地震は数十回あったが、気象庁は目立った動きは見せていない。東海地震は唯一、予知可能な地震だとしているため、従来ならば直ちに記者会見が開かれてコメントが述べられる。しかし、今回はその発表が遅れがちだ。それだけに不気味だった。

東海地震の今後三〇年間の発生確率は八六パーセント。この値は決して低い値とは言えない。だがやはり、遠い遥《はる》か未来の実感の伴わない数値に思えてしまう。とはいえ、現在も、さほど遠くない太平洋の海底では巨大なプレートと呼ばれる岩盤が歪《ひずみ》エネルギーを蓄えながら、地球内部にゆっくりと潜り込んでいるのだ。そしてその巨大プレートが、歪に耐えかねて跳ね上がるときは必ず来る。それが海溝型地震だ。

海底でプレートが跳ね上がる海溝型地震は津波を引き起こし、日本列島の太平洋岸には巨大な波が押し寄せる。

二〇〇四年の暮れ、二二万人を超える死者、行方不明者を出したスマトラ沖地震は、ユーラシアプレートの下に潜り込んでいるインド・オーストラリアプレートが跳ね上がって起きた、マグニチュード9・3の海溝型巨大地震だ。メカニズムは東海地震、東南海地震、南海地震と同じだ。違うのは日本の三つの地震が同時発生しても、プレート境界の断層の長さはせいぜい六〇〇キロであるのに対して、南北一〇〇〇キロにもおよぶ断層が動いた点である。この長大な直線状の断層の跳ね上がりで、巨大な津波が生じた。

日本列島付近には大陸から続くユーラシアプレート、北からの北アメリカプレート、そして太平洋プレート、フィリピン海プレートの四枚のプレートが複雑にぶつかり合っている。プレートが衝突する境界には、トラフと呼ばれるくぼみができている。東の駿《する》河湾《がわん》内から遠州灘《えんしゅうなだ》沖までが駿河トラフ、それより西側が南海トラフだ。

東海地震、東南海地震、南海地震は、ユーラシアプレートとフィリピン海プレートが押し合っているこの二つのトラフで起こる地震である。

駿河トラフで起こる地震が東海地震。南海トラフで起こる地震で、浜名湖《はまなこ》沖から紀伊《きい》半島潮岬《しおのみさき》沖までを震源とする地震が東南海地震、潮岬沖から四国の足摺岬《あしずりみさき》沖までを震源とする地震が南海地震だ。いずれの地域も、フィリピン海プレートがユーラシアプレートを押し曲げながらその下に潜り込んでいく。そして、曲がっていくユーラシアプレートには徐々に歪エネルギーがたまっていき、限界に達したとき跳ね上がり、巨大地震が発生する。

胸ポケットで携帯電話が鳴った。

待機場所に入り、バイクを停めて携帯電話を出した。ディスプレーにはパンダのマンガ。美智からのメールだ。

〈やっぱり、今度の大会で一〇位以内に入れたらプロのサーファーになる。たぶん、ハワイに行くことになると思う。シンスケの果たせなかった夢だ〉

昨日から何か言いたそうにしていたのは、このことだったのか。黒田は時々、美智が何を考えているのか分からなくなる。もっとも、知り合ってから七ヵ月目に入ったところだが。

〈俺の夢は――〉

次のボタンを押しかけたが、そのまま携帯電話を胸ポケットに戻した。

ヘルメットを被《かぶ》りなおし、アクセルを噴かす。

七五〇ccのエンジンは軽快な音を立てて、車線に入っていく。

「別にサーファーになりたかったわけじゃないよ」

黒田は低い声で呟《つぶや》き、さらにアクセルを煽《あお》った。

黒田は深く息を吸い込んで話し始めた。

「津波は海抜の低い地域を飲み込みながら、時速五〇キロ以上のスピードで難波《なんば》や梅田《うめだ》に達します。梅田には『ホワイティうめだ』などの巨大な地下街があり、一日六〇万人の往来があります。ホワイティうめだは出入り口だけでも八八ヵ所あり、ここが一ヵ所でも開いていれば——、また仕切り板より波の高さが高い場合には、膨大な量の海水が流れ込んできます。防潮堤が破壊されたり、扉が閉まらなかった場合、津波は二メートルの高さで市街地に侵入します。これは、複数の研究機関が行ったシミュレーション結果でも明らかです。ちなみに、数年前まで、ホワイティうめだの出入り口に設置する防水板の重さは二〇キロで、地下から四人がかりで運んでいました。新しい防水板が設置され、一人で五分で設置できるようになりましたが、梅田周辺の海抜は一メートルなので、二メートルの津波には防水板では対応できないということになります。さらに、大阪市大正区は海抜ゼロメートル地帯です」

聴衆の中から、大阪には住めないな、という低い声が聞こえた。

名古屋国際ホール、「国際地震学会」、防災分科会「津波防護システム」の会場だった。講演のタイトルは『市民参加の防災と意識向上——大阪の沿岸地域連携の津波ハザードマップ——』。

こういう学会での発表は四度目だった。前回までは学生としての発表だったが、すべて鮮明に覚えている。比較的冷静だったのだ。しかしなぜか、今回はかなり緊張している。

スーツ、せめてネクタイをしてくるべきだったかと思ったが、これは大したことではない。黒田は、大浜市役所のネーム入りの半そでの作業服姿で演壇に立っていた。ネームバッジを付けたままだと気づいたのは、発表前に名前を呼ばれてからだ。

始まって五分ばかりすぎたとき、ドアが開き男がそっと入ってきた。外の光が一瞬、男の顔を浮かび上がらせた。黒田は緊張した。もう一度見直そうとしたがドアは閉まり、黒い影になった男の顔は判別できない。まさか――今ごろは控え室にいるはずだ。

男は最後列の席に身体をすべり込ませた。

薄暗い部屋の正面スクリーンには、大阪湾の航空写真が映っている。

スクリーンの画像が変わり、巨大な水門が映し出される。

「大阪の場合、淀《よど》川、大和《やまと》川、石津《いしづ》川などの主な川には頑丈な水門を設け、防潮堤にも浸水を防ぐ扉が付けられています。しかし、不安材料は多くあります」

自分でも緊張しているのが分かる。社会人になって初めての発表だからか、男が来たからなのか。

再度、男の顔を探した。しかし薄暗い室内では、もはや特定することはできなかった。

「まず、防潮扉が閉まらないという、初歩的なトラブルが考えられます。いちばん小さな扉でも、完全に閉めるのに四人がかりで五分以上必要です。そのうえ、閉めなければならない数は約九〇〇あります。津波がくるまでの約五〇分以内にすべて閉め切ることは不可能と考えられています。次に、防潮堤以上の高さの津波がくる可能性もあります。

津波はご存知のように普通の高波と違って海水の巨大な塊の移動なので、さえぎるものがあればその場所で蓄積され、高さを増します。つまり防潮堤に当たって高さを増し、そのまま市内に流れ込んでくる恐れがあります」

もう少しゆっくり話さなければ。いつもより早口で高い声だ。落ち着け、黒田は自分に言い聞かせた。

「個人的には次のトラブルが最も心配です」

黒田は聴衆に向き直った。

聴衆といっても、いちばん小さい部屋で、四〇人も入ればいっぱいになる。今日はその三分の二ほどが埋まっている。発表が始まる前に受付で聞いたが、防災分科会は軒並み、去年の二倍に近い数の人が聞きに来ているという。黒田はほっとした。無名の発表者で、このような地味な研究にはほとんど人は集まらないのではと心配していたのだ。

「津波の前には震度5強の揺れが起こり、この揺れで堤防や水門が壊れる可能性は十分にあります。事実、阪神・淡路《あわじ》大震災では堤防の多くが地震の揺れや液状化現象で壊れました。その場合、人の力で何トン、何十トンもある防潮堤を閉じることは困難で、様々な事態も想定した、十分ゆとりをもった設計が必要です。さらに、船が防潮堤や水門にぶつかり、破壊される危険も考慮しなければなりません」

話しながらさりげなく部屋中に目を配った。大学や研究所の研究員というよりは、企業の人間が多い。中にはカメラを構えてスクリーンを写している者もいる。防災が商売になる、と考え始めた企業が増えているのだ。それはそれでいいことだ。

「大阪港には、常時一〇〇隻以上の船が停泊しています。津波は台風の大波と違って巨大な海水の移動なので、それと一緒に船も流されます。港外に避難できなかった数万トンクラスの船が、時速五〇キロ前後の速さで岸壁や堤防に激突する可能性もゼロだとは言い切れません。破壊された堤防からは、二波、三波の津波が陸地に流れ込んできます。さらに激突した船がタンカーであれば、漏れ出たオイルが港内を汚染すると同時に、町中に流れ込むことになります。さらに引火性の液体を運んでいれば、大規模火災が起こる恐れもありえます」

スクリーンが変わった。

「二〇〇四年の二二万人以上の死者、行方不明者を出したスマトラ沖地震による津波では、海岸線から三キロのところに船長五〇メートルもある船が押し流されています」

延々と続く瓦礫《がれき》の上に一艘《いっそう》の船が乗っている。津波の激しさを示す事例として、よく取り上げられる写真だ。

「さらに、貯木場から流れ出した材木が水門や橋にぶつかり破壊します。これは過去に日本で、多くの地震の後に見られた光景です。スマトラ沖地震でも、一面に材木が散乱している写真を皆さんはたびたびご覧になったと思います」

明かりがついた。

黒田はレーザーポインターのスイッチを切った。

「大阪府はこうした状況を考えて、『津波ステーション』を建設しました。この施設は津波のときの避難指示、水門の遠隔操作による開閉などを行うとともに、過去に起きた津波の被害や避難の重要性を示す展示物などを設置して、一般にも開放しています。さらに、防潮堤の近くや外側にある工場、ヨットハーバーなどにスピーカーで津波の到来を知らせる津波防災情報システム、府職員や警察官に携帯電話の電子メールで非常事態を知らせる災害時警備指揮体制システムも整備しています」

黒田はスクリーンから聴衆のほうに向き直った。時間通りだ。

後列に視線を向けたが男の姿は見えなかった。やはり自分のかん違いか。一〇分後には記念講演が控えているので、今ごろは控え室にいるはずだ。

最後に質問時間が五分取られている。

「あなたの所属は大浜市役所防災課とありますが、最近のお役所は税金を使ってこういう研究もやるんですか」

司会者の指名もなく、突然声が上がった。明らかにマスコミ関係者らしく、慣れた言い方だった。しかも、どことなく挑発的なニュアンスを含んでいる。

「これは研究ではありません。実践です。多くの問題を広く皆さんに知ってもらうことが第一で――」

「市の広報に載せるとか、講習会を開いたほうが、こういう場所で話すよりは効果的でしょう」

「機会あるごとに住民の方たちにも話しています。それに、実際に研究に携わっている皆さんからの意見を聞くことができればいいかなと――」

「悪くはないが、市役所は防災グッズをそろえたり、避難所を確保したりするほうが先じゃないかと思ってね。どう思うね、きみは」

「もちろん、そういうこともやってますが、それだけじゃこれからの防災は――」

黒田は言葉に詰まった。冷や汗が噴き出てくる。今日の発表は上司に頼み込んで、やっと出張扱いにしてもらった。入庁二年目でさほど多くはない年次有給休暇は、全国の資料集めと打ち合わせで、すでに大半を使い切っている。

「時間ですので、これで終わらせていただきます。なお、大会議場で日本防災研究センターの瀬戸口誠治《せとぐちせいじ》先生の講演がありますので、時間のある方はお聴きください」

司会の大学教授が声を上げた。

黒田は救われた思いで演壇を降りた。質問の男はそれ以上何も言わず、同僚らしい男と笑いながら雑談している。

企業の社員が寄って来て、市役所の防災グッズの扱いについて聞いてきた。その後もう一度、質問した男を目で探したが、すでにいない。

黒田は階段を駆け上り、上の階に行った。

大会議場は静まり返っていた。その中で講演者の声だけが響いている。

定員六〇〇人の階段状の大会議場は満員で、通路に立ったり座ったりして聴いている者もいた。

「阪神・淡路大震災――あの地震から日本列島は地震の活動期に入ったと言われています。どうやらこれは事実のようです。そして、新潟、福岡の地震。さらに、東京を襲った南関東地震は平成大震災を引き起こしました。今後、ますます地震は増え、近い将来、日本列島を更なる巨大地震が襲うのは確実です。そのときのために、私たちは万全の体制を整えておかなければなりません」

国際地震学会の記念講演、「地震研究におけるコンピュータ・シミュレーションの役割」が行われていた。講演者は、日本防災研究センター地震研究部部長、瀬戸口誠治博士。

瀬戸口は午後から二時間、「コンピュータ・シミュレーションによる地震予知の手法」の座長を務めていた。この学会の中で最大の分科会である。黒田は出たかったが、市役所の職員として別の防災分科会に出なければならなかった。

平成大震災当時、一介のポストドクターにすぎなかった瀬戸口は、コンピュータ・シミュレーションによって南関東地震を予知した。そのため大幅に被害を軽減することができ、一躍時の人になった。大学三年生だった黒田は躊躇《ちゅうちょ》なくその分野に進んだ。

当時、地震予知の主流は測定値による観測で、コンピュータ・シミュレーションは異端と見られていた。瀬戸口と元神戸大学教授の遠山雄次《とおやまゆうじ》は協力して南関東地下のプレートモデルを作り、世界最速を誇っていたスーパーコンピュータ、『地球シミュレータ』を使ってシミュレーションを行った。

その後、地震研究と防災研究を一体化した日本防災研究センターが静岡県牧之原《まきのはら》に設立され、初代センター長には遠山雄次が就任した。

このセンターは、日本の各省庁に横並びに存在する多数の地震研究機関や施設を一本化しようとして作られた組織である。その後、台風などの自然災害全般を研究するセンターとなったが、遠山、瀬戸口の奮闘もむなしく、気象庁との連携さえも進んでいなかった。既得権益を守ろうとする各省庁、政治家のせめぎあいにあい、今もって乱立している地震研究施設の一つにすぎない。

遠山は今年一月、退職した。センター長の定年は六八歳だが体調を崩したのだ。そして、退職と同時に入院した。瀬戸口は地震研究部の部長となり、地震予知を中心に研究を続けている。

「――自然の根本はきわめてシンプルで、美しいものに違いありません。過去の、さらに現在の多くの学者たちがその本質を求めて悪戦苦闘してまいりましたが、まだ道は遠い。私たちの最も愛すべき母なる大地、地球も同様に謎《なぞ》に包まれた存在です。私たちはガリレオの時代から、その謎を解き明かそうと努力してきました。しかし、それは十分ではありませんでした。だが、最近になって一つの光明が見えてきました。コンピュータ・シミュレーションです。ミクロな領域からマクロな領域まで、この手法はあらゆる分野で強力な力を発揮しています。と言いましても、地震現象のコンピュータ・シミュレーションは様々な要素が複雑に絡み合ったものであり、おまけに何百年、何千年にもわたるエネルギー蓄積を一瞬の事象として処理しなければなりません。とうてい不可能なことです。だが、様々な分野の研究者がその不可能を可能に近づける道具を与えてくれました。新しい数値解析の技法と、スーパーコンピュータの発達です。各種の計測も驚くほど精度を増してきております。幸いにして、我々はその恩恵にあずかることができました。ここに、私たちの仕事に対して有益かつ力強い手段を与えてくれた様々な研究分野の方々に、お礼を申し上げます」

瀬戸口が時計を見た。ちょうど時間だ。この後、一〇分の質疑応答の時間が取られている。

瀬戸口がレーザーポインターのスイッチを切ると同時に明かりがついた。

大会議場に拍手が響き、しばらく鳴り止まなかった。

「それではこれから、質疑応答に移らせていただきます。発言者の方にはマイクを持ってまいりますので、しばらくお待ちください」

司会者の声と同時に一〇以上の手が挙がった。

「地震を含めた自然災害と人間との関係。今後も加速度的に進むであろう自然破壊について、先生はどのように考えておられますか」

瀬戸口に指名された中年の男が聞いた。

「自然に優しくなどと、人間は驕《おご》るべきではないと思います。むしろ、人間に優しくしてくれと自然に頼むべきものなのです。私たちは、四六億年に及ぶ地球の営みの中で生かされてきたのです。もっと謙虚に、すべてのものに対して向き合うべきでしょう」

「今までの実績から、地震予知はやはり今以上に慎重に考えなければならないとの結論を得ました。先生はどうお考えなのでしょうか」

指名なしに声が上がった。黒田の発表にも無遠慮な質問をした髭《ひげ》の男だ。

「慎重とは――どういう意味ですか」

「雲の形、夕焼けの色、ラジオの雑音……。現在の地震予知には、多分に博打的《ばくちてき》要素があるということです。いや、占い的なものと言っていいかも知れない。当たるもハッケ、当たらぬもハッケというやつです」

小さなざわめきが広がった。学会の講演には似合わない、質問と言うより揶揄《やゆ》に近いものだ。司会者の顔色が変わるのが分かった。

「そのように消極的な考え方だと、そういう結果しか得られないでしょう。千単位、万単位の死傷者が出るかでないかの研究です。当たる当たらないは別にして、博打や占いと同じと考えている研究者など皆無です。全員がそれぞれの分野で、全力を尽くしています」

「予知は万能などと考えるのは、やはり驕りでしょう」

「その通りです。私たちは予知が万能などと考えているのではありません。地震予知以上に重要なのは防災です。地震はいつか必ず起こる。数時間前、数分前に地震が予知できて、どれだけのことができるというのです。それより、常日頃から防災を考え、地震に耐える家に住み、安全な町を造り、生活していくべきだと考えています」

「だったら、地震予知なんかに膨大な税金を使う必要はないだろう」

「それでは時間ですので、これで終わりとさせていただきます」

司会者はいくつかの挙手を無視して講演の終わりを告げた。

再び拍手が鳴り響き、瀬戸口は頭を下げた。

瀬戸口が資料を集めて演壇を降りるとすぐに、握手を求める研究者に取り囲まれた。

黒田はそのまま留《とど》まるべきか、帰るべきか迷っていた。挨拶《あいさつ》だけでもしていきたいが、自分が出る幕でもないような気もする。

帰ろうとしたとき、取り巻きの人たちの肩越しに、瀬戸口が黒田のほうを見ていることに気づいた。

黒田が遠慮がちに頭を下げると、瀬戸口は待っているようにと目配せした。

ひと通り挨拶が終わって、瀬戸口が黒田のところにやってきた。

「先生、ご無沙汰《ぶさた》しております」

黒田は頭を下げた。

「大学をやめたと聞いたので心配していた」

「現在、大浜市役所の防災課に勤務しています」

「知っている。今回のプログラムが送られてきたときから楽しみにしていた」

「驚いたでしょう。今までとはまったく違うので」

「意義ある研究だと思う。しかし――」

瀬戸口は言い淀んでいる。戸惑うほうが自然だろう。同じ地震を扱うとはいえ、畑違いの分野だ。

「今夜、アメリカに発《た》つ友人を見送ることになっている。その前に、食事でもどうかな？」

「ご一緒します」

横で事務局の職員がしきりに時計を気にしている。

「じゃあ、後で。最近、野暮用で色々忙しくてね」

「先生——有り難うございました。聴きに来てくださって」

「最後までいたかったんだが、講演者が遅刻するわけにもいかなくてね」

「上の階で先生の講演があるのは知っていました」

「お時間のほうが——」

職員が待ち切れないふうに言った。


瀬戸口と黒田は、セントレアの滑走路の見えるレストランに座っていた。

開港当時は一日に六万人を超える観光客を迎えた空港も、今ではその数は半分程度に落ち込んでいる。それでも、他の国際空港に比べ集客率はずば抜けて高い。

目の前には、夕焼けの光を反射した滑走路が横たわっている。その向こうには、伊勢《いせ》湾《わん》が続く。窓全体が赤く染まって、幻想的な雰囲気を生み出していた。人と自然、確かに共存できないこともない。そう思わせる風景だった。

「こんな格好で申し訳ありません」

「いやきみらしくていい。最近は外見ばかり気にする若者が多すぎる。論文もしかりだ」

「すごい数の聴衆でしたね」

「記念講演などというのは、一種のお祭りだよ。学問的な意味などない。講演そのものより、地震自体が注目を浴びているということだろう。半分はマスコミが騒ぎ立てるせいだ。しかし、海溝型の巨大地震が迫っているのは確かだ。近い将来、必ず起こる。そして、このまま時間がすぎていくと地震の発生確率は高くなり、ますますマスコミが煽り立てることになる。だがそのおかげで、多くの人が危機感を現実のものとして持つことができるとも言える。地震防災に心理学が導入される。数年前には考えられなかったことだ」

「昔はコンピュータ・シミュレーションによる地震予知研究は、タブー視されていたんでしたね。それを瀬戸口先生と遠山先生が打ち破った」

「時代が支えてくれた。地殻観測が軌道に乗り、各地のデータが出始めていた。さらに、ちょうど『地球シミュレータ』が動き始めて数年後だった。あのスーパーコンピュータがなければ、地震のコンピュータ・シミュレーションなど机上の空論にすぎなかった。そうは言っても、私はここ数年、年に一本程度の論文しか発表していない。それもきわめて地味で、基礎科学ともいえるものだ」

「でも、十分価値あるものです」

ところで——、と言って瀬戸口は軽く息を吸い込んで海のほうを見た。

飛行機が海に向かって飛び立っていく。

「正直に言うと、私はきみが博士課程を終えた後、うちに来てくれることを望んでいた。それはきみも分かっていたはずだ」

瀬戸口が視線を海に向けたまま言った。

黒田は何も言わず、コーラのストローをくわえている。

学生時代、黒田は日本防災研究センターに通い、瀬戸口の研究を手伝っていた時期があった。

「申し訳ありません。相談もなくやめてしまって」

「何かあったのかな？　私にはきみは他の学生とは違って見えた。将来、必ず新しいものを生み出すと。要するに、地震研究に対して情熱を持っていると感じたんだ。情熱というより――私や遠山先生が持っているものと似ているのかも知れない」

「買い被りです。僕にはそんな才能はありません」

「今日のきみの研究発表は一部だが聞いたよ」

「驚いたでしょう」

「察してはいたが――実際、目にすると意外だった。きみの学生時代の研究発表はすべて聞いているが、今回の発表は――。学会事務局から送られてきたプログラムの防災分科会の目次に名前を見つけたとき、違和感を覚えたのは確かだ。しかし、意義ある仕事だ。おしい人材をなくしたと思っていたが、そうでもなかったと安心した。きみはきみなりの道を見つけ、有意義に歩んでいると理解できた」

「そう言っていただけると嬉《うれ》しいです。でも、学問と言うには程遠いものです」

「それに――」

瀬戸口は言いかけた言葉を飲み込み、考え込んでいた。

「私も――最終的にはそこに行き着くと思い始めている」

「どういうことです」

「地震予知なんて、どれほどの意味があるのかと思い始めているんだ。防災、減災に精力を尽くすほうが、よほど社会的貢献度が高い気がする。きみはそう思って市役所に就職したのではないのか」

黒田は答えなかった。隣のテーブルの家族連れが、滑走路を指差している。その先にはジャンボ機が離陸準備を始めている。

「先生が以前おっしゃっていた、日本版FEMAの構想はどうなったんです」

しばらくして黒田が聞いた。今度は瀬戸口が黙り込んだ。

「日本防災研究センターの設立理念は、災害による生命及び財産の被害を最小限にくい止めるため、防災、災害復旧・復興等の包括的運営プログラムを作り、大規模な災害発生時に官民の救援活動を統括するというものでしたね。これはFEMAの目的と同じです」

「日本での組織作りはアメリカより何年も遅れている。あの国はときにとんでもない過ちを犯すが、間違いだと気づけば改革もすばやい」

ＦＥＭＡとは、アメリカの連邦緊急事態管理庁のことだ。

災害時における緊急対応を担当し、災害情報を一元管理するほか、各種のテロ、毒ガスなどに対する専門家集団をそろえた危機管理組織である。連邦緊急放送局、連邦災害援助機関など、緊急活動に関《かか》わる多くの政府諸機関を統括する。

大統領直属の独立政府機関として発足し、本部はワシントンＤＣに置かれている。職員は約二七〇〇人、全米に一〇の地域本部が設置され、年間予算は八億ドルにものぼる。一九九四年のロサンゼルス、ノースリッジ地震の折りにはその機動性が大いに評価された。現在は、同時多発テロの教訓から作られた国土安全保障省に組み込まれている。

九〇年代には、その迅速かつ的確な機動性のある災害対策に対する行動は世界的に評価されていた。しかし二〇〇五年のニューオーリンズを襲ったハリケーン「カトリーナ」に対する対応の遅れは、組織の肥大化と人事の問題を指摘された。その後、組織は完全に立て直されている。

従来、災害に対する備えは、保険と考えられていた。しかしＦＥＭＡは、〈災害は繰り返し起こるものであり、大きなもの、小さなものを問わず災害が発生するたびに計画、備蓄、システムなどの見直しを実施し、より効率的なものに変更していく〉と考えている。つまり災害は毎年起こるものであり、対策にかかる経費は必要経費と考える。災害対応をサイクルでとらえ、段階的に災害対応の能力を向上させていくことに重点を置いた。

「僕もFEMAの考え方に賛成です。こういった災害行事説といった考えを日本にも浸透させたいと思っています」

「災害行事説か」

瀬戸口が苦笑した。

「災害イコールその年の行事。地震を含め、台風や大雨は毎年必ずやってきます。年間の予定に組み入れ、いかに効率よくやりすごすかということです。不謹慎な言い方ですが、祭りと考えてもいい」

地震に対する研究の取り組みには二通りが考えられる。

一つは、地震予知を含む地震そのものを研究することである。それに対して、最近は地震は起こるべきものと考え、もっと防災、減災に取り組むべきだという考え方が強くなってきている。

死者、行方不明者二三万人以上という史上最悪の結果となったスマトラ沖地震でも、「津波」に関する知識がもっと広く住民に行き渡っていたら、死者の数は何分の一にも軽減できただろう。海岸の潮が異常な引き方をしたら津波が襲ってくる可能性がある。津波は第一波が去っても、次に第二波、第三波が襲ってくる。第二波は第一波と相乗し合って、さらに大きくなることもある。津波に対しては水平に逃げるのではなく、少しでも高いところに上がる。こういう、ほんの基礎的な知識さえあれば――。

「そのためにも、研究と実践を組み合わせた組織作りが必要です」

「日本の自然災害に対する公の組織は余りに多すぎる。遠山先生は、省庁の枠を超えた、もっとすっきりした、効率的な仕事のできる総合研究施設を作って、地震研究はそこに集約すべきだと考えた。世界中の地震の一割が集中するという日本には、どうしても必要な組織だ」

瀬戸口がため息をついた。

「日本防災研究センターが、まさに日本版ＦＥＭＡを目指していた。遠山先生はそのために全力を尽くしてきた。しかし――」

瀬戸口は言葉を切った。

「日本の役所の体質は余りに古すぎた」

「省庁間の既得権益保持の意識が強すぎるということですか」

瀬戸口は答えない。

黒田の脳裏に、すべての苦悩を背負い込んだような顔で、背中を丸めて歩いている遠山の姿が浮かんだ。その遠山と瀬戸口が、コンピュータ・シミュレーションによる地震解析の手法を確立した。遠山は、今年六七歳のはずだ。

「病気だと聞いていますが」

「末期の肺癌《はいがん》だ。あと、二、三ヵ月だと言われたが、すでに半年がすぎた」

「遠山先生は自分の病気については」

「知っている。強い人だ。取り乱すこともなく医師の告知を聞いて、ますます仕事への情熱を強くして、今まで生きてきた。まさに執念とも言えるものだ」

「今、どちらに」

「静岡市の市民病院に入院している。病院で今までの研究をまとめておられる」

黒田はなんと言っていいか分からなかった。

遠山とはあまり話したことはない。瀬戸口を訪ねてセンターに行ったとき、瀬戸口と遠山が話している場所に居合わせることはあった。二人の間には師弟以上の信頼関係を感じた。センターに出入りするようになってしばらくして、二人は共に神戸出身で阪神・淡路大震災で瀬戸口は両親と妹、遠山は妻と息子と娘の一人を亡くしていることを知った。当時、神戸大学の教授だった遠山の研究室では、四人の学生が犠牲になっている。それ以来、遠山は姿を消していた。彼が再び表舞台に出てきたのは一〇年後、平成大震災のときだ。

黒田はそれを聞いたとき、涙が出た。急に涙を流し始めた黒田を見て、センターの若い研究員はひどく戸惑っていた。

「きみの津波ハザードマップ、防災情報システムに関する研究論文は読んだ。これからの地震対策には、むしろ現実的なやり方かも知れない」

瀬戸口が話題を変えるように言った。

「地元でできることといえばこれくらいです」

「しかし、実際に役に立つのは地震予知などではなく、きみのやっている地域密着型の地震対策かも知れない。大いに誇るべきだ」

「今年中には完成させたいと思っています」

ところで、と言って瀬戸口の表情が変わった。

「気象庁の動きが慎重になっている。今回の学会もほとんどの者が、各自の発表が終わるとその足で帰っている」

「東海地震ですか」

東海地震は、現在、唯一予知が可能であるとされている海溝型地震だ。その根拠は地震の前には前兆すべり、つまりプレスリップと呼ばれるものが観測されると考えられているからだ。そのプレスリップを観測して、気象庁は三種類の情報を出していく。

一ヵ所の歪計で異常が観測された場合、東海地震観測情報、二ヵ所ならば東海地震注意情報、三ヵ所以上ならば東海地震予知情報となる。

東海地震に対しては二〇〇四年一月から、こうした客観的な評価基準による新しい情報体系が取られることになった。それまでは、地震学者六人からなる「地震防災対策強化地域判定会」が設置され、歪計に異常が観測された場合、判定会のメンバーが集まり協議して対応を決めていたのだ。

「気象庁が発表しているデータはすべてチェックしているが、現在のところ変わったことは見られない。我々が見落としているということもありうるが――」

「気象庁はすべてのデータを公表してるんですか」

「そのはずだ。データの解析手法は違うだろうが」

「先生のシミュレーションでは、どうなんですか」

「大きな変化は現われていない」

瀬戸口が地震のコンピュータ・シミュレーションを始めた当時に比べて、地震研究の環境は一八〇度変わっている。『地球シミュレータ』の使用順位もトップの部類に入っている。

「ここのところ続いてる小規模の群発地震を気にしてるんですかね。東海地震の前震と見ているとか」

「おそらく――」

瀬戸口が言いかけてやめた。昔から慎重なほうだった。そのために優柔不断な男と思われているふしもある。

「いずれにしても、きみも気をつけてくれ。なにか前兆らしきものに気がつけば、知らせて欲しい」

黒田は頷《うなず》いた。

「市役所の仕事をやりながらの論文発表は大変だろう。役所というのは、どこであれ融通のきかないところだから」

黒田が黙っていると、瀬戸口はナプキンを抜き取り、数字を書いて黒田の前に押し出した。

「これは日本防災研究センター、コンピュータの私のID番号とパスワードだ。もし必要なら、いつでも使って欲しい。きみのパソコンからでもアクセスできる」

黒田はしばらくそれを見つめた後、丁寧に折りたたんで胸ポケットに入れた。瀬戸口は黒田の発表のウイークポイントを心得ているのだ。

瀬戸口は友人の来る時間だと言って立ち上がった。

10：10 Mon.

南南西に中部国際空港セントレアが見える。そして、遥か北に霞《かす》んでいるのはJRセントラルタワーズを含む、名古屋駅周辺の高層ビル群だ。その中に大久保建設本社ビルもある。

地上三七六メートル、中部日本一の高層ビル、オーシャン・ビューの最上階の展望室からは、西に伊勢湾、北に濃尾平野《のうび》が一望できる。

大久保正造《おおくぼしょうぞう》は窓に近づいて眼下を見下ろした。人と車が芥子粒《けしつぶ》のように蠢《うごめ》いている。

空港と陸地をつなぐ橋の側に建つ、オフィス、ホテル、マンション、ショッピングモールを持つ総合商業ビル、オーシャン・ビューの落成式を四日後に控えていた。

オーシャン・ビューは東京の六本木ヒルズに対抗して建てられた、名古屋を象徴する超高層ビルだ。大久保建設が全力投入して設計、施工した商業パークの中核ともなる建物だった。

落成式当日には、式の後この展望室でオープニングパーティーが開かれる。

招待客は一二〇〇人。総理大臣、与党幹事長、愛知県知事など政界人、及び日本を代表する経済界の重鎮が祝辞を述べる。さらに、芸能界、スポーツ界の有名人が多数招かれており、全国ネットでテレビ放映される。

大久保は立つ位置を変えた。磨き込まれた窓ガラスに、自分の顔が映っている。ゴルフ焼けした骨ばった顔。決して品のいい顔とは思わないが、自分なりに苦労の歴史を刻み込んできた顔だと思う。来月で六二歳になるが、体力ではまだ四〇代の者にも負けない自信がある。

　ここまでくるのは並大抵ではなかった。大久保が高校二年のとき、父親が工事現場の事故で死んだ。父親が残したのは職人三人の工務店と借金だった。高校在学中から母親と必死に働き、高度成長、日本列島改造の波に乗り、三〇年余りで社員約一二〇〇名の中堅の工務店に急成長させた。上場した翌年の一九九五年に阪神・淡路大震災が起こり、地の利を生かして大阪、神戸方面に進出し、足場を固めた。その後の平成大震災でさらに地盤を広げ、現在の規模にまで成長した。

　あのころはよかった。神戸では震災を免《まぬか》れた料亭を借り切って、土建屋仲間と毎晩、宴会をやった。つぶれたクラブの女の子を呼んで騒ぎまくった。政府は、復興復興と被災者を煽りたて、住宅、店舗、会社の再建をうながした。銀行も罹災《りさい》証明さえあれば、ほとんど際限なく金を貸した。一戸建ては相場の一・五倍から二倍。全国から売れ残りの資材をただ同然の値段でかき集めて、突貫工事をやった。規格も何もあったものではない。通常なら一枚三〇〇円の瓦《かわら》を五〇〇〇円で売りつけたこともある。

　今建てなければ、次はいつになるか分からない。金を借りられるのは今のうちだけ。口車に乗った被災者も愚かだが、群がった建築会社もあくどかった。その罰が当たったか、二、三年の建設ラッシュがすぎると閑古鳥が鳴き出した。今度は建築会社が次々に倒産していった。無節操な設備投資、従業員の急増、仕事の激減が直接の原因だが、やはり神様は見ているのだ。

だが、その神様が次のチャンスをくれた。平成大震災だ。今度は東京が瓦礫の山、焼け野原になった。神戸の比ではなかった。政府の馬鹿どもは、また同じように復興復興と騒ぎたて、被災者はまたその口車に乗った。神戸で何人の人たちがその後の負債で首をくくり、家を手放し、自己破産したか知らないわけでもないだろうに。経験から学ばない者は馬鹿だ。

しかしその後、大久保自身、大手の進出と二つの震災で手を広げすぎたあおりで大きな損失を出した。やはり自分も大馬鹿で、罰が当たったのだろうか。このオーシャン・ビューは社運を賭《か》けた一大事業だ。

展望室にはまだ足場が組まれたままで、内装の職人が入っている。強烈なペンキとシンナーの臭いが鼻に付いた。

「間に合うのか。あと、四日だぞ」

「急がせております。明後日中には、すべての足場を撤去する予定です」

まだビニールのカバーがついたままのテーブルに広げた図面と日程表を睨《にら》んでいた作業服姿の男が言った。

大久保は技術部長の高橋《たかはし》と最後の点検を行っていた。高橋は大手ゼネコンをリストラになったのを大久保が拾った一級建築士だ。技術には強いが気の弱いところがある。つかみどころのない男というのは、こういう男のことだ。リストラの対象になったのも、そういうところに原因があるのだろう。

「手段はどうでもいい。とにかく、期限までにはなんとしても間に合わせろ」

荒々しく言うと視線を海に向けた。セントレアが夏の海に霞むように続いている。

「これでわが社も一息つける」

大久保は心底、ほっとした様子で言った。

「下請けの者たちにもかなり無理を強いています。落ち着いたら関係者を集めて、ねぎらいの会をしたらいかがでしょう」

「きみが心配する必要はない。期日までの完成だけを考えていればいい」

「なんとしても完成させます」

副社長の山田《やまだ》に目を向けると軽く頷いた。下請けの扱いは彼のほうが抜かりがない。

「総理と中部財界人の懇談会は大丈夫なんだろうな」

大久保は山田に問いかける。

落成式に訪れる総理と中部財界人を会わせる。そういう気配りの積み重ねが、自分の実績となって返ってくるのだ。

「すでに確認を取っております。これで社長も、経済同友会の副代表幹事就任は間違いないでしょう」

山田が頷きながら言う。

「これも根回しの一つだ」

伊勢湾を航行する大型タンカーがプラモデルのように見える。

「アメリカの原子力空母が名古屋に寄ると聞いたが」

「世界最大の原子力空母、ＷＪＣです」

「オーシャン・ビューの落成を祝うためじゃないだろうな」

言ってはみたが冗談にもなりはしない。かえって、嫌な予感が胸をかすめた。もし津波でも来て、あのタンカーが陸地に打ち上げられるような事態になれば……。そしてそれに空母が加わる。しかも原子力空母だ。

そのとき、大久保がよろめいた。高橋が反射的に大久保の身体を支える。

「地震だ」

足元がゆっくりと揺れている。揺れ幅は二〇センチほどか。大したことはないが、ここが地上二七〇メートルを超える場所だと思うと、いい気持ちはしない。

「慌てるな、大丈夫だ」

大久保は声を上げて、高橋の腕を払った。

「耐震構造のビルだ。マグニチュード８クラスの地震にも、十分に耐えるように設計してある」

しかし、このビルでこれだけの揺れがあるということは、地上の震度は5弱というところか。かなり大きな地震だ。

「揺れが多少大きくなるのは、この種の耐震構造を持った高層ビルの特徴です。揺れが地震エネルギーを吸収しています」

計算上では震度7の地震に対しても十分に耐えることができる。ただし、計算上ではということだ。実際に揺らしてみたわけではない。

揺れはまだ続いている。大久保は揺れに伴い、船酔いにも似た気分になり、重苦しいものが全身に広がってくる。それは、大久保が最も恐れ、忌み嫌っている死に対する恐怖につながるものだ。

揺れは数分続き、徐々に引いていった。

「東京での揺れを覚えているか」

大久保は高橋に問いかけた。

二〇〇三年五月、東京の高層ビルが大きくゆったりと揺れた。約四〇〇キロ離れた宮城県沖の地震の揺れにビルが共振したのだ。翌二〇〇四年九月の紀伊半島南東沖地震のときも、二〇〇五年八月の宮城県沖地震のときも、東京で同じような揺れが起こった。

「倒れた高層ビルはありませんでした」

現在、東京、大阪、名古屋などには、高さ一〇〇メートルを超える高層ビルが四三〇棟以上ある。

「阪神・淡路大震災では中層のビルは多数倒壊しましたが、高層ビルに大きな被害はありませんでした。平成大震災でも、東京の高層ビルの大部分は倒れませんでした。一九八一年の建築基準法改正以後に建てられたもので、耐震設計がしっかりされていたからです。つぶれたり傾いているビルの間に高層ビルが何事もなかったように建っているのを見て、日本の建築技術のすばらしさを改めて認識しました。繁華街で大地震に遭遇したら、近くの高層ビルに逃げ込めばいいでしょう」

「しかし、東海地震ではそうも言っておれないだろう」

二〇〇三年の十勝《とかち》沖地震のとき、苫小牧《とまこまい》市内の石油タンクが火災を起こして四四時間にわたり炎上した。そのときから、長周期地震動が注目されるようになった。

内陸で起きる直下型地震であれば、その揺れは短周期地震動である。マグニチュード7・3の阪神・淡路大震災は、周期一秒から二秒の二度の大きな揺れを中心に一〇秒程度の揺れが続いた。しかし、深海の地下二〇キロ以深に震源のある海溝型地震は、周期五秒から一〇秒のゆっくりした揺れが数分間続く。これが長周期地震動である。

こうした長周期地震動では、揺れに強いはずの柔軟な造りの高層ビルほど影響を受けやすい。ビルが共振するのだ。とくに上層階になると揺れは激しく、高さ二〇〇メートルのビルの場合、最大五メートルも横揺れする可能性もあると指摘されている。

「だから免震構造を取り入れて――」

「いずれにしても、倒れることはないんだな」

自分に言い聞かせるように言った。

「ビルがしなることによって、地震エネルギーを吸収します」

高橋は自信を持って言った。

しかし、自分が立っている場所が、定位置から五メートルも水平動をするのだ。ビル自体は倒壊をまぬがれても、家具、食器類、本、照明機具、パソコンなどのＯＡ機器……室内のすべてのものが、揺れに合わせて部屋中を移動する。家具の転倒と移動、ガラス容器の破損、また人間も家具にぶつかったり転んだりして、傷つくことは間違いない。そしてそれが、窓ガラスを突き破って落下しないという保証はない。

「最も大きな被害を受けるのは、二、三〇階建ての中層ビルです。地震波の周期と建物の固有振動数が一致するため、共振が起こり揺れが増幅されます。最悪の場合は倒壊の危険もありますが、このビルは大丈夫です」

大久保は高橋の言葉をぼんやり聞いていた。

建物は持ちこたえても、ビル中に張り巡らされている電気、水道、スプリンクラーなどの線や管はどうなる。切れないとしても、配管のジョイントなどが外れたり緩む恐れは十分にある。

阪神・淡路大震災では、地中のガス管のジョイント部が外れ、火災の原因になったところもあった。それが建物内部で起これば。一見小さな事故も、爆発などの大きな事故につながることもある。

東海・東南海地震が同時発生した場合、はるか離れた首都圏でも約一〇秒間の大きな揺れを中心に、全体では三分以上の揺れが続くという話も聞いた。東京などどうなってもいいが、名古屋の被害は馬鹿にならないだろう。考えれば考えるほど危険な国だ。

「この長周期地震動は高層ビルばかりでなく、高速道路や新幹線の高架、橋梁《きょうりょう》などにも影響を与える大きな問題となる。そうなると、建造物の建設基準は根本的に考え直さなければならん。しかしそれは、今後の話だ」

大久保は頭を振って、湧《わ》き上がってくるなんとも表現し難い憂鬱《ゆううつ》な感情を振り払った。

10 : 15 Mon.

松浦真一郎《まつうらしんいちろう》陸上自衛隊一等陸尉は、艦橋の手すりにもたれ進行方向を見つめていた。陽の光を浴びて海面がまぶしく輝いている。そろそろ、日本が見え始める。もう少し東を北上していれば富士山が見えただろう。海上からの富士山、見てみたい気もする。

ハワイを出て六日目だ。

こうして船で太平洋を渡って帰国するとは思ってもみなかった。しかも、世界最大の原子力空母で。

第七艦隊所属、ニミッツ級原子力空母ウィリアム・ジェファーソン・クリントンに乗船して帰国せよ。突然、アメリカでの指導教官に呼び出されて命令を受けたときは、半分冗談かと思った。通称ＷＪＣ、世界最強の最新鋭原子力空母だ。

日本での所属部隊、東部方面隊第１師団施設大隊の上官に問い合わせると、日米友好の試み第一弾だ、という答が返ってきた。そしてその後、実は――と言って、アメリカ海軍から強い要請があったと告げられた。

〈お前を指名してきた。こんなことは初めてだ。アメリカ海軍の上級士官と何かあったのか。それもかなり上層部だ〉

「心当たりはありません」

松浦はしばらく考えてから答えた。

〈だったら単なる何かの間違いか――。ゆっくり考えるんだな。船旅はのんびりできるだろう。とにかく、悪い話じゃない。世界最大の原子力空母で太平洋を渡るんだ。最新鋭の装備をじっくり見て、帰国したら報告書を提出するように。海上自衛隊からも問い合わせがあった。なんで陸自なんだって。それも海自幕僚長直々《じきじき》だ。いずれにしろ、日本の防衛にも大いに参考になる〉

そう言って電話は切られた。

船旅と聞いたとき、思い浮かぶことがあった。

アメリカ国防総省、ペンタゴンで知り合った海軍の戦闘機パイロット、ダン・モルドン大尉と飲んだとき、俺も生涯に一度でいいからゆっくり船旅をしてみたいと言ったことがある。酔った状態での冗談だったし、一週間後、家族と離れて第七艦隊の空母に乗り込むというダンに合わせての慰めの意味も込めた思いつきの言葉だ。それ以後、そんなことを言ったことは忘れていた。ダンは典型的なアメリカ人で、なぜか松浦と気が合った。しかし第一、一介の大尉に、たとえ自衛隊の尉官であれ、日本人の乗艦をどうこうできる権限はない。

松浦はアメリカの災害対応組織、FEMAで一年間の研修を終えたところだった。FEMAの本部のあるワシントンDCから、空母WJCの母港であるサンディエゴのアメリカ海軍基地に飛んで、出港二時間前の空母に乗り込んだ。そして、下士官に案内されて行った部屋のベッドに寝ていたのはダンだった。

排水量八万一〇五七トン、全長三二八メートル、船体幅四三メートル、全幅八〇メートル、喫水一二メートル、出力三四万馬力、最大速度三〇ノット、加圧水型原子炉二基を持つ最新鋭の原子力空母だ。搭載機最大一〇二機、乗員は六〇七九名。建造費は三〇億ドル、日本円にして三三〇〇億円を超えると言われている。

サンディエゴの港で初めてその雄姿を見たとき、人間による創造物だとは信じられなかった。視野に入りきらないほどの巨大な鉄の構造物。海を移動する滑走路、といった感じだった。

艦内には二九〇〇部屋、一万二〇〇〇冊の蔵書を誇る図書館、三つの床屋、七つの売店、士官下士官用の食堂七ヵ所、衛星放送を含む二〇チャンネルの艦内ケーブル・テレビ放送の設備がある。

艦長はドナルド・タッカー大佐、四九歳。アナポリス海軍兵学校卒の元戦闘機パイロット。ハーバード大学で管理経営学の修士の学位を取り、湾岸戦争では飛行隊の司令官として参戦した典型的なアメリカ海軍のエリートだ。

日本の目的地は横須賀だが、途中名古屋に寄り、四日間の滞在後、横須賀基地に入港する。表向きの目的は名古屋市民との親善だが、原子力空母寄港の実績作りだ。

昨日まで数百メートル右舷《うげん》に、護衛艦としてイージス艦アーノルドが併走していた。しかし、日本の領海に入ってからアーノルドは横須賀に向かった。これからＷＪＣが寄港する、名古屋の原子力空母寄港反対派を極力刺激しないためである。

名古屋では反対派の海上デモが計画されており、一〇〇隻近い小型船が動員されるという報告が来ていた。

八月の強い日差しが照りつけている。日中のアイランドは灼熱《しやくねつ》の鉄の砦《とりで》だ。

広大な鉄の滑走路の端にそびえる島、空母の艦橋はアイランドと呼ばれる。アイランドは三層に分かれ、中部は航海艦橋、その下は司令部艦橋になっている。そして最上部が航空管制所で、飛行甲板が見渡せる。

「もう通じるよな」

松浦は呟いて、携帯電話を出してボタンを押した。ベルが鳴り始めて八回目で、ハイという愛想のない声が聞こえた。

「瀬戸口か。今、どこにいる」

瀬戸口は高校時代からの親友で、地震を研究している地球物理学者だ。

〈名古屋の国際ホールだ。おまえこそ、どこだ〉

「もう日本が見えてもいいころだ。ただし海上からだが」

〈軍艦にでも乗って帰ってきたのか〉

「当たりだ。ただし、軍艦といっても空母だ」

〈驚いたな。名古屋港に入る原子力空母ＷＪＣか〉

「それも当たりだ。亜紀《あき》ちゃんから聞いたのか」

松浦は人によって亜紀子の呼び方を変えている。

普通は亜紀子、公の席では河本《かわもと》先生、そして、瀬戸口の前では亜紀ちゃんを使っている。これは高校時代からの呼び方だ。

瀬戸口、河本亜紀子、松浦の三人は高校の同級生だった。神戸高校三年のとき、阪神・淡路大震災にあい、瀬戸口、亜紀子の二人は家族全員、松浦は父親と弟を亡くした。なんとか生き残った母親も、震災で受けた肉体と精神の傷で苦しみ続けた。その母親も三年前に風邪をこじらせ、肺炎であっけなく逝った。松浦が自衛隊に入ったのも、瀬戸口が地震研究者になったのも、亜紀子が政治の世界に入ったのも、すべてあの瞬間のせいだと思う。そしてあの瞬間は、現在も三人の精神に深く刻まれている。

瀬戸口が亜紀子に好意を持っていたのは知っている。しかしあるとき、二人はそれ以上の関係にはならないと思った、というより、今になって考えると自分で勝手にそう思い込もうとしたのだ。

そして、亜紀子に結婚を申し込んだら、当の松浦が驚くくらい簡単に頷いた。瀬戸口に亜紀子との結婚を告げたときも、拍子抜けするくらい単純に喜んでくれた。どう話そうか悩み続けた自分が、馬鹿らしくなったほどだ。

〈いや――しばらく会ってない〉

「四日間の滞在後、名古屋を出て横須賀に入る。そこで俺は艦を降りることができる」

〈FEMAの感想は？　楽しすぎてメールを書く時間もなかったか〉

「俺が配属されたのは、対テロ対策の部署だ。主にNBC兵器に対する防衛対策の研修だ。自然災害の部署なんて、たまに行っただけだ」

〈でも、行ったんだろう〉

「性格だからな。理性が好奇心に負けるんだ」

〈収穫は？〉

「亜紀ちゃんが見たら、俺に飛びついてくるような土産だ」

言ってからしまったと思ったが、変わらない声が返ってきた。

〈以前、メールで送ってきた以上のものか〉

「パンフレットやビデオはメールじゃ送れないからね。そして、最高のものは俺の頭に叩《たた》き込んできた。お前のほうは？」

〈相変わらず、地球の偉大な力に振り回されている〉

「偉大な力か。俺には単なる気まぐれだ」

〈人間はその気まぐれを恐れ、逃げ惑っている〉

「揺れで壊れない建物、燃えない建物を造ればいい。あとは、来るなら来てみろ。お前が以前、言ってた言葉だ」

〈遠い昔だ。今では少し揺れただけで身体が震えだす〉

「大人になった証拠だ。恐れを知るようになった」

数分間、取り留めのない話をして、午後から学会で分科会の座長をしなければならないという瀬戸口の言葉で携帯電話を切った。

松浦は艦橋に入り、乗員居室の階に向かう階段を下りた。

自分の部屋に戻った。壁際に二段ベッド、狭い机が部屋の両端に備え付けてある。珍しく机に向かっていたダンが、手元の紙をさりげなく本の下に押し入れた。

松浦はその紙をすばやく摘《つま》み上げた。万事大雑把なダンにしては丁寧なアルファベットが並んでいる。最後の言葉は、ウイズ・マイ・ラブ。

「ラブレターか。アーニーとブレンダが泣くぞ」

ブレンダはダンの妻、アーニーは娘だ。

ワシントンDCの自宅には何度か招待された。大きくはないが前庭のある古い家だ。家の中は、ブレンダの明るく、家庭的な性格を象徴した、住み心地のよさそうな内装だった。そして夕食に、映画でしか見たことのないような銀の食器を出されたときには驚いた。「我が家では、真の友人をもてなすときはこの食器を使うんだ」と、食卓で優雅に食器の説明をするダンは、別人に見えたものだ。

「遺言書だ、ブレンダとアーニーへの」

ダンが松浦の手から紙を取った。

「まだ三五歳だろう。死ぬには少々早すぎる」

「五万八〇〇〇人。これはベトナム戦争で死んだアメリカ兵の数だ。朝鮮戦争では五万四〇〇〇人のアメリカ兵の死者が出た。アフガンでもイラクでも、アメリカの兵士は死んでいる」

ダンが心持ち背中を伸ばして言った。

「俺はアメリカ海軍の士官だ。死はすぐ側にある。覚悟だけはできている。お前は書いてないのか」

松浦は返事に詰まった。遺言書、海軍士官、死……突然の言葉に驚いたのだ。ダンとは同じ自衛隊で、死を身近に感じながら日を送っている者は何人いるだろうか。ダンとは同じ歳《とし》だが、彼はすでに中東で何度も実戦を経験している。

「娘は三歳だ。日々成長している。会うたびに、新しい娘を発見して驚くよ。だから俺も、機会があるごとに、娘に書き残したいことを書き換えている。二歳の娘に書いた手紙を二〇歳の娘が読んで、バカな父親だと思われないためにね」

「娘は感激するよ。変わらぬ愛を思ってね」

「夢は娘の結婚式に付き添いとして出ることだ。だが、それ以上に俺は海軍士官、F35Cのパイロットだ。国を護《まも》る義務がある。いつ、何が起こるか分からない。お前の息子は五歳だったな」

「最後に会ったのは、四歳になったときだ」

しかし一年も会っていないという気はしない。

今朝、翼《つばさ》と話したとき、今日は幼稚園の夏休みスケッチ大会で動物園に行くと言っていた。海上にいても、衛星通信を使ったインターネットで、お互い画像を見ながら話すことができる。

「国と国民を護ることは、軍人としての使命だ。その基本的なことは、自分の家族を護ることだと信じている。それは軍人としての勤めであり、父親、夫としての義務だ」

いつもの陽気で、多少無責任なダンとは思えなかった。松浦はダンの意外な面を見て、戸惑っていた。アメリカ人は時に思いがけない行為で日本人を驚かせる。

自分は軍人だ、と思ったことがあるのだろうか、不意に松浦の心に浮かんだ。銃を持った時間より、スコップを持っていたほうが多い気がする。戦車を動かすこともできるが、ブルドーザーとショベルカーの運転のほうが数倍うまい。軍事作戦を立案するより、災害被害状況を分析し、的確な救援指示を出すほうがはるかに自信がある。

ワシントンDCで、ダンに軍の射撃場に連れて行かれたことがあった。銃の扱いがぎこちない松浦に、ダンは「お前は本当に兵士なのか」と聞いた。「そうだ。俺は地震と戦う兵士だ」と答えると、おかしな顔をしていた。そのときは半分以上本気で言ったのだ。

深くは考えないことにした。人が国や家族につくす方法には、色んな形がある。自分のような考え方、生き方も一つの方法に違いない。

「我々は国と家族を護るために軍隊に入った。だから当然、敵と戦う」

「国と家族を護るという意味では同じだ。ただ俺の敵は人間というより、もっと他のものだ」

「それが地震か」

「地震もそうだ。しかし、FEMAに一年いて考えが変わった。自然と戦おうなんて、大それた考えは捨ててきた」

FEMAが対象としている災害は、自然災害、社会施設の大規模災害、人為的な災害などすべてである。自然災害に対する主な仕事は、自然災害発生時の救援・復旧活動の統括、災害対策計画の作成、州政府や地方自治体の災害対策費用への補助金の交付、災害時の政府救援金の管理と復興資金の融資の扱いなどである。自然災害としては、地震、熱波、洪水、ハリケーン、竜巻、津波、火山噴火、山火事、雪害、寒波、落雷、地すべり、土砂崩れ等がある。

社会施設の大規模災害は、電気災害、ガス爆発、ガス漏れ、化学プラント災害、放射能災害、住宅やビルの火事、原子力関連施設災害など。さらにテロリズムなど犯罪に関係したものにも対応する。

こういった大規模災害が起こった場合、FEMAは大統領に任命された長官を最高責任者として、他の国家機関、州の機関、赤十字等の組織を事実上の支配下に置き、これらの活動を組織する。特に非常時における情報の集約体制には力が入れられている。

松浦のパソコンがメールの受信を告げている。

メールを開くと、日本防災研究センターからの情報通信だ。

〈本日、午前一〇時一二分、伊豆半島沖二〇キロの地点を震源とするマグニチュード6クラスの地震が発生。静岡では震度3、浜松では震度4弱を記録しました。静岡県の太平洋岸に津波警報が出ています〉

「何か悪いことか」

松浦の真剣な表情に、覗き込んできたダンが聞いた。

「地震だが大したことはない。名古屋にとって空母WJCのほうがより大きな地震だ」

〈日本が見えている。日本の温度は三二度。晴れ。原子力空母寄港反対の小船が出ているが、挑発には乗らないように。我々の名古屋寄港は、あくまで表敬訪問だ〉

艦内放送に副艦長の声が流れている。

二人は甲板に出た。

「富士山は見えないのか」

甲板の端で声が上がっている。

前方に目を向けると、空と海の間がかすかに色づいている。日本だ。一年ぶりに帰ってきた。

ダンが松浦の胸ポケットから携帯電話をつまみ出した。

「衛星電話だろ。家族に電話しろよ」

松浦は手にとってしばらく見つめていたがポケットに戻した。

「彼女は仕事中だ」

「そうか。きみの奥さんは国会議員だったな。旦那《だんな》より偉いんだ。捨てられないようにしろよ」

単純に受け流せばいいと思うが、松浦には素直に答えられない。

「冗談だよ」

黙っている松浦の肩をダンが叩いた。

松浦は時計を見た。午前一〇時三八分。亜紀子は国会に行っている時間だ。翼は今ごろ動物園だ。

「しかし、わざわざ名古屋に寄ることもないと思うがね。横須賀ですべて用は足りる」

「それは日本的な考え方だ。FEMAで学んだはずだ。我が国ではあらゆる状況を訓練と考えて対処していく。今回の訓練は、経験のない港への寄港だ。今後起こることはすべて真新しい経験で、貴重な訓練になる」

「その結果があれだ」

松浦の視線は海上に注がれている。大小の漁船が合計五〇隻あまり、空母を取り囲むように進んでくる。象に取り付いている蟻《あり》のようにも見えなくはない。

「これがアメリカが世界に推奨している民主主義だ。反対者も受け入れる。進路を妨害するからといって、むやみにミサイルを撃ち込んだりはしない」

「きっと彼らは感謝している」

「その国のいちばん人通りの激しい広場に立って、国の指導者を批判できる国は民主主義国家だと、誰《だれ》かが言った。ここは海の交差点だ。日本はまさに民主主義国家だと言えるね」

松浦は視線を上げた。

海と空の間に名古屋の町が見え始めている。

10：20 Mon.

ソーメンつゆ一本、牛乳二本、タマゴ一パック……資料の隅に書いた品目をボールペンでなぞった。妻の幸恵《ゆきえ》に、今日の帰りに駅前のスーパーで買ってくるように頼まれたものだ。一年ほど前から三戸崎《みとざき》の妻は、朝、新聞のスーパーの折り込み広告を見て、重量のありそうなものは買ってくるよう頼むようになった。スーパーがなぜ深夜の一二時まで開いてるんだ。俺が子供のときには、六時には店は閉まっていた。夜八時ともなれば、町はひっそりしていた。店の前でたむろしている茶髪にでかいピアスの若者を見ると、子供は寝てる時間だろうと尻を蹴飛《けと》ばしたくなる。しかし、娘にそれを言うと、鼻で笑って無視された。

「それでは、大浜原発に勤務されている三戸崎さんにお話をうかがいましょう」

司会の声で我に返った。四〇代の元地元テレビ局のアナウンサーという、やたら化粧の濃い女性が三戸崎を見つめている。

三戸崎は、慌ててコップの水を一口飲んで話し始めた。

「つまり基本的に原発は、まず活断層を避けて固い岩盤上に建設します。さらに、近くの活断層で地震が起きても耐えられるように十分に強度を持たせています。次に、近くに活断層がない場合でも、マグニチュード6・5の直下型地震に耐えられる設計がされています。よって今後想定される地震に関しても、十分に耐えうると考えられます」

三戸崎はゆっくり、言葉を選びながら話した。

三戸崎俊一《しゅんいち》は今年、五三歳。大浜原子力発電所四号機、第二班の当直長だ。現在は若手の訓練係も兼ねているベテランだ。昨日まで四号機は定期点検中で、今日から運転が開始されている。運転モードに入ると、原子炉は三組ある班により、二四時間態勢で運転される。今ごろ、出力は三〇パーセントには上がっているか。

大浜市公会堂。この、災害時の避難所も兼ねたモダンな建物は、国の原子力助成金で建てられたものだ。

公会堂は人で溢れていた。五〇〇人から六〇〇人はいる。主催者もこれだけの人が集まるとは考えていなかったらしく、急遽《きゅうきょ》、椅子《いす》を運び込んでいた。三戸崎は、原発反対派の動員ばかりではないだろうと考えたが甘かった。少なくとも三分の二の人は、明らかに原発に対して好意は持っていない。これも夏休みのせいか。

最近、地震が頻発し、マスコミでも東海地震が頻繁に取り上げられるので、市民の関心は高まっている。おまけに大浜市は東海地震想定震源域に入っている。中でも原子力発電所のあるこの地域では、市民の関心は高い。

『エネルギー問題を考える市民の集い』なのだ。エネルギー全般が話題になっていいはずだが、話題はもっぱら原発に絞られている。三戸崎は、原子力発電は決して危なくはないということを、遠慮がちに話すだけだ。

こういうパネルディスカッションには、なぜか三戸崎が駆り出される。最初、広報のところに話が来て、いつの間にか三戸崎に回ってくるのだ。たしかに、温厚そうなそこらのおじさんという風貌《ふうぼう》の三戸崎は、最適かも知れない。頭は半分禿《は》げ、原子力などとはまったく無縁のようなドングリ眼の人の好さそうなおじさんが言葉に詰まり、冷や汗を流していると、つい同情したくなると言われたこともある。

しかし、不用意な言葉一つで大騒ぎになることもあった。過去のいくつかの例から骨身に沁《し》みている。相手は原子力発電について話しながらも、原子という概念すら理解していない者も多いのだ。

あるとき、一〇年来の原発反対派と称する男と話していて、どうも話がかみ合わないと思ったら、男は原発とは原子炉で原子が分裂することで電気を生み出していると思っていた節がある。三戸崎が、核分裂は熱を出すだけで、それから先は一般の火力発電と同じことだと、それとなく話すとやっと理解した様子だった。その程度の知識で一〇年もの間、反原発を声高に唱えてきたのだ。

だが、そういった基本的なことを含め、露骨に相手のプライドを傷つけるような説明の仕方は厳禁とされている。相手はかえって、むきになるだけだ。

会社の方針として、社の定める資格のあるものは積極的に住人に原子力発電について説明を行うように、となっている。そして、三戸崎も三年前にその資格を取ったが、社内資格で外部に通用するものではない。別段、欲しいものではなかったが、五〇歳をすぎてからも現在の給料を維持したければ、その資格を取っておかなければならなかった。

「原子力発電所の建設は、数々の安全基準を考慮して行われています。まず、建設場所は議論を重ねて何年もかけて決められます。先ほど述べたように、活断層の上には造らない。徹底した地質調査を行い、地震の原因となる活断層を避けています。二番目に、岩盤上に建設する。発電所の安全上重要な機器・建物等は、地震による揺れが小さい岩盤上に固定しています。三番目は、最大の地震を考慮した設計が行われています。原子力発電所の安全上重要な施設の耐震設計をする際は、過去に発生した地震や周辺の活断層などを詳細に調査し、考えられる最大の地震に耐えられるようにしています」

三戸崎は話しながら、今朝のことが頭をかすめた。

最近、起きるのがつらい。このまま目を閉じて横になったままでいられたら、どんなに幸せか。キッチンからは娘と妻の声が聞こえてくる。えいっと、掛け声をかけて起き上がったのだ。

「四番目は、信頼性の高い解析プログラムを用いた評価がなされることです。想定した最大の地震が発生したときの重要な機器・建物等の複雑な揺れを高性能コンピュータで解析し、その安全性を確認します。五番目は、自動停止機能を設けています。発電所内の地震監視装置の感震器が大きな揺れを感知すると、原子炉が自動的に停止する仕組みになっています」

三戸崎は聴衆を見回した。聞いてはいるが、理解しているかどうかは分からない。おそらく、大部分の者が半分も理解できていないだろう。

「六番目は、大型振動台による実証が行われています。重要な機器類については、世界最大の振動台を用いて設計上想定した地震で実際に揺らし、その安全性を実証していきます。そして最後に、津波対策も行っています。原子力発電所は、過去の津波の調査などから、津波に対して十分余裕のある高さに建設しています」

今日は柴山《しばやま》は来ていない。姉の息子に当たる中学校の国語教師だが、反原発運動のリーダーだ。昔はオシメを替えてやったのに、今では胡散臭《うさんくさ》そうな目を向けてくる。

「東海電力の大浜原発は、東海地震想定震源域に位置しているじゃないですか」

パネリストの一人、環境保護団体の男は一時間にわたって主張してきたことを繰り返した。肩まである長髪は茶髪だ。

この想定震源域は静岡県、駿河湾、遠州灘に跨《また》るナス形で、確かに大浜原発の下には活断層はないが、地震断層面の上にあるという結果が報告されている。

「中央防災会議が提供した新しい共振波形を入れて計算した結果、地震動の周期ごとの揺れの強さを示す応答スペクトルで、一秒程度の長周期のS2を若干上回るものもありました。このS2というのは、設計用限界地震による基準地震動であります。しかし、原子炉建屋《たてや》などの重要な構造体は短周期の剛構造であり、耐震安全性は問題ないとの結論に至っています」

三戸崎は、すでに数え切れないほど繰り返してきた言葉を言った。もう、半分眠っていても唱えることができる。

「もっと我々に分かる言葉で話してくれよ。専門用語を使って、誤魔化してるだけじゃないか」

会場のどこからか声が飛んでくる。同時にそうだ、そうだの声が上がる。声のほうを見ると、少なくとも数人は見慣れた顔だ。

「一般に原発は、建築基準法に定められた一般建築物用の三倍の地震力と、設計用限界地震による地震力、そのいずれか大きいほうの地震力に耐えられるように設計されています。当初、大浜原発一、二号機は四五〇ガル、東海地震想定後に建設された三、四号機は六〇〇ガルの耐震設計になっていました。しかし、二〇〇五年、大浜原発は一号機から五号機までの大規模な補強工事を行いました。八〇〇億円をかけて排気筒の鉄骨補強、配管の支持装置の追加などを行い、一〇〇〇ガルまでの耐震性を持たせています。これで、兵庫県南部地震の八三三ガルに対しても十分に耐震性を持ちました。さらに、地震振動は岩盤上であれば二分の一から三分の一に減衰されます。ちなみに、アメリカ西部の地震多発地帯に建設される原発の建設許可は、五〇〇ガルの揺れに耐えることとなっています。これから考えても十分に――」

「やっぱり、さっぱり分からないよ」

パネリストの茶髪男だ。

三戸崎はいい加減にしろと怒鳴りたい気持ちを懸命に抑えた。分かりやすい言葉を使えといっても、やはり最先端技術について話しているんだ。多少の専門用語は仕方がない。自分は無責任な評論家や、いい加減な小説家じゃないんだ。聞いているほうも幼稚園児や小学生ではないだろう。

素人《しろうと》に説明するときには専門用語は使わないように。会社の広報から散々言われているが自分は技術者だ。原子力以外のことは分からない。この仕事を始めて三〇年以上、これだけの時間をかけてやっと理解したことだ。それをまともに聞こうとも思っていない奴らに、一時間や二時間話して分からせることはしょせん無理な話だ。いっそのこと、日本中の原子炉を数日間、止めればいい。この夏場だ。甲子園で高校野球も始まる。使用電力量はここ数日で最高になるだろう。その上で、何が必要で、どうすればいいか決めればいい。

三戸崎は茶髪を横目で見ながら思った。

「東海地震が起きても制御棒は間違いなく入るのかね」

「我々の原発では、一五〇ガル以上の地震で自動停止装置が働き、自動的に制御棒が押し上げられ原子炉は停止します」

「私が心配しているのは、揺れている最中でも制御棒がつっかえることなく挿入できるかということと、停電でモーターの電源がなくなったり、非常用電源までも地震で壊れたときのことだ。制御棒も、あんた方が原子炉の下にもぐって押し上げるわけじゃないだろう」

「地震感知時に原子炉停止信号が制御棒駆動システムに発信されます。この信号で蓄圧タンクの窒素ガスが制御棒駆動機構部の水を押し出し、制御棒が燃料に差し込まれ、核分裂反応を停止させます。さらに非常用電源は複数用意してあるので、同時に壊れるということはありえません」

「そういう考え方が甘いというんだ。震度7で揺れているんだ。何が起こるか分からんだろう」

茶髪はひるむことなく反論してくる。

「もちろん、何が起こるか分かりません。しかし揺れは、岩盤上にあることと、耐震設計でかなり緩和されますし、重要機器は兵庫県にある実大三次元震動破壊実験施設、E・ディフェンスで試験しています」

これ以上何をすればいいんだという言葉を飲み込んだ。

この茶髪は初めから三戸崎の言葉を理解しようとは思っていない。とはいっても、三戸崎も絶対に安全ですという言葉を繰り返すたびに、絶対という言葉などありうるのだろうかと自問する。機械的に何重にも安全策は取られていても、人が関係する限りミスはありうる。だが、それを考えれば何もできない。もし……ということは極力、脳裏から消すようにしている。だがもし……三戸崎は頭を振って、その考えを振り払った。

「最悪のケースを考えてみますよ」

茶髪が声を上げた。

「地震の揺れにより、炉心冷却系が壊れたとします。さらに、緊急炉心停止装置も動かない。炉心では核反応が進み、核燃料の溶融が始まる。この状態をメルトダウンと言います」

分かっている、と三戸崎は口の中で呟いた。しかし、そんなことは起こりえないのだ。そのために多重防護システムが取られているのだ。

「高温になった核燃料は原子炉圧力容器を溶かし、原子炉格納容器に落下します。大浜原発は沸騰水型原子炉なので、底には圧力抑制プールの水があり、水蒸気爆発を起こす。この爆発により、原子炉圧力容器と原子炉格納容器の一部が破壊されるか、外部につながる配管系に隙間ができ、放射性物質を含んだ水蒸気が原子炉建屋内に放出される。さらに、原子炉建屋までが地震の揺れや爆発により破壊されたり亀裂が入ったりした場合には、大量の放射性物質が大気中に放出されることになる。こうなると汚染は近隣の町はもとより、東京にまで広がる」

たとえば、と言って茶髪は三戸崎に挑戦的な笑みを見せた。

「大浜三号炉の炉心冷却系が故障して、炉心が溶融し落下する事故が起きたとする。その場合、水蒸気爆発が起こり、格納容器が破壊される。間違いないでしょう」

「確かにそうですが、そんなことが起こる前に――」

慌てて否定しようとしたが、茶髪は無視して続けた。

「ここに、風速二メートルの場合の被害想定があります。放射能による急性死亡者数、掛川《かけがわ》市四万七三〇七人、牧之原市二万六六六〇人、菊川《きくがわ》市二万六六三三人、島田《しまだ》市二万五〇一七人。これだけじゃない。癌死亡者の予測は、東京方面に風が吹いていた場合は四三四万人、近畿方面だと二〇〇万人以上が犠牲になります」

三戸崎は身を乗り出して手を挙げた。

「その前に、自動冷却装置が働き、原子炉は冷却され――いや、そんな事態になる前に原子炉緊急停止装置が作動して、核反応は止まり――」

「また、原子炉自体に大きな被害がなくても、原子炉で高温高圧に熱せられ、タービンを回している蒸気が通っている配管が破損すれば同様のことが起こりますね」

茶髪は三戸崎の言葉を遮った。

「配管は地震に対しても耐震性を持たせた設計になっていて、五〇センチ程度のずれに対しては――」

「破断したり亀裂が入ったりすれば、そこから汚染された蒸気が吹き出してきますよね」

茶髪の畳み込むような言葉に、三戸崎は思わず頷いていた。

「原子力発電所の職員が認めているんだから、間違いありません」

「しかしそれは、仮定に仮定を重ねた結果です。実際には、大事故にいたる前に異状を検知して原子炉緊急停止装置が働き、原子炉は停止します。さらに、緊急に大量の冷却水を注入できるＥＣＣＳもついています。非常用炉心冷却装置というやつです」

「それらが壊れたらどうするんです」

「だから、原子力発電所では多重防護システムになっているんです。ひとつが壊れたら、別の装置が働き事故を防ぐ」

「その別の装置が壊れていたら」

「次の装置が働いてカバーする」

「じゃあ、それも地震で壊れていたらどうなるのです」

「原発は、地震に関しては、一九八一年に制定された『発電用原子炉施設に関する耐震設計審査指針』に従って設計、建設されています。さらに原発は、地震に対しても安全であるという根拠として前に述べた七項目に従って建設されています」

三戸崎はポケットからハンカチを出して額をぬぐった。何を言っても、もしそれが壊れたら、と言ってくるだろう。

三戸崎は昨日、発電所にきた市役所の防災課の職員を思い出した。

あの青年は同じ茶髪でも、少なくともこの茶髪より原発を分かろうとしていた。彼は静岡県の太平洋沿岸地域の市や町を回り、自ら開発した地震と津波に関するハザードマップの雛形《ひながた》を紹介していると言っていた。そしてそれを、各地域独自のものに作り上げていくと。

三戸崎が原子炉の安全性を説明すると、「原子力発電所が壊れるような地震が起きれば、普通の家であればすべて跡形もないでしょうね」と言って、持っていた地図に何か書き入れていた。あの男はたしか――黒田とか名のっていた。

「従来、日本では自然災害に対する防災は保険と考えられてきました。しかし、保険は不慮の事故にかけるものです。自然災害は、不慮の事故じゃない。台風や地震は、大きなもの、小さなもの、毎年必ずやってきます。防災にかかる費用は保険ではなく、毎年の行事の必要経費なのです。我々は毎年、自然災害と対峙《たいじ》しながら、そのベストな対処方法を学んでいきます。そして少しでもその必要経費を減らして、無遠慮に土足で踏み込んでくる自然災害というお客を送り出すだけです」

黒田はそう言って笑っていた。

「もしもですよ――」

三戸崎は迷った。不用意な発言が後で問題を引き起こした例は限りない。自分たちが当然だと思うことも、相手側にとってはとんでもない言葉だと取られることが多い。

「例えばですよ、原発がなんらかの被害を受けるような地震が起こったとします。その地震はおそらく、とてつもないエネルギーを持っている。私たちの原発は、震度7の揺れにも耐えるように設計されています。だから、それ以上の揺れが生じたということになります。そんな大地震が起これば、この辺りに残っている建物なんてありませんよ。橋も高速道路もぺしゃんこです。建物だって、地下街さえも甚大な被害が生じています。要するに、原発より頑丈な建物なんてないんですから」

「だからなんだと言うんです」

原発周辺の住人は全員、原発のことなんか気にする必要はない。つまり、建物に押し潰《つぶ》されたり、高速道路で事故にあったり、地下街の崩壊で死んでいる、という言葉が喉《のど》元《もと》まで出かかった。

「そのような巨大地震が起こる確率は、ほとんどないと考えていいかと」

三戸崎は遠慮がちに言った。

「ほとんどないということは、ゼロじゃないということでしょう」

三戸崎は気づかれないようにため息をついた。話は元に戻ってしまった。

「起こったら、どうなるんですか」

茶髪は畳み掛けるように聞いてくる。

そのとき、茶髪が天井を見上げた。蛍光灯がかすかに揺れている。そしてその揺れは、大きくなっていく。

「地震だ」

誰かが叫んだ。会場にざわめきが溢れ、聴衆が立ち上がった。

「落ち着いてください。この公会堂は東海地震のときの避難所にもなっています。マグニチュード7の地震にも耐えられます。慌てないでください」

職員がマイクで呼びかける。

揺れはすぐに収まった。これで、三戸崎の立場は決定的に不利になった。

「この地震の何倍も大きな地震が一〇分後に起こるかも知れない。その場合、原発の町に住む私たちは安心して暮らせますか」

茶髪が声高に呼びかけた。

三戸崎は国道までバスで出て、海岸に向かって歩いた。

地震発生以後の討論は、ただ一方的に話を聞いているだけだった。意見を求められても最小限の発言で済ませた。

海岸に出ると突然視界が開け、海の輝きが全身を包んだ。砂浜には人が溢れている。

一キロほど先に、原発の建物が見える。

東海電力大浜原子力発電所は、東海地震防災対策強化地域のほぼ中央に位置している。これは意図的にそんな場所に建設したものではなく、政府が東海地震想定震源域を見直したとき含まれたのだ。

太平洋に面した約一六〇万平方キロメートルの広大な敷地に、五機の沸騰水型原子炉が不規則に建ち並んでいる。一号機五四万キロワット、二号機八四万キロワット、三号機一一〇万キロワット、四号機一一四万キロワット、五号機一三八万キロワット、合計五〇〇万キロワットの電力を中部地方はもとより、関東にまで供給している。しかし現在、一号機と二号機は長期点検中で、稼動はしていない。

この原発をマグニチュード8クラスの地震が襲うと——。東海地震が現実味を帯びてきたここ一〇年以上にわたり、ことあるごとに騒がれている。

「俺に何ができると言うんだ」

三戸崎は呟いて、ため息をついた。

約三〇年前、三戸崎が東海電力に就職し原発に配属されたときは、高度成長の真っ只《ただ》中《なか》だった。最先端技術を駆使した原発の従業員です、と胸を張って言えた。しかし今は……。時代と共に社会情勢も人の考え方も変わっていく。

三戸崎も、原発を完全に安全なものと信じているわけではない。ただ日常的に関わっていると、大事故など絶対に起こらないという気はしてくる。大した根拠があるわけでもないし、この絶対という言葉を使うと、また槍玉《やりだま》に挙げられる。

もちろん、問題がないわけではない。今後の課題としては、老朽化した原発の耐震性の確認を早急に進めることだ。さらに、原子炉建屋、タービン建屋などすべてを含めたシステムとしての安全性の確立、活断層の再評価、地震発生時の運転員の心理的な面も含めたマニュアルの確立も重要である。

いずれにしても、現在の原発設計、建設の基準とされている「発電用原子炉施設に関する耐震設計審査指針」は三〇年近く前に作られたものだ。その間、地震に関しても様々なことが分かったし、原子炉技術も進歩している。原発の老朽化問題も含めて、抜本的に見直す必要があることは確かだ。

三戸崎はぼんやり考えながら歩いていた。

「叔父さん、今日は原発の公開討論会じゃなかったんですか」

振り向くと、柴山が立っていた。

「『エネルギー問題を考える市民の集い』だ。もう終わった。お前こそ、学校にいる時間じゃないのか」

「夏休みですよ。学校には誰もいません」

一〇年ほど前から学力低下が騒がれ始め、教師の資質や勤務時間も問われるようになった。公立学校は、夏休みも教師は学校に行くことが義務付けられているはずだ。

「今日はデモか」

一〇メートルほど先に、拡声器を持った男が原発反対を叫んでいた。横では若い女性たちがチラシを配っている。中には、やっと歩けるようになった子供を連れた女性もいた。

「本格的なのは四日後からです。明日くらいから、この浜はもっと人で溢れますからね。サーフィンの国際大会があるの知ってるでしょう」

「まさか、生徒を連れてきてるんじゃないだろうな」

「そんな馬鹿なことしませんよ。教育委員会がうるさいですからね。でも、自主的に来る者は止められませんけどね」

真夏の海水浴場だ。幼稚園児、小学生のグループも遊びに来ている。サーフィン大会にはマスコミも多数取材に来るはずだ。

「先ほどはどうも」

柴山の後ろから男が現われた。

さっきの討論会で、三戸崎に質問を浴びせてきた茶髪男だ。彼は環境保護団体の関係者だったはずだ。

「僕の友人です。今日の集会のために、東京から来てくれたんです」

柴山が茶髪の肩を叩いて言った。

「しかし、この人はついさっき――」

三戸崎は言いかけたがやめた。何を言っても無駄だろうという虚脱感が、身体の奥から滲《にじ》み出てくる。

「お茶でも飲んでいきませんか。時間はあるんでしょう」

柴山が監視所の横に設営されているテントを指して聞いた。

三戸崎は断って歩き始めた。原発職員が反原発派幹部とお茶を飲むと問題があるわけではないが――いや、やはり何かと言われるのは事実だ。

海岸には派手なビーチパラソルが並び、水着の男女で溢れている。ライブのコンサートが行われる巨大なステージのやぐらが組まれていた。その周りを観客のテントが取り囲んでいる。サーフィンの国際大会か、三戸崎は呟いた。自分には縁のない世界だ。

頭に衝撃を受けてよろめいた。

「ごめんなさい。大丈夫ですか」

陽に焼けた女が立ち止まった。サーフボードの端が当たったのだ。

「美智、急いでよ。本部の人が呼んでるよ」

横の女が携帯電話を耳に当てたまま怒鳴るように言う。女はどうしていいか分からないという顔で三戸崎を見ている。

「いいから行きなさい」

三戸崎は頭を押さえて言った。

女はもう一度頭を下げて、急ぎ足で歩いていく。

頭に手をやると、こぶができている。三戸崎はため息をついて、原発に向かって歩き始めた。

9：30　Tue.

二キロ以上続く砂浜に人が溢れていた。主催者発表によると、八万七〇〇〇人。

二〇台あるスピーカーからは大音量の音が流れている。これで本番前の調整というのだから、本番というとどれほどの音量なのだ。美智が近隣住民とひと月協議して、パシフィック・フェスティバルの期間中、三日間だけという約束でなんとか折り合いがついたと話していたが、納得できた。

黒田は複雑な思いを抱きながら、美智と並んで歩いていた。

砂浜には、例年の倍近く増設された海の家と屋台が並んでいる。

屋台の前には子供たちが行列を作り、半裸の若者たちが肩を寄せ合って海辺を歩いていく。

「これだけの人数、どこから湧いてきたんだ」

「世界中から。大会本部のインターネットのホームページには、七〇〇万のアクセスがあったそうよ」

「今もどこかで戦争があって殺し合いが続いている。家のない子供が路上に寝て、腹を空かした赤ちゃんが餓死してる。こういう光景を見ていると、そんなこと信じられないね」

「変なこと言わないでよ。嫌な性格ね」

浜で歓声が上がった。見ると人垣ができている。

「ビーチバレーの大会もやってるのよ。うちの事務局じゃないけど」

黒田は、陽に焼けて褐色に輝く肌の躍動を横目で見た。

「もっとしっかり見なさいよ。美しいものは目に焼きつけるの」

「焼きついて目がつぶれそうだ」

「もっと近くに行ったら。砂でもかけてもらいなさい」

「試合開始までに後二時間だ。会場に行かなくてもいいのか」

「三〇分前で十分よ。ボードの整備は万全だし」

美智は普段と同じような口調で言うが、黒田には美智の緊張が伝わってくる。今日はパシフィック・フェスティバル国際サーフィン大会の第一回予選の日なのだ。美智も当然、出場する。

入学試験の前と同じような気分だろうと思う。何年もかけて、この日のために厳しい練習をしてきたのだ。

海に目を移すと、陽の光を浴びた太平洋がキラキラと輝いている。その中を数台の水上バイクが白波を立てて横切っていく。ウインドサーフィンの原色の帆がゆったりと進む。平和な夏の一日だ。

「なんだか疲れた顔してるね。発表、終わったんでしょ。少し、休めばいいのに」

「昨日のは趣味ってところか。今日は仕事だ」

「これからどうするの。ビーチバレー見るのが仕事じゃないでしょ」

美智は一歩下がって黒田を見た。黒田は市役所の作業服を着ている。

「公民館で防災セミナーに呼ばれてる。その途中に寄ってみたんだ」

行かなきゃ、時計を見て呟いた。

黒田は流れる汗をぬぐった。

今日はまだ一一時だというのに、三〇度近くになっている。サーフィンをしていたころは、暑さなどまったく気にならなかった。しかし最近、自分は暑さに弱いということに気づいた。三〇度を超えると、とたんに身体の動きが鈍くなり、疲れやすくなる。

黒田は公民館で東海地震について話していた。市役所の福祉課が高齢者センターの依頼を受けて、黒田が週に二、三度、県内の市町を回って災害時の対応について話すのだ。

高齢者が多いせいか冷房の温度は高めに設定され、入ってないに等しい。

五〇人ほどの聴衆の八割が七〇歳を超えている。大津波が襲った場合、ここにいる人たちの何人が、自力で逃げ切れるのだろう。

「もし、ある日突然、警戒宣言が発令されたらどうなるでしょう。警戒宣言というのは、東海地震がくる可能性が高いから政府の指示に従って行動するようにという合図です。それが平日の昼間なら、お母さんは、子供を迎えに学校に急ぎ、お父さんも家族を護るために、なんらかの行動を取るでしょう。デパート、地下街、映画館、劇場などからは、いっせいに人がいなくなります。逆に、食料や防災用品を買うために、開いている店に走る人、お金を引き出すために銀行に行く人も多数出るでしょう。店の人たちの中にも、帰宅を希望する人がいるに違いありません。みんなが自宅へ帰るために駅に駆けつけますが、電車もバスも動かない。道路も家路を急ぐ人や車で溢れています。みなさんは、どうしますか」

黒田は聴衆に問いかけた。

「要するに大混乱が起こるんだろう。映画で見たことがあるよ」

「避難所から迎えに来るんじゃないのか。担架やリヤカーで連れてってくれる。そんなこと言ってたような気がする」

「家でテレビを見てるわ。そのうち、子供が迎えに来るでしょう」

「その通りです。皆さん、様々な行動をとります。外出していれば、とりあえず自宅に帰る。そしてテレビの前に座り、地震が起こるのを待つ。あるいは、警戒宣言の解除を待つ。いちばん多いのは、そんな人たちでしょう。そのときの気持ちはどんなものでしょう。また、近くの避難所に避難している人も多いに違いありません」

黒田は室内を見回した。

前列に座っているのは八〇歳というところか。真ん中が七〇歳。後ろにいくほど若いが、五〇代の者は職員以外いないだろう。

平日はおおむねこういった状態だ。確かに、日本の高齢化は進んでいる。

「警戒宣言が長引けば、体調を崩す人も必ず出ます。しかし、病院の外来は受け付けてくれません。車で安全な地区に逃げ出そうとする人たちで、道路は渋滞しています。だが、交通規制がしかれている。どうすればいいでしょう」

「家で寝てるよ。わしは今年、八七になった。今さら逃げ出したりしたくはない。自宅の畳の上で死にたいね。地震でも津波でも、来るなら来いって気分だ」

「ご近所の人が、リヤカーで迎えに来てくれることになっています。うちの地区では、二ヵ月に一度避難訓練があるんですよ」

前列の老婦人が嬉しそうな声を出した。

「これは気象庁が出している東海地震に関するパンフレットです。地震が起こってからのこと、さらに起こる前の注意事項が書いてあります」

黒田はカバンからパンフレットの束を出し、公民館の職員に配るよう頼んだ。

「東海地震直前予知のための観測技術等は年々進歩していますが、現状では直前予知ができる場合と、できない場合があります。直前予知の可能性にかかわらず、いつ地震が発生してもしっかり対応できるよう、日ごろから備えておくことが大切です」

黒田はパンフレットを読み上げた。

「一つ、自宅などの耐震性を確認しましょう。一つ、家具の固定をしましょう。一つ、食料・飲料水の備蓄をしましょう。一つ、地域の防災活動に参加しましょう」

「ところで、お兄ちゃん。東海地震というのは、予知はできるのかできないのか。はっきりしろと言いたくなるね。もしできるのなら、地震の一〇分前か、一時間前か、一日前なのか。そういうことは、まったく言ってないじゃないか。なんだか、うまく誤魔化されている感じだね」

パンフレットから顔を上げた老人の一人が言った。いつもは出ない質問だ。かなり頭のはっきりしている老人のようだ。

「地震が来るとはっきり言ってくれれば、ワシらはいつでも逃げ出すよ。ただし、できるだけ早く言ってもらわにゃならん。なにせ、歳だからな」

「精いっぱい頑張ります」

黒田は言ってはみたが、何を頑張るか自分でもはっきりしない。予知情報を出すのは気象庁で、警戒宣言を出すのは総理大臣だ。ただし、この警戒宣言発令による一日当たりの実質的経済影響額は、約一七〇〇億円。見かけの経済的影響額は、三四五〇億円にのぼると内閣府の中央防災会議「東海地震対策専門調査会」は試算している。とても、おいそれと出せるものでもない。

「要するに、予知なんてできないんじゃないのかね。嘘をついちゃ困るよ」

「重要な質問です。みなさん、よく聞いてください。このパンフレットには、前兆すべりが急激に進んだ場合、前兆すべりが小規模であった場合など、予知に関する情報を発表できない場合があります、と注意書きも入っています。だから、日ごろの防災対策が必要なんです」

黒田はパンフレットを読み上げた。

唯一、予知が可能であるとされる東海地震、その根拠は地震の前に前兆すべり、プレスリップと呼ばれるものが観測されると考えられているからだ。しかしパンフレットには、このプレスリップを見逃す場合もあると書いてある。

「東海地震に関して、気象庁が発表する情報には三つがあります」

黒田はプロジェクターに用紙を置いた。スクリーンにカラーの画面が現われる。

聴衆を見ると、列の中ほどから後ろにかけて、居眠りをしている者も多い。

「さあ、一〇〇歳まで生きたい人はしっかり目を開けて聞いてくださいよ」

黒田は大声で言ってから話し始めた。

まず、東海地震観測情報。どこか一ヵ所の観測点で異常が観測された場合だ。東海地震情報の中ではいちばん地震発生の可能性が低いもので、住民の防災対応は特にない。国や自治体では情報収集連絡体制がとられるが、住民は、テレビ、ラジオ等の情報に注意し、平常通りすごす。

二ヵ所の観測点で異常が観測されると、東海地震注意情報が出される。これが出ると、必要に応じ、児童、生徒の帰宅等の安全確保対策がとられ、救助部隊、救急部隊、消火部隊、医療関係者等の派遣準備が行われる。住民は、テレビ、ラジオ等の情報に注意し、政府や自治体などからの呼び掛けや、自治体等の防災計画に従って行動する。

三ヵ所以上の観測点で異常が観測されると、東海地震予知情報が出される。

この予知情報が出された場合、総理大臣によって、警戒宣言が発せられる。政府には、地震災害警戒本部が設置され、津波や崖崩《がけくず》れの危険地帯からの住民避難や交通規制の実施、百貨店等の営業中止などが実施される。住民は、テレビ、ラジオ等の情報に注意し、東海地震の発生に十分警戒して、警戒宣言、及び自治体等の防災計画に従って行動することになる。

個人的には、この呼び名には問題があると思っている。実に紛らわしいし、緊迫感の欠片《かけら》もない。よほど実務経験のない、馬鹿者がつけたのだ。危険レベル1、2、3、あるいはレッドカード、イエローカードとでもすべきなのだ。

「その予知情報というのが出たら、地震は本当に起こるのですか」

突然、声が上がった。どの説明会でも聞かれることだ。本音は地震にでも聞いてくれと言いたいところだが、答はマニュアル化されている。

「これはきわめて客観的な評価基準で、昔のように学者の主観的な意見は入りません。純粋に機械による自動的な判断なのです」

要するに、誰にも責任が及ばないようにしたのだ。従来は六人の東海地震予知判定会のメンバーによって話し合いで決めていた。その場合、外れたときは誰が責任を取る、ということになる。それで、機械に責任を取らせようとしただけだ。もちろん、そんなことはマニュアルには書いていない。

しかし、本当にこのように段階的に現象が進み、時間的なゆとりを持って避難が進んでいけばいいが。言うは易《やす》く、行うは難《かた》しの典型だ。いちど、酒の席で酔った振りをして上司に聞いたが、ミミズと雷雲による地震予知の話が返ってきた。地震などまったく知らない上司だった。

「それじゃあ、最後に一般的な地震の注意事項を話しますよ。デパートで地震にあったら、一瞬の間は停電になるが、予備電源で明かりはすぐに回復します。この辺りで想定されている地震の揺れは、震度6弱程度です。この揺れでは、固定してない重い家具の多くが移動、転倒する。デパート内では、陳列されている商品は棚から落ちて床に散らばり、陳列ケースが倒れ、割れたガラスが散乱するといった状況が起きます。さあ、それからが大変だ。エレベーターは動かず、中の人は閉じ込められることになります。人々は商品の散乱するフロアーを走り、階段やエスカレーターに殺到する。動かなくなった狭いエスカレーターを数百人が先を争って下りることになるでしょう。一人がつまずけば、折り重なってエスカレーターを転げ落ちます。各階で、同様なことが起きているのです」

老人たちの半分は真剣に、半分は居眠りしながら聞いている。時折りこれでいいのか、と自問するがこういう地道な働きかけが大切なのだと言い聞かせている。

「こういうとき、皆さんはどうしますか」

「従業員の指示に従って行動するのがいちばんじゃ」

「模範解答が出ました。他の人は」

「従業員がうまく階段に誘導できればいいけど、彼ら自身がパニックに陥るわよ。普段階段を使い慣れていないお客には、場所さえも分からないしね。じっとしてるのがいちばん」

「火事でもおきたらどうするんかね。真っ先に煙にまかれるよ。私はバーベキューになるのはごめんだね」

「斎場がデパートになっただけじゃないか。この歳になると、いつお迎えが来てもいいよ。しんどいことがいちばん嫌だね」

老人たちの間に笑いが起こった。寝ていた者も目を開けている。

「ナゴヤドームの場合は、四万人あまりの人が一斉に出口に押し掛けますよ。観客席の階段から転げ落ち、その上にさらに何十人、何百人の人間が乗りかかることも考えられます。ドームの場合は子供も多く、さらに出口はそんなに広くない。非常出口は確保されているにしても、多数の死傷者を出す大混乱は避けられない。ナイターで停電にでもなれば――。さらに、天井から落下物でもあれば、パニックの上にパニックが起こる。まさか、天井が落ちてくることはないでしょうがね」

黒田はジェスチャーを加え、臨場感を出しながら話した。

「わしには関係ないね。野球なんぞに興味はないし、プロレスもテレビで見ておる。要は、人の多いところに行かなきゃいいんだろう」

「野球場など広いとこで地震にあえば、その場にじっとしているか、グラウンドに出て揺れが収まるのを待つのがいちばんです。でも、数万の人がいっせいにパニックを起こせばそうもいっておれないでしょう。だから、最高の地震対策はあまり人の多いところには出ないことです。といっても、どうしても出る必要があるときもあります。お孫さんと一緒に出かけることもあるでしょう。大都市における昼間の地震に関しては、人による圧死者が膨大な数になることは間違いありません。映画館、デパート、コンサートホールなど、人が多数集まるところでは、常に非常口の確認が重要だということです」

「ここにも非常口はあるのかね」

老人たちがいっせいに辺りを見回している。黒田は大きく息を吐いた。今日は、いや今日も疲れる。

そのとき、黒田の胸ポケットで携帯電話が震え始めた。

そっとディスプレーの表示を見た。気象庁からだ。

〈東海地震予知情報発令〉

黒田は全身から血の気が引いていくのを感じた。

10：30 Tue.

三戸崎は所長室で所長と向き合っていた。

部屋からは遠州灘が一望できる。三戸崎はこの部屋に呼ばれると極力、視野の先に意識を集中させることにしている。所長の話はどうせろくなことではないのだ。

真夏の陽の光、太平洋の波のきらめき、彼方の砂浜では数万の海水浴客が玩具《がんぐ》のように見える。退職したらヨットを買おう。小さな三、四人用のヨットだ。幸恵と娘を乗せて釣りをしよう。ヨットで釣りか——悪くはない。しかし、娘は嫌がるだろうな。幸恵はヨーロッパ旅行のほうがいいか。

「昨日の討論会では、不用意発言があったようだね。慎重なきみにしては珍しいことだ」

「どの発言でしょうか」

三戸崎はとぼけて聞いた。やはり会社は、誰かをもぐり込ませていたのだ。ビデオを撮っていた男か。あのときは、環境保護団体の茶髪男に誘導されて、いつもなら言わないようなことまで言ってしまった。あの茶髪は、環境保護の立場であの討論会に出たのではない。明らかに反原発運動をやっている男だ。

「もし、原発が被害を受けたら——、と言った件《くだり》だ。仮定であれ、原発職員として適切でないと本社からクレームがきている」

「そんなこと言いましたか。何ぶん、相手は多数で私もかなり神経質になっておりました」

「だったら、もっと冷静にならなきゃダメじゃないか。相手の口車に乗せられると、あとで面倒なことになる。相手はこっちの言葉を録音して、寄ってたかって一言一句チェックしているんだ」

会社だってそうでしょう、と口の中で呟いた。

「要するに、暇な連中の集まりなんです」

「そういうのも不用意発言になるんだ。我々は意見や仮定を言うのではなく、ただ原子力を理解してもらうために説明するんだ」

「分かっています」

三戸崎は軽く頷いた。

一〇分ほど所長の愚痴にも似た口頭注意を受けた後、四号機の中央制御室に戻った。

原発の運転は三交代制を取っている。三戸崎の班は申し送り事項を聞いて交代した。

ここでは三戸崎の下で、四人の運転員が働いている。全員が優秀なエキスパートだ。当直長の席に座ると、全身の緊張が解けていく。空調の低い唸《うな》りのような音さえも、気分をほぐしてくれる。完全に閉鎖された部屋だが、やはり自分はここで装置と向き合っているときがいちばん落ち着く。

しかし、ここにいるのもあと二年だ。その後は現場を離れて、広報にでも回される。その後は――悠々自適だ。楽しみでもあり、不安でもあるというのが本音だ。

「現在、出力六〇パーセント運転です。今日中に八〇パーセント運転に上げる予定です。何ごともなければ、明日には一〇〇パーセントに上げることができます」

運転員が計器を見ながら言った。

定期点検後二日目の運転だった。原子炉は一気に出力を上げることはできない。定期点検で原子炉を止めた後は、数日かけて原子炉の様子を見ながら出力を上げていく。定常運転に入った後はできる限り出力変化を避けて、一定出力のまま運転する。

「次の定期点検まで一三ヵ月だ。それまで何ごともなく運転できれば、最高の職場なんですがね」

「そういう根性がとんでもない事故につながる。原発関係の主だった事故は、ほとんどが人為的ミスだ。チェルノブイリ、スリーマイル島、東海村の臨界事故も、気の緩みと慣れと動揺が引き起こした事故だ」

三戸崎は昨日海岸で会った柴山と茶髪を思い浮かべた。彼らは今も、この原発を見ながら拡声器で声を張り上げているのだろうか。一度、ここに来て運転員たちと働かせてみたい欲求に駆られた。それでもなお、原発に反対するならすればいい。

三戸崎のデスクの電話が鳴り始めた。

受話器を耳に当てた三戸崎の頭から血の気が引いていった。

「注意情報ではなく、予知情報なんですね」

確認して受話器を置いた。

「本社からだ。東海地震予知情報が出た。注意情報ではない。繰り返すが注意情報を飛び越えて予知情報が出た」

中央制御室全体に聞こえるように声を張り上げた。運転員たちは戸惑った表情で三戸崎を見ている。

「現在、閣議が招集されている。直ちに警戒宣言が出される」

社内規定では、東海地震注意情報が出た段階で原子炉を停止することになっている。原子炉停止は予知情報が出た段階でいいという声も上がったが、三戸崎は個人的には注意情報の段階で停止してもいいと考えている。しかし、今回はそれを飛び越えて一気に予知情報が出た。

「原子炉を直ちに停止する。以下、マニュアルに沿って行動すること」

言いながらパネルの前に行った。

六〇パーセントまで上がっていた出力がゆっくりと下がっていく。制御棒が差し込まれ、核分裂が収束しているのだ。

三戸崎は副当直長と運転員たちに視線を向けると、急に全身の力が抜けていくのを感じた。

11：00 Tue.

「最悪の場合、死者九二〇〇人、重傷者一万五〇〇〇人に及びます。これは地震予知ができなかった場合の冬の午前五時に地震が起きた場合です。死者の大部分は建物倒壊による圧死。しかし、予知情報があった場合は死者二三〇〇人、重傷者四〇〇〇人と大幅に少なくなります。死者にいたっては四分の一です。建物被害の最大は、火災による被害が多くなる午後六時で、四六万棟。内訳は揺れによる倒壊が一七万棟、津波によるものの六八〇〇棟、液状化によるもの二万六〇〇〇棟、火災によるものが二五万棟です。予知情報があった場合は、火災による被害は七万六〇〇〇棟に激減します。心の準備ができていますから」

東大名誉教授が一気にしゃべった。東海地震に関する被害想定だ。

自分とさほど変わらない歳で、これだけの数字を覚えているとは、認知症とは程遠い頭脳だ。漆原《うるしばら》は感心しながら聞いていた。

漆原尚人《なおと》副総理は、二時間前から地震についての講義を受けていた。横には、中央防災会議の東海地震対策専門調査会の委員が控えている。

漆原は腰をかばうように座りなおした。一時間前から、持病の腰が痛み始めている。七八歳、決して若いとはいえない。最近、急に白髪が目立ち始め、ほとんど真っ白になっている。身長一八〇センチ、九〇キロを超える身体も衰えが目立っている。

五〇歳で衆議院議員に初当選して四回当選。その後、東京都知事に転身し、二期務めた。都知事時代には、その既成概念にとらわれないユニークな行政手腕は、マスコミの話題になった。

都知事二期目に起こった平成大震災を、持ち前の思い切りの良さと少々強引な政治手法で乗り切った後、国会議員に返り咲いたが、周囲の期待ほどにはぱっとしなかった。

谷島《たにしま》総理になってから、内閣は大きく変わった。総理側近の権限が強まり、副大臣ポストが多くなった。昨年の内閣法改正で、一時はなくなっていた副総理まで復活した。アメリカかぶれの谷島のやりそうなことだ。だが、肩書き、特に大臣の付く肩書きを異常に欲しがる政治家が多いのも事実だ。特命担当大臣についても、必要に応じて副大臣が置けるようになった。いざというときの権限移行も副総理、副大臣主体に法整備されている。是か非かは別にして、ポストを増やすことについては少なくとも与党からはまったく異論は出なかった。しかし、谷島が漆原を実質的には大した仕事のない副総理に任命したのは、引導を渡したのだ。お前の道はここまでだと。

漆原はため息をついた。

来年の総選挙では引退を表明するつもりだ。地元ではすでにそれを察してか、後継者が取りざたされている。長男はニューヨークで画家として生活している。次男は私立大学の文学部の教授だ。身内であとを継ぐようなものはいない。次男の嫁が色気を出しているが、とんでもない話だ。後援会と党に任せておけばいい。

マスコミは「老兵は去れ」「夢破れた老兵」「戦後右翼の末路」などと書き立てるが、決して敗者などではない。お前らよりよほど有意義な人生だったと、怒鳴り返してやりたいが、それをやるとまたなんと書かれるか。そう考えると反論する気力も失せる。これこそが老いなのだろう。やはり早く引退すべきだ。

「近い将来起きると言われている海溝型巨大地震のパターンとしては、次の三つが有力です。前回の昭和東南海、南海地震ですべり残った東海地震が単独で起きる場合。東南海地震、南海地震が同時か、またはわずかの間をおいて起こる場合。そして、三つの地震が連動して同時に起こる場合です」

「前回とはいつのことだ」

「一九四六年、七〇年近く前のことです」

とたんに現実味が失せていく。僅に一世代前の出来事だ。日本の防災を考えなければならない自分ですらこうだ。一般の国民にとって、どれほどの危機感があるのか。

「もちろん最悪の場合は、東海、東南海、南海地震が同時に起きる場合です。政府の中央防災会議『東海地震対策専門調査会』は、二〇〇三年三月、東海地震発生に対する被害想定結果を発表しました。それが先に述べたものです」

講義は東大名誉教授から、東海地震対策専門調査会の委員に代わった。

この男は、確か京大の名誉教授だ。去年も漆原に講義したはずだ。内容など覚えていないが、どうせ同じようなことだったのだろう。要するに、彼らは持ち回りで委員を続けているということか。これも天下りの一種と言えなくもない。

「想定東海地震の規模はマグニチュード8・0。想定ケースは一八にわたっています。まず、地震発生時間は、冬の朝五時、秋の昼一二時、冬の夕方一八時の三ケース。津波の想定につきましては、住民意識の高い場合、低い場合、地震動により水門の機能低下が発生した場合の三ケース。火災の想定は、風速三メートルと風速一五メートルの場合。地震予知情報の有無につきましては、警戒宣言の発令がなく起こった場合と発令された場合を想定いたしました」

相変わらず実にややこしい。様々な状況を想定し、組み合わせて被害想定を出しているのだが、いかんせん組み合わせが多すぎる。まず一般の国民が見ても分からないというのが現実だ。学者や役人というのは、わざと話をややこしくする性癖がある。それとも、わざと世間を煙に巻いて、自分たちの領域を近寄り難いものにしているのか。

こういうのは、最悪のケースを一つ出しておけばいい。国民にも分かりやすいし、それに対処する方法を全力で考えれば、被害は最小に止められる。

「さて、問題の経済的被害ですが、建物倒壊や水道・電気・ガスなどのインフラ破壊などの直接被害が約二六兆円、工場の生産停止や東西間幹線交通網の遮断などによる間接的被害が一一兆円。合計三七兆円と試算されています」

漆原の意識が多少はっきりした。政治家は金の話には最も敏感だ。二〇年も前だが、財務省がまだ大蔵省と呼ばれていたときの大蔵大臣時代が頭を掠《かす》めたのだ。あのころが自分にとって花だった。

「ただし、これは予知情報がなかった場合で、予知情報があれば経済的被害は約三一兆円です。警戒宣言による経済的被害の軽減効果は約六兆円となります」

「つまり、六兆円かけて予知ができるようになれば、元が取れるということだな」

「その通りです。さらに、警戒宣言発令の経済的影響は、一日に一七〇〇億円と試算しております。これは、防災対策強化地域内の産業活動の停止、東西幹線交通停止、防災対策強化地域外での交通等の影響、我が国全体への直接的、間接的影響の波及等を考慮しております。加えて、避難者は最大二〇〇万人、断水・停電・ガスのストップなどの影響を受ける被災者は五〇〇万人以上との試算が出ております」

「公的な被害想定でいつも気になるのは、死傷者数が最も多いのは家屋の倒壊によるものだ。これが現実感をなくしている」

独り言のように呟いた。これは最も想定しやすい数字であり、過去の大地震と阪神・淡路大震災での経験をもとにしているからだ。しかし、現在の大都市における巨大災害をこのように単純に考えていいものか。都市形態、発生の季節、時間によって被害状況はまったく変わってくる。

「私の選挙区は神奈川だ。東海地震が夏場の昼間に起これぱどうなる。湘南海岸を中心に、海岸には一〇万人単位の海水浴客が出ていると考えられる。また、海岸沿いの道路には車の大渋滞が起きているかも知れない。そのようなところに、インド洋大津波なみの津波が襲ったらどうなりますかな」

漆原の脳裏に、第一報を耳にしたときの驚きが蘇ってきた。

津波から二週間後、都の職員数名とインドネシアに視察に行った。そこには、正月明けの華やいだ日本とは対照的な光景があった。海岸線は延々と瓦礫に埋まっていた。しかし漆原が最も耐えられなかったのは、その臭いだ。二週間がすぎているというのに、異臭が立ち込めていた。日本では真冬でも、現地では三〇度を超す日々が続いていた。日本からの視察団の誰もが口にしなかったが、それは死臭に違いなかった。遺体の腐乱臭。阪神・淡路大震災のときにも、平成大震災のときにも経験しなかった臭いだ。眼前に広がる瓦礫の下には、まだ死体が多数埋もれているのだ。

「そのような特殊な場合は想定に入れておりません」

「特殊な場合だと――」

漆原は言いかけてやめた。学者にとってはそうなのだろう。

「さらに東海地震の場合、新幹線などの鉄道事故や地下街への浸水、長周期地震動、津波の問題も考えなければならない」

漆原は、口の中で言う。

「同様に、東南海・南海地震が同時に起きた場合の被害想定も出しております。最悪の場合、死者は、建物倒壊、津波、火災などで中部地方から九州にかけた一三府県で約二万一〇〇〇人に上ります」

名誉教授は淡々と話し続ける。

「最悪のケースは、午前五時に発生し、風速一五メートル、水門が閉鎖できず、住民の避難意識が低いという条件が重なった場合であります。重傷者は約二万四〇〇〇人、救助が必要な者は約四万四〇〇〇人に上ります。揺れと火事、津波による建物の損壊は、風速一五メートル、午後六時発生の場合が最高で、約六二万七〇〇〇棟。避難者数は地震発生後一週間で五〇〇万人となる可能性があります」

こうした被害想定にもやはり、地下街、劇場、デパートなど人が多く集まる場所での被害といった未確認要素は入っていない。要するに、肝心なことはまったく考慮していないのだ。

漆原は手元の書類に目を移した。

昨夜、秘書に用意するように言っておいた、『今後五年間の日米関係に関する予測』という、元アメリカ政府の要人が書いたという論文だ。それによると、回復の目処《めど》が立った日本経済に対して、アメリカ政府が再び危機感を感じ始めているというもので、現在、日米両国で話題になっている。個人的にはそんな馬鹿なと思うが、もっともらしいことも述べられている。論文では、日本人は過去の失敗を教訓としてさらに大きく飛躍すると結論づけている。

例として、明治時代の鎖国からの急速な西欧化、関東大震災からの復興、第二次大戦後の官民一体となった新生日本の形成などが挙げられている。そして最近では、阪神・淡路大震災と平成大地震からの復旧、復興が脅威とともに示されている。しかし、この二つに対しては、政府がどれほど具体的な対策を取ったのか疑問に思う。

「最悪のケースは東海・東南海・南海地震の三つが同時に起きた場合です。過去の例を見ても、一七〇七年の宝永《ほうえい》地震、一八五四年の安政《あんせい》地震はほぼ同時に起きています。私たちは三つの地震が同時発生した場合、地震の規模をM8・7と想定して被害予想を試算いたしました。それによりますと、関東以西の太平洋側を中心に、揺れや津波、火災により最悪の場合、約九六万棟の建物が全壊。午前五時に発生した場合の死者は、建物の倒壊で一万二二〇〇人、津波で一万二七〇〇人、火災や斜面の崩壊で三五〇〇人に上るという結果が出ております」

名誉教授が大きく息を吐いた。漆原がほとんど聞いていないことは知っているのだ。

「経済的被害も大きく、建物やライフラインなどの直接被害が四〇兆から六〇兆円、生産中止や交通寸断による間接被害が一三兆から二一兆円と試算されています。つまり最大で――」

「死者二万九〇〇〇人、経済的被害は計八一兆円に上るというのか」

漆原の突然の言葉に、名誉教授は驚いたように背筋を伸ばした。

漆原は顔を上げて教授を見つめ、しばらく無言で考え込んでいた。

「では、東海地震が今後一〇年程度発生しなければ、三つの地震が同時発生する可能性が強くなるというわけだな」

「その通りです。さらに、委員の中にはマグニチュード7クラスの東京直下型地震の緊迫性を危惧《きぐ》している者もおります。これら、四つの巨大地震がほぼ同時に発生すると、総被害額は三〇〇兆円に達するという民間の試算もあります」

漆原には言葉がなかった。国家予算の四倍に近い被害が出るのだ。まさに日本崩壊の危機だ。

そのときドアが開き、秘書が飛び込んできた。

「地震です」

二人の名誉教授に視線を向けてから言った。

「震源は御前崎沖二〇キロの地点。マグニチュード5、震度は最高で4弱を記録しています。津波警報が出ていますが、せいぜい三〇センチ程度だろうということです」

「これは東海地震ですか」

漆原は二人の地震学者に尋ねた。

二人は顔を見合わせて、お互いに先に言うように促している。

「帰って詳しいデータを調べてご報告いたします」

東大のほうが丁寧に頭を下げた。

「被害は？」

二人が出て行ってから、秘書に聞いた。

「報告を受けていません。大したことはなかったのでしょう。最近は小規模の地震が頻発していますから」

「しかし助かったよ。退屈な講義がやっと終わった。もっと早く地震が起こってくれればよかった」

言ってから、こういう言葉は外では言えないなと、秘書の肩を叩いた。

「そろそろ時間です。河本防災副大臣はすでにおみえです」

秘書が時計を見ながら言った。

「パスできないかね。どうせ、同じような話だろう」

秘書は無言で首を横に振った。


一〇分後、漆原は総理執務室にいた。

ここに来るたびに副がついているのといないのとでは、これほど違うのかとうんざりさせられる。いつかはここの主に、と願い続けてきたが、どうやら叶《かな》いそうにない。

谷島総理は椅子に座って眠っているように目を閉じている。現在六一歳だが髪は黒々として、顔は精気に満ちている。

漆原はテーブルの上の資料を手に取った。

横には河本亜紀子防災担当副大臣が座っている。

亜紀子は一〇年以上、神戸出身の堂島智子《どうじまともこ》前衆議院議員の秘書を務めた後、堂島の引退に伴いそのあとを継いだ。党内切っての地震通だ。高校時代に阪神・淡路大震災で家族全員、両親と兄を亡くしたと聞いている。谷島が、当選一回、弱冠三五歳の彼女を内閣法改正で防災担当副大臣第一号に任命したのは、堂島の強い推薦というより、女性起用、しかも若い女性という人気対策のためだ。しかし、案外的を射た人選だったかも知れない。

三人は気象庁の技官から、東海、東南海、南海地震の講義を受けていた。しかし、これも何回目になるのか。同じ日に地震講義の掛け持ちとは――。自分はよほど地震に縁があるのか。いい加減に地震の呪縛《じゅばく》からは脱却する必要がある。

特に最近は日中関係、日韓関係が領土問題、エネルギー問題、おまけに過去の歴史問題が絡んで険悪になってきている。今では、起こる起こると言われ続けて数十年がたっている東海地震よりも急務であると考えている議員が圧倒的に多い。総理自身も、本音ではそう思っているのだ。

防災担当大臣も来るはずだったが、どうにも外せない用とかで欠席の連絡が、始まる三〇分前にあった。要領のいい奴だとは思っていたが、これほどだとは――。

「南海地震が発生したときには、大阪湾沿岸部の堤防が崩れ、大阪湾から河川を逆流した津波は、約八キロ上流の中ノ島《なかのしま》付近から都心部に溢れ出す。その結果、二時間半で五万立方メートルの水が地下街に流れ込む。京都大学で行われた津波シミュレーションがあるんだ」

漆原は亜紀子に言った。何年か前、瀬戸口から聞いた話だ。そういえば、彼ともしばらく会っていない。

「その通りです。一八五四年、安政南海地震で大阪は約八〇〇人、全国では一万人余りの犠牲者を出しました。東南海・南海地震が起こった場合、大阪の震度は5強と考えられています。しかし怖いのは、その後の津波です。我々はシミュレーションもやっています。それによると、太平洋で発生した津波は紀伊水道を通り、紀淡《きたん》海峡から進入し、淡路島で反射して大阪に押し寄せてくる。この過程は一六〇年前と同様です」

まだ三〇代前半と思える気象庁の技官が得意そうに言う。

「第一波は地震発生から約五〇分後、二・一メートルの高さ、第二波はその五〇分後、二・五メートルの高さ、時速三六キロメートルの速さで襲ってきます。大阪に到着した津波は、河川を逆流して市内に溢れていきます。昔と違うのは、大阪の町は地上ばかりではなく、地下にも広がっているということです。おまけに地下水のくみ上げによって、全体の地盤が低下しています。そこに津波が襲ったら――」

大阪、梅田の地下街は一日何十万人もの人が行き交う、日本一分かりにくい地下街だと聞いている。その地下街を津波が襲う。漆原は目眩《めまい》を感じた。想像しようとしたが、どうにもうまく描けない。

「それで、大阪は？」

谷島が目を開けて聞いた。眠ってはいなかったのだ。技官が、エッという顔で谷島を見ている。

「だから、大阪が取っている津波対策を聞いている」

「気象庁は地震発生から二分後には地震情報、その三分以内に津波情報を出すことになっています」

「出したら大阪はどうするんだ」

「それは大阪市が考えるべきことです。津波対策としては水門を設けています。その他には――」

「谷島総理は関西出身でしたな」

漆原は技官の言葉をさえぎって聞いた。

「そうです。芦屋《あしや》です」

「では、阪神・淡路大震災のときには――」

「東京に出ていました。選挙区は神戸でしたから大変だった」

当時を懐かしむように視線を空《くう》に向けた。

「阪神・淡路大震災からの復興は、約一〇年かかった。平成大震災から東京は――というより、日本はやっと八割がた復興した。これも漆原先生の努力の賜物《たまもの》ですな。これから経済は、加速度的な上昇に転じると思うがいかがですか」

谷島が漆原に問いかけた。

谷島という男は世間一般に言われているほど、斬新《ざんしん》でもクリーンでもない。ただ、庶民感覚については驚くほど熟知している。半年間であるが、副総理として側《そば》にいればよく分かる。

「阪神・淡路大震災のときにも言われましたが、早急な復興が被災者にどれほど役に立つのか。住宅を含めて、もう少し落ち着いてから考えるべきでしたな」

「しかし、建設業界を救ったのはこの言葉だ。日本という国全体を考えれば、そんなに悪いものでもない」

「でも、あまり早急な復興が後になって――」

亜紀子が言いかけた言葉を飲み込んだ。自分が発言を求められていないことを理解しているのだ。

「いいから続けなさい」

漆原は亜紀子を促した。

「おそらく――現在、東京の被災者は質が違うとはいえ、地震当時と同様の苦しみを味わっている者も多いはずです。二重ローン、会社の倒産による失業、生活不安、高齢化による問題などが生じています。もっと時間をかけて、被災者の意見を生かした復興計画が取られるべきでした」

「それが理想なんでしょうな。しかし、我々には時間がない。日本という国の舵取《かじと》りを考えると、被災者ばかりにかまってはいられない。特に、東京という日本の、いや世界の要が壊滅状態に陥ったのですから、早急な地震前の原状回復を優先せざるをえなかった。そこのところは分かって欲しい」

ところで――と、谷島が亜紀子の次の言葉を封じるように言った。

「堂島先生はお元気ですか」

「私がこうして仕事に専心できるのは、堂島先生のおかげです。翼のいちばんの友達です」

「翼君は幸せだ。最高の友人を持っているのだから」

「私もその言葉には同感です」

現在、堂島は亜紀子と同じマンションの同じ階に住み、実の孫のように翼の面倒を見ていると聞いている。堂島も、阪神・淡路大震災で家族全員を亡くしている。これも、新しい家族の形態かとも思う。

「しかし惜しい気もするね。堂島先生はまだまだ現役を続けられた。だが、反面潔《いさぎよ》かった」

「私に対する嫌味ですかな」

漆原は冗談めかして言ったが、目は笑っていない。

堂島は六五歳になると同時に次回の選挙には出馬しないことを告げ、後継者として亜紀子を推薦したのだ。当時、亜紀子は松浦と結婚し、翼が生まれ、半年の育児のあと、本格的に堂島のところに戻ったところだった。

「いやいや、漆原先生はますます元気になられる。私も、お二人とも大先輩の政治家として見習いたいと思っている。だが、優秀な後継者を見つけ、道をゆずるのも政治家としての重要な使命だ」

「やはり嫌味ですな」

漆原は今度はわざとらしく、笑みを浮かべた。

「河本君、きみの連れ合いは、確か自衛隊の――」

「陸上自衛隊の隊員です。一年間アメリカに行っていましたが、今ごろは名古屋だと思います」

「名古屋というと――」

「アメリカの空母に乗って帰国しました」

谷島が信じられないという顔をしている。

「初めてのケースだそうです。私も空母で帰国すると言われたとき、いつもの馬鹿げた冗談だと笑ってしまいました。ジェット機が甲板から離陸する轟音《ごうおん》を聞かされて、初めて信用しました」

「これも総理の親米外交の賜物ですかな。ところで会いには――」

「金曜日の朝、名古屋に行く予定です。子供が、どうしても早く会いたいと言うものですから」

「部隊はどこに所属を」

「FEMAに一年間の予定で派遣されていました。帰国後は、練馬の部隊に帰ると聞いています。東部方面隊第1師団施設大隊です」

「FEMAですか。あの組織は地震などの災害を扱うと聞いているが」

「テロやNBC兵器に対する危機管理も担当しています。でも、あの人のことだから、地震にいちばん興味を持っているでしょうね」

「そういえば、前の平成大震災の折りには、漆原先生共々、大活躍したそうですね」

「昔の話です。総理は大久保建設の社長とは知り合いですか」

亜紀子が話題を変えて聞いた。

彼女は仕事以外で地震について話すのは苦手だと、瀬戸口から聞いたことがある。瀬戸口は、まだ逃げているのかと冷やかしてやるんですよと言っていた。亜紀子は阪神・淡路大震災で両親と兄を亡くしている。さらに彼女自身――。そしてそういう瀬戸口も、生涯、神戸の地震を背負って生きている人間だ。漆原は軽いため息をついた。

「何度か政財界のパーティーで会ったことがある。と言っても、あまり記憶にない。名古屋は元気だ。やはり被災していないからな。だが、次は東南海地震だともっぱらの噂だ。名古屋は対策はできているんでしょうな」

「やってはいますが、十分とは言えないようです。もっとも、防災に対しては、十分という言葉は当てはまらないと思いますが」

「総理も、金曜は名古屋でしたね。オーシャン・ビューの落成式に出ると聞いていますが」

「東京を留守にすることになるが、後のことはよろしく頼みます」

デスクの電話が鳴り始めた。

谷島が受話器を取ると同時にノックの音がして、官邸の職員が入ってくる。

何か言おうとする職員に手を上げて制し、受話器を持ったまま頷いているが、その表情がわずかに強ばっている。来たな――漆原は感じた。

「分かった。直ちに来てください」

谷島が受話器を置いて、改まった表情で漆原たちに向き直った。

「東海地震予知情報が出た。気象庁長官が官邸に向かっている」

きみの話は、と職員に向き直った。

「同じです。気象庁長官がお目にかかりたいそうです」

「直ちに閣議を招集するように」

谷島が秘書に向かって言った。

漆原の脳裏に、忘れかけていた状況がありありと蘇ってくる。

11：10 Tue.

静岡県、牧之原。日本防災研究センターは、駿河湾を一望する小高い丘の上にある。

独立行政法人の研究所で、地震を中心に自然災害の基礎的研究、防災、減災の研究を行っている。その研究レベルは高く、内外ともに評価され、特に地震研究では世界でトップレベルにある。

地震研究部の部屋には一〇人近い研究員が集まっていた。瀬戸口を除く全員が、二〇代の若い研究者だ。

瀬戸口は東海地方沿岸に群発する小規模な地震データを検討していた。ここ数日、小規模な地震が頻発して起きている。

「内陸の群発地震が東海地震につながるという説もありますが……」

「コンピュータ・シミュレーションでは、いずれ収束するという結果が出ています」

「シミュレーションはしょせん机上の理論です。初期値や境界値を変えれば、結果は違ってくる。事実に重点を置くべきです」

瀬戸口は無言で若手研究員たちの言葉を聞いていた。

名古屋の学会で報告していた黒田の言葉が浮かんでくる。

〈地震は地球の息吹です。くしゃみをしたり、寝返りをうったりしているだけです。四六億年の地球の歴史の中で地殻の流動は大陸を動かし、海底を押し上げ、山脈を創りました。そして、その営みこそが生命を創造し、不毛の惑星を緑の大地に変えました。人間はそんな欠伸《あくび》にも及ばない地球の気まぐれを気にするより、それに対応した生き方を考えるべきです〉

そのときは、黒田がそういう話をしたことに驚いたが、確かにその通りだと思い始めた。自分もいっとき同じようなことを考えたが、研究者として現実に目をうばわれすぎて、人間としての謙虚さを忘れていたのかも知れない。

「先生はどう思われますか」

研究員の声で我に返った。

「もう一度、言ってくれ」

「先生は東海地震は近いとお考えですか」

瀬戸口はポストドクターのころを思い浮かべた。

当時は地震のコンピュータ・シミュレーションなど信じる者はほとんどいなかった。唯一、話を聞いてくれたのは東京都知事の漆原尚人だった。彼はいま、国会議員に返り咲いて副総理の地位にある。トップを目指していた彼としては不本意だっただろうが、日本防災研究センターにとっては心強い存在だった。だが、彼も七八歳だ。おそらく、今期限りで引退する。

「気象庁の観測を待つしかないな」

瀬戸口は無意識のうちに言った。

「しかし、先月の学会では、プレスリップ説は見直す必要があるという研究発表が三件ありました。その他に注目を浴びたものでは、プレートの反発は瞬間的で、プレスリップがあるとしても本震の数分前だと結論づけているのがあります。彼らは、プレスリップを本震のきわめて初期的なもの、としてとらえています。もしこれが正しいとしたら、我々のシミュレーションも見直す必要があると思いますが」

「不連続状態は、シミュレーションでは解析できません。我々はできないことをやってきたのですか」

「コンピュータ・シミュレーションは、状態を数式に表わすことから始まります。地震という事象が不連続だとすると、それは特異点として存在することであり、解析不能ということですか」

地震のコンピュータ・シミュレーションに使っているのは、流体力学の基礎方程式だ。つまり質量保存、運動量保存、エネルギー保存の三つの式である。しかし、それらは瀬戸口や遠山が長年かかって地殻の特性を組み入れた変形方程式だ。本来、弾性体と考えるプレートに流体の特性を付加したもので、地殻を非常に緩やかに変化する流体モデルとして扱うための補正が行われている。そのために、各方程式の粘性、熱伝導、電気抵抗、エネルギー緩和時間などの輸送係数を各地点、時間によって、実際の測定値を使用している。

これらの方程式を空間的、時間的に有限個の大きさを持つ有限要素に分割し、その有限領域を近似多項式を作って計算する。航空力学、建築工学、土木工学、造船工学において幅広く使われている計算手法、有限要素法である。こういう計算が可能になったのは、コンピュータの記憶容量と計算速度が著しく発達したからだ。

「不連続なんてのはありえない。その部分の時間スケールを拡大すれば、なんらかの状態変化があるはずだ」

「それじゃあ、宇宙のビッグバンと同じじゃありませんか。ほんの一瞬ですべてが終わっている。スケールは違いますけどね」

「時間スケールの拡大と言ったって、どんなスーパーコンピュータを使えって言うんだ。現在のコンピュータじゃ不可能ってことか」

「まだ結論が出たわけじゃないよ。あと半年は、現在のシミュレーションを継続すべきだ」

「その間に地震が起こったらどうなる。予知できなければ膨大な時間と金を使って、なんのための研究だということになる」

「やはり、東海地震予知のいちばんの可能性は、プレスリップの観測ということですか。

気象庁の奴ら、ますます勢いづくな」

研究員の間で様々な意見が飛び交う。

プレスリップが東海地震の前兆であるという説の根拠となっているのは、一九四四年一二月七日の東南海地震のとき、静岡県掛川市付近で行われていた水準測量の結果である。水準測量とは土地の上下動を測るものだが、地震発生の二日前から土地が動き始め、当日の動きは五ミリ近くになった。どうやらこれが、プレスリップらしいというのである。もしこのプレスリップさえ事前に観測できれば、地震は予知できる。こうして、少なくとも東海地震の予知は可能だということになり、日本中に観測機を配置することになった。

「致命的なのは一九四四年以後、大地震の前に、このプレスリップが観測された例がまだないことだ」

研究員の一人がポツリと言った。

確かにその通りだ。二〇〇三年の十勝沖地震のときにも、マグニチュード8・0という海溝型巨大地震にもかかわらず、プレスリップは観測されなかった。同様に二〇〇四年九月の二度の紀伊半島南東沖地震も、一回目は震源の深さ約三八キロ、マグニチュード6・9、二度目はマグニチュード7・4という連続した海溝型地震であるにもかかわらず、予知はできなかった。

「だったら、今まで三〇〇〇億円以上投入した予知観測システムはどうなる。捨て金じゃないか」

「地震予知などできないという証明のために使ったと思えばいいさ」

「それだけの金を防災に向けたほうがよかったというわけか」

研究員が自嘲《じちょう》気味に言った。

そのとき、地震計のモニターランプが点滅を始めた。研究員がモニターに飛びつく。

「御前崎沖二〇キロ、マグニチュード5程度。大した地震じゃありません」

がっかりした口調で言った。


瀬戸口は自室に戻った。

頭の中に鉛のようなものがあり、目の間が鈍く痛んだ。ここ数日、眠れない日が続いている。

立ち上がって壁の日本地図の前に立った。この半年間に起こったマグニチュード5以上の地震が、赤い丸印で示されている。赤丸は遠州灘沖から、熊野灘《くまのなだ》沖に集中している。規模としてはさほど大きくはないが、その数の多さは気になった。気象庁でも、その評価についてもめているに違いない。

東海、東南海、南海地震の震源となる駿河・南海トラフでは、六八四年の白鳳《はくほう》地震から一九四六年の南海地震までに、記録に残る大地震は一二回あった。海溝型巨大地震は歴史上、東海地震、東南海地震、南海地震と、東から順番に発生するか、あるいは同時に起きている。その間隔は九〇年から一五〇年だ。

一四九八年、明応《めいおう》地震は、M8・2から8・4。東海、東南海地震である。このときの津波による死者は駿河で二万六〇〇〇人、伊勢志摩《しま》・伊勢大湊《おおみなと》で一万五〇〇〇人出ている。

一六〇五年、慶長《けいちょう》地震は、M7・9。東南海、南海地震である。千葉県から九州までの広域を津波が襲い、死者二五〇〇人以上が出た。

一七〇七年、宝永地震は、M8・4。東海、東南海、南海の三つの地震が同時に起きた。日本最大級の地震で、東海沖から四国沖のプレートが同時にずれた。

一八五四年、安政東海地震は、M8・4。東海、東南海地震である。安政南海地震も、M8・4。南海地震である。この二つの地震は、後者は前者の三二時間後に起こっている。安政東海地震は津波が遠州灘、駿河湾に押し寄せ、死者は二〇〇〇人から三〇〇〇人。安政南海地震は津波が紀伊半島や四国を襲い一万人余りの犠牲者が出た。

最も最近の一九四四年の東南海地震は、M7・9だ。二年後の一九四六年、M8・0の南海地震が起こっている。二年を隔てて二つの地震が起きたのだ。東南海地震では伊豆半島から紀伊半島にかけて津波が襲い、全体の死者・行方不明者は一二二三人。南海地震では静岡県から九州にかけて津波が襲い、一三五〇人の死者が出ている。

一定の時間を経て巨大地震は起きている。要するに、地震は長年地殻に蓄えられたエネルギーが、ある時期が来て一気に放出されるという極めて単純な現象なのだ。そして、静岡県から四国にかけての地震、東海、東南海、南海地震は、連動して起こる可能性が極めて高い。

瀬戸口は軽いため息をついた。

一八五四年の安政東海地震では東海地震と東南海地震が同時に起き、紀伊半島潮岬沖から駿河湾までのプレートがずれた。ところが、一九四四年の東南海地震のときには、東海地震は起きていない。つまり、東海地震部分のプレートがずれ残ったのだ。だから東海地震を引き起こすプレート部は、一六〇年近く歪エネルギーを蓄え続けている。これが、東海地震はいつ起きてもおかしくないと言われている根拠だ。

瀬戸口は素人に地震予知の話をするとき、こうした過去の地震について話す。すると大部分の人は納得する。素人を納得させるいちばんの根拠が、高度な観測機器を使って得たデータやスーパーコンピュータで計算した結果ではなく、古文書から得られた過去の地震の歴史であるというのは大いなる皮肉だ。同時に、なんとも寂しいかぎりだとも思う。実際、地震を数式で表わそうなどということは、しょせん無理な話なのかも知れない。不確定な要素が多すぎる。ほんのわずかな因子で、その後の状況はまったく違ってくるのだ。しかし――やらなければならない。

瀬戸口はもう一度地図を見て椅子に座った。

一瞬意識が遠のき、椅子の背にもたれたままじっとしていた。

電話が鳴り始めた。瀬戸口はゆっくりと手を伸ばして受話器を取った。

〈私は気象庁地震火山部の者ですが、瀬戸口先生ですか〉

静かだが重々しい響きの声が聞こえてくる。

11：20 Tue.

昨日まで組まれていた足場は、すでにすべて取り払われていた。

大久保は展望室の中央に立ち、天井を見上げた。天井には一基一七〇〇万円のシャンデリアが一二基、ダイヤモンドのような輝きを放っている。テーブルと椅子もすでに八割がた運び込まれていた。しかし、壁の三分の一はまだコンクリートの地肌をさらしている。

「あと三日だ。本当に間に合うのか」

「精いっぱい、頑張ってはいるのですが――」

この高橋という男は何を聞いてもこの調子だ。建築家としては優秀だが、マネジメント能力は皆無だ。

「職人をもっと増やすことはできないのか」

「これでも中部地区の可能な限りの職人を集めました」

「関東、関西もあるだろう。声をかけてみろ」

「分かりまし――」

高橋の言葉が終わらないうちに、背後で「おっー」という声が上がった。

「地震じゃないのか」

梱包《こんぽう》された椅子を運んできた運送会社の社員が荷物を床に置き、テーブルに両手をついて身体を支えている。オーシャン・ビューはゆっくりと揺れている。

「落成式は延期したほうがいいのではないですか。ここ数日、地震が続いています」

「馬鹿を言うな」

大久保は大声を出した。自分でも思ってもみなかった声だ。

「しかし、現在の状況では総理は――」

「総理も国民に動揺を与えるのを最も懸念しているはずだ。総理自らが名古屋に来るのが、いちばんの安心を与えるということだ」

大久保の言葉に高橋は頷いた。

「こんな地震ではびくともしない。耐震設計がされていることの証明にもなって、大いに都合がいいだろう。だが――揺れはかなりきついな」

「柔軟構造にしてありますから。この揺れが地震エネルギーを吸収して、建物自体には無理な力がかかりません。マグニチュード8の地震にも、まったく心配ありません。しかし――」

「なんだ」

言いよどむ高橋を大久保が睨《にら》みつけた。

「なんでもありません。確かに、かえって宣伝にもなります」

「だが、ここ数日、いやに地震が多いな」

「今朝のテレビで地震学者が、小さな群発地震がプレートに蓄積された歪エネルギーを少しずつ放出していると言っていました。いい傾向と違いますか」

高橋が笑顔をつくって言う。しかし、その笑顔も単に顔が引きつっているにすぎない。

やがてその揺れも引いていった。

「地震ごときに邪魔されてたまるか。今までは地震を飲み込んできたんだ」

大久保は独り言のように言った。

それは事実だ。大久保建設は、地震が起こるたびに大きく成長してきた。地震などはとどのつまり、大地が身震いしているだけだ。大地に建つものさえしっかりしていれば、恐れるに足りない。

そのときふと、大久保の精神に不安に似た思いがよぎった。今まで感じたことのない重苦しいものだ。

「日本の政界と財界の度肝《どぎも》を抜いてやる。日本の中心は、地理的にも名古屋を中心にした中部地方だ。遷都のときには名古屋が首都になる」

大久保は不安を振り払うかのように声を出した。

高橋を見ると先刻の虚勢は消え、憂鬱そうな顔をしている。

「気分でも悪いのか。顔色がよくないぞ」

高橋の肩を叩くと、弾かれたように身体を震わせた。

「ここのところ、徹夜続きで疲れています」

「今日は早く帰って寝ることだな。明日はまた忙しくなる」

大久保は言ったが、これから高橋が県の土木事務所に行かなければならないことを知っている。ビルの強度について、説明を求めてきているのだ。説明など適当にやればいい。どうせ役人は聞いているだけだ。自分で調べるなどという発想は皆無だ。自分が上司なら、どやしつけてやるところだ。

「食事は一二〇〇人分用意しています。オープニングパーティーの三〇分前に、一気に運び込む予定です。飲み物はシャンパンとワインを中心に――」

秘書がノートを出して説明を始めた。

秘書のポケットで携帯電話が鳴り始めた。失礼しますと言って受話器を耳に当てる。

大久保は秘書にはいつでも携帯電話に出るよう命じてある。会社にかかってくる電話は、すべて秘書に回すよう命じてあるからだ。その中で大久保に必要なものは、秘書が選別する。

「中部新聞の安藤《あんどう》記者からです。直接、社長に話したいと」

「内容を聞いてくれ」

「社長直々のコメントが欲しいと言っています。オーシャン・ビューに関することだと思います」

大久保は秘書から携帯電話を受け取った。

「本当か……」

自分でも血の気が引いていくのが分かる。

「そりゃあ大ごとだ。日本経済にとっても、大きなマイナスになることは確かだ」

大久保は半分上《うわ》の空《そら》で答えた。

「影響はいずれ名古屋にも跳ね返ってくることは確かだ。名古屋の経済人として、できる限りのことはしたいと考えている」

まず、無難な答だ。大久保は携帯電話を秘書に返した。

「顔色が悪いようですが」

高橋が顔を覗き込んでいる。

「気象庁が東海地震予知情報を出した」

「最初は観測情報、次に注意情報。予知情報はそれからじゃないですか」

「知るか、そんなこと。とにかく、気象庁は東海地震予知情報を出したんだ。いずれ、近いうちに警戒宣言が出る。東海地震防災対策強化地域は、戒厳令並みの規制が敷かれる。名古屋も大騒ぎだ」

しかし、と考え込んだ。自分は今まで震災を契機としてのし上がってきた。今度も何が起ころうとも、プラスに変えてみせる。大久保は拳《こぶし》を握り締めた。

11：25 Tue.

松浦は艦橋に立っていた。

流れる汗をぬぐった。鋼鉄の塊は夏の陽にあぶられ、素手では触れられないほどの熱さになっている。赤道直下を通るときには気温は四〇度以上に上がり、甲板の温度は七〇度にもなると聞いた。

右手には、知多《ちた》半島に突き出る形でセントレアが見えた。そして空港と陸地をつなぐ橋の側には、ひときわ目立つ高層ビルが建っている。あれがオーシャン・ビューーか。一年前は、半分ほどの骨組みしかできていなかった。

やがて、視野いっぱいに名古屋の町が広がってきた。手を伸ばせば届きそうだ。

今まで名古屋は新幹線で通りすぎるだけだった。このように全景を見るのは初めてだ。海から見る日本はまた違った趣がある。日本に帰ってきた。今まで感じたことのない懐かしさを覚え、亜紀子や翼をいつになく身近に感じた。

松浦はしばらく名古屋を見つめていた。

海上に目を移すと、巨大な空母の周りを無数の小型船が取り巻いている。急に現実に引き戻された。

〈地球の巨大な力〉、松浦の脳裏に、よく瀬戸口が口にする言葉が浮かんだ。松浦が乗艦している原子力空母WJC、それは現在の人間が造りえる最大、最強のものだ。しかし、これさえ地球の力と比べたら——。異様な恐れにも似たものが全身を貫くのを感じた。畏敬《いけい》とも言うべきものだろうか。

松浦は艦橋を下り、部屋に戻った。

ダンはベッドに横になって、新聞を読んでいた。空母の通信室にはニューヨーク・タイムズやロサンゼルス・タイムズをはじめ、数紙が電送されてくる。

「名古屋に到着だ。大歓迎を受けている」

松浦の携帯電話が鳴り始めた。

〈三〇分以内に東海地震警戒宣言が出されるわ。名古屋は、東海地震防災対策強化地域に入っているのよ。十分に気をつけてね〉

ボタンを押すと同時に、亜紀子の興奮した声が聞こえる。

「もっと詳しく言えよ」

松浦が呼びかけたが返事はない。すでに電話は切れていた。

ボタンを押しかけた指を止めた。半年前、防災担当副大臣に任命されたと言っていた。普通の話し方だったが、声の裏に興奮のようなものを感じた。松浦にはぴんとこなかったが、副がついているとはいえ大臣というからには重要な役職なのだ。今ごろは――。

携帯電話を見つめていると、再度鳴り始めた。

〈伊勢湾にいると言っていたな〉

亜紀子と呼びかける前に、瀬戸口の声が聞こえた。

「今、亜紀ちゃんから電話があった。東海地震の警戒宣言が出るそうだ」

〈それで電話した。港にいるなら、すぐに外洋に出ろ。これは念のためだ〉

「ひどい地震なのか」

〈気象庁は東海地震が起きる可能性が高いと判断している。それもM8クラスのものだ〉

「お前の意見は？」

〈シミュレーションでは出ていない。しかし、プレスリップが観測された。これは事実だ〉

どういうことか聞こうとしたが、説明を聞いている時間はない。

「どうすればいい」

〈東海地震が起これば、静岡、愛知の海岸を津波が襲う。どれほどの津波になるか想像もできない〉

いつもなら、何かと邪魔をするダンが、今日は無言で松浦を見ている。話し方が違うのに気づいているのだ。

分かったと言って、携帯電話を切った。

「タッカー艦長に会わせて欲しい」

松浦はダンに言った。

「日本海軍からの要請か」

ダンは日本海軍という言葉を使う。自衛隊という言葉も知っているのだから、彼のこだわりだろう。

「この近くのトラフで巨大地震の可能性がある。妻と友人の地震学者からの情報だ」

ダンがベッドから起き上がった。松浦の顔を見て、冗談ではないことを察したのだ。

「日本は地震の巣。お前の言葉だ。さっきもあったんだろう」

「もっと大きい。M８クラスだ」

ダンが妙な顔をしている。アメリカも西海岸には地震ゾーンが続いているが、彼は二ユーヨーク生まれの東部暮らしだから、地震とは縁のない生活をしてきたのだ。同じアメリカ人でも、ロサンゼルスやサンフランシスコに住む者とは地震のとらえ方が違う。

「二〇〇四年にインド洋であったような地震だ。巨大津波で二二万人以上が死んだ」

「それを信じろと言うのか」

「日本の気象庁が予知情報を出して、政府は警戒宣言を出すそうだ。艦長にそれを伝えるだけでいい」

ダンはしばらく考え込んでいた。

「行こう。学者のほうは信用できないが、妻からというのは気になる」

ダンが立ち上がり、鏡を覗き込んで制服をなおした。

松浦は携帯電話をポケットに入れ、二人で艦橋に向かった。


「直ちに外洋に出てください」

松浦はタッカー艦長に言った。

松浦が艦長に会うのは二度目だった。サンディエゴでＷＪＣに乗り込んだとき、最初に連れてこられたのが、この艦橋だった。そのとき、タッカーは松浦を「サムライ・ソルジャー」と呼んだ。松浦はなんと答えたか——英語で何か言ったことは覚えているが、不思議と思い出せない。よほど興奮していたのか。

「第七艦隊最強の空母に逃げ出せと言うのか」

タッカーが松浦の話を聞いてから言った。

「巨大地震が起こる可能性があります。そうなれば津波が襲い、空母は――」

「WJCは津波ごときではびくともしない」

タッカーが松浦の言葉をさえぎった。

「この艦は全長三〇〇メートル以上ある。これがどういうことを意味しているか知っているかね」

「波の波長より十分長いということです。どんなハリケーンであっても、艦が波に乗って流されることはない。しかし津波は違う。海面全体が、ゆっくりと持ち上がるんです。狭い港の中では、艦はそのまま津波と共に移動する。町に運ばれでもしたら」

「だったら、よけいこの艦は安全だ。二基の原子炉出力は三四万馬力だ」

「しかし、そのまま岸壁に向かって移動していったら、津波と同じ時速三〇キロのスピードでコンクリートの岸壁に突っ込んでいきます。この艦には二基の原子炉が積んである。もし、重大な破損が生じて放射能が漏れ出したら」

「そんなことはありえない」

強い口調だが、タッカーの表情にはかすかな迷いが表われている。

空母が津波に流される。確かに過去に例のないことだ。しかし、ありえないことではない。タッカーもそれは分かっているのだ。

「空母は問題ないとしても、周りの小船はひとたまりもありません。それに艦が流される場合、それらの小船も巻き込むことになります」

「太平洋津波警報センターからの情報は、まだ何も入っていない。至急、確認はさせているが」

「待っていては間に合いません。東海地震の震源は、ここより南東約一五〇キロの地点に位置しています。地震が発生した場合、津波は一〇分以内に伊勢湾に到着します」

「きみの貴重な意見は拝聴した。しかし、我が艦の行動は政治的な意味合いも持っている。アメリカ合衆国の原子力空母が、来るか来ないか分からない津波を恐れて逃げ出すことはできない。たとえ、来たとしてもそれが空母が避難するケースに該当するものかどうか——」

タッカーが考え込んでいる。

松浦はタッカーの視線を追った。穏やかな伊勢湾と名古屋の町——。海面は陽の光を受けて輝いている。平凡な夏の日の光景だ。

そのとき、受話器を耳に当てていた士官が顔を上げてタッカーを見た。

「ハワイの太平洋津波警報センターからです。確かに津波の可能性があるそうです。ただし、伊豆半島沖で地震があればの話ですが」

待ってくださいと、士官は言葉を中断した。

「日本の気象庁から、東海地震の可能性が高いという報告も受けているそうです。センターでは津波警報は出していませんが、注目はしているそうです」

「では、折衷案を取ることにしよう。WJCは知事の表敬訪問後直ちに桟橋を離れ、名古屋を去るまで接岸はやめて港外にとどまる。これでどうだね」

「気象庁の情報には十分に注意してください」

松浦に言えるのはそれだけだった。

11：45　Tue.

閣議室は静まり返っていた。

亜紀子は心持ち身体を動かした。閣議が始まってから二〇分ほどだが、すでに全身に鉛が入ったように重く感じる。

閣僚席には、谷島、漆原ほか、七人が座っている。残りの閣僚にも、連絡は取れているはずだ。

誰かがテーブルにボールペンを落とした音がやけに大きく、虚《うつ》ろに響いた。

気象庁長官が予知情報を伝えてから、すでに三〇分が経過している。

「そろそろ結論を出したほうがいいと思う。こうしているうちにも、東海地震が起きるかも知れない」

谷島が閣僚たちを見回しながら言った。

「気象庁長官、その東海地震はいつ起こるのかね」

外務大臣が、末席に縮こまるように座っている気象庁長官に聞いた。

「何度も申したように、駿河トラフの三ヵ所において体積歪計に歪が観測されました。これはプレスリップの可能性が高いと思われます」

「可能性の問題か――。単なる可能性でも警戒宣言を出すと、一日一七〇〇億円の経済的損失が生じる」

「金の問題ではないでしょう。こうしているうちにも起こるかも知れない」

「しかし、警戒宣言を出しても地震など起こらない可能性もあるわけでしょう」

「だが今、警戒宣言を出すということは、一日の経済的損失だけでは収まりませんぞ。もし、起こらなかったら――。やっと上向きかけた日本経済にも、深刻な影響を残すでしょう。日本の将来における、最大の不安定要素を露呈することになるのですからな。外国人投資家も、今後おいそれと投資しなくなる。株価も下がるでしょう。円安の方向に振れるのも間違いない。それはいいとしても、日本に投資している資金が逃げ出すのが怖い」

財務大臣が手元の資料に目をやりながら言った。

「今朝、起きたときから何か予兆のような現象は見られませんでしたか。地震雲、井戸水の低下、動物に関するものでもいい。犬の遠吠《とおぼ》え、メダカが一方向に向かって泳いでる、というような」

法務大臣が言う。

亜紀子は目をそらせた。日本の大臣はこの程度のことしか考えていないのか。今は冗談など言っているときではない。

突然、気象庁長官が立ち上がった。

「総理、一つだけ付け加えさせてください。こうして議論している間にも、プレートのエネルギーは増えています。地震はいつ起こっても不思議ではありません」

声が緊張で震えている。

「あなたは、必ず東海地震が起こると断言できるんですか」

「私が言っているのは、あくまでプレスリップが観測されたということで——断言ということは——」

急にトーンが落ち、話は振り出しに戻った。

「警戒宣言を出すべきです」

亜紀子は無意識のうちに声を出していた。部屋中の視線が集中する。

亜紀子は立ち上がって、わずかに顔をしかめた。突然の体重移動に右足が悲鳴をあげたのだ。

「長官のおっしゃる通りです。ここで議論していても仕方がありません。プレスリップと定義された現象が起これば、予知情報を流す。それを受けて、政府は警戒宣言を出す。これは決められたことです」

「しかし、もし――」

「もし地震が起こらなければ、幸運ではないですか。国民と共に喜びましょう」

亜紀子は笑顔で外務大臣の言葉をさえぎった。

「警戒宣言を出した場合、地震が起こっても経済的被害は六兆円軽減できるんだったな。だったら出すべきだ。四〇日間以内に起こるなら誰も文句は言えん」

「第一、すでに気象庁から予知情報が出たことは発表されている。放っておくとパニックが起こる」

今まで黙っていた谷島が、ゆっくり立ち上がった。

「警戒宣言を発令します。直ちに会見の用意を」

それだけ言うとドアのほうに歩き始めている。

10：00　Wed.

警戒宣言が出てから、市役所の電話は鳴り続けている。

最初の半日間の電話は、避難所の場所を聞くものがほとんどだった。その後の電話の八割は、援助物資の受け取り場所を聞くものだった。今は、いつ自分の家やマンションに帰ることができるかという問い合わせだ。

黒田は市民の問いに対する対応マニュアルを作成した。パソコンを覗き込んでいる黒田にいつも文句を言う課長も、自分が作成したマニュアルのように、嬉々《きき》として職員一人ひとりに配って回った。

昨日から一睡もしていない。脳味噌《のうみそ》に地震が起きたように、頭の中が揺れている。昼食のために外に出て、そのまま海岸に行った。

警戒宣言が出た昨日は閑古鳥が鳴いていた浜にも、いつもの半数程度ではあるがかなりの人が出ていた。日本人は災害に慣れているのか鈍いのか。——おそらく両方なのだ。巨大なライブのステージの周りには、様々な国の若者が集まっている。彼らにはインド洋大津波の教訓は通じないのだ。

プレハブの事務所の窓に美智の姿が見えた。

黒田は携帯電話で美智を呼び出した。

「私に会いに来たの？　今、シンスケはすごく忙しいと思ってた」

「そう、最高に忙しいよ。ミチみたいなのが多いから」

「私が浜に来てるの怒ってるの？　でも、仕方ないでしょ。主催者側なんだから」

黒田は美智を連れて浜を歩いた。穏やかな太平洋が続いている。浜には若いカップルやグループが多い。おそらく全員が、東海地震警戒宣言が出ていることを知っているはずだ。そして、この浜が東海地震防災対策強化地域に入っていることも。しかし、その意味を理解している者などいないのだ。同様に、この海の遠くない海底で巨大プレートがぶつかり、一方のプレートが跳ね上がりつつあるとは信じられなかった。それほど平和な風景だった。

「警戒宣言は強制的なものじゃないけど、一度くらい俺の言うことを聞いてもいいだろう」

「今さら中止なんて無理な話。この大会のために、私たち一年間も頑張ってきたの。私たちだけじゃなくて、世界中のサーファーがね。日本でサーフィンの国際大会が開かれるなんて、奇跡的なことなのよ」

「東海地震、東南海地震、南海地震のことは何度も話しただろう。地震が起これば津波が来る。浜にいたら絶対にアウトだ」

「私が暗記できるくらい聞いた。これって相当な数ってことよ」

「いつ起こってもおかしくないってことも暗記してるよね」

「聞き飽きたわよ。知り合ってずっとだから、半年も前から。一日三度とすると、何度になるの」

「だったら危険だってことは十分、分かるだろう」

「大昔の文献によるとってことでしょ。歴史に基づく統計学上の事実。古文書によると、必ず定期的に巨大地震と津波が起こっている。馬鹿みたい」

「大事なのは、津波を引き起こす海溝型地震の発生メカニズムなんだ。単純だから分かりやすい。駿河トラフの構造は教えたよね。その一部が壊れたんだ。続けて起こる可能性は高い」

「長い時間をかけて押し曲げられた地下のプレートが、ある時間がたつとそれに耐えられず跳ね返る。人間と同じ――。押さえつけられ続けると、必ずいつか反発する。それくらい私にだって分かる」

「それだけじゃない。地震による海底の隆起や陥没が、大量の海水を移動させることでも津波は起こる」

「それも知ってる」

「時速七一二キロ。新幹線の約二・五倍。これは飛行機じゃなくて津波の速度だ」

「ただし、水深四〇〇〇メートルでの話でしょ」

「俺の話、聞いてたんだ」

「それが水深二〇〇メートルの大陸棚に来ると、時速一六〇キロメートルの速さに減速される。といっても、まだ市内を走る列車より速い。その津波が陸上に上がり、街中では三〇キロ程度の速さとなる。でも、人が走って逃げるのは到底無理で、津波に巻き込まれる。津波からは、水平方向に逃げても人の足ではとても逃げ切れるものじゃない。とにかく、高いところに上がれ」

美智が一気に言って肩をすくめた。

「東海地震が起こった場合、静岡県には揺れと津波の被害が集中する。駿河湾沿岸では地震発生から五分以内に津波が到着し、駿河湾内には最大一〇メートルの津波が押し寄せる。遠州灘では一〇分以内に最大七メートル、伊豆半島東部の伊東《いとう》、熱海《あたみ》周辺では約三〇分後に津波は到達する。この津波で、約三八平方キロに及ぶ県内の太平洋沿岸の低地が浸水するという計算結果が出ている。あくまで計算上だけど」

黒田は淡々とした口調で話した。

「それは初めて。この辺りの津波の高さは、せいぜい三〇センチだって聞いたわよ。真っ直ぐな砂浜だからって」

「津波というのは、海水の巨大な塊が陸に向かって押し寄せるものだ。速さが増して、高さが高くなるのはその水の塊が集中しやすいところ。湾の奥、特にV字型湾の奥では押し寄せた海水が集中して、津波は速くなり、高いところまで駆け上る。また水深によって津波の速度が変わるので、陸地の形だけではなくて、海底の形や深さで津波が集中する箇所も出てくる。そんなところは、一〇メートル前後の高さの津波が来ることもある」

「このビーチがそうだと言うの」

「あくまで可能性だ」

「そんなこと言わなかったじゃない」

「ミチが聞かなかったんだ」

「今になっておかしなこと言わないでよ」

「本当は——怖がらせたくなかったんだ」

「でも、なんと言われても、中止はダメなの」

「もう、ミチには頼まない。警察に行って、強制的に中止してもらう」

「やっぱり役人ね。やることがせこい」

美智はついてくるように言って、先に立って歩き始めた。

パシフィック・フェスティバルの海岸事務所は喧騒《けんそう》に満ちていた。

海岸の隅に建てられたプレハブ小屋だ。

鳴り響く電話、怒鳴り合うような話し声。出入りするたびに響きわたるドアの開閉の音。そして、部屋には頭をふやけさせるような熱がこもっている。

美智が黒田を一人の男の前に連れて行った。

主催者代表の青木《あおき》という男は、瘦せた背の高い男だった。陽に焼けた肌に、派手なアロハシャツを羽織っている。前をはだけた真っ黒な胸には、ドクロの形をしたペンダントが揺れていた。濃いサングラスは顔の表情を隠しているが、当惑しているのは明らかだった。

「直ちに中止を発表してください。警戒宣言が出たのは知ってるでしょう」

黒田は首一つ大きい青木を見上げながら事態を説明した。

「でも――海はあんなに穏やかだ。空だって晴れ渡り、文句のない夏。波だってほどほどあるし、最高のサーフィン日和だ。本当に地震なんて起こるんですか」

「そんなこと誰にも分からない。海底二〇〇〇メートルに潜って見れば別だけど」

「やはりやりたいですよ。ここまで準備したんだから」

見てください、と言って窓の外を指した。

巨大なライブのステージは、ほぼ枠組みのパイプが組み上がっている。

「明日には、世界中からミュージシャンがやって来る。もう、着いているバンドもあるんです」

砂浜は海辺まで人が続いている。さらに海上にはウインドサーフィンの原色の帆が走り、水上バイクが水煙を上げていた。数は少ないが、いつもと変わらない光景だ。そして、人出は徐々に増えている。

「今、中止したらパニックが起きる。こっちも地震並みの破壊力を持ってますよ」

「分かりました。じゃあ、行政命令であれば中止してくれるんですね」

「いい加減にしてくれよ。前の地震だって、津波が来るって大騒ぎしたわりには水面が三〇センチほど上がっただけじゃないか。その程度の波はサーフィンにはかえって好都合なんだ」

青木の口調が急にふて腐れたように変わった。

「県警に行って本部長に会ってきます」

「勝手にしろよ、チビが」

黒田は殴りつけてやりたい衝動を抑えて事務所を出た。

振り返ると、窓から黒田を見ている美智の姿がある。無視して歩き始めた。事務所の向こうの原発敷地前の浜に、一〇人あまりの人が集まっているのが見えた。反原発の人たちだろうが、さすがに人数も少なく、今日はスピーカーを使っての演説は聞こえない。

一〇〇メートルほど行ったところで、息を切らした美智が走ってきた。

「怒らないでよ。みんな、どうしていいか分からないの。一年間、メチャメチャ頑張ってきたフェスティバルが、来るか来ないかも分からないものに潰されるのよ。悪気はないんだから許してあげて」

「俺だって、あいつらのために言ってるんだ。死にたけりゃ、死ねばいい」

二人はしばらく砂浜を歩いて、ひと気のない海の家の前に腰を下ろした。

「私たちのことだって考えてよ。シンスケなんて、浜を回って逃げるように言ってるだけじゃない」

美智が足先の砂を親指で崩しながら言った。爪《つめ》には真っ赤なペディキュアが塗ってある。

「俺は――マップを作っている。津波対策でいちばん役に立つのは、津波ハザードマップなんだ。一年以上かけて、やっとほぼ完成した」

黒田はため息をついた。〈太平洋岸津波防災ネットワーク〉、通称津波防災ネットもほぼ出来上がって、必要性を学会誌に発表したがなんの反応もなかった。上司の反感をかっただけだ。

「逃げ道を考えるより、地震や津波が起こる前に何かすべきなのよ。もっと正確な地震予知。一〇〇パーセント正確なら、誰も文句は言わない。黙って命令に従う」

「それはやるべき人がやっている。一〇〇パーセントは無理だけど」

「瀬戸――瀬戸口だっけ。いつも話してるシンスケの先生。シンスケも、その人のようなことやればいいのに」

「人にはそれぞれの領分があるんだ。俺はマップを作る」

津波ハザードマップは津波による被害が予測される地域と、津波被害時の浸水程度を示した地図だ。さらに、地図には避難経路や避難場所も記されている。

「国土交通省は津波ハザードマップの作成・公表状況と、海岸の堤防の耐震調査の実施状況を二〇〇四年三月にまとめた。でも、実にお粗末なものだ。だから俺たちがもっと実用的なものに作り直している。でも――」

黒田は言葉を濁した。

災害対策基本法に定められている市町村が発表する情報には、「避難勧告」と「避難指示」がある。「避難指示」は、きわめて緊急性がある場合に出される。しかし問題なのは、ほとんどの住人がこの二つの情報のうち、どちらがより危険かを知らないことだ。馬鹿な役所言葉の典型だ。

「いくら頑張ってハザードマップを作っても、住民に避難の意思がなかったら意味がない。市の職員がわざわざ海まで様子を見に行って、避難勧告を見合わせた例もあった。馬鹿げてるよ。津波に対する鉄則は、地震の後には海には近づかないことだ。やはり今、最も必要なのは、津波に対する正しい知識なんだろうな」

「そう言われても、実感が湧かないのよね」

美智が海のほうに視線を向けて言った。

明るい太陽の光を受けて、海面がダイヤモンドのように輝いている。

「中央防災会議の資料では、東南海地震、南海地震によって、三重県には一〇分以内に五メートル以上の津波が到達する。さらに一九四四年の東南海地震では、高さ九メートルの津波が襲って、三重県だけで五八九人の犠牲者が出ている。こういった事実と、住民意識を考慮して俺の大学が行ったシミュレーションでは、次の東南海地震では全国で最大八六〇〇人の死者が出るという結果が出ている」

「今後、想定される東南海・南海地震では、尾鷲《おわせ》市には二〇分で大津波が襲う。住民自身が、津波のあるなしを判断している暇はない。被害シミュレーションに基づいた訓練を繰り返し、揺れたらすぐ逃げるという習慣をつけないと死ぬ確率は高まる。そうだったわよね」

美智が黒田の口調を真似《まね》て言った。

「もう聞き飽きてるわ。そんなに繰り返してると、有り難味がなくなる。かえって逆効果なのよ」

「でも、避難した場合としなかった場合は、まったく違ってくるんだ。地震発生後、すぐに避難した場合は死者ゼロ。避難警報が出た三分後では三〇五人の死者が出るというシミュレーションもある。たった三分でこれだけの差が出るんだ」

「地震が起きたら海岸に近いところにいる人は、少しでも早く、少しでも高いところに逃げる」

「それが津波から生き残る鉄則。でも、本当のサバイバルはそれからなんだ」

「どういうこと。それは初めて」

「大浜市でも、カンパン、米など食料約四〇万食分、毛布、非常トイレなどが、小学校の空き教室を利用した防災倉庫にストックされている。こうした防災倉庫が市内に二三ヵ所ある。さらに、避難所となる学校や公園には非常用貯水槽が四五基設置されている。住民一人当たり一日二〇リットルを三ヵ月間給水できる量だ。応援がすぐには来ないことを念頭に置いて計画している」

「誰かが助けに来てくれるわよ」

「東海地震が起こって、そのあと津波がきたら交通網なんてどうなっているか分からない。だから、孤立を覚悟してやるべきことはすべてやっておく」

「シンスケの提案？」

「これは、前の市長が決めた。彼は阪神・淡路大震災のとき、ボランティアとして神戸に入った。そのとき、渋滞のすさまじさに驚いたんだ。地震発生から半月たっても通行可能な道路が限られていたため、人も車もそのわずかな道路に集中して、緊急車両も満足に通れなかった。大阪から救援の医療品を搬送するのに、高速道路を使えば一時間で行けるところを一二時間かかったという話も聞いた。とにかく崩壊した高速道路やビルの撤去は異常に早かったが、その他の一般道路は押し寄せる車と人で道路はふさがっているという状態だった。だからしばらくは、自力で生き残る備えだけはしておこうと決めたんだそうだ」

「なんだか、わびしくなるような話ね。もしシンスケの話が本当だとしたら、こんなところには住みたくない」

「確かにね」

黒田はポツリと言った。

二〇〇四年には年間最多の一〇個の台風が日本に上陸した。春から秋にかけて日本に上陸した台風は、高潮、洪水、強風によって様々な災害をもたらした。家屋の倒壊、浸水、崖崩れ……。さらに後日、強風に飛ばされた海水が送電線、トランスにつき、各地に停電が起こった。また洪水に浸かっている車のライトが突然ついたり、ホーンが鳴り出す現象も多かった。海水で電気系統がショートするのだ。さらに、水に浸かった車がいっときは何事もなかったように動いていても突然止まったりした。塩水の付着により、電気系統にトラブルが生じているのだ。

もし津波で町が海水に浸かったら、水が引いた後もほとんどすべての電気に関係するものは取り替えが必要になる。さらに、海水に浸かった地下の水道管やガス管も、将来の耐久性、信頼性についてはまったく保証できなくなるだろう。こういった津波による塩害も、真剣に考えなければならない。市の職員としてやることは山ほどある。

「それで結果は？　昨日、大会の第一回予選があったんだろう」

「三位。一〇人中ね。同じような組が八組。次の試合にはなんとか出られるわ」

足元にビーチボールが転がってきた。ごめんなさーい、と若い男女の声が聞こえてくる。警戒宣言で会社が休みになって、遊びに来ている人たちだろうか。

黒田は立ち上がって、彼らに向かって力いっぱいボールを蹴った。

12:00 Wed.

警戒宣言が出て、まる一日がすぎていた。

総理官邸の危機管理センターに設置された地震災害警戒本部では、一日目に張り詰めていた緊迫感は半分に薄れている。極度の緊張は数時間しか持続しない、というのは本当だった。

漆原は椅子に座り、部屋の喧騒を眺めていた。

「一向に地震が起こる気配はないな」

谷島は極力冷静な口調で言ったが、かなり苛立《いらだ》っているのは誰の目にも明らかだった。

東海地震防災対策強化地域の新幹線、東京——名古屋間は停止し、高速道路は閉鎖されている。東京——大阪間の航空機は最大限の増発便を飛ばしているが十分ではなく、空港は入場制限が行われるほど混み合っていた。

経済活動は半分近く停止しているも同然だった。先行きが見えないため、株価は暴落、円売りが続いていた。そして何より、国民の心理的不安、負担が大きかった。

「予知情報は、あくまでプレスリップの現象をとらえたにすぎません。私たちはその結果を法律に従い――」

「責任の所在をあやふやにしたわけか――」

谷島が気象庁長官の言葉をさえぎった。独り言のように言ったが、気象庁長官に聞かせる意図があったことは確かだった。

「間違いであれば間違いと発表する必要がある。このまま指をくわえて見ているわけにはいかん。その点、気象庁はどう考えておられるのかな。何しろ、一日二〇〇〇億円近くが消えている」

最後の数字は声を低くしたが、やはり聞かせたいのだろう。

「民間研究機関の出した試算では、現在の時点での損失額は、七〇〇〇億円という数字も出ています」

秘書の一人が言った。これも、気象庁長官に聞かせるためだ。

今朝から政府広報室の電話は、鳴り続けていた。党はもとより経済界、さらに一般からも、警戒宣言がいつまで続くのか聞いてくるのだ。そして、暗に直ちに解除するように求めている。彼らは未知の不安より、その日の経済活動に追われているのだ。

「東海道新幹線と高速道路の一部が機能を停止しているということは、日本が寸断されているのと同様のことです。航空機による輸送のみでは、やはり限界があります。あと一日この状態が続くと、日本経済に相当のダメージを与えることになります」

財務大臣の言葉に谷島は無言で考え込んでいる。

「いっそのこと早く起こればいいのに。こういうヘビの生殺《なまごろ》し状態がいちばん疲れる」

「あと半日、この状態が続いたら職員の半分はまいるな」

官邸職員が低い声で話しているのが聞こえる。

漆原はふっと息を吐いた。この時期に総理にならなくてよかった。やはり、都知事と総理とではその責任の重さは比べ物にならない。

谷島に目を向けると、中央の議長席で正面の日本列島を映したスクリーンを見つめている。谷島の脳裏には様々な思惑が渦巻いているのだ。このまま警戒宣言を出し続けることは経済界の支持を失うこともさることながら、せっかく上向きかけている日本経済に多大なダメージを与えることは確かだ。野党も騒ぎ始めている。そして結果、地震が来なかったら——。だが、警戒宣言を解除して、その後地震が起こったら——。いずれにしても、総理の責任は免《まぬか》れない。自分はこの状態を楽しんでいる。漆原はふっと思った。そして、慌ててそれを振り払った。余りに不謹慎すぎる。

谷島が突然立ち上がり、漆原のほうに来た。

「漆原先生、どう思いますか。警戒宣言をこのまま続けるか、解除するか。平成大震災時のあなたの心境はいかがでした」

漆原はそのとき東京都知事として、演習ではあるが都内に警戒宣言を出した。

「私も歳をとりましたから――」

突然の谷島の言葉に、漆原は思わずとんちんかんな返事をした。

「やはり、国民の生命を護ることが政府の第一の使命だと信じます。このまま警戒宣言を維持しつつ、気象庁の見解を待つのが最善の策かと」

慌てて言い直したが、参考にもならないものだ。

気象庁長官を見ると、視線を下げて目を合わせようとしない。

10：00　Thu.

日本防災研究センターの会議室には、瀬戸口以下、約二〇人の若手研究者が集まっていた。

前面のスクリーンには東海地方の地図が映され、各ポイントの細かい数字が変わり続けている。各地にセットされた体積歪計の測定値だ。リアルタイムに送られてくる。

「気象庁のプレスリップに関するデータに、間違いはありません」

気象庁から帰ってきた研究員がデータを示しながら説明する。

「今回、プレスリップが観測されたのは掛川市から北に七キロと一二キロ、東に五キロ地点に設置された三台の装置です。今週に入って一昨日までに三二ミリ、二八ミリ、二六ミリのずれ。以後は観測されていません」

瀬戸口はスクリーンに映し出されるデータと、配られたプレスリップが観測される前後のデータを食い入るように見つめていた。

「それは確実に、東海地震に通じる駿河トラフのプレスリップですか」

「東海地震判定会はそう考えているようです」

「しかし我々もあの地域はコンピュータ・シミュレーションを行っていますが、地震の兆候などは出ていません」

「コンピュータ・シミュレーションでは、このような短期的な現象を予測するのは無理ということでしょうか」

精度を一・五倍に上げて計算したコンピュータ・シミュレーションにも東海地震の予兆は現われなかったのだ。

「だったら、コンピュータ・シミュレーションの意味なんかないじゃないか。瀬戸口先生が南関東地震を予知したのは、偶然だったというのか」

「東海地震は想定域が広すぎるうえに、プレートの重なり方が複雑すぎる。これを方程式で置き換えるというのは、やはり無理がある。海溝型地震のコンピュータ・シミュレーションでの解析には、限界があるのかも知れない」

「気象庁の見解が間違っていると考えたらどうですか。コンピュータ・シミュレーションが正しいとすると――」

一人の研究員に部屋中の視線が集中した。

「東海地震は起こらない。まだまだ先の話だってことです」

しばらく沈黙が続いた。

「僕は観測値のほうを信じますね。実際に起こっているんだから。シミュレーションはかなり改良はされましたが、まだ方程式のどこかの項か、係数に欠陥があるんです。それを手直ししていけば、より実測値に近い結果が得られるとは思いますが」

「プレスリップは、あれから変化がないんだ。だったら、東海地震の前兆なんかじゃなくて、単なる滑りかもしれない」

「まだ二日近くしかすぎていない。これから何が起こるか、観測する価値は十分にある」

「しかし、あそこの測定器は設置されて五年だ。それまで異常値を観測することはなかった。近いうちに何か起こると考えてもおかしくはない」

「気象庁はどういう見解を出しているんだ」

「いぜん、東海地震のプレスリップであるという見解は崩していない。知り合いの技官が言っていた。青ざめた顔でね」

「こんなこと平静な神経で言えないよ。外れたら針の筵《むしろ》だ。今ごろ、気象庁の全職員が地震の起こることを願っているよ」

「予知情報の取り消しということにはならないのか」

「そんなことできるわけないだろう。すでに東海地方の機能が止まって、二日近くがすぎている。誰が責任を取るんだ。測定器に責任を押し付けて、叩き壊して終わりというわけにはいかないだろう」

狭い会議室に私語が乱れ飛んでいる。

「最新データを入れて計算しながら、しばらく様子を見よう」

瀬戸口は見かねて言った。

それしか方法はない。日本防災研究センターには、政府に提言する権限はない。

11：30 Thu.

警戒宣言発令の影響は、確実に日本全国に広がっていた。

名古屋は東海地震防災対策強化地域に入っており、地震の影響、特に津波の影響が心配されている。

大久保は高橋とオーシャン・ビューの展望室の下にある、六一階の特別室にいた。ビルの角にある部屋で、二方向が広い窓になっている。ベッドルーム、バスルームも備えた部屋で、大久保の自慢の一つだった。特に、地下の駐車場からの直通エレベーターは気に入っていた。誰にも知られず出入りができる。

大久保は、ほっとしていた。警戒宣言発令、これで万が一工事終了が遅れるようなことがあっても、いかようにも言い訳ができる。

「進行のほうはどうだ」

「警戒宣言が出てから、職人の手配がスムーズにいくようになりました。東海地方のすべての工事現場は工事が凍結しています。現在、倍の職人を入れて進めています。なんとか、今日中に終わらせることができます」

「警戒宣言の無視は、くれぐれも表面に出ないように。しかしそうなると、落成式が中止になるようなことになると問題だな」

「その心配はないかと。常滑市も東海地震防災対策強化地域に入ってはいますが、影響を受けているのはもっぱら静岡、浜松《はままつ》方面ですから。それも、マスコミで騒がれていたのとは天と地ほどの差があります。ただ交通機関が――」

馬鹿なことをいう奴《やつ》だ。交通手段など、どうにでもなる。重要なのは、こういう時期に総理や閣僚、東京の経済界の面々が名古屋まで来るかどうかだ。そう思いながら大久保は湾のほうに目を移した。朝から続いている頭痛は治まりそうにない。最近、朝目覚めるのが辛い。夜中に目を覚まし闇《やみ》を見つめていると、その奥に引き込まれるような錯覚を覚える。慌てて明かりをつけて、生きていることを確かめる。今までこんなことはなかった。これが老いというものか。

目前にはセントレアが見える。東京からの陸上交通がストップしている現在、飛行機だけは臨時便を増発して対応していると聞いている。造るときは散々もめたが、やはりセントレアは正解だった。

「しかし、このまま警戒宣言が続くと日本経済はがたがたですよ。やっと盛り返してきたというのに」

「政府と産業界との根比べというところか。だからこそ、明日、総理が名古屋に来て、中部、関西の財界人と懇談することに意義があるんだ。日本は東京だけじゃない。名古屋の底力を見せてやるときだ」

言葉では威勢のいいことを言いながら、大久保は内心穏やかではなかった。総理が来ないとなれば、落成式になんの意味がある。自分の力で、中央政府と中部、さらに西日本の経済界を結びつける。その象徴としてのオーシャン・ビューだ。スタートからつまずいたことになる。

「総理に出席の確認を取っておくように——。いや、やめておこう。出席を心配しているように取られても困る」

大久保はことさら胸を張って言った。

大久保の内ポケットで携帯電話が鳴り始めた。プライベートな電話で、番号を知るものは一〇人いない。ディスプレーを見て通話ボタンを押した。

「分かったのか――静岡か――意外だったな。連れ戻してくれ――手段は問わない――金ならいくらでも出す――」

高橋に背を向けて話した。

「どうかなさいましたか」

携帯電話をポケットにしまった大久保に高橋が聞いた。

「なんでもない」

大久保はぶっきらぼうに答え、海のほうを向いた。

全身に何か重苦しいものがたまっている。考えれば考えるほど、どうにもやりきれない気分になることがある。なぜ、自分はこのように必死で働くのか。もっと大事なものもあるような気もするが、どうにもならない性のようなものだ。

眉間《みけん》を強く押さえると、頭痛が幾分治まりそうな気がする。さっきの電話の声が、脳の中に残っている。

13：00　Thu.

朝から、中央制御室の電話は鳴り続けていた。半分が名古屋の本社からで、残りは原発の事務棟からだった。しかし、内容は同じだった。

〈運転はいつから開始できる〉

二つの電話に対する三戸崎の答え方も同じだった。

「現在、点検中です。点検が終わって、異状のないのが確認されれば本部の指示をお願いします」

四号機の中央制御室は、重苦しい空気に満ちていた。

四人の運転員は各自の持ち場に座って計器を睨んでいる。原子炉の出力はすでにゼロに落としてあるが、こういう事態は通常運転よりも神経を使い、緊張する。

「点検といっても、地震も起こっていないのに原子炉を停止させたんです。点検が終わっても、警戒宣言が解除されなければ運転なんてできっこありません。マニュアルにだってそう書いてあります。その辺りを本社の幹部たちは理解しているんでしょうか」

三戸崎の横で制御盤に向かっている副当直長が言った。

一日以上かけて六〇パーセントまで上げていた原子炉出力を、政府の一声で、ゼロにまで落とした。

短期間で出力を上げたり下げたりする運転こそ、原子炉にとっては危険なことだ。こうした事実を会社の上の者や原発反対者は知ろうとしない。

「しかし、この警戒宣言はいつまで続くのでしょうかね。子供は学校が休みになって、もうけたなんて言ってますが、企業や商店は大変でしょう。日々出ていく金を考えると、生殺し状態だ。この状態があと一日続くとパニックが起きます」

「地震の恐怖によるパニックか、警戒宣言によるパニックか。いずれにしても、政府の対応には問題がある」

「だけど、原発が止まったからといって電力不足が起きてないな。これじゃあ、あとで原発の存在意義をめぐってまた騒がれそうだ」

「すぐに起きるよ。この暑さだ」

部屋は完全空調で二七度に保たれているが、外では三五度を超えている。

「今は、警戒宣言で東海地方一帯の工場、公共施設などの大口電力使用がゼロに近いんだ。警戒宣言が解除されて、すべてが動き出したときが問題だ」

「まったく人騒がせな警戒宣言だ。原発が一日ストップするといくらの経済損失が出るか、俺たちがどれほどあたふたするか、政府や気象庁は知っているんですかね」

「政治家と学者と役人は、経済と他人の迷惑なんて考えたことないんだよ。民間が一円の利益を上げるためにどれだけの努力をして、どれだけの時間を使っているかなんて、想像もしたことがない連中だ」

「外の連中も同じなんでしょうね。原発の安全性と経済性を両立させるために、我々がどれだけ苦労しているかなんて考えたことがない」

「本来ならば電気料金を倍にしても、安全性を重視すべきなんだろう。だが、実際にやるとなれば大反対が起きる」

時間と共に運転員たちの会話が多くなっている。緊張感がなくなっている証拠だ。

三戸崎はモニタースイッチを切り替えた。

外の様子が映っている。昨日まで原発反対で集まっていた者たちの姿が見えない。さすがに解散したのか。しかし——昨日は減っていた海水浴客が元に戻っている。

「サーフィンの国際大会はやるんですか。ロックのお祭りは、明日ですよね。まさかねえ——」

「当然中止だ。若い連中も馬鹿じゃない。津波が来れば、ひとたまりもないことは知ってる」

「だったらあれ、なんです？　世の中、頭のおかしなのが多いってことですか」

運転員はモニター画面の一部を指した。

巨大な野外ステージに若者たちが集まっている。数百、いや一〇〇〇人を超えている。色とりどりの水着に、サーフボードを持っている者もいる。間違いなく、サーフィンの国際大会に集まった若者たちだ。

三戸崎は受話器に飛びつくようにして取った。

「警察につないでくれ」

言ってから、もう一度外部モニターを見た。音は消してあるが、海岸には確かに海水浴客に加え、若者たちが群れ始めている。

「地震だ」

三戸崎は低い声を出した。

中央制御室に緊張が走った。この厚さ数十センチのコンクリートに囲まれた建物内にいても身体に振動を感じる。さらにこの建屋は免震構造になっていて振動は軽減される。ここにいても揺れを感じるということは、かなり大きな地震だ。

運転員全員の視線が、壁の震度計に注がれている。表示は震度5弱。この値は屋外のものだ。

予知情報が出されたときに原子炉はすでに止めてある。しかし、運転中であっても、原子炉は震度4以上の揺れを感じると自動的に制御棒が挿入され停止される。

「異状ないか、ただちにチェックしろ」

三戸崎は、動きを止めてコントロールパネルを見ている運転員たちに言った。

「原子炉格納容器、圧力容器異状なし」

「燃料、制御棒、再循環ポンプ、圧力抑制プール、その他バルブ異状なし」

「発電システム異状ありません」

コントロールパネルを覗き込んでいる運転員から、次々に声が上がる。

電話が鳴り始めた。

〈異状は？〉

三戸崎が受話器を取ると、本社の部長の声が飛び込んでくる。

「自動停止装置は正常に作動。ただし、原子炉は予知情報で停止しています。問題ありません」

〈そうか――〉

声の調子が変わり、ほっとした様子が伝わってくる。

「地震情報を教えてください」

〈マグニチュード6・8。震源は伊豆半島沖二〇キロ。大浜では震度5強、静岡でも震度5強を記録している。かなり大きな地震だった〉

「東海地震ですか」

運転員たちの目はパネルを見つめているが、耳は懸命に三戸崎の言葉を拾っている。

〈どうも――そのようだ。一〇分後に広報の記者会見がある。原子炉は予知情報が出された段階で、すでに止めてあると発表する〉

「余震は――」

〈気象庁の発表はまだない。しかし、これ以上の地震が起こることはないだろう〉

「津波については何か言っていますか」

〈津波警報が出ているが、大したことはない〉

マグニチュード6・8程度の地震だと、津波は防潮堤を超えることはない。

〈何か異状があれば直ちに連絡してくれ〉

「地震情報もお願いします」

三戸崎は受話器を置いて、部長から聞いた地震情報を運転員に告げた。

「東海地震、東海地震と騒いでいたわりにはあっけないですね。本当にこれで終わりなんですか」

三戸崎はモニターを外部に切り替えた。

海岸が映し出される。何ごともなかったように、海は夏の陽にきらめいている。しかし、よく見ると海水浴客の半数が道路に向かって走っている。

津波かと思って海のほうを見たが、まったくいつもと変わりはない。

「パニック寸前だ」

「もうパニックが起こってるんだよ」

「しかし、震度5強というとけっこう大きな揺れだ。我々は免震構造の中央制御室にいるので、さほど感じなかったが。結局、原発内がいちばん安全だというわけか」

「俺のマンションは大丈夫かな。築二〇年だ」

「うちの家は築一五年だけど、耐震補強してないからな」

「もう一度、原子炉の安全を確認してから、各自自宅に電話しろ」

三戸崎は言ってから、椅子に座り込んだ。すっと全身から力が抜けていく。

13 : 20　Thu.

閣議室には、谷島の歩く靴音だけが響いていた。

閣僚たちは無言で谷島を見つめている。壁際の椅子には、亜紀子をはじめ数人の副大臣や秘書が座っていた。彼らは一時間前まで危機管理センターにいた。

漆原はどう声をかけるべきか迷っていた。

すでに三〇分以上、谷島は部屋の中を歩き回っている。

警戒宣言を出してから、五〇時間近くがすぎている。このまま警戒宣言を続けると、日本の経済損失は五〇〇〇億円を超えると財務大臣から報告を受けたばかりだ。

谷島が立ち止まり、閣僚たちを見回した。

「警戒宣言を解除するつもりだ」

「気象庁からは、まだ予知情報解除の報告は来ていませんが」

「測定器が相変わらずおかしな値を示しているということだろう。我々はこれ以上、我慢できない。国民にはもう、限界が来ているはずだ。しかし、これほど科学が発達した現代でさえも地震一つ予測できないとは――。寂しいかぎりだ。つぎ込んだ金は、どこに消えたのだ」

谷島が一気にしゃべった。興奮のため多少声が高くなっている。

マスコミを締め出すため、閣議室前の廊下を立ち入り禁止にしたのは正解だった。

「私の意見に反対の者は言ってくれ。この解除は閣議の満場一致で決めておきたい」

谷島は閣僚たちを一人ひとり見据えるように見て歩いた。

「気象庁の予知情報は間違っているという結論ですか」

「私は専門家じゃない。そんなことは分かるわけがない。確かなのは、二日間、東海地震は起こらなかったということだ」

谷島が苛立ちを隠せない口調で言った。

「誰か他に意見はないか」

誰も声を出さない。

「では、満場一致で警戒宣言を解除することにする」

谷島が了解を求めるように、漆原をちらりと見た。

漆原は軽く頷いた。現在の時点では、最良の方法だろう。

そのとき、ノックと共に秘書の一人が入ってきた。

「今日、午後一時二七分、伊豆半島沖でマグニチュード6・8の地震がありました。気象庁の発表によると、神奈川県、静岡県で感じた最大震度は5強。愛知県では5弱。建物等に若干の被害があったことが報告されていますが、正確な被害状況は不明です」

へえっという声が上がった。

というと五分前だ。運のいい男だ――外務大臣の呟きが聞こえた。

「震源が伊豆半島沖というと、東海地震か。何も感じなかったぞ。気がついた人はいますかな」

「東海地震であるかどうか、気象庁の結論はまだ出ていません。それに、官邸は免震工法が取られていて、揺れは一〇分の一に減らされます。この程度の揺れは、ほとんど感じません」

「津波については？」

「何も聞いていません」

「具体的な被害状況はいつ分かる」

「地震発生は五分ほど前です。まだ報告が入っていないのでしょう。入り次第、知らせてくれます」

「かなりひどいのか――」

谷島の顔が青ざめている。

秘書の携帯電話が鳴り始めた。

「気象庁地震火山部の記者会見は一〇分後です。地震規模は前の報告と同じ。死者は今のところ一人、重軽傷者が若干。これは東海地震である可能性が大――」

秘書は携帯電話を切ってポケットに戻し、電話の内容を繰り返した。

谷島は頷きながら聞いている。

「その程度の被害なのか」

外務大臣が気の抜けたような声を上げた。

「これから増える可能性もあります」

「増えたとしても、たかが知れている」

「気象庁は東海地震であると発表するつもりなのかね」

急に元気を取り戻した谷島が聞いた。

「正式発表はまだですが、どうもそうらしいということです」

「東海地震を予知したということか」

「その通りです」

「しかし、東海地震とはこの程度のものなのか。警戒宣言による経済損失を考えると、予知が必ずしも成功したとは言えないのではないか」

「気象庁の正式発表が遅れているのも、そのあたりの調整をやっているのかと思われます」

「責任のなすりあいか、言い訳を相談しているのか」

谷島はため息をついて、うんざりした口調で言った。

「明日の名古屋行きは、中止にしたほうがいいのではないですか」

利根田《とねだ》官房長官の言葉に、谷島は防災担当副大臣、河本亜紀子の顔を見た。

「私もそう思います。この時期に総理が官邸を離れることには賛成しかねます」

亜紀子の慎重な返事が返ってくる。谷島は考え込んでいる。

「行くべきでしょう」

漆原副総理は言った。

「気象庁が東海地震と発表したら、国民は、今回の地震の後に東南海、南海地震が続くのではという不安に駆られます。総理が名古屋行きを中止したら、次の地震を恐れているとの印象を与えかねません。幸い、被害は小さいようだ。現在の状況を考えると、行ったほうがいいでしょう」

「しかし、実際に地震が起こったら。いや、すでに起こったのだ。私はどう――だれが総理の代わりを――」

内閣法改正後の危機管理マニュアルによれば、総理が指揮を執れない場合は、副総理、官房長官、財務大臣、その他の閣僚と、総理代理を務める順番が決められている。総理が指揮を取れないというのは、総理自身が大怪我をしたか、あるいは――。だが谷島自身は、そんな事態が起こるとは微塵《みじん》も考えてはいないだろう。

「分かった。行くことにしよう。総理大臣が地震ごときで予定を変更していては、国民に弱気ととられる」

「しかし、あなどるべきではありません。万が一を考えると」

「大丈夫だ。漆原先生もいるし、きみもいる。私は安心して名古屋に行って来る」

谷島は声を上げて笑ったが、その顔はどことなく引きつっている。

「気象庁には引き続き、全力をあげて観測を続けるように伝えてくれ」

谷島は危機管理センターに行く、と言って足早に部屋を出て行った。閣僚たちは慌て て立ち上がり後を追って行く。

漆原は一人取り残された。彼らほど、足腰がすばやく動かない。

「大丈夫ですか」

亜紀子が覗き込んでいる。

「どうも若い者とはワンテンポ遅れているようだ。若いといっても、五〇、六〇の爺《じい》さん連中だがね」

「これで、ひと段落ですね」

「きみは本気でそう考えているのかね」

えっ、と亜紀子は驚いた表情で漆原を見ている。

思わず出た言葉だが、漆原は自分の言葉を頭の中で繰り返した。これで終わり——不気味な響きとなってこだましている。

「とりあえず、もっと情報が必要だ」

漆原は亜紀子の腕につかまり、身体を起こした。

13：20 Thu.

大浜市公民館。部屋には老人が約七〇名、真剣な表情で黒田の話を聞いていた。

「就寝時には、重い家具の近くにはなるべく寝ないこと。テレビなんか一メートルも飛び上がります。タンス、テレビが頭を直撃ということも起きています。それに、入れ歯。夜外して、逃げ出すときはほとんど忘れてきます。避難所に落ち着いて、いざ食事というときにいちばん困ります。救援物資の中にも入れ歯はないので、必ず枕元において寝るようにしてください。それに履物。スリッパでもいいです。下手するとガラスの破片がまかれた道路を素足で逃げることになりますよ」

警戒宣言が出てから、七〇歳以上の老人や身体の不自由な人は避難所に避難した。昼間は自宅に帰っている者もいるが、市側としてはできる限り避難所暮らしを勧めていた。

黒田はそんな避難所を回って、地震心得を話している。

そのとき、黒田は音を聞いたような気がした。身体の奥まで沁み込んで来る重く鈍い音だ。

老人たちが天井を見上げている。天井に貼られている、パネルの擦《こす》れる気味の悪い音が降ってくる。

突然、部屋の隅のピアノが飛び上がり、鈍い音を響かせた。悲鳴と叫び声が上がる。強い縦揺れの次に、横揺れが襲ってきた。老人たちの大半は椅子から下りて、床に座り込んでいる。しかし中には椅子に座ったまま、辺りを見ている者もいる。

「地震だ。みんな身体を低くして」

黒田は叫びながら、椅子に座ったままの老人を床に座らせ、職員に揺れが収まったら椅子を片づけるように言った。地震のときには、これらも立派な凶器になる。

震度5強というところか。黒田は老人たちの間を回りながら思った。

非常な恐怖を感じる。多くの人が行動に支障を感じる。棚にある食器類、書棚の本の多くが落ちる。テレビが台から落ちることがある。タンスなど重い家具が倒れることがある。変形によりドアが開かなくなることがある。一部の戸が外れる。耐震性の低い建物では、壁、梁《はり》、柱などに大きな亀裂が生じるものがある。耐震性の高い建物でも、壁などに亀裂が生じるものがある。

この公民館は、耐震診断をクリアしている。震度6でも大丈夫だ。

「外に誘導しましょうか」

黒田の側に這《は》って来た女性職員が言う。

「お年寄りが多い。外はかえって危険です。このまま様子を見ましょう」

この揺れの中をまともに歩ける老人は少ない。急がせるとさらに危険だ。

「まだ動かないでください。ここは津波の心配はありません。できるだけ壁際から離れて。この公民館は避難所に指定されています。耐震調査も行われて、大丈夫だという結果が出ています。落ち着いてください」

黒田は老人たちに呼びかけた。

揺れは小刻みに数分間続き、引いていった。

黒田は携帯電話を出した。すでに地震情報は出ているはずだ。問題はつながるかどうかだが、携帯電話はすぐにつながった。

震源地は伊豆半島沖。マグニチュード6・8。震源は駿河トラフ周辺。気象庁の地域地震情報センターのメールが入っている。

「東海地震じゃないか。ついに来たのか」

呟いて携帯電話を切った。

「余震が来るかも知れません。しばらくここにいたほうがいいでしょう。テレビニュースを見て判断してください。どこも特番をやってるはずです。僕は市役所に戻らなければなりません。後のことはよろしく頼みます」

不安そうな公民館の職員の視線を振り切って、外に出た。

近所の人が数人道路に出て話していたが、町は意外と平穏だった。壊れた建物も割れた窓ガラスも見られない。しかし通りの角のコンビニは、棚の商品が通路に散乱している。

車に乗り込んでから、携帯電話で市役所を呼び出そうとしたがつながらない。みんな、慌てて電話をし始めたのだ。

車を発進させて、途中の公衆電話の前で止めた。電話は二度目でつながった。地震のとき公衆電話は比較的つながりやすい。

「被害情報は出ていますか」

〈倒壊家屋が二棟。数件の火事が出たが、近所の人がすでに消火。怪我人はこれからだ。まあ、大したことはない。これが、いつも言ってる東海地震か。前宣伝に比べれば、屁《へ》みたいなものだ〉

皮肉を含んだ課長の声が返ってくる。暗に黒田の予想を皮肉っているのだ。

「海岸の人は避難していますか。津波が一〇分程度で来ます」

〈津波か――〉

緊張した声に変わった。そこまで考えていなかったのだ。

「気象庁から津波情報は出ているんでしょう」

〈待て――〉

机の上を探る様子が伝わってくる。

「津波情報を流してください。どうやら、東海地震の可能性があります。でも、これは言わないでください。パニックが起きたら困る。気象庁の発表を待ってください。俺はこれから海岸に行きます」

一方的に言って電話を切った。

海岸に近づくにつれて、渋滞がひどくなった。どこからかサイレンの音が聞こえているが、これではほとんど動けないだろう。

携帯電話が鳴り出した。

〈大浜海岸に津波だ。気象庁の発表によると、約一〇分後に三〇センチ〉

課長の声だ。

「とにかく、海岸から離れるように伝えてください。無理なら、鉄筋の建物に避難すること。防災無線、ラジオ、テレビで流してください」

時計を見ると地震から、すでに九分がすぎている。

黒田は携帯電話をしまうと車をわき道に入れた。

なんとか自宅にたどり着き、車を置いてバイクに乗った。

渋滞をぬって、海岸が見える道路まで来た。海岸にはまだかなりの人が残っているが、みんな慌てている様子はない。

バイクを止めて携帯電話を出した。

つながらないかと思ったが呼び出し音が鳴り始め、受話器はすぐに取られた。

「大浜市役所の黒田です」

〈いまどこだ〉

黒田の大学の先輩で、気象庁に勤めている花岡《はなおか》だ。

「大浜海岸に来ています。この地震、東海地震ですよね」

〈そうだ。だが、跳ね上がったプレートはごく一部だ。想定の一〇〇分の一程度〉

「津波警報は出てるんでしょう」

〈当然だ。静岡の沿岸の津波予想は三〇センチ。震源が浅いので震度の大きな地域もあるが、大きな津波を起こすものではない〉

全身から力が抜けていく。

〈パニックが起きてる海水浴場もあるし、三〇センチの津波で大騒ぎするなと言ってくる者もいる〉

「俺の目の前の海岸には、まだ数万の海水浴客がいます。地震なんて気づいてないみたいです」

〈何もない広場では揺れを感じるだけだから、恐怖感なんてないんだ。飛び回ってたら、揺れすら感じない。困ったことだ〉

「今後、これ以上の余震が起こる可能性は」

〈地震から三〇分がすぎているが、気象庁のデータにも際立ったものは出ていない。発表も余震に気をつけるようにとしか言っていない。静観するしかない。ただし海岸からは避難したほうがいい〉

分かりましたと言って携帯電話を切った。地震からすでに三〇分もたっているのだ。もう津波の心配はないだろう。だが黒田の身体には、地震の揺れが染み付いている。

黒田はバイクのアクセルを煽った。

14：00 Thu.

閣議室は喧騒に満ちていた。

二〇分前に、今回の地震に対して気象庁の記者会見があったのだ。気象庁は正式に、東海地震であることを認めた。しかし規模については、マグニチュードと震度を繰り返しただけだ。

亜紀子は壁際の椅子に座り、ポケットの中で携帯電話を握り締めていた。

さっきから何度も鳴り続けている。マナーモードにしてあるが、けたたましい音が漏れてきそうだった。相手は——松浦だろう。地震の後電話して、みんな無事だと伝えたばかりなのに。

「三〇〇〇億円以上、なんのためにつぎ込んだんだ。役にも立たない測定器を日本中にばら撒《ま》いて、計器屋を儲《もう》けさせただけじゃないか。こんなことなら、道路を作ったほうが何倍も国民の役に立った」

「しかし、被害が少なかったことは不幸中の幸いでした。これも政府が十分に対応策を取っておいたためだと説明すれば、国民も納得します」

「被害をもう一度言ってくれ」

谷島の声に秘書が立ち上がった。

「死者二名。一人は倒れてきたブロック塀による圧死で八四歳、もう一人は崩れた納屋に埋もれて死亡。負傷者二六名。これには二階から降りようとして、慌てて階段を踏み外した打撲の者も含まれています。倒壊家屋二棟。その他、小規模の地すべりが何ヵ所か報告されています。津波の最大は、静岡の太平洋沿岸地域で三〇センチです」

谷島がわざとらしくため息をついた。

「東海地震、巨大地震と、何十年にもわたって大騒ぎをしてきた結果がこれか。何が地震学者だ。国民の不安を煽って、予算ばかり使っていたということか」

「至急、我が国の地震研究の見直しにかからなければなりませんな。大幅な予算削減と、地震予知研究から減災、防災への軸足の転換です」

官房長官の利根田が続けた。

「お言葉ですが――」

亜紀子は声を上げた。

「地震の規模についてはともかく、今回の東海地震に対しては予知情報を出すことができました。目的は達したのではないですか」

「しかし、費用対効果を考えてみろ。警戒宣言を出したことによる経済損失は、すでに七〇〇〇億円を超えたという試算もある」

「予算をなくしてしまえと言っているのではありません。見直しが必要だと言っているのです」

二人の大臣の言葉に、亜紀子はかすかに息を吐いた。見直しが必要というのは、いずれはなくしてしまえということだ。

「次の国会に、責任者を呼んで説明させることが必要でしょう」

「責任者というと誰になるのでしょうな。気象庁長官か、地震調査研究推進本部のトップか。ここの本部長は、文部科学大臣でしたな。いずれにしても、誰かに責任をとってもらわなくては」

「日本防災研究センターの予知部門の責任者はどうです。瀬戸口というのがいましたな。

南関東地震のとき、コンピュータ・シミュレーションで東京直下型の地震を予知して一躍時の人となった」

「そういえば、彼は今回は何も言いませんでしたな。話を聞いてみたい。なぜ、予知できなかったのか。いずれ国会で話してもらうというのも、興味がありますな」

亜紀子は唇を嚙《か》み締めた。言われなくても、いちばんの責任を感じているのは彼だろう。ここにいる政治家たちと違って、責任感の強い人だ。

漆原のほうを見ると、顔をしかめてペットボトルの水を飲んでいる。

「いずれにしても、東海地震もこの程度で済んで、よかったじゃないですか。日本経済も上向きだし、致命的なダメージは、ほとんどなかった。東海地震の不安がなくなって、株価も上がっている。このままいけば来年の総選挙も期待できる。めでたし、めでたしというわけじゃないですか」

法務大臣が能天気な声を出した。

亜紀子はトイレに入って携帯電話を出した。

ディスプレーにある名前は、松浦ではなく瀬戸口だ。

亜紀子は首を傾《かし》げながらボタンを押した。

〈瀬戸口です〉

一〇回ほどベルが鳴り続け、そろそろ留守番電話に切り替わるのかと思ったとき、ぼそぼそとした声が聞こえた。

「電話くれたでしょ。何かあったの？」

〈地震があった〉

「分かってるわよ。相変わらず元気のない声ね。日本を代表する地震学者でしょう。もっと、はつらつとした声を出しなさいよ」

〈なんだかすごい皮肉に聞こえる。特に今はね〉

予知できなかったことを言っているのだ。亜紀子はなんと言っていいか、分からなかった。

〈きみらの様子が聞きたくてね。大丈夫なことは分かっていたけど〉

「私も翼も、堂島先生も大丈夫。東京にはほとんど影響はなかった。震源が小さかったからでしょう」

〈当たりだ。駿河トラフのほんの一部が滑った。きみが地震研究をやったほうがいいかも知れない〉

「バカ言わないで。気象庁の受け売りよ。今日の瀬戸口君、なんだか変よ」

一〇分前の閣僚たちの言葉を伝えようかと思ったが、今の瀬戸口には酷すぎる。

〈最近、地震予知なんて神様の領域だと思うことがある。やればやるほど、その思いは

強くなる〉

「昔、言ってたでしょう。僕らは神様と対話してるんだ。その自信はどうしたの」

〈神はサイコロを振らない。アインシュタインの言葉だけど、最近の神様はサイコロを振り始めた。人間に将来のことなんか分からないんだ〉

「ところで聞きたいんだけど、ここ数日、群発地震がすごかったでしょう。あれって、東海地震の前兆だったの。マスコミも地震の特集や記事が多いので、政府としてもなんらかの対応をしなくてはと思っていたところなの」

疑問というより、話題を変えるために聞いた。

〈日々の緊張こそ、最大の地震対策かも知れない。予知なんかよりずっと〉

「寂しいこと言わないでよ。以前の自信に溢れる瀬戸口君はどこに行ったの」

〈今まで精いっぱい、無理してたんだ。やっと、身のほどを知ったというところかな〉

「ところで——遠山先生の具合はどうなの」

さらに話題を変えるつもりで言ったのだが、受話器の向こうは沈黙した。重い息遣いが伝わってくる。

〈何しろ、歳だからね。自分で諦めている感じだ〉

「娘さんは？　神戸にいるんでしょ」

〈時々は来てるみたいだ。でも、付きっきりというわけにもいかない。完全看護の病院

だから、不自由はしてないと思うけど〉

「だから、あなたは鈍いって言われるの。不自由はしてないって言っても、心ってものがあるでしょ。たった一人で病院で寝てるのよ。ちゃんとお見舞いに行ってるの？」

〈先月、東京で研究会があった帰りに寄ったよ。私のことは気にするなって〉

「やっぱり鈍感そのものね。他になんて言えばいいの。遠山先生の身になってごらんなさいよ」

〈最新論文と学会誌は送ってる。病室でデータが見られるようにパソコンもインターネットにつないだ〉

亜紀子はため息をついた。やはり自分の選択は正解だった。同時に、切ないようなわびしいような気分になった。

「できるだけ頻繁に行ってあげなさい。最近、堂島先生は一日おきに行ってるわよ。東京から静岡市までよ。でも、遠山先生、瀬戸口君と話すのがいちばん楽しみだと思うから」

そう言うと、返事を待たずに電話を切った。

これ以上、瀬戸口の無神経な言葉を聞くと涙が出ると思ったのだ。

昔から、デリカシーのない男だとは思っていたが、これほどだとは思わなかった。一見、大雑把なように見える松浦のほうが一〇〇倍も繊細だ。

化粧を直して、鏡の前で頬《ほお》を叩いて気合を入れてからトイレを出た。

歩き出してから、肝心なことを聞いていなかったのに気づいた。東海地震についての現状と、今後の余震について知りたかったのだ。

14：20 Thu.

三戸崎の頭は爆発寸前だった。地震からすでに一時間近くが経過していた。

〈運転はいつから再開できる〉

受話器からは無神経な声が聞こえてくる。もう一〇回以上だ。途中まで数えていたが馬鹿らしくなってやめた。

「点検が終わってからと言ったはずです」

〈点検はいつ終わる〉

「あと二日はかかります」

〈半日でできないか〉

もともと故障で停止したわけではない。気象庁から予知情報が出されたため、緊急停止しただけだ。原子炉建屋には地震の影響もまったくない。その気になれば、たった今からでも原子炉を稼動させることは可能だ。しかしなぜか、三戸崎には気にかかった。

「六〇パーセント出力で運転中の原子炉を緊急停止したんです。さらに、揺れによる問題はないか、原子炉本体はもとより、発電機、送電システム、すべての点検が必要です。これはマニュアルにも書かれていますし、本社の指示ではなかったのですか」

〈事態が変わっている。今日の地震で、火力発電所が軒並みトラブルを起こした。満足に動いているのは半分程度だ。ひどいのは炉にひびが入ったり、配管系がずれて取替えが必要になっている。火力は原子力ほど耐震性は高くないからな。おまけに、原発の陰に隠れて保守もさほど厳格ではなかった。かなり無理な運転もやっていた〉

「そのつけが回って来たというわけですか」

〈身内だ。あまり悪く言うな。暑さで電力使用が増えているせいもある。しかし、環境保護団体が原発の半分でも火力を監視してくれれば、世界はもっと住みやすくなるのは確かだ。中国や発展途上国を重点的にな。公害は垂れ流し、原発の安全運転なんて考えたこともない。だからきみたちは、世界でもっとも安全な職場の一つで働いているというわけだ〉

最後は冗談のつもりで言ったのだろうが、笑えない冗談だ。

「とにかく、点検が終わり次第報告します」

〈待ってくれ。実は——。この地震で静岡、愛知県内の二五パーセントの地域で停電が起こっている。揺れによる電線の切断という問題じゃない。火力発電所の故障や出力ダウンで、電力供給が極端に減っているんだ。これでは電力会社の社会的使命は果たせな

い。夏場の電力不足は特に文句が多いんだ〉

いつのまにか、懇願する口調に変わっている。

「馬鹿言わないでください。原発の安全性は何よりも優先させるべきです。電気が足らなければ、関東から回してもらえばいい」

〈関東方面の電力供給もパンク状態だ。政財界から、なんとかしろとの要請が出ている〉

「マスコミ発表して、一定地域の電力利用量を減らすように呼びかけてみてはどうですか」

〈地震直後からやってる。国民なんて勝手なもんだ。この状態でも電力消費量はうなぎ上りだ。暑さ続きでクーラーをガンガンつけて、地震報道を見るためにテレビにかじりついてる。おまけに警戒宣言が解除され企業が本格的に操業を始めれば、電力のパンクは目に見えている〉

部長の声に苛立ちが混じってくるのが分かる。

〈このまま原発の停止が続くと、復旧にも支障が出てくる。責任問題だ〉

泣き落としとも脅しとも取れる言い方が返ってくる。

「警戒宣言が解除されなければ、運転もできないでしょう。解除はされたんですか」

〈今、上が確かめているが、政府もそれどころじゃないらしい。ここで原発を動かして

も、どうせ震度4以上の地震が起これば自動停止する。危険はないだろう〉

「点検を急ぐよう言いますが、当てにしないでください」

〈これは知事の要請でもあるんだ。愛知、静岡、両県知事だ。つまり県民の総意だ〉

「全力を尽くします」

三戸崎は部長の返事を待たず受話器を置いた。

「また、無茶を言ってきたんですか。本社の連中は現場を知らないから、勝手なことが言える。こっちは、髪の毛一本ほどのミスも許されないんだ」

「今度は知事まで出てきた。そのうちに、総理大臣が出てくるぞ」

弾みで言ったのだろうが、状況は現実味を帯びている。

原子力発電所は技術と人と行政がそろって、初めて安全な運転ができる。現在、もっとも不備が目立つのは、人と行政の部分だ。日本の原発事故といわれるものの大部分は、人為的ミスで起きている。運転手順のミス、装置管理の不手際、検査の省略、データ捏《ねっ》造《ぞう》……数え上げればきりがない。そして、それをチェックする行政機能の不備と甘さ。日本の政治体質に通じるものだ。

今回の地震で、静岡、愛知両県で二五パーセントの地域で停電が起こっていると言っている。地震後落ち着いてから自宅に電話したときも、妻は頻発する停電を嘆いていた。エアコンが切れて、暑くて茹《ゆ》だってると言うのだ。気をつけてねと言って電話を切る前の娘の言葉も、パパ、夜までには停電なおしてね、見たいテレビがあるの、だった。

内線電話が鳴り始めた。取ろうとした運転員を制して三戸崎が取った。

〈原子炉には異状はありません〉

原子炉建屋で装置を点検している運転員の声だ。

〈自動停止装置は正常に働いています。他の装置についても問題ありません〉

「運転開始は？」

〈いつでも可能です〉

三戸崎はしばらく考えた。停電が長引くと復旧にも支障が出る。そういった部長の言葉もあながち間違いではない。

そのまま待機するように言って受話器を戻した。

「発電機は問題ないか」

隣のタービン建屋にある発電機のモニターをチェックしている運転員に聞いた。

「異状ありません」

そもそもあの程度の地震に対しては問題ないのだ。用心に用心を重ねるというより、とりあえず停止して調査を行い、問題のないことをマスコミに発表する。この行為こそ必要とされているのだ。

三戸崎は運転開始を告げた。

「原子炉稼動。スイッチを入れます。注意してください」

ディスプレー上で制御棒が引き抜かれていく。

発電開始を示すモニターが点灯した。

三戸崎の脳裏に娘の顔が浮かんだ。

14：30　Thu.

〈名古屋四〇センチ、浜松三〇センチ、静岡三〇センチ――満潮時と重なったため、各地の津波は――〉

テロップと共にアナウンサーが読み上げていく。

黒田は美智と海岸近くの食堂にいた。

黒田はラーメンを食べる箸《はし》を止めてテレビを見ている。美智はラーメンにはほとんど手をつけず、テレビを見上げたままだ。

〈気象庁の発表によると、今回の静岡地方を襲った地震の震源は浅かったため、津波の規模は比較的小さかったのだと推測されます。今後、数日の間は大きな余震が――十分な注意が必要だと――津波の被害はありません――〉

「要するに、大したことはなかったということだ。人騒がせな役所だ」

カウンターでテレビを見ていた三〇代の二人組の男が話している。

「実家が浜松にあるんだ。浜松はほとんど被害はないらしい。親父は食器棚が揺れて扉が開いて食器が飛び出し、母親が泣き出したって電話してきた。三〇年かかって集めたマイセンのコーヒーカップやその他の食器類が一瞬で粉々だって。一セット一〇万近いものもあるんだ。たかがコーヒーカップと皿がだぜ。俺なんて使わせてもらったことがない。鍵《かぎ》でもつけて扉さえ開かないようにしていたらって、泣き出して寝込んでしまった。おかげで親父が片付けをしなきゃならないって文句言ってた」

「警戒宣言が出たとき、なんとかすればよかったのに」

「なんとかって、どうするんだよ」

「確かにな。こんなので予知できたと言われてもぴんとこない。近い将来、地震が起きますって冷静な顔と声で言われても緊迫感ゼロだ」

「はいそうですか、で終わりだよ。それ以上、何をしろって言うんだ。会社はいやいや休みにしちゃったけどな。俺の友達なんか、有休扱いにされたって怒ってたよ」

「俺の妹は友達と海に遊びに行ったぜ」

「困ったな」

黒田は呟くように言った。

「嬉しそうな顔しなさいよ。地震も津波も大したことなかったんだから」

美智が黒田の顔を覗き込む。

「津波警報で実際に避難した人は、一割にも満たないんだ。津波は怖いって、あれほど宣伝していたにもかかわらずだ」

黒田は腹立たしかった。

「でも、正解だったじゃない。大した津波じゃなかったんだから」

「そういう問題じゃないんだ。大体、この国の住民は危機意識が足りないんだ。過去に一〇メートルを超す津波が何度も来てるんだよ。それなのに、海水浴客は帰ろうともしない。逆に、海岸には見物人まで出る始末だ」

「そんなに熱くならないでよ。大きな津波が来たといっても、一〇〇年以上前の話なんでしょ。私のひいお祖母《ばあ》さんよりもっと昔」

そういう美智も笑いをかみ殺している。津波警報が出てからも、美智は砂浜の外れの海岸事務所にいたのだ。

黒田は怒る気にもなれず、大げさにため息をついた。


二人は店を出て、海岸を歩いた。

静かな海が続いていた。

美智は砂浜に寝転び、サーフボードに頭を乗せて海を見ている。黒田は携帯電話をいじりながら横に座っていた。

「シンスケには悪いけど、津波警報なんて当てにならないわね。東海地震が来たらこの辺りには一〇メートル以上の津波が来て、ここらの浜のものはすべて流される、って言ってたのだれよ」

「過去の歴史と最近の研究だ。避難勧告が出たおかげで、津波による死者は出なかった」

「三〇センチそこその津波で溺《おぼ》れろって言うの。溺れて見せてよ」

「津波では溺れるんじゃなくて、津波で倒れた家の下敷きになったり、波に飲み込まれて全身打撲で死ぬんだ。ビデオは見せたよな」

「でも、散々騒がれていた東海地震があの程度じゃね。次の東南海地震も南海地震も大したことないわよね」

「それが怖いんだよ。インド洋大津波では、実際に二二万人以上の犠牲者が出てるんだ。日本にだって、それに近いことが起こっても不思議じゃない」

「東海地震は唯一、予知できる地震だったんでしょ。他の地震も予知できないの」

「地震予知はすごく難しい。いろんな要素が複雑に絡み合ってるから。競馬の予想とは違うんだ。でも今ごろ、学会や政府じゃ責任問題で大騒ぎだ」

黒田は瀬戸口のことを思った。彼もまた、針の筵に座らされているのは確かだ。

「難しいこと言わないでよ。私、あまり頭はよくないんだから。シンスケ、よく知ってるでしょ。だからこれ以上――」

「願わくば心あらん人、年々文字よみ安きよう墨を入れ給ふべし」

黒田は美智の言葉をさえぎって声を出した。

「嘉永《かえい》七年（一八五四年）六月一四日午前零時ごろに大きな地震が発生した。大阪の町の人々は驚き、川のほとりにたたずみ、余震を恐れながら四、五日の間、不安な夜を明かした。この地震で三重や奈良では死者が数多く出た。

同年一一月四日午前八時ごろ、大地震が発生した。以前から恐れていたので、空き地に小屋を建て、年寄りや子供が多く避難していた。

地震が発生しても水の上なら安心だと小船に乗って避難している人もいたところへ、翌日の五日午後四時ごろ、再び大地震が起こり、家々は崩れ落ち、火災が発生し、その恐ろしい様子がおさまった日暮れごろ、雷のような音とともに一斉に津波が押し寄せてきた。

安治川はもちろん、木津川の河口まで山のような大波が立ち、東堀まで約一・四メートルの深さの泥水が流れ込んだ。

両川筋に停泊していた多くの大小の船の碇やとも綱は切れ、川の流れは逆流し、安治川橋、亀井橋、高橋、水分橋、黒金橋、日吉橋、汐見橋、幸橋、住吉橋、金屋橋などの橋は全て崩れ落ちてしまった。さらに、大きな道にまで溢れた水に慌てふためいて逃げ惑い、川に落ちた人もあった。

道頓堀川に架かる大黒橋では、大きな船が川の逆流により横転し川をせき止めたため、河口から押し流されてきた船を下敷きにして、その上に乗り上げてしまった。大黒橋から西の道頓堀川、松ヶ鼻までの木津川の、南北を貫く川筋は、一面あっという間に壊れた船の山ができ、川岸に作った小屋は流れてきた船によって壊され、その音や助けを求める人々の声が付近一帯に広がり、救助することもできず、多数の人々が犠牲となった。また、船場や島ノ内まで津波が押し寄せてくると心配した人々が上町方面へ慌てて避難した」

黒田は暗誦した。美智は無言で聞いている。

「『大地震両川口津波記』だ。もちろん、現代語訳のほうだけど。大阪市大正区の木津川、大正橋のそばに建つ石碑に書かれている。昔の人は津波の恐ろしさを碑に刻んで残したんだ」

黒田は海に視線を向けた。

陽の光にきらめく夏の海が広がり、浜は海水浴客で埋め尽くされている。

第二章　悲劇の幕は下りたのか

8：30 Fri.

広大なサッカー競技場。

新緑の芝生の上を、青と赤のユニホームの計二二人の選手たちが縦横に走り回る。

六万の観客の歓声がスタジアムを揺るがす。

一発の銃声が響き渡った。

スタジアムから音が消え、動きが止まった。次の瞬間、人々はいっせいに階段に殺到し、狭い出口に押し寄せる。怒号が飛び交い、悲鳴と泣き声が溢《あふ》れる。

懸命に走ってはいるが一向に前に進まない。進むよりも人の波に押し返されるほうが多い。どうなってる。

「みんな俺《おれ》の前からどけ！　俺は大久保正造だ。大久保建設の社長だ」

叫び声を上げるが声にはならない。

前を走る男がつまずいて倒れた。その上にのしかかるように倒れる。一瞬のうちに、自分の上に人の山ができていく。肺が圧迫され、息が詰まる。呼吸ができない。必死で起き上がろうとするが、足にも腕にも力が入らない。自分はここで――。

「時間ですよ、社長」

大久保は肩を揺すられて目を覚ました。目の前に高橋の顔がある。

「すごい汗です。変な声も出していましたよ。どうしたんです」

「何時だ」

大久保は高橋を押《お》し退《の》けて、ソファから上半身を起こした。

「あと二〇分で総理の到着です。そろそろ、エントランスに出る用意をしておきませんと」

ちょっと横になっただけだが、眠ってしまったらしい。おまけに、シャツの下には気持ちの悪い汗をかいている。おかしな夢だった。サッカー場のパニックで、押しつぶされる夢だ。昔、映画で似たようなシーンを見た覚えがある。あれはアメリカンフットボールだったか。

東海地震からすでに一日がすぎている。オーシャン・ビューは無事完成した。突貫工事だったが、間に合ったのは確かだ。今回もやはり地震が味方してくれた。警戒宣言で自宅待機になった東海地方の職人を大量に呼び寄せることができた。

大久保は立ち上がり、テーブルに置かれたグラスの液体を飲み干した。生ぬるいウイスキーの水割りが喉元《のどもと》を下りて、思わず吐きそうになった。シャワーを浴びたいが時間がない。

「エレベーターを開けておけ。すぐに行く」

六一階の特別室には、地下の駐車場までの専用高速エレベーターがついている。

大久保は平手で頰《ほお》を数回叩《たた》いて洗面所に向かった。

「谷島総理、ご挨拶《あいさつ》をお願いいたします」

司会者の声に谷島が壇上に上がった。

広いホール全体に拍手が鳴り響く。ウェイターもコンパニオンたちも動きを止めて谷島を見ている。

オーシャン・ビュー最上階の展望室は、落成式後の懇親会を兼ねた祝賀会が開かれていた。

背後の巨大スクリーンには、中央に名古屋城を配した名古屋市内が映っている。夏の陽《ひ》を浴びて町全体が輝いて見える。ヘリからのリアルタイムの映像だ。日本中に名古屋を印象づけるのだ。

「今、名古屋は元気がいい。このオーシャン・ビューに代表されるように――」

谷島は第一声を放った後、会場を見渡した。

「その通り！」

どこからか声が上がると同時に、いっせいに拍手が始まった。

大久保は谷島から会場に視線を移した。総理を始め国会議員、知事、市長、地元議員……日本を代表する企業トップも数十人来ている。総勢一二〇〇人を超えるという報告をもらっている。

「中部国際空港セントレアの盛況、大成功裏に終わった万国博覧会、そしてこのオーシャン・ビューの落成。名古屋は実に元気がいい」

谷島が大声を上げて会場を見回したとき、目が合った。大久保は軽く会釈を返した。

「阪神、さらに東京――この国は近年において、不幸にも二つの大震災に襲われました。そして昨日、長年日本を脅かしてきた東海地震がついに起こりました。しかし幸いにして、最小限の被害で乗り切ることができました。その上、この地震に関しましては見事予知し、日本の地震予知研究の水準の高さを内外に示すことができました。また、建物の崩壊も最小限にとどめることができ、我が国の耐震建築の水準の高さも十分に示してくれました。東海地震による死者は三人、重軽傷者は五八人。倒壊家屋は一二棟。若干の被害は出ましたが、奇跡的とも言える軽微なものでした。これで長年の懸念事項であった東海地震に決着がついたわけです。次は東南海地震という噂《うわさ》もあるが、私はここ名古屋にいます」

　大久保は胃の辺りに痛みを感じた。夢に出た、重苦しいものがのしかかってくるような圧迫感を覚える。額には冷や汗が滲《にじ》んでいる。谷島の声がどこか遠くに聞こえた。

「――今後、名古屋が、この日本を牽引《けんいん》してくださると大いに有り難い。ここにお集まりの皆さんも――名古屋はもとより、関西方面の財界の方々が中心となり、今後も大いに日本の発展にお力添えくださると有り難い。さて――」

　ドーンと突き上げるような衝撃を感じた。

　一瞬、会場の時間が止まり、一二〇〇名すべての身体《からだ》が凍りついた。

　数人の男が壇上に駆け上がり、谷島を取り囲んだ。総理の警護官たちだ。

　全員が息を飲んで、次に起こる事態を待っている。

「なんだ、今のは――」

　司会の男がマイクを持ったまま甲高い声を出した。

　大久保の脳裏に、今朝の悪夢が蘇《よみがえ》っていた。無意識のうちに高橋を探していた。いったい、何が起こっている。

　全員が天井を見上げた。天井のシャンデリアが、いっせいに澄んだ音を立てている。

「揺れている」

会場から消えていた声が戻った。

その瞬間、悲鳴と泣き声が上がる。物がぶつかり合う音とガラスが割れる音が、会場中に響いた。気がつくと床が水平方向にゆったりと揺れている。

大久保はよろめき、隣のコンパニオンにすがりつこうとしたが、彼女がよけたのでそのままテーブルにぶつかり、激しい音を立てて床に転がった。

立とうとするが足元が定まらない。滑ってきた椅子《いす》が頭に当たり、一瞬、意識が薄れた。

「地震だ！　かなり大きいぞ」

「東海地震か」

「それはもう終わった」

「だったら、東南海地震か。そんな話は聞いてないぞ」

「上に乗らないで。人がいるのよ。潰《つぶ》される」

「動くな。じっとしてろ。騒ぐとかえって危険だ」

「あんたが足を踏んでるんだよ」

「みんな、しゃがめ。しゃがんで揺れが収まるのを待つんだ」

部屋中にざわめきのような声が上がり、いっせいに出入り口に向かって殺到する。しかし、ひどい揺れのために満足に歩ける状態ではない。倒れた人の山がそこら中にできている。

「みなさん、動かないで。そのままお待ちください。危険です。危険ですから動かないでください」

司会者が大声を出している。マイクが使えないのだ。

「慌てないで。その場にいてください。エレベーターは使えません。自動停止装置が働いて止まっています。非常階段に人が集中すると危険です。すぐに揺れは収まります。このビルは絶対に倒れることはありません。ここにいるのが一番安全です」

ビルの総支配人が怒鳴っているが、騒音にかき消されてほとんど聞こえない。

「ここは安全です。揺れが収まるまで、ここに――」

支配人の言葉に反して、揺れは一向に収まる気配を見せない。それどころか、ますますひどくなる。

「これだけの揺れだ。当分エレベーターなんて動きません」

いつの間にか目の前に高橋が立っていて、大久保を引き起こした。

「自動停止装置を解除するんだ」

「ここからそんなことはできませんよ。無茶言わないでください」

「なんとかならんのか」

「なったらやってます」

「火事だ！　名古屋城が燃えている」

男の声に前方のスクリーンを見ると、名古屋城が白煙に包まれている。

「城が燃えるのか。コンクリートと石と漆喰《しっくい》でできてるのじゃないのか」

「前の大戦で全焼したんだ。今度だって——」

「あれから耐火性に重点を置いて再建したんです」

「よく見ろ。あれは煙じゃない。砂埃《すなぼこり》だ。城が崩れているんだ」

白煙のように立ち上る砂塵《さじん》の中に、半分が崩れ落ちた名古屋城が霞《かす》んでいる。

「港が燃えているぞ」

スクリーンの映像が港に移り、炎が見える。町にも何ヵ所かで煙が見え始めた。

「名古屋が燃えている。私の町が——」

大久保の横で床に這《は》いつくばっている、名古屋市長が呟《つぶや》くように言った。

「揺れが大きくなっているぞ」

誰《だれ》かが叫んだ。確かに激しい突き上げるような縦揺れの後、水平方向の揺れが始まり、大きくなっている。

「長周期地震動です。恐らく、ビルの揺れはもっと大きくなります」

高橋の言葉通り、オーシャン・ビューの横揺れは徐々に大きくなっていく。初め数十センチだった揺れは、すでに一メートルを超えている。大久保は軽い吐き気を覚えた。

船酔いになったような気分だ。

「このまま大きくなるのか」

「大丈夫です。落ち着いてください。このビルは、長周期地震動にも対応する設計になっています。最大一五メートルの揺れに対しても――」

「そんなに揺れたらビルが折れるぞ」

大久保は高橋をさえぎり、叫ぶように言った。しかし、その声も悲鳴と泣き声に消されて、聞こえたかどうか分からない。

「免震構造になっているんじゃないのか。震度7の揺れも三分の一以下に緩和されると聞いていたぞ」

「耐震性は大丈夫ですから。揺れはしますが、それは地震による揺れのエネルギーを構造物がしなることによって吸収し――」

巨大スクリーンの映像が消えた。スクリーンの配線が切れたのか、それとも停電か。

建物全体が不気味な音を立て始めた。高低音入り混じった音、鉄骨と壁材と留め具類など、ビルを構成し支えているあらゆるものが軋《きし》み、悲鳴を上げている音だ。

床に座り込んだり、へばりつくように倒れている人の間をテーブルや椅子が滑っていく。それが人に当たり、倒れたり方向を変えて移動していく。すでに揺れは、水平方向に三メートルはある。

大久保は高橋の手を振りほどき、床に這いつくばった。イモリのように大理石の床にへばりついているのがやっとだった。それでも身体は、揺れと共に移動していく。床についた手に、赤い液体が流れてくる。見ると、何本ものワインのビンが中身を振りまきながら転がっている。

「すぐに収まります。しばらく我慢して、このまま――」

高橋の声が途切れ、顔をゆがめている。滑ってきたテーブルが顔面を直撃したのだ。やがて悲鳴と泣き声も、テーブル、椅子、床に転がった無数の食器や割れたコップやビン、ガラス類のぶつかり合う音にかき消された。

「この揺れは異常だ。全員をすみやかに移動させましょう」

高橋が床に両手をついて身体を支えながら、大久保の耳元で言う。高橋の唇が切れて血が流れている。よく見るとガラスの破片が刺さっているが、本人は気づいていない。興奮で痛みを感じないのか。

「動くなよ」

「やめてください。こんなときに」

高橋が大久保の伸ばした手を振り払った。大久保が抜き取ったガラス片を見せると、顔から血の気が引いていく。

「移動するって、一二〇〇人もの人間をどうやって下ろすんだ。エレベーターは動かないんだ。そう、お前が言ったばかりだ。今だって、どこに止まっているかすら分からん。たとえ動いたとしても、八基程度のエレベーターでこれだけの人数をどうさばく。かえって、混乱するばかりだ」

「じゃあ、階段で――」

「階段を歩くと、一時間以上かかると言ったのはおまえだ」

大久保は呆然《ぼうぜん》としている高橋の頬を叩きながら言った。

「特別室のエレベーターを――あれなら、部屋から強制的に動かすことができ――」

「黙れ。下手なことを言うとパニックが起こる。分かってるんだろうな」

大久保は高橋の言葉をさえぎった。

揺れ幅はすでに五メートルを超えている。

左右に振られるたびに悲鳴が上がり、床を人、テーブル、椅子が入り混じり、絡み合いながら滑っていく。高橋の目が一人の女性に釘付《くぎづ》けになっている。大久保の前を呆《ぼ》けた表情で歩いていく女性の首にはワイングラスが刺さり、鼓動と共に血が噴き出している。

大久保の手が滑った。目の前の床には赤黒い筋がいくつも付いている。これはワインではなく、血がこすれたあとだ。

「やはり、規格通りの耐震工法を採用するべきでした。構造部材にもかなり問題があると報告したはずです。しかし、社長はそのまま推し進めた」

突然、高橋が声を出した。

「今ごろがたがた言うな。それより、この地獄をなんとかしろ」

「すべて社長の責任——」

大久保はヒステリックに叫ぶ高橋の頬を殴りつけた。

高橋はしゃべるのを止めたが大久保を睨《にら》みつけている。

「もし、途中で計画変更ということにでもなれば——我が社の行く末に多大な影響を与えたことは確かだ。私は会社の存続を第一に——」

「古いんですよ。そういう考え方自体が」

「明日、ゆっくり話し合おう」

「もう、私は嫌だ。社長にはついていけない。この騒ぎが終わったら警察に行く。すべてを告白する」

大久保は再び高橋を殴りつけた。高橋が頬を押さえて唇を噛《か》み締めている。

「お前が許可を出したからだぞ。私は提案しただけだ。技術的な責任は、すべてお前にある」

ひときわ激しい音がして悲鳴が上がった。

悲鳴のほうを見ると、テーブルが窓の外に浮いている。テーブルの一つが展望ガラスに当たり、打ち砕いたのだ。すさまじい勢いで風が吹き込んでくる。

「絶対に割れない強化ガラスじゃなかったのか」

「そのはずですが、予想以上の力が加わり――」

大久保は思わず目を閉じた。

ビルの揺れとともに数十人の男女が、割れた展望ガラスから空中に投げ出されていく。

高橋も呆然と見ている。

大久保は高橋の腕をつかみ、必死で出入り口に向かって這った。

「特別室のエレベーターを非常用電源で動かすんだ。自動停止装置を解除すれば可能だ」

六一階に下りることができれば――。こんなところで死ねるか。

「エレベーター一台では、とてもこの人数は運びきれません。定員は七名。かえって混乱を招くかと――」

「黙って私の言う通りにしろ。急いで動かすんだ。気づかれないように注意しろ」

大久保は谷島総理を探した。あの男は一緒に救出したほうがいい。彼が祝辞を言っているときに地震が起きた。演壇の近くにいるはずだ。

演壇のほうに目を移したが、折り重なって倒れた人の塊ができていて個人の判別などとてもできない。

「谷島総理はどこだ」

四つんばいになっているウェイターに聞いたが、虚《うつ》ろな視線を向けるだけで要領を得ない。

人を掻《か》き分けて、演壇があった辺りに進んだ。その間にも、揺れは確実に大きくなっている。ゆったりとした横揺れは、すでに一〇メートルはあるのではないか。急がなくては。

壁に背をつけて座り込んでいる谷島を見つけた。横には、頭から血を流した警護官が倒れている。もう一人の姿は見えない。

「総理、こっちです」

大久保は谷島の腕をつかんだ。谷島は怯《おび》えた視線を向けたが、大久保だと分かるとすがり付いてきた。

「落ち着いて。私についてきてください」

必死でしがみ付く谷島の腕をほどこうとするが、顔を強《こわ》ばらせた谷島は放そうとしない。

「急ぎましょう。特別室のエレベーター一基だけに電源を入れ、手動にします。エレベーターは一基しか動きません。他は安全が確認されるまで止まったままです」

谷島の耳に口をつけて言う。谷島は頷《うなず》き、やっと腕を放した。

大久保は谷島を出入り口に誘導した。

途中、壁際にうずくまっている経団連会長の腕をつかんで立たせた。この男も連れて行こう。恩を売っておくのも損じゃない。他に誰を連れて行く。経済同友会の代表幹事は――放っておこう。誘導しながら辺りを見回した。エレベーターの定員は七名だが、重量オーバーの安全装置を切れば、一〇人は乗れるはずだ。いや、もっとか。今後、役に立ちそうな者はできるだけ連れて行こう。テーブルの下で脚を握り締めている知事と名古屋市長を立たせ、ついてくるように言った。それを見た、数人の社長が這ってくる。

不気味な音がして、規則的だった振動が乱れ始めた。時間がない。

エレベーターが下り始めた。

中には定員七名に対して、倍の一四人が乗っていた。全員が階数表示を食い入るように見つめている。

「すべての安全装置を切って動かしているんです。何が起こっても私は知りませんよ」

隅にへばりついていた高橋が大久保の耳元で囁《ささや》く。大久保は無視して一階のボタンを押し続けている。

「早く下りろ」

誰かが腹から絞り出すような声を出した。

「のろいボロエレベーターだ」

「日本でいちばんの高速エレベーターです。階数表示も付いていますが、ロビーと駐車場へ直通です」

高橋が声を上げる。

大久保もエレベーターがこんなに遅く感じたことはなかった。

エレベーターの壁が震え始めた。時折り激しい衝撃でよろめいた。建物が揺れるたびに、壁面にぶつかっているのだ。

「どうしたんだ――音が聞こえる」

大久保は辺りを見回した。軋むような音がエレベーターを包み込んで響いてくる。

天井の明かりが点滅を始めた。

「非常用電源が切れるということはあるのか」

「分かりません。そんなテストはしていませんから」

大久保は高橋の足を思い切り踏みつけた。

急げ、大久保は心の中で念じ続けた。今まで感じたことのない恐怖が、全身に湧《わ》き起こってくる。こんな気分は初めてだった。

エレベーターが止まった。

点滅を続けていた明かりが吸い込まれるように消え、エレベーター内は闇《やみ》に包まれた。

「停電か」

「非常用の発電機が壊れたのでしょう」

「そんなことがあるのか。非常用だろう」

「発電機が故障したか、配線が切れたか。この状況です。なんでもありです。私の責任ではありません」

「このまま缶詰めか」

「それですめばいいのですが――」

「どういうことだ。はっきり言え」

天井からは不気味な音が響いてくる。時折り、短く鋭い音が混ざる。ビルの揺れに合わせてロープが引っ張られる高い音と、細いワイヤーが一本ずつ切断されていく音に違いない。

「このままでは落下する」

闇の中から震える声がする。谷島だ。

「だから言ったはずです。これじゃ重すぎる」

「だったら、お前が降りろ」

大久保は高橋の声に向かって思い切り拳《こぶし》を突き出した。

ビルの揺れと軋みはますます大きくなり、エレベーターが昇降路の壁にぶつかるたびに、鈍い衝撃音が不気味に響いてくる。

突然、エレベーターが数十センチ下がった。呻《うめ》くような声と共に、狭い部屋に緊張が満ちる。

「誰がこんなところに押し込めた。出たら刑務所に放り込んでやる」

市長の声だが、こいつにそんな権限などあるものか。

「ここは何階だ」

「二五階辺りだと——たしか、階数表示が出ていた」

「私が見たのは一五階の表示だった」

「ドアを開けろ。階段を使っても下りられる」

知事の声が聞こえ、大久保を乱暴に押し退けようとする。

「やめてください。落ち着いて。落下防止装置が付いています。ここは安全です。すぐに——」

エレベーターが昇降路の壁面にぶつかる音と同時に、天井で鋭い音が響いた。その瞬間、身体が浮き上がる。

エレベーター内に一四人の身体が舞った。

大久保は声を出す間もなく、乗りかかってくる身体を必死でかき分け、上に出ようとした。誰かの下にはなりたくない。

ハンマーで殴られたような衝撃と共に、身体がバウンドして全身に痛みが走る。

激しい衝撃音と同時に、気を失っていた。意識がなくなる瞬間、声を聞いたような気がした。〈パパ――〉ここ数週間、時折り蘇る懐かしい声だ。

気がつくとエレベーターは止まっている。地下の床に叩きつけられたのだ。

大久保の顔の下には誰かの身体がある。柔らかい物体の上に落下したのだ。周囲は闇で、何も見えない。慌てて身体を動かそうとしたが、動かない。下半身が人に挟まれている。すぐに現実が蘇った。早く逃げなければ。

恐る恐る手足に力を入れたが、動いている。折り重なった人の間から、なんとか抜け出した。額に手をやると、ぬるりとした感触がするが痛みは感じない。

「開けてくれ。急げ――」

やっと立ち上がり、大久保は扉を叩いた。足の下には誰かの身体がある。

「叩いても開きませんよ」

高橋の声がして大久保を押し退けた。

「落下防止装置が付いているんじゃないのか」

「言ったでしょ。こんな地震じゃ、なんでもありです。それに定員オーバーは社長のせいだ」

青っぽい光が辺りを照らし出した。高橋が差し出した携帯電話のディスプレーの光だ。

高橋はエレベーターの壁にある小蓋《こぶた》を開けて手を差し込む。うん、という掛け声がした後、扉の間から薄い光が差し込んでくる。

「手動に切り替えました。ぼうっとしてないで、手伝ってくださいよ」

二人して扉の隙間《すきま》に手を入れてこじ開けた。

エレベーターの中は凄《すさ》まじい惨状だった。総理以下、一二名の政治家と財界人が折り重なって倒れている。大久保は彼らの上に落ち、人体をクッションにして助かったのだ。大久保の立っていた辺りには、谷島が妙な形に首を折り曲げて倒れている。知事の姿は見えない。人に埋もれているのだ。

ここは――地下の駐車場だ。エレベーターの底から一メートルばかり上に、駐車場の床がある。エレベーターの正面に、ライトをつけたままの車が柱に側面をぶつけて止まっていた。そのライトの光の先に、二台の車が衝突しているのが見えた。辺りにはガソリンの臭《にお》いが立ち込めている。

ぼん、という音がしてさらに明るくなった。一〇メートルほど先で炎が上がっている。壁に衝突した車が燃え始めたのだ。

「早く出てください」

高橋が大久保の肩を押した。

駐車場の床に這い上がろうとした大久保は、思わず悲鳴を上げた。

誰かが足首をつかんでいる。折り重なった人の間から伸びた手が、大久保の足首を握り締めているのだ。

天井から鈍い音が降ってきた。コンクリートの粉が舞っている。

「急いでください」

高橋が天井を見上げながら声を上げた。

大久保はもう一方の足でつかんでいる手を蹴《け》りつけて払うと、高橋を押し退けて駐車場に上がり走り出した。高橋があとを追ってくる。

「階段を使ってロビーに出ましょう」

走りながら高橋が叫んだ。

ロビーには人が溢れていた。通りを歩いていた人たちが逃げ込んできたのだろう。大地震には高層ビルが強い。過去のいくつかの地震から言われ始めたことだ。たしかに阪神・淡路大震災、平成大震災では高層ビルには被害は少なかった。

「どけ。誰に断って入ってきた。まだオープンしてないはずだぞ」

大久保は、中央インフォメーション・ブースのカウンターに座って、荒い息を吐いている男の足をつかんで引きずりおろした。自分でも抑えようのない怒りが込み上げてくる。なぜ、自分がこんな目にあわなければならない。

「外はガラスと外壁の欠片《かけら》のシャワーなんだよ。あんた出てみろよ」

男が大久保の迫力に気おされて言い訳のように言う。

エレベーターの中で聞いた、軋むような音がロビーにも聞こえ始めた。ざわめきが引いていく。

「あの音はなんだ」

どこからか声が上がった。

天井からふってくる音がさらに大きくなった。ロビー中の者が天井を見上げている。

「ビルが崩れるぞ」

怒鳴るような声が聞こえたかと思うと、ロビーの人たちがいっせいに出入り口に向かって走り出した。悲鳴と泣き声とわめき声が広い空間に入り混じり、いたるところで人が重なり合って倒れている。

大久保は人を突き飛ばしながら懸命に走った。今まで感じたことのない恐怖に突き動かされている。こんなところで死んでたまるか。

道路に出ると、男の言葉通り路上には窓ガラスの欠片と壁から剝《は》がれたタイルが散乱している。道路に敷き詰められている敷き石も、半分以上が割れて盛り上がっていた。

砂利道を走っているようだ。

「人が降ってくる！」

叫び声に大久保は立ち止まった。

振り返ると、そびえ立つオーシャン・ビューの横揺れが見た目にもはっきりと分かる。あの最上階には、今も一二〇〇人以上の人が閉じ込められている。

悲鳴が上がり、展望室から人が落ちてくるのが見えた。それも一人や二人ではない。ビルの上部が左右に振られるごとに、一〇人近い人が振りまかれるように降ってくる。ここから見えるのは展望室で見たのとは反対側だ。いたるところで強化ガラスが割れているのだ。

「二七六メートルのダイブです」

いつの間にか横に高橋が立って、ビルを見上げている。

ビルが呻くような鈍い音を立てた。大久保の全身に恐怖に似た衝撃が走った。ビルの揺れが振幅を増し、下から四分の一ほどの高さの階の窓ガラスがすべて割れ、壁には横に亀裂が入っている。その亀裂が揺れるたびに広がっていく。

横揺れが最大の箇所で止まった。大久保の全身が凍りつき、高橋も固まったように動かない。

「倒れるぞ！」

周りから声が上がる。

オーシャン・ビューは一方に傾いたまま、必死に何かに耐えるように動かない。そして数秒後、そのままゆっくりと傾きを増していく。大久保は思わず目を閉じた。

どうする——呟いてはみたが、何も考えることができない。頭の中は真っ白だ。

「とにかく、本社に帰ろう。すべてはそれからだ」

「どうやって帰ると言うんです。タクシーなんて通ってないし、電車だって動きやしない」

高橋の言葉を無視して、大久保は歩き始めた。

「待ってください、社長」

高橋が大久保を押し退け、ビルの横の花壇に走っていく。花壇の前にはミニバイクと、その横に二〇歳前後の女性が倒れている。女性の首は不自然な方向に曲がり、口と鼻から血を流している。

「死んでいるのか」

「たぶん。花壇にぶつかって放り出されたとき、首の骨を折ったんですよ」

高橋がミニバイクを起こして、キーが付いているのを確かめながら言った。

エンジンは一度でかかった。女性の頭からヘルメットを取って、一瞬迷ってから大久保の手に握らせた。

「後ろに乗ってください。本社に戻るんでしょう」

大久保はヘルメットを被《かぶ》った。

耳の辺りに違和感を感じて手でぬぐうと血がついている。あわててズボンにこすり付けた。

大久保がミニバイクに跨《またが》ると同時に走り出した。大久保は思わず高橋の腰にしがみついた。

9：50 Fri.

瀬戸口は共同研究室のパソコンの前に座っていた。

東海地震が起こってから二〇時間がすぎている。すでに日本は正常に戻っていた。騒がれ続けていた東海地震が起こったことで国民の間にも安堵感《あんどかん》が広がり、意外なことに株価も上昇している。長年の大きな懸念材料の一つが取り除かれたことで、控えられていた企業の設備投資、外国の投資会社の活動が目立ち始めたのだ。

予知できなかったという虚しさと、何か心の隅に引っかかるものがある。それが何かは分からないが、瀬戸口をパソコンの前に座らせるものとなっていることは明らかだった。

〈行ってあげなさいよ。あなたと話すのが、いちばんの楽しみなんだから〉

亜紀子の言葉が脳裏から離れなかった。

遠山の入院している病院へは、東名高速道路を使うと一時間かからない。

忙しいのは確かだが、足が遠のいているのはそればかりが原因ではない。顔を見るのが辛《つら》かったのだ。今年一月までは、毎日半日以上を同じ建物ですごした。一緒に食事をし、考え、議論した。そんな生活が、六年間続いた。二人とも、師弟というより、もっと強い絆《きずな》で結ばれていると感じていた。

会いたくないのではない。むしろ逆だ。入院した当時はほぼ一日おきに出かけた。それが三日に一度になり、四日に一度になった。今月に入ってからは、まだ一度も行っていない。日ごとに衰えていく遠山の姿を見ることに、耐えられなかったのだ。

「瀬戸口先生、気象庁の新しいデータが入っています。東海地震のデータです。ご覧になりますか」

突然の声で現実に引き戻された。

隣の席の研究員が、ディスプレーに目を向けたまま言っている。

瀬戸口は椅子ごと移動して、画面を見た。東海地震予知のために、駿河トラフと東海地震防災対策強化地域周辺に配置している体積歪《ひずみ》計《けい》と震度計のデータだ。リアルタイムに全国の研究所、大学に送られている。

瀬戸口の研究センターでは、これらのデータから異常値を検出すると自動的に警報を出すシステムを作り上げている。他の研究所や大学でも同様なものを作っているはずだから、マルチチェックが行われていることになる。こういう体制を無駄だという者もいるが、瀬戸口はそうは思っていない。しかしそれは、自分が地震研究という分野に身を置いているせいだとも思う。

確かに、予算的には恵まれている分野だ。今年も、全国の地震関係の研究には総額で四〇〇億円の予算がついている。東海地震予知研究という名目であれば、ほとんど通るのだ。

「今回の東海地震——。大騒ぎしてきたわりには、どうってことなかったですね。それはそれで喜ぶべきなんでしょうが」

この研究員は控えめな言い方をしているが、大方の研究員はどちらかと言えば落胆していた。予知はできたがこの程度のものならば、予知してどうなるという声が上がっているのだ。地震による被害より、警戒宣言が出たことによる経済損失のほうが遥《はる》かに大きいと、経済界から政府に反発があった。政治家の中には、すでに予算の見直しを唱える者もいる。そして、今は東海地震自体が過去のものとして急速に薄れ始めていた。

瀬戸口はディスプレーに現われたデータを目で追っていった。

震源は伊豆半島沖二〇キロ、深さ一〇キロ。マグニチュード6・8。静岡で震度5強を記録している。気象庁は、この東海地震を一九四四年の東南海地震で崩壊しないでずれ残ったプレートが崩れたという従来の見解を変えていない。

「震源が若干陸地寄りですが、この辺りの海溝は単純なようで複雑ですからね」

「余震はまだ続いているのか」

「大規模なものはありません。でも、起こっていることは起こっています」

研究員がマウスを移動させ、クリックした。

伊豆半島から紀伊半島にかけての地図が現われる。

「東海地震が起きてからの震度3以上の地震分布です。震源より、むしろ西に寄っていますね。こんなことってありですか」

研究員が首を傾げながらディスプレーを覗《のぞ》き込んだ。

「歪計のデータも見せてくれ」

瀬戸口はディスプレーに目を向けたまま考え込んだ。なぜだか分からないが、妙な胸騒ぎを感じる。確かに、今まで東海地震の予知の基準としてきたプレスリップが観測され、気象庁長官によって予知情報が出され、内閣総理大臣が警戒宣言を発令した。そして、地震が起きた。気象庁地震火山部は、東海地震であると発表した。すべてマニュアル通りだ。しかし――それ以後、データ上には大きな変化は見られない。

「これで、東海地震に関しては一〇〇年は安泰ですね」

「そうかな」

「何かおかしなことがありますか」

研究員がディスプレーを覗き込んでくる。

「いつも通りだ」

何も現われてはいない。しかしこの重苦しい気分はなんだ。あえて言うなら、地震研究を一五年以上続けてきた研究者のカンとでも言うべきものかも知れない。

「新しいデータを入れて、東海地震、東南海地震、南海地震のシミュレーションをやってくれないか。結果が出しだい私のところに送って欲しい」

研究員が何か言いたそうな表情をしたが、パソコンに向き直りキーボードを叩き始めた。

そのとき、コンピュータに接続したモニターのランプがオレンジ色の点滅を始めた。震度5弱以上の地震が日本列島のどこかで起こった。

10：00 Fri.

漆原副総理は総理官邸にいた。

執務室に座ってはいたが、取り立ててすることはない。副総理などと聞こえはいいが、しょせんは飾りだ。

昨日の東海地震、「あれはなんだったのだ」と漆原は自問した。いつ来てもおかしくない巨大地震と、地震前まではあれほど騒いでいたが、大した被害でないと分かると、世間はすでに日常に戻っている。マスコミも過去のものとして扱い、次の話題に移っている。これが正常な社会というものだと自らに言い聞かせた。

秘書と官邸職員を部屋から追い出し、テレビをつけた。

漆原の知らない中年の男性タレントが、水着の若い女たちの前で冗談を言い合いながら笑っている。昔、一億総白痴化という言葉がはやったが、まさにその通りだ。何年か前、三〇代ベンチャービジネスの社長のテレビ局乗っ取り騒ぎのとき、公共的使命のあるメディアに対しては、乗っ取りから守るために特別の法的規制を設けるべきだと多くの知識人と称する人たちが大真面目に議論したが、公共的使命がこれかと思うと寂しくなる。高齢化と同時に少子化、おまけに学力低下、フリーター、ニート、少年犯罪の増加――日本の先は見えている。いずれ中国、韓国、インド、さらには台湾にも追い抜かれる。大体、アジアの発展途上国の若者と、日本の若者とでは目の輝きが違う。

「日本もあと一〇年、いや五年で終わりだな」

漆原は呟いてテレビを切ろうとした。

思わず身を乗り出した。画面の上部にテロップが流れている。

〈今朝一〇時七分ごろ、名古屋を中心に、中部地方に大規模な地震が発生。各地の震度は――〉

漆原は立ち上がった。

そのとき、ドアが強くノックされた。

「入れ！」

自分では声を出したつもりだが、唸《うな》り声のようなものしか出なかった。それでも、弾かれたようにドアが開き、秘書が飛び込んでくる。

「名古屋で地震が起きました」

漆原は答えず、次々にリモコンを押してチャンネルを替えていった。オーシャン・ビューのオープニングパーティーは、全国ネットで放映されているはずだ。すでに、番組が臨時ニュースに替わっている局もあるが、それらしいものはない。

秘書が漆原の側に近づいた。

「谷島総理が行方不明です。警護官との連絡もつきません」

耳元に口を寄せて低い声で言う。

「どうも亡くなられた可能性が高いようです」

漆原の動きが止まった。

「総理はオーシャン・ビューにいるはずだ」

「そのオーシャン・ビューが――」

秘書の視線はテレビに向いている。

画面にはいく筋かの煙と崩壊した建物群が映っている。これが名古屋なのか。漆原はオーシャン・ビューを目で探した。

「オーシャン・ビューが崩壊した模様です。谷島総理はその中に――」

秘書の言葉が終わらないうちに、官房長官の利根田と数名の秘書、官邸職員が入ってきた。

「谷島総理が行方不明です。総理が戻られるまで、漆原副総理が総理代理ということで執務を行うことになります。これはあくまで法に則《のっと》った暫定的処置とご了解ください」

利根田は、死亡という言葉をなんとか避けようとしている。

「それで――具体的な私の仕事は――」

「総理の代わりです。内閣総理大臣の仕事です」

秘書が声を出した。声が震えているのは興奮のためか。

「その通りです。しかし、これはあくまで暫定的ということです」

利根田の顔には、明らかに不満の色が現われている。夢にも思っていなかった事態なのだ。

落ち着け。漆原は自分に言い聞かせた。テレビに目を移して、なんとか現状を把握しようとした。

「直ちに閣議を招集するように。総理の安否は引き続き調べてくれ。それに、名古屋市長と愛知県知事に連絡を取ってくれ。直接、話がしたい」

「連絡が取れません。お二人とも、総理同様、オーシャン・ビューの落成式に出席していました。これは確認が取れております」

「では副知事と助役に連絡を取ってくれ」

「防災無線で連絡を取っていますが、要領を得ません。現地はかなりひどいようです」

「現地で指揮を執っているのは誰だ」

「不明です」

「誰でもいい。指揮を執っている者がいるはずだ。その者と連絡を取ってくれ。それに、現地の警察と至急連絡を取るように。自衛隊のヘリを飛ばして情報収集をやってくれ」

「すべて手配済みです」

勝手なことをするなという言葉が喉元まで出た。しかし、早ければ早いほどいいことばかりだ。

「被災地の最新情報は？」

「危機管理センターに送られてきています。自衛隊のヘリからの映像が、転送されてきているはずです」

それを早く言え、という言葉を飲み込み、利根田を押し退けて部屋を出た。

漆原は危機管理センターを見渡した。

総理官邸地下にある部屋は喧騒《けんそう》に満ちていた。前方の壁いっぱいに四面あるスクリーンには、左から日本全土の地図、東京、名古屋の映像、そして、被害状況が映し出されている。

日本全土の地図は、名古屋を中心に愛知県の太平洋岸が赤く染まっている。そして、その赤いラインの外側には、青いラインが走っていた。赤いラインは地震で被害を受けた地域、青いラインは津波が予想される地域だ。

名古屋の映像には、いく筋かの煙と崩壊した建物群が映っている。煙の下には、オレンジ色の炎が上がっているのも見えた。名古屋駅周辺が濁って見えるのは、立ち込める粉塵のせいだろう。かなりの建物が崩壊している。

「この映像は自衛隊のヘリからのものか」

「そうです」

「地方自治体から自衛隊へ派遣要請があったのか」

「自主派遣です」

阪神・淡路大震災の教訓を踏まえ、自衛隊は、航空機などによる情報収集が必要と考えられる場合、都道府県知事の要請がなくても自動的に部隊を出動させることが可能になった。つまり自主派遣だ。

さらに、通信途絶などで都道府県知事と連絡が取れなくなった場合も自主派遣が可能になり、災害発生時の初動対応に大幅な迅速化が図られるようになっている。最近では、震度5弱以上の地震の場合に頻繁に行われている。

「副知事は東名高速道路走行中事故にあい、大学病院に搬送中に死亡。助役は現在、京都から名古屋に向かっているそうです」

受話器を置いた職員が漆原に言った。

「すぐに自衛隊に出動命令を出すように」

「どの部隊です」

「中部、関東、近畿、近隣の部隊すべてだ。派遣場所は状況が分かり次第伝える」

「気象庁の発表によると、震源は志摩半島東沖二〇キロの海底。マグニチュードは7・8。震源の深さは一二キロ。震度7を記録した地域は、愛知県では名古屋市、豊橋《とよはし》市。三重県の桑名《くわな》市も震度7です。四日市《よっかいち》市は震度6強。震度6弱以上を記録した地域は増える可能性がありますが、被災地域は、比較的狭い範囲にとどまっています」

気象庁から派遣されている技官が漆原に説明するが、後半部分は漆原の脳には残らず、通りすぎていく。漆原は都知事時代の震災を思い出していた。一人の若者のおかげで、あの状況下では最小の被害に止めることができた。今度もうまく乗り切れるか——。

「どうかなされましたか」

気がつくと漆原は椅子に座り込み、技官が顔を覗き込んでいる。

「もう一度言ってくれ」

技官は怪訝《けげん》そうな顔をしながらも繰り返した。

「しっかりしてください。谷島総理の安否が明確になるまで、漆原副総理に総理代理を務めてもらわなければなりません」

利根田が漆原の耳元に顔を寄せて、総理代理を繰り返す。

「まだ、連絡はないのか。警護官がついているだろう」

「現在、通信がつながっているのは、県庁と警察、消防の防災無線だけです。彼らも総理、知事、市長の安否は確認していないようです」

「全力をあげて総理の行方を確かめてくれ」

「分かっています」

そうは言っているが、彼らも総理が絶望的なのは分かり始めているのだ。漆原に対する態度が微妙に違ってきている。

「被害状況は？」

「まだ十分な把握はできていないようです」

「何をもたついている」

漆原は語調を強めた。トップを失った組織の機能は極端に落ちる。自分がその彼らをまとめることができるのか。

部屋の中央で声が上がった。部屋中の視線が前方のスクリーンに集中する。漆原は息を飲んだ。

「名古屋城が燃えている——」

「馬鹿を言うな。城はコンクリートと漆喰と石でできている。防火設備も完備されているはずだ」

しかし、画面の左下で白煙を上げているのは確かに名古屋城だ。

「煙じゃない。砂埃だ。崩壊しているんだ」

職員の一人が声を上げた。

「オーシャン・ビューはどこだ。総理はそこにいるはずだ。セントレアを探せ。オーシャン・ビューはその橋の手前の高層ビルだ」

市内のいたるところで煙が上がり、その半分からは火の手が上がっているのが見える。火炎は見た目にも数と激しさを増している。すでに消防の能力を超えているのだ。

「自衛隊のヘリに、こちらから指示は出せないのか」

「すでに出しています。名古屋全域の被害を報告するようにと」

「まず、総理の安否を確かめるんだ。警備との連絡も続けろ」

ヘリは名古屋を南に向かって飛んでいる。画面に海が見え始めた。

「なんだ、あれは」

右手海岸線の一部に巨大な火の手が上がっている。四日市方面だ。

「石油貯蔵タンクの火災です。燃えているのはタンク三基」

消防庁から派遣されて来ている職員が言った。

「平成大震災のときのタンク火災より激しい。これも長周期地震動の影響か」

「それと——」

声が消えた。小型タンカーが、船尾を崩れた岸壁に付けた状態で燃えている。辺りの海面と岸壁が油で輝いている。貯蔵タンクとタンカーとのパイプが外れ、オイルが噴き出しているのが見える。そして、流出したオイルの中に数人の人が倒れている。

「原油を輸送ホースでタンクに移しているときに、地震に襲われたと思われます。岸壁が崩れて、その上にタンカーが乗り上げた——ホースが千切れるか外れて、原油が流れ出したのだと——」

「見れば分かる。なんとかしてオイル漏れを止めろ」

「タンカーと連絡が取れていません」

「オーシャン・ビューはどこにある。二七〇メートル以上の高層ビルだ」

漆原は気を取り直し、海岸線を目で追った。何度も写真で見た、美しい近代的な高層ビルが消えている。

そのとき、スクリーンの一画が明るく輝き、オレンジ色の炎が広がった。海岸に並ぶ軽油貯蔵タンクの一つが燃え始めた。その横に、横倒しになったタンクローリーが見える。タンクからタンクローリーに軽油を入れていたとき地震に襲われ、タンクローリーは横転、パイプが外れたのだ。そして今、それに引火した。

炎は一瞬のうちにタンク群に広がっていく。あの辺りは一面、こぼれた軽油の海なのだ。

部屋の全員が言葉を失って、正面のスクリーンを見ている。

「ヘリからの声は拾えないのか」

このセンターには、自衛隊の技術部隊の隊員が派遣されているはずだ。

「現在、調整中です」

〈——市上空を南下しています。火の手は目視だと五〇あまり。しかし、もっと増えそうです〉

突然、音声が流れ始めた。ヘリのパイロットの声だ。

「オーシャン・ビューを探すように指示してくれ」

ヘリは海岸線に沿って、知多半島に向かって飛んでいる。

「オーシャン・ビューは倒壊してます」

利根田が呟くように言った。

セントレアに続く橋の付近に白煙が立ち込めている。今朝、確かにテレビに映っていた高層ビルが見えない。

〈オーシャン・ビューは、地上五、六〇メートル辺りで折れて倒壊した模様。東側のビ

ルを直撃して崩れたようです。凄まじい砂煙が立ち込めています〉

しばらく声が途絶え、咳《せ》き込むような音が聞こえていた。

〈ヘリの中にも――砂塵の混ざった空気が流れ込んできます。ひどい状態です〉

センターの全員が息を飲んで画面を見つめている。静まり返った部屋の中に、ヘリのパイロットの声だけが流れている。

突然画像が激しく乱れ、音が消えた。何が起こった。しかし、音が消えたまま画像はすぐに元に戻った。

「現地の消防と話したい。署長はつかまらないのか」

漆原が声を上げると、センター内が再び動き出した。

「まだ連絡が取れていません」

「彼もオーシャン・ビューということはないだろうな」

「名簿を調べましたがいませんでした。今日のオープニングパーティーには一二〇〇人以上が出席していると聞いています。中部、関西の政財界の主だった者は、全員出席していると――」

「では、中部の有力者はほとんど――」

後の言葉が続かない。漆原は暗澹《あんたん》たる気分になった。

「防災担当大臣は？」

「連絡を取っていますが――現在、都心の交通も、東海地震の影響から完全には規制が解除されていません。通常通りに戻るまでに後数時間必要かと」

画面が変わり、海岸線を北上する映像が流れ始めた。別のヘリからの映像だ。

「あれは――」

豊橋から名古屋に入る手前の東海道新幹線の線路に沿って、二本の新幹線が絡み合うように横倒しになっている。お互い、先頭車両から数車両後まで、車両の側面が剝《は》ぎ取られるようにめくれ、中が見えた。座席が散乱し、その間に人らしきものも見える。両方とも、先頭車両の形はほとんど残っていない。

その二本の新幹線に沿って、無数ともいえる人たちが群がっている。線路横に並べられているのは――遺体か。

〈新幹線事故です。脱線、停止していた下りの『のぞみ』に、上りの『のぞみ』が突っ込んだようです〉

ヘリからの声が戻った。

「河本防災担当副大臣は――」

言いかけた言葉を飲み込んだ。亜紀子は今日子供を連れて、松浦に会うために名古屋に行っていているのを思い出したのだ。であれば――漆原は頭を振ってその考えを振り払った。

「被害は？」

「現在のところ分かっていません。分かり次第、報告するように言っています」

「急がせろ」

「ＪＲ東海の発表です。浜松付近の新幹線衝突事故で現在、死者三〇〇人、重軽傷者は不明です。これは今後、かなり増えると思われます」

受話器を耳に当てていた職員が、怒鳴るような声を出した。

「なんだ、あれは」

スクリーンの映像が変わったとたん声がした。

ヘリは新幹線の線路に沿って飛んでいる。

画面の半分に黒煙が立ち込めている。ヘリが高度を上げた。その先にあるのは山とトンネルだ。煙はトンネルから上がっている。

よく見ると、そのトンネルの出入り口に新幹線の先頭車両が覗いている。いやあれは、後部車両か。そんなことはどうでもいい。トンネル内で何かが起こっている。漆原は考えようとしてやめた。

ヘリは何かを探すように、その上をホバリングしている。

音のない画面が、さらに異様さを強調していた。いつの間にか、パイロットの声も消えている。あまりの惨状に言葉を失っているのだ。

「トンネル内で障害物に突っ込んだと思われます。おそらく天井が崩れて——そのコンクリート塊に——」

「テラスは働かなかったのか」

新幹線はリアルタイム地震警報システムとして、「テラス」を設置している。テラスは、沿線二一ヵ所に設置された地震計が地震の初期微動P波を感知すると、主要動S波が来る前に送電をストップして自動ブレーキを作動させる非常停止装置だ。その間、通常二秒が必要だ。

「テラスは正常に作動しましたが、震源地がほぼ真下だったので、P波とS波がほぼ同時に伝わり、十分な機能を発揮することができませんでした。新幹線の脱線は、二〇〇四年の新潟県中越《ちゅうえつ》地震以来です。このときは脱線した上に、そのままかなりの距離を走行したにもかかわらず一人の負傷者も出ませんでした。阪神・淡路大震災後に進められていた、高架橋の補強にもよると考えられています。また、転覆を免《まぬか》れたのは地震時に走行中だったのが長い直線区間で、一両約六〇トンの重い旧式の車両だったのが幸いしました。対向列車がなかったことも幸運でした。これが運転間隔が密で、カーブも多く、車両重量も従来のものより三分の二の四〇トンと軽い『のぞみ七〇〇系』ともなれば、今回の事態も十分に考えられたことです」

「要するに、テラスは機能しなかったのか」

「二七〇キロ走行の『のぞみ』が非常ブレーキをかけて完全に止まるまでには約一分半、制動距離約四キロが必要です。もしその区間で高架や橋梁が落ちている箇所があったら、そのまま地面や川の中にまっさかさまです。今回の場合——不幸にも、トンネル内になんらかの——」

「もういい。持ち場に戻れ。負傷者の救援に全力を尽くすようにと、県と現場の担当者に伝えてくれ」

漆原はうんざりした口調で技官と秘書に言った。

正面スクリーンの映像があまりに生々しく、怒りを萎《な》えさせていく。

「トンネルから上がっている煙は火事か」

「不明です。なんらかの事故が起こったことは明らかですが」

そのくらい分かっている。再度、怒鳴りたい衝動に駆られた。中では——。考え始めてやめた。

「救助隊は出ているのか」

「不明です」

「JRに問い合わせろ。被害状況も明確にしろ」

「JRも、十分な状況をつかんでいないのが現状のようです。このような事故が、把握しているだけで八ヵ所で起こっています。その他にも、駅の崩壊や踏切故障で名古屋周辺のＪＲ機能はほぼ麻痺《まひ》しています」

「ヘリをもっと飛ばして、正確な被害状況を報告させろ。ただちに災害対策本部を設置して、閣僚はもとより自衛隊、消防、警察、すべての幹部を集めてくれ。三〇分後に対策会議を開く。それまでに、可能な限りの情報を集めておいてほしい」

漆原は秘書に言うと、椅子に座り込んだ。忘れていた頭痛が再び始まった。朝よりひどくなっている。

あれは――『のぞみ』が一三〇〇人の乗客を乗せて走行中、直下型地震に遭遇。非常ブレーキをかけたが時速一五〇キロまで減速した時点で、線路上の落石により脱線。そのまま崩壊した高架橋に突っ込んだ場合のシミュレーション結果を聞いたことがある。たしか堂島前議員の勉強会で、京都大学の教授が講師だった。

最初の四両は高架から落下し、残りの車両は次々に脱線。乗客はシートベルトなしの車の衝突と同じになり、ほぼ全員が致命傷を負う。さらにその脱線車両に、後続の新幹線が衝突するという内容だった。しかし、当時は、そんなショッキングな事故は自分が生きている間には――、少なくとも、自分が議員である間には絶対に起こらないだろうと、地球の裏側の話のように聞いていた。その、ＳＦホラーもどきの出来事が今、目の前で起きている。

「新潟県中越地震のときの脱線を教訓として、改良はできていなかったのか」

漆原は呟くように言った。

新幹線の地震対策としては、線路が地震によって破壊されない、地震を感知して安全に止めるという二つのことが必要となる。

二〇〇四年一〇月二三日、新潟県中越地震で東京発新潟行き一〇両編成『とき325号』が新潟県長岡市内で脱線した。新幹線の営業運転中の脱線は開業以来初めてで、地震発生のときには、時速約二〇〇キロを出しており、脱線開始から約一・六キロ走行し停止。四〇の車軸のうち二二軸が外れ、窓ガラスも破損したが、乗客ら一五四人にけがはなかった。全線で運転が再開したのは、同年一二月二八日だった。このときは地震防災システムとしては、テラスの従来型システム、ユレダスが使われていた。

「高架は大丈夫か。阪神・淡路大震災のときには何ヵ所か落ちたはずだ」

漆原は思い出したように言った。

東海道新幹線、東京――新大阪間五一八キロのうち、盛り土、切り通しなどの土工区間は二七七キロ、五四パーセント、高架橋は一一九キロ、二三パーセント、トンネルは六九キロ、一三パーセント、橋梁は五三キロ、一〇パーセントだ。また、東海地震の防災対策強化地域区間内は二九六キロある。この区間を『のぞみ』は、二七〇キロのスピードで走っている。

阪神・淡路大震災では、新幹線の高架が一部倒壊して線路が浮いた状態になった。さらに、八ヵ所の橋が落ちている。この上を減速中とはいえ新幹線が通っていれば、大惨事が起こったはずだ。これらの教訓をもとに、以後、橋脚に厚さ六ミリの鋼板を巻き付ける耐震補強が行われた。

「まだ、不明です」

「トンネルと橋について至急調査してくれ。必要ならJR東海に代わって、自衛隊に援助を要請しろ」

漆原は怒鳴った。

新幹線の地震で特に怖いのは、トンネル内と橋の上を走行中だ。脱線して停止、そのとき新幹線のすれ違いが起これば——そして、さらに衝突が加われば……。

岩盤自体が固い山を掘りぬいた山岳トンネルは、地震に強いと考えられていた。しかし、新潟の地震では魚沼《うおぬま》トンネルで約一〇〇メートルにわたり、線路の路盤が局部的に三〇センチ程度持ち上がっている場所や、天井からコンクリートが剝離《はくり》していた箇所もあった。中には、およそ一メートル四方の塊もあった。

土砂崩れで埋まった線路、切れて線路に垂れた高圧ケーブル、線路をふさぐ電柱やトランス。そこにスピードを落としながらも、一〇〇キロ以上の速度で満員の新幹線が突っ込んでいく。漆原の脳裏に様々な場面が浮かんでくる。

「テラスは海溝型地震には無力だったか——」

漆原はスクリーンに目を戻して、呟いた。

10：00 Fri.

眼下には、地図で見慣れた知多半島と渥美《あつみ》半島が見える。頭の上に上げたカニの爪《つめ》みたい。翼が、成田で搭乗を待つ間見ていた地図を指して言った。亜紀子は昔、自分もそう思っていたのを思い出した。この地図は堂島が持たせてくれたものだ。

亜紀子と翼はセントレアに向かう飛行機に乗っていた。空港までの時間を考えれば新幹線のほうが早いが、翼が飛行機で行きたいと言い張ったのだ。翼にとっては初めて乗る飛行機だ。

飛行機の高度が下がった。

伊勢湾内には無数の船舶が停泊している。その中に、ひときわ目立つ黒い塊が浮いていた。機能的でかつ美しい雄姿、洋上の鋼鉄の塊、アメリカの誇る原子力空母ＷＪＣだ。周《まわ》りの点が原子力空母寄港反対の小船だろう。今朝の松浦からの電話では大したことはないと言っていたが、まるで牛に群がるハエのようだ。

「あの大きな船にパパが乗っているのよ。翼、パパを忘れたんじゃないでしょうね」

亜紀子は翼に言った。

「今朝もパパと話したよ」

「毎日、何を話しているの」

「秘密だよ」

翼がもったいぶった声を出した。

松浦と翼、二人は毎朝七時、約一〇分間、時にはその倍近くもスカイプで言葉を交わしている。スカイプはインターネットを利用し、P2技術を応用したIP電話だ。ワシントンDCでは夜の六時だ。

正直、毎日よく話すことがあると思う。いつか、翼のパソコンを開いてみたことがある。虫と花の写真が数十枚入っていた。松浦が送ってきたものだ。亜紀子の知らない松浦の姿だった。

今朝は、携帯電話から電話があった。出かけようと玄関ドアの鍵穴《かぎあな》にキーを入れたとたん、家の電話が鳴り始めた。翼を玄関で待たせたままリビングに戻って受話器を取った。

〈携帯の通じるエリアに来たかどうか確かめたかった〉

「衛星電話でしょ」

〈自分が日本に帰ったのを確認したくてね。国際電話じゃなく〉

「納得した？」

亜紀子はこれが松浦流の照れ隠しだということを知っている。素直に声が聞きたくて電話したと言えばいいのに。

〈翼はどうだ〉

「二人で家を出るところよ。これから成田《なりた》に行って、名古屋行きの飛行機に乗るわ。だから急いでるの」

〈きみらの飛行機が見えたら、アメリカ軍の友人に頼んで祝砲を撃つよ。それとも歓迎のF35Cを飛ばそうか〉

「そっと見上げてくれるだけでいいわ。時間がないのよ」

亜紀子は返事を待たずに受話器を戻した。

松浦がよほど急ぎのとき以外は携帯電話にかけてこないことに気づいたのは、結婚してからだ。なぜだか聞いたら、きみの仕事は俺の仕事と同じくらい重要だと思うから、仕事中は煩《わずら》わせたくないと答えた。そして数秒後、ただし家にいるときは自分のことを第一に考えて欲しいと恥ずかしそうに言った。こういう、松浦の姿を知ったのも結婚してからだ。二人は、今日の夕方、名古屋パシフィックホテルで松浦と会うことになっている。ほぼ一年ぶりの再会だ。

伊勢湾の中に突き出ているのは、中部国際空港セントレアだ。

〈シートベルトをお締めください。当機は着陸態勢に入ります〉

機内に客室乗務員のアナウンスが流れる。

亜紀子は翼のシートベルトを締めた。翼の顔は窓に貼《は》り付いている。

飛行機は滑走路に向かって高度を下げ始める。亜紀子は翼の身体越しに下を見ていた。

眼下に広がる光景が一瞬、二重になった。

数秒後、身体がシートに押し付けられた。飛行機は急激に高度を上げ始めている。

ものがぶつかる音と共に、機内が騒がしくなった。頭上の収納庫のいくつかが開き、荷物が落ちてくる。

「どうしたんだ。着陸じゃないのか」

「着陸失敗か。こんなにいい天気なのに」

「しっかりしてくれよ、機長。これからどこに行こうっていうんだ」

乗客の声が聞こえてくる。

〈シートベルトは引き続き締めたままで、しばらくお待ちください〉

今度は機長の声だ。落ち着いてはいるが、どこか普通ではない。

飛行機はセントレア上空を旋回し始めた。

「どうした。飛行場は見えてるじゃないか。早く着陸してくれ」

亜紀子の斜め前の初老の男が文句を言っている。客室乗務員も状況が飲み込めていないらしく、一人がコックピットのほうに急ぎ足で歩いていく。

「見ろ！　空港がおかしい」

誰かが叫んだ。

滑走路に旅客機が機首を地面につけた形で駐《と》まっている。何かに躓《つまず》いて、つんのめったような格好だ。

〈しばらくお待ちください。管制塔との連絡が切れました。おそらく、通信機器のトラブルだと思われます。シートベルトはそのまま締めてお待ちください〉

再び機長の声だ。

「ママ、煙が出てる」

翼の指す名古屋方面を見ると、確かに細い筋が何本か上がっている。火事だ。

〈地震が起こった模様です。規模は分かりませんが、上空で待機するようにと指示が入りました。当機につきましては問題はありませんので、ご安心ください〉

機長によるアナウンスが続く。極力平静を装ってはいるが、戸惑いを隠せない声だ。

「セントレアの滑走路を見ろ」

乗客の声に見直すと、滑走路が陽を反射して光っている。ほぼ半分以上を水が覆っているのだ。

「液状化現象で泥水が噴き出し、流れ込んだんだ」

「空港には、液状化対策が取られてるんじゃないのか。ドレーン工法とかいうやつだ」

そのとき、滑走路から大きく外れて駐まっていたジャンボ機からオレンジ色の炎が噴き出し、黒煙が上がった。一瞬のうちに機体は炎に包まれる。

「飛行機が燃えている」

声と共に片側の窓に人が殺到した。亜紀子の前にも、若い学生風の女性が二人、外を見ようと身体を割り込ませてくる。

「席にお着きください。危険です。シートベルトを外《はず》さないでください」

〈こちら機長です。再び中部国際空港管制塔との連絡が途絶えました。現在、他の管制塔に状況を問い合わせています。しばらく、シートベルトをしたままお待ちください。繰り返しますが、機体に異状はありません。このまましばらく旋回を続けます〉

乗客たちがいっせいに携帯電話を出して、ボタンを押し始めた。

「電話は通じない。地上のアンテナが倒れたか断線したんだ」

「携帯電話はお使いにならないでください。計器に支障をきたす危険があります」

客室乗務員が呼びかけるが、誰もその言葉に従おうとしない。

「繰り返します。機内で携帯電話は――」

「言われなくても携帯なんて通じないよ」

「なぜ、伊丹《いたみ》か関空に行かないんだ。神戸にだって空港はある。私の家は三宮だ」

男が客室乗務員に食って掛かっている。

「現在、機長が関西方面とも連絡を取ろうとしていますが通じません。やはり地震の影響かと思われます」

「私の家は名古屋です。子供がセントレアに迎えに来ているはずなんです。どうなっているか、状況を教えていただけませんか」

「分かり次第、機長から放送があると思います。もうしばらくお待ちください」

客室乗務員は懸命に笑顔を作ろうとするが、その顔は引きつっている。それがかえって事態の深刻さを表わしているようだ。

「家族が名古屋市内のマンションに住んでいる。安否を確認したいんだ。なんとかならないか」

「携帯が通じたぞ」

乗客の大声で機内から声と物音が消えた。

「中部地区の太平洋岸を巨大地震が襲った。震度7のところもある。マグニチュードは不明。津波警報も出ている。特に名古屋の被害が大。すでにかなりの死傷者が出ている。東京方面は――」

機内に乗客が繰り返す声が響いた。

「ダメだ。切れてしまった。たぶん、東京は大丈夫だ。名古屋のことばかり言ってた」

「名古屋というと、東南海地震が起こったのか」

「昨日、東海地震が起こったばかりだ。どうなってるんだ日本は」

「地震に聞いてくれよ。俺は早く地上に降りたい」

〈依然、中部国際空港管制塔との連絡が取れません。東京の管制塔から、成田に戻るように指示が出ました。当機は成田に引き返します〉

機長のアナウンスが響く。

「なんとかならんのか。せめて大阪に行くことはできないのか」

「東南海地震が起こったんだ。きっと、大阪だってかなりの被害が出ている」

「大阪は南海地震じゃないのか」

「津波が怖いんだよ。セントレアなんか真っ先に飲まれる。大阪だって同じだ。東京に帰ったほうがいい。東京は無事なんだろう」

乗客たちの声が飛び交う。

〈シートベルトはそのままにして、外さないようにしてください〉

機長が再度呼びかけている。

「名古屋城が——」

機内から声が引いていった。

翼が何が起こっているのという顔で亜紀子を見ている。亜紀子は翼の肩を抱いた。

名古屋城を包む白煙の中に、右半分崩れた天守閣が霞んでいる。あの白煙は崩壊のときの砂埃なのだろう。ＷＪＣの姿を探したが、すでに視界から外れている。

飛行機はセントレア上空をゆっくりと左に旋回し、太平洋上に出て東京に向かっていく。

10：00　Fri.

松浦はダンと共に艦橋にいた。

ＷＪＣは名古屋港沖に停泊していた。遥か下に、漁船が巨大空母を取り囲むように停泊している。〈原子力空母、寄港反対。ＷＪＣ、出て行け〉の拡声器の声が、真夏の海にこだましている。

二人で東の空を見ていた。

「あれだ」

ダンが声を上げた。

「俺には見えない」

「ボーイング七六七。アメリカ海軍一の戦闘機パイロットが言うんだ。間違いない。トップガンの視力は世界一だ」

よく見ると、南の空に黒い点が見える。その点はすぐに飛行機の形になった。確かに旅客機だ。

松浦の胸に熱いものが湧き上がってくる。自分でも思ってもみなかった感情だった。やっと家族に会える。ほぼ毎日、インターネットで顔を見ているが今の気持ちは特別だ。

「顔の筋肉がとろけてるぞ」

ダンの声に表情を引き締めた。しかし、アメリカ土産を見たときの亜紀子と翼の顔を想像すると自然に顔がほころんでくる。

「高度を下げるぞ。フラップを下ろせ」

着陸態勢に入った飛行機に向かって、ダンが叫び、操縦桿《そうじゅうかん》を前方に倒す動作をする。

そのとき、音を聞いたような気がした。身体の芯《しん》まで痺《しび》れさせるような重い響き。生涯に二度、体感したものだ。そして三度目――。

「地震だ」

松浦は無意識のうちに声に出していた。

空母がゆったりと持ち上げられたような感覚を覚える。

「高度を上げろ」

ダンが叫び、握った拳を胸に引き寄せる。ダンの声に反応したように、飛行機は高度を上げ始めている。

「何が起こった」

ダンが聞いたが、松浦は額に汗を浮かべ荒い息を吐いている。

「地震だ。俺たちの下で地震が起こった」

ダンは冗談だろうという顔で松浦を見ている。

何人かの乗組員が狭いドアから甲板に飛び出してきた。やはり、異常を感じたのだ。

名古屋に視線を移すと、数分前の光景と微妙に違っている。真夏の陽の中にくっきりと見えていた町が、わずかながらぼやけて見える。

東西に広がる町の何ヵ所かで白煙が上がっている。建物が崩れていく砂埃だ。

飛行甲板下のキャットウォークと呼ばれる舷側通路には乗組員が集まって、陸地のほうを見ている。

再び町全体が、鈍い音を発したような気がした。

「余震だ」

松浦は呻くような声を出した。過去の二度の光景が脳裏に浮かび、全身が強ばったようで動けない。

「どうした、マツウラ。幽霊でも見たような顔をしている」

いつの間にか、ダンが肩をつかんで覗き込んでいる。

「俺は幽霊を見ている」

「暑さでおかしくなったか」

「地震が起きた。俺は感じた。空母が持ち上げられるのを」

「バカを言うな。この空母の重さを知ってるのか」

「地震のエネルギーだ。空母なんて比じゃない」

「火事だ。煙が見える」

乗組員の一人が指差している。その方角に目を向けると、黒煙が上がっている。

「燃えているのは港の石油タンクだ」

「港に止めてある車も燃えている。あれは倉庫に衝突したんだ」

周りで声が上がり始めた。

「港が崩れている」

直線だった岸壁が海側に大きくカーブして、せり出している。あれはＷＪＣが接岸予定の栈橋だ。

代わりに接岸していたタンカーが浸水しているらしく、船尾の喫水線《きっすいせん》が異常に低く、今にも水に浸かりそうだ。

「見ろ！」

自動車専用船のタラップが外れ、傾いた船の船腹の開口部から次々に車が海中に落ちていく。

「新車だろう。もう一〇〇台以上が落ちた。何台あるんだ」

「六〇〇〇台は積めると聞いている」

名古屋の町からも、いく筋もの煙が上がっている。火事が起こっているのだ。特に名古屋南部と四日市方面には炎も見える。あの辺りは中京工業地帯の中核を占めるところで、石油製品の備蓄タンクやガスタンクが密集している地帯だ。

「ビルが揺れている」

横で双眼鏡で見ている、少佐の襟章をつけた士官が言った。

「高層ビルの揺れが激しくなっている。オーシャン・ビューとかいう、空港の橋の側にあるノッポビルだ。待ってくれ——揺れが止まっている。倒れる。ビルが倒れていく」

乗組員の間からざわめきが上がった。

「ビルが燃えている」

「お借りします」

ダンの言葉に、松浦は少佐から双眼鏡をひったくるように取った。

双眼鏡の視野の半分を覆う白煙が見え、ビルの数倍の高さに上がっている。

「燃えているんじゃなくて崩れたんだ。世界貿易センタービルと同じだ——」

松浦は最後の言葉を飲み込んだ。

セントレア上空をゆっくり旋回していた飛行機が南に針路を取り、高度を上げていく。

「亜紀子、翼——」

松浦の口から低い声が漏れた。

10：10 Fri.

瀬戸口は、すでに一時間もディスプレーを眺めていた。

新しいデータを入れて計算した、東海地震のシミュレーション結果だった。

半年先までのプレートの動きを計算したものだ。それを二日前の状態から計算したものと比較したが、真新しい変化は見られなかった。つまり、今回の地震による変化はほとんどない。

「東海地震にしては、やはり規模が小さすぎる。予想の数パーセントだ」

呟くように言った。

隣でディスプレーを覗き込んでいた研究員が顔を上げた。

「何がですか」

「昨日の東海地震では、ほとんどエネルギーの放出はなかった」

「気象庁は駿河トラフの崩壊による東海地震だと発表しています。予想されていたプレスリップも観測されています」

「前回、東海地震が起こったのは、一八五四年の安政東海地震だ。それから一六〇年近く、蓄えられた歪エネルギーの総量を考えると、こんなものじゃないはずだ」

「先生は、昨日の地震は東海地震ではないと」

「あれも東海地震だろう。同じ地域のプレートの跳ね上がりだ。しかし、ほんの一部にすぎない」

「ほとんどのプレートが歪をためたまま、崩れずに残っているという意味ですか」

「他にどう考える。このエネルギー差は説明がつかない」

「じゃあ、先生はもう一度、東海地震が起こると考えているんですか」

「蓄積されている一〇のエネルギーのうち、今回の地震で放出されたのはせいぜい一以下だ。ということは、大部分のエネルギーはまだプレート内部だ。今回の地震でプレートが緩くなった。残りのエネルギーが再び放出される条件は整っている」

「次の本格的な地震が起こる可能性が高いということですか」

瀬戸口はそうだとは言えなかった。計算上では発生確率は高いが、口にできる確証などない。

「もう一度、計算をやり直して欲しい。今度は東海地震だけではなく、東南海、南海地震にも範囲を広げたものでやってくれ。三つの海溝型地震を連動させたシミュレーション結果が欲しい」

ドアが勢いよく開いた。

二人の研究員が飛び込んでくる。

瀬戸口に気づくと、慌てて頭を下げて、何も言わず隅にあるテレビのスイッチを入れた。

瀬戸口の目は釘付けになった。

町の全景が映っている。その町の各所から煙が上がり、雰囲気がまったく違っている。高校三年のときから目に焼きついている光景だ。

「先生を探していました。一〇分ほど前に地震があったでしょう。センターでは震度4弱を観測しています」

「場所は」

「名古屋です。マグニチュード7・8。名古屋市では、震度7を観測しています。震源が近く、ずれたプレート幅が狭かったので非常に局所的な地震になりました。気象庁は海溝型地震だと考えているようです」

「東南海地震だと発表したのか」

「まだ検討中ということですが、決まりのようです」

瀬戸口は息を吐いた。今度も、コンピュータ・シミュレーションでは現われなかった地震だ。

瀬戸口はテレビに目を移した。個々の煙は大規模なものではないが、町のほぼ全域に広がりつつある。

中継ヘリの高度が上がった。伊勢湾周辺、名古屋駅周辺の高層ビルは――ヘリは知多半島の海岸線に沿って南下する。オーシャン・ビューの姿が見えない。代わりに煙が上がっている。いや、あれは——崩壊したオーシャン・ビューの砂埃だ。

瀬戸口の心に、なんとも言いようのない寂しさが広がった。今度も自分は無力だった。無性に遠山に会いたくなった。彼なら自分の思いを分かってくれる。

無意識のうちに立ち上がって窓の側に行った。目の前には太平洋が広がっている。

10：30　Fri.

「急いで中止の発表をするんだ。ここら一帯は巨大津波が襲う」

黒田は大声で叫んだ。若者たちは顔を見合わせている。

黒田はパシフィック・フェスティバルの海岸事務所にいた。窓とドアは開け放たれているが、中は熱がこもり、蒸し風呂《むぶろ》のようだ。

「気象庁からも津波警報が出されている。名古屋は七分後、浜松八分後、静岡は一〇分後に津波が来てるはずだ」

「じゃあ名古屋は水没してる。それに、ここだって海の底だ」

若者の一人が、にやつきながらバカでかいダイバーズウオッチを見た。

黒田は一〇人ほどの若者に取り囲まれていた。全員が陽に焼けた二〇代前半の若者たちだ。

半数が茶髪でピアスをしている。いちばん背の高い鼻ピアスの男が、黒田を睨みつけていた。

「フェスティバルの中止が決まった」

黒田はもう一度繰り返した。

「それは分かったから、あんたの力でなんとかならないのか」

「俺が中止を主張した」

「この野郎！」

鼻ピアスの横に立っていた全身チョコレート色の銀髪が、黒田に殴りかかりそうな顔で前に出た。

「待てよ」

主催者代表の青木が腕をつかんで止める。

「すぐ、県警から知らせが来る。あんたらがパニックを起こさないように、事前に報《しら》せに来てやったんだ。それに今、名古屋でどんな騒動が起こっているか知ってるだろう」

本当は美智が心配だったのだ。彼女のこの大会への入れ込みようを考えると、黙って納得するようには思えなかった。その美智は黒田と茶髪たちの間で、泣きそうな顔をしている。

「あれはもう終わったんだろう」

「終わった？」

「名古屋の地震だよ。地震なんて、一度揺れたら終わりなんだろう。一〇〇キロ以上も離れているし、ここは関係ない。それに今日はロックコンサートだけだ」

今度は黒田が殴りつけたい衝動に駆られた。名古屋でどれだけの被害が出ているか知ってるだろう、と怒鳴りたい気分だった。

「ラジオを聞いてないのか。分かってるだけで、すでに五〇〇人以上の死者が出てる。それに、余震ってものがあるんだ。津波警報だって出ている」

「東海地震の津波、あれなんだったんだ。あれだけ大騒ぎして最大四〇センチだ。溺《おぼ》れたくても膝までの水もない」

「そんなこと言ってると——」

思わず言葉を飲み込んだ。本物の東海地震が来ると言いかけたのだ。

「いずれ警察が来る。文句があれば、そのとき言うんだな」

「泣く子と地震には勝てないってことか」

「しゃれた言葉を知ってるな。長いものには巻かれろってのもある。命あっての物種《ものだね》、というのもね」

「このやろ——」

「お前らだけに教えてやる。すぐにここにも、名古屋なみの地震が来る」

「馬鹿言うな。誰が信じる」

「私たち、一年以上もかけて準備してきたのよ」

黙っていた美智が口を開いた。

「でも――そんなに危ないのなら、やめるべき」

美智の目が大きく膨らみ、涙が流れ始めた。みんな黙って見ている。

「また、来年がある。ビッグウエーブは逃げない」

黒田は美智の肩にそっと手を置くと、プレハブを出た。

浜はまだ人で溢れていた。名古屋の地震と同時に、この辺りにも津波警報が出たはずだ。しかし、人が減ったとは思えない。

黒田は携帯電話を出して、市役所のメモリーボタンを押した。

「課長を呼んでくれ」

しばらく待たされてから、なんだというぶっきらぼうな声が聞こえた。

「フェスティバルの中止を発表したのに、浜ではかえって人が増えてます。どういうことですか。津波警報は出てますよね」

〈私が知るはずないだろう〉

「県警に連絡して、避難を徹底させてください。直ちに海岸から離れさせるように。ただし、パニックが起きないように誘導しないと」

〈待てよ。警察にそんな権限があるのか〉

急に、慌てた声が返ってくる。

「俺は知りませんよ。でも、命を救う義務はあるはずです。とにかく、すごい数なんです。これで津波が襲えば、逃げ場はないです」

〈警察を呼んで、追い返すってわけにもいかん。人権がどうのこうのって騒ぎ出すのが必ずいる〉

「それしか方法はないです」

〈名古屋の地震で、大浜に海水浴に来ている人を追い返すというのはな。何ごとにも、正当な理由がいる〉

かなり消極的な言葉が返ってくる。大浜市にとっては、海水浴客の落とす金は貴重なのだ。

「名古屋じゃ、すごい犠牲者が出てますよ。それだけで十分だ」

〈津波の犠牲者じゃないだろう〉

「可能性の問題を言ってるんです。来てからじゃ遅い」

〈言うだけ言ってみる。ところで――次の地震が起きると一〇〇パーセント決まっているのか〉

「みんなそれを言う。俺にだって分かるわけないでしょう。神様じゃないんだから。でも、海溝型地震は連動しているんです」

携帯電話を切って改めて海岸を見た。おそらく七万人以上いるだろう。それも、半数は家族連れだ。東海地震の警戒宣言が解除されて、どっと押し寄せたのだ。

バイクのところまで来ると、美智があとを追ってきた。

もう泣いてはいない。意外と強い女なのだ。

「これから中止のメールを流すって。浜にいる者には拡声器で報せるって言ってる。ホームページにも書き入れるけど、知らないで来た者までの面倒はみれないって」

「無責任だな。自分たちで来いって、呼びかけたんだろう。最後まで面倒みろよ」

口では言ったがほっとした。どうやら、本物の馬鹿ではないらしい。

「中止になってよかったと思ってるんでしょ」

「どうして」

「なんとなく」

案外鋭いところもあると思いながら、ヘルメットを被ってバイクに跨った。

「乗ってくか。店まで送っていく。帰るんだろう」

「これからどうするの」

「俺は勤務中だぜ。海岸の見回りだ。隣の海水浴場に行ってみる。監視所の者に注意して回らなきゃ」

黒田は美智に、バックシートに吊《つ》るしてあるヘルメットを渡した。美智はそれを被ってバイクの後ろに乗った。バイクで一〇分ばかりのところに、大浜海水浴場に次ぐ海水浴場がある。今日などは六万人近い人出だろう。

海岸に沿った道路は、相変わらず車の列が続いている。ラジオでは五キロにわたる渋滞と放送していた。黒田の脳裏をふっと不安がよぎった。もし、この状態でさらに地震が起き、津波が襲ったら。無意識のうちにスピードを上げた。

黒田は海岸沿いに渋滞の車の間をぬって走った。

海水浴場に近づくにつれて、人と車がさらに多くなっている。

道路からは海岸を見渡せる。砂浜には色とりどりのビーチパラソルが並び、人が溢れていた。思った通りだ。ほとんど避難していない。

「この調子じゃ、ますます増えそうよ」

「こいつら、脳味噌《のうみそ》はあるのか。名古屋でとんでもないことが起きてるのに。よほどの馬鹿か自殺志望者だ」

振り向くと、美智が眩《まぶ》しそうに眉根《まゆね》を寄せている。

「地震や津波なんて、自分とは関係ないと思ってるのよ。私だって本音はそうだもの」

平然とした口調で言った。

「じゃあ、なぜ中止に賛成したんだ」

「シンスケが言ったからよ。あんなに真剣なシンスケって初めてだった」

バイクがわずかにふらつき、黒田の腰に回した美智の腕に力が入った。

「でも——シンスケが、なぜそんなに怖がるのか分からない」

黒田はバイクを止めた。

海岸の人出は多く、車の渋滞は延々と続いている。隣のサーフボードを屋根に積んだ四輪駆動が、窓を開け放して大音量の音楽を流している。

「あんたら、パシフィック・フェスティバルに行くの？」

「他にどこに行くんだよ」

「中止になったのよ。インターネットにも出てるはず」

「そんなの聞いてないぜ。俺たちの情報じゃ、もうかなり盛り上がってるって。間に合わなきゃ、降りて走るか」

「帰りなさいよ。死にたくなけりゃ。こんなところで津波が来たら——」

美智の言葉をさえぎり、クラクションを立て続けに鳴らした。まったく、言うことを聞こうとしない。

「拡声器で呼びかけたくらいじゃ、どうにもならない。どうせ、ネットにも流してない。フェスティバルの中止だけは早く伝えなきゃ。本物の主催者はどこにいるんだ。プレハブにいた下っ端じゃなくて」

「次の信号を曲がって」

しばらく無言だった美智が突然言った。

わき道にそれて五分ほど走ると、美智がバイクを止めるように合図した。緩やかな坂を上がったところで、小奇麗なマンションが並んでいる。

美智がバイクを降り、ついてくるように言って歩き始めた。

マンションの一つに入っていく。エレベーターで最上階の七階に上がり、突き当たりの部屋の前で立ち止まった。

「ここが、パシフィック・フェスティバルの本部よ。海岸のプレハブは現地事務所」

美智がドアを開けて入っていく。鍵はかかっていない。海に面した広いリビングにはデスクが四つ並び、それぞれ、まだ二〇代に見える男女がパソコンに向かっている。

「ベランダで海岸を見ているのが広報担当者。でも――たぶん彼が本物の主催者。仕掛け人ね」

「たぶんって――いい加減な組織なんだな」

「彼が世界に集まれって呼びかけたのよ。インターネットを使って」

黒田が近づくと、なんだという顔で見下ろしている。おそらく一九〇センチ近くある。

黒田は地震と津波の可能性について話した。

「警察から中止の要請がきてるはずだ。集まっている連中をすぐに解散させてくれ。あの海岸は危険だ」

「何が危険なんですか」

「今、言ったはずだ。名古屋で大地震があって、数千の死傷者が出ている。ここにも津波が来る。また、地震が起こる可能性もある。本物の東海地震だ」

「どのくらいの可能性ですか」

黒田は改めて男を見直した。二〇代半ばの分厚いメガネをかけた青白い男だ。とてもサーフィンの大会を主催するような男には見えない。サーフィンどころか、泳げるかどうかも分からない優男だ。

「そんなの、誰にも分かりゃしない。しかし、ここから一〇〇キロのところでマグニチュード7・8の地震があって、名古屋が壊滅状態になってる。現在でも、死者はすでに二〇〇〇人を超している。お祭り騒ぎをやってる場合じゃないだろう」

「僕らには関係ない。みんな一年も前から楽しみにして、世界中からやってきたんだ。僕に帰れっていう権利はありませんよ」

「あんた、馬鹿か。ここも津波が襲い、地震が起こるかも知れないんだ。東南海地震だ。聞いたことあるだろう。地震の後には大津波が来て、ここら一帯飲み込んでしまうんだよ」

「だから、その地震が起こる確率を聞いてるんですよ」

黒田は思わず拳を握り締めた。

デスクの男女が黒田たちを見ている。

「行きましょ」

美智が黒田の腕を引いた。

「でも、中止にしないと」

「時間の無駄よ」

黒田は美智に促されてマンションを出た。

車と人の流れは、相変わらず海岸に沿って続いている。

「なんだ、あの野郎は」

「ゲームソフトの世界じゃ、有名人なんだって。中学時代になんとかってゲームソフトを開発して、あの歳《とし》で億万長者」

「単なる、いかれたパソコンオタクじゃないか」

美智は眉根を寄せたが、反論はしてこない。

「どうするの？」

「死にたい奴は勝手に死ねばいい」

「でも、津波は本当に来るの？　もう、ずい分時間がすぎている。何も起こらないじゃない。名古屋に津波が来たってニュースはないし」

「余震だって起きている。そのうちに——」

黒田は言葉に詰まった。確かに時間がたちすぎている。しかし——理屈ではない。身体の奥、精神《こころ》の裏側にじっとしてはいられない苛立《いらだ》ちがあって、彼を駆り立てるのだ。それは——。

「言いたくはないけど——昨日の地震の後だって、津波なんて来なかったじゃない」

「来たよ」

「三〇センチの津波なんて津波じゃない」

「津波は高さじゃないと言っただろう」

「でも、海面が三〇センチ高くなっても今どき幼稚園児だって怖がらない。今度はどのくらいなの」

そう、改まって聞かれると、黒田にも答えようがない。無言でバイクに乗り、再び海岸道路に出た。

突然減速した。車はほとんど止まり、バイクでも間をぬって走るのは難しい。

「どこか喫茶店に入って」

美智が黒田のヘルメットを叩きながら怒鳴った。

黒田は最初に目についたファミリーレストランに入っていく。

テーブルに座ると、美智は黒田のデイパックからパソコンを出して立ち上げた。

「何するんだよ」

美智は答えず、黒田の胸ポケットからデータ通信カードを取ってパソコンに差し込み、パシフィック・フェスティバルのホームページを開いた。黒田はディスプレーを覗き込んだ。

「やっぱりな。中止だなんて出ていないぞ。あの嘘《うそ》つき野郎ども」

「私のこと、サーフィンしかできない馬鹿女だと思ってたんでしょ」

黒田はディスプレーから顔を上げた。なんと答えていいか分からない。

「私だって、パソコンくらい扱えるのよ」

かなりな勢いでキーを叩く。

「それに、本部ホームページの管理者用パスワードだって知ってるし」

慣れた手つきでパスワードを打ち込み、ポインターを動かす。

〈パシフィック・フェスティバル中止のお知らせ。第一回パシフィック・フェスティバルは、名古屋を襲った大地震と津波の危険により、中止が決まりました。海岸付近はかなり渋滞しています。皆さん、自宅で連絡をお待ちください。海岸付近には津波の危険があるので、近づかないでください。安全が確認されしだい、今後の予定をお知らせします〉

美智は転送ボタンを押した。

「大会本部の正式決定として送ったのよ。あとは各自の意思に任せるしかないわね」

美智がパソコンを閉じて黒田のほうに押した。

「しかしこの調子だと、ますます人が集まるな」

黒田は海岸と道路に目を向けた。

「でも、名古屋の地震が静岡に関係してくるなんて信じられない」

「何度も話したよ。駿河トラフと南海トラフは続いてるんだ。関係しないほうがおかしい」

美智に話しながら、レシートを持って立ち上がった黒田の足が止まった。海を見たまま考え込んだ。

「どうしたの?」

美智の呼び掛けにも答えず、再び座り込んだ。デイパックからノートを出して数式を書いていく。それから、パソコンを取り出した。

データ通信カードを差し込むと、すごい勢いでキーを打ち始めた。

黒田はセントレアのレストランで瀬戸口にもらったパスワードとＩＤ番号で、日本防災研究センターのサーバーにアクセスした。津波のシミュレーション・プログラムと最新のデータを呼び出していく。大学にいたころ、瀬戸口と共同研究したことのあるものだ。こういうモデルを見ていると妙に懐かしく、それでいて一抹の寂しさを感じる。

「お腹《なか》すいたわ。朝、食べてないの」

「好きなの頼みな」

「あとで文句は言いっこなしよ」

スパゲティとコーラねと、美智がウェイトレスに注文している間もキーボードを打ち続ける。

横から美智が覗き込んでくる。画面は目まぐるしく変わっていった。

「それって、プレート断面でしょう。本当にこんなのが私たちの下で動いているの？」

「四六億年前からね。地球誕生の年だ。そのころは、もっとどろどろしたマグマの海だっただろうけど。今じゃ、地表は数キロから数十キロの岩盤だ」

ディスプレーには駿河トラフと南海トラフの三次元断面が表示され、プレートがゆっくりと動いている。ユーラシアプレートの下に、フィリピン海プレートがもぐり込んでいくのだ。

画面を次々に変えていった。自分がいた二年前より、地震・津波シミュレーションの理論と手法、技術は格段に進んでいる。おまけに、『地球シミュレータ』にも改良が加えられたようだ。計算時間が格段に速くなっている。すごいと単純に感心すると同時に、負けるものかという対抗意識のようなものが湧き上がってくる。

「もし、同時か数時間差で二つ、ひょっとして三つの地震が起こったら――」

黒田は呟いて黙り込んだ。学生時代に取り組んでいた、津波のコンピュータ・シミュレーションを必死で思い出していた。

「二つの地震による津波が、お互いに共鳴し合う場合があるんだ。それが三つになったら――」

独り言のように呟くと、ポケットから携帯電話を出してボタンを押した。

「先生、瀬戸口先生ですか」

〈黒田君か〉

「これから研究室に行ってもいいですか」

〈名古屋の地震についてか〉

「それもあります」

〈どこにいるんだね〉

「大浜海岸です。一時間で行けると思います。多分――」

黒田は返事を待たず携帯電話を切ると、ヘルメットを持って出口に歩き出した。

「私はどうなるのよ」

美智の声を聞いて戻ってくると、レシートと腕をつかんでレジに向かった。

「どこに行くのよ」

「ミチは黙っているんだ。ひと言もしゃべるなよ」

支払いを済ませて出ようとすると、美智がいない。

店の中を見ると、美智は客がテーブルの上に置いているモバイルテレビを覗き込んでいる。

「何してるんだ。急ごう」

黒田が客に頭を下げながら腕を引いても、テレビに目を向けたまま動こうとしない。ディスプレーには、半分崩れた名古屋城が映っている。画面が港に変わった。何度も見たことのある風景だが、初めてのような錯覚に陥る。まるで戦争の跡みたいだ。

〈――オーシャン・ビューは、今日落成式を迎えておりましたが、この地震によって崩壊し――谷島総理の行方は依然として分からず――なお、落成式に出席していた多くの財界、政界の人たちの安否は――なお、来賓として招かれていた愛知県知事、名古屋市長の行方も同様に――〉

「オーシャン・ビューが崩壊したのか」

黒田は無意識のうちに声を出した。

「世界一安全なビルだと宣伝していたのに」

店の外に出たところで、美智はさりげなく黒田に背を向け、携帯電話を出してボタンを押し始めた。耳に当てては、何度も押し直している。

「名古屋に家族がいるのか」

　黒田が聞いても答えない。

　美智の表情がわずかに変わった。

「通じたのか」

　美智は何も言わず、携帯電話をポケットに入れると歩き出した。

「一度、家に帰ったほうがいいんじゃないのか。家は名古屋なんだろう」

「私の家はここよ」

　バイクに跨ってから、黒田は振り返って美智を見つめた。

「家族は大丈夫なのか。いつでも名古屋の友達に連絡取るぞ」

　美智はかすかに唇を噛み締め黙っている。

「何かあったら俺に言え。俺はいつだってミチの味方だからな。必ず、助けてやる」

「泣きたくなるようなことを言わないでよ」

　美智が黒田の腰に手を回し、身体を背に押しつけてくる。

　黒田はヘルメットを被ると、アクセルをいっぱいに噴かした。


　確かに、美智の姿は目を引いた。

　黒田が日本防災研究センターの正門横の守衛室前で守衛と話している間も、もう一人の若い守衛はずっと美智を見ている。

太股《ふともも》の部分に穴の開いた膝《ひざ》までのジーンズ、派手な花柄のTシャツ。陽に焼けた肌に、潮風と紫外線で褪色《たいしょく》した髪。研究センターには違和感の塊だった。

すれ違う研究員が例外なく立ち止まり、無遠慮な視線を送ってくる。こういう場面は初めてなのだ。

美智が胸を張り、わざと尻を振って歩き始めた。

「少しは自重してくれよ。ここがどういうところか分かるだろう」

「欲求不満のオタクのたまり場」

「否定はしないけど、みんなすごく優秀なやつらだ。俺らの何倍もね」

「シンスケのそういうところって大嫌い」

美智は口を尖《とが》らせて横を向くと、サングラスを出してかけた。

黒田は知り合いに会わないよう念じながら、急ぎ足で歩いた。学生時代には毎週のように来たところで、顔見知りも多い。

一階の突き当たりの部屋の前で止まった。ノックをすると、どうぞという声が返ってくる。いつもと同じ、穏やかで柔らかな声だ。

「友達の玉城美智さんです。センターをどうしても見たいと言うので連れてきました」

瀬戸口はちらりと美智を見ただけで、何も言わなかった。

以前、瀬戸口と頻繁に会っていたころ、この人の頭の中は地震のことしかないのかと思った。

センターに出入りするようになって半年後、先輩から瀬戸口が阪神・淡路大震災で家族全員、両親と妹を亡くしたことを聞いた。それ以来、地震以外には興味がないらしい。しかし、東京で幼い男の子を連れた美人と歩いているところを見たという研究員の話も聞いたことがある。瀬戸口は子供を肩車したりして、三人は仲のいい家族のようだったとも言っていた。

「先生が以前見せてくれた、東南海地震の津波シミュレーションがありましたね。あれはかなり精度がよくなりましたか」

瀬戸口はマウスに手を置いて、ポインターを移動させながら何度かクリックした。

黒田のほうにディスプレーを向けてくれた。

太平洋に面した日本の沿岸地域の地図が出ている。右上にM8、北緯三四度、東経一三七度。深度一二キロの表示がある。

瀬戸口が、さあというように黒田を見ている。黒田はキーを押した。

太平洋の一部に濃いブルーの曲線が現われ、それが周りに広がっていく。

右上の数字が凄まじい勢いで変わっていった。広がっていたブルーの線の一部が、海岸線にかかる。

「ブルーの線が津波を表わしている。数字に注意して。地震発生からの時間だ」

黒田は横から覗き込んでくる美智に説明した。

扇形に広がっていくブルーの線の一部が、川に入り込んでいく。そして途中から、両側に広がる。地震により発生した津波が海岸にぶつかり、川の流れに逆らって内陸に逆流していく様子を示している。

「何度も見せられたわ。このシミュレーションから、津波ハザードマップを作るんでしょう」

美智が黒田に言った。黒田は黙っているように合図した。

「今までのものより、はるかに正確ですね。『地球シミュレータ』ですか」

「改良型でやったものだ」

『地球シミュレータ』の改造は、一年前に始められ今年になって終了した。一九九七年から、地球環境の変動現象の解明・予測を目指して開発された世界最速のスーパーコンピュータだ。数年後にアメリカの大学が開発したスーパーコンピュータに世界一の座を奪われていたが、改造が終わってからは、再び世界一の座を取り戻している。ベクトル方式のコンピュータを六〇〇台以上並べた並列ベクトル計算機で、実効性能、48・58テラフロップス。だが、また近い将来抜かれるだろう。こうして科学は進歩していく。

「陸地の地形ばかりじゃなく、海底の地形の影響も入ってますね」

「震源地近海の海底地形が、データとして入力できる。日本最高レベルの津波シミュレーションだ」

「当然、汎用性《はんようせい》もありますよね」

「陸地についてはまだまだだ。地図か航空写真があればどこでも問題ない。ただし、海上での伝播《でんぱ》についてはまだまだだ。日本の太平洋側の海底地形データはなんとか整っているが、海水の状況が不安定すぎる。温度や海流によっても大きく影響を受けている」

それからと言って、黒田はデイパックから出したノートを開いた。数ページにわたって、計算式が書かれている。

「エネルギー計算をやってみました。単純な計算です。駿河トラフと南海トラフ周辺のプレートで前回の地震以来、蓄積された歪エネルギーと放出されたエネルギーの収支を考えたものです」

デイパックからパソコンを出して立ち上げた。

「僕の計算だと、伊豆半島から足摺岬までの駿河トラフと南海トラフ周辺のプレートには、まだかなりのエネルギーが残っていることになります。その割合を考えれば、ここ数日の二つの地震はフルコースディナーの前菜程度のものです。それもワイン抜きの」

瀬戸口がデスクから出したデータシートの束を黒田の前に置いた。黒田はシートをくっていく。

「きみとほぼ同じ計算をやってみた。私は『地球シミュレータ』を使ったがね。だからもちろん、正確さはきみの計算の比じゃない。しかし、結果はほとんど同じだ。おそらく――次に起こるものこそ、本物の東海、東南海、南海地震だ」

黒田の身体に震えに似たものが走った。

「だったら、なぜ公表しないんです」

「私には――自信がない。それに――今、もっと正確な計算をやり直している」

「もう一つ気になることがあります」

黒田はノートに数式を書いていく。すぐにページは数式で埋まった。

瀬戸口はそれを無言で見ている。

「この式に間違いないですよね」

瀬戸口は頷いた。

「二つの地震が起こる時間差によって、津波の共振が起きて、とんでもない巨大な津波に成長する恐れがあります。それが三つ続くとなると、さらに大きな津波になります」

瀬戸口はノートの数式を目で追っていく。

「これは？」

「学位論文にしようと準備していたものです。粗い計算しかしていません。でも先生なら――」

「私に計算しろと言うのか」

「僕の考えてることが起こる可能性を確かめて欲しいんです」

長い時間がすぎていった。瀬戸口の目は、ノートに張りついたままだ。

椅子に座って、部屋の中を見回していた美智が立ち上がって窓際に行った。そこからは太平洋が見えるはずだ。

「おそらく――きみは正しい」

瀬戸口が顔を上げて黒田に言った。

「スーパーコンピュータを使う価値がありますか」

瀬戸口は答えず、受話器を取って、全研究員に会議室に集まるように指示を出した。

「きみにはもう一度、話してもらわなければならない」

「僕には時間がありません。市役所に帰って、住民の避難状況を報告しなければ」

「ここで説明することのほうがはるかに重要だと思うがね。きみの理論と、私たちの津波シミュレーションを組み合わせることができる」

「場所はどこですか」

黒田は立ち上がって聞いた。

「第三会議室だ」

窓際で美智が振り向いて二人を見ている。

黒田は一歩入って、思わず立ち止まった。

会議室には若手を中心に、三〇人ほどの研究員が集まっている。黒田を萎縮《いしゅく》させたのは数ではない。数百人の前で防災について話すことには慣れていた。しかしここには、今までとはまったく違った雰囲気がある。部屋に漂うのは異様な緊張感だ。ぴんと張りつめた空気が、黒田の精神にも染み込んでくる。学会での発表とも違う。一つのミスをも見落とさないぞという、鋭い視線と未知に対する研究員たちの熱気だ。

瀬戸口が黒田の背に手を置いて軽く押した。黒田は深く息を吸って、ホワイトボードの前に進んだ。

「僕が学生時代にやっていた、津波の共振シミュレーションです。それによると、地震の起こる時間差によっては、従来の津波の数倍規模の津波が起こる可能性があります。それと瀬戸口先生がやっているシミュレーションを組み合わせることができれば。つまり——」

黒田はすごい勢いで式を書き始めた。瀬戸口は無言で見ている。

黒田が話す一言ひと言が、研究員たちの脳の中に吸い込まれていく。

三〇分かけて話し終わった後も、物音一つしなかった。黒田はその場に座り込みたい疲労感に襲われた。

「質問があれば彼に聞いて欲しい。おそらく、彼は私より正確に答えることができる」

瀬戸口が黒田の横にきて、研究員たちに向かって言った。

「もしこれが事実なら、津波の高さは最低でも一〇メートル、いや二〇メートルを超えます。太平洋岸は伊豆半島の西側から四国の足摺岬までの地域に、巨大津波が押し寄せることになります」

研究員から声が上がる。

「そんなに巨大なものは過去に例がありません。一八五四年の安政地震のときも二つの地震は、わずか三二時間の間をおいて起こりました。しかし、このような巨大津波は観測されていません」

「歴史は歴史だ。偶然の積み重ねが、新しい事実を作り出しても不思議ではない」

「こうは考えられませんか。過去にも同様な巨大津波はあったが、目撃者はすべて波に飲まれて報告されていない。歴史の空白というやつです」

「もっと正確に計算してみる価値はあります」

様々な意見が飛び交った。

一時間ほどセンターにいて、黒田は美智と共に大浜に戻った。

途中、美智を降ろして黒田は県庁に向かった。

浜には相変わらず人が溢れている。

12：50 Fri.

ミニバイクは大きくバウンドし、そのまま歩道に乗り上げた。大久保と高橋の身体は路上に放り出された。何かの欠片に乗り上げ、ハンドルを取られたのだ。

大久保はビルの壁につかまりながら立ち上がった。身体を調べたが、なんともないようだ。時速二〇キロ前後のスピードで走っていたのが幸いしたのだ。

西知多産業道路を名古屋市内に向かって一時間くらい走ったところで、車の流れは完全に止まった。トラック、乗用車など数十台の衝突事故らしく、一キロ手前からも黒煙が見えた。タンクローリーが爆発したとも聞いた。後はわき道に入り、瓦礫《がれき》をよけたり回り道をしたりで、歩いているのとさほど代わりはなかった。それでもいつの間にか、名古屋市内に入っていた。

歩道に沿って、無数の疲れ切った顔の人たちが座っている。

「大丈夫ですか、社長」

高橋がよろめきながらやってきた。頬から血を流し、メガネにひびが入っている。

「なんて運転をするんだ。うちの運転手には使えんな」

ミニバイクを見ると、前輪がパンクして曲がっている。

「数キロで名古屋駅です。歩きましょう」

肩に砂のようなものがかかった。車道に飛び出すと同時に、頭に衝撃を受けた。落ちてきたコンクリート片が当たったのだ。

「余震だ！」

歩道に座っていた人たちがいっせいに車道に出て走り始めた。

大久保も必死に走った。走りながらヘルメットを脱ぐと、ナイフで削られたような痕《あと》が付いている。そのヘルメットも、横からぶつかってきた男に弾き飛ばされてしまった。

「どこに行くんだ」

「私だって分かりませんよ。本社はこっちの方向でしょう」

大久保は走りながら、徐々にネズミ捕りに追い込まれていくネズミのような気分になった。

車道のアスファルトは盛り上がり、割れ目から土が見えている。大きく陥没して、車が突っ込んでいるところもあった。歩道の敷き石は割れて剝がれ、その上にビルから振りまかれたガラス片と壁から剝がれ落ちたコンクリート片が散らばっている。

いたるところに、顔や腕から血を流した者や、呆然と座り込んでいる者がいた。倒れている者も多すぎて、気にかける者もいない。みな、自分のことで精いっぱいなのだ。

「最近の窓ガラスは、地震じゃ割れないはずだろ。新しいビルもまるでお化け屋敷だ」

「窓枠に遊びが入ってて地震の揺れで少しくらい変形しても、ガラス自体は歪《ゆが》まないんですが、それ以上のたわみが窓枠に加わったんでしょう」

高橋が大久保と並んで走りながら答えた。

悪夢を見ているようだった。ほんの三時間前まで一二〇〇人以上の人が歓談していた地上二七六メートルのオーシャン・ビューが今は無残に崩れ、おそらく全員が命を落としている。

大久保は立ち止まった。もう、これ以上走れない。辺りを見回すと、どこかで見たことのある光景だが思い出せない。脳味噌の中がパニックを起こしている。

携帯電話が鳴り始めた。ポケットから出してボタンを押した。

「大久保だが」

相手は黙っている。

「だれだ、お前は」

返事はないが、聞いていることは確かだった。

「切るぞ」

ボタンを押してから、不意に一つの顔が浮かんだ。

「おい。お前か――」

叫んではみたが、すでに電話は切れていた。慌てて番号を見たが非通知になっている。

「社長、危ない」

高橋の声で立ち止まると、鼻先をかすめるように何かが降ってきた。ビルの壁から剝がれたコンクリート。長さ一メートル、幼稚園児ほどもある塊だ。

背後で腹に響くような音がした。振り向くと、襲ってきた風圧で身体が揺らいだ。思わず目を強く閉じ、踏み止まって目を開けると、砂塵で何も見えない。しばらくして、砂埃の向こうに道路を塞《ふさ》いで倒れているビルが浮かび上がってくる。

「ここは危ない。地下街に避難しましょう」

「高層ビルは耐震設計で建てられているから、地震には強いんじゃないのか」

「こんな長周期地震動は初めての経験です。言われていた以上に揺れが激しい。社長も、オーシャン・ビューで体験したでしょう」

大久保は持っていた携帯電話をポケットにしまい、歩き始めた。その横に高橋が並んだ。

「電話、誰だったんです。知り合いですか。こんなときによく通じましたね」

「お前に関係ない」

高橋も携帯電話を出してボタンを押し始めた。しかし、すぐにポケットに戻した。

「家族か」

「自宅です。一度つながったんですがね。留守番電話になっていました」

「伝言を入れておけばいい」

「もう、入れています。無事ならすぐに連絡しろって」

いつ入れた、と聞こうとしたがやめた。自分には関係ないことだ。

12：50　Fri.

「先生に頼まれていた計算です」

黒田と美智が瀬戸口の部屋を出るのと入れ違いに、研究員が入ってきてデータシートを差し出した。

シートをくる瀬戸口は、自分でも顔が青ざめるのが分かった。次に、頭に血が上ってくる。冷静にならなければと自分に言い聞かせた。

「先生に指示された通り基礎式を変更して、昨日の東海地震と今日の名古屋の最新データを入れて計算し直したものです。この計算だと――」

「やはり、想定震源の数パーセントが跳ね上がっただけだ」

「残りの九〇パーセント以上は、崩れ残っています。それも、非常に不安定な状態で。これだと昨日の東海地震のエネルギーが、予想の一〇〇分の一程度であったことが説明できます」

研究員は一度、深く息を吸った。

「それに――これ」

データシートの一ヵ所を指した。

「分かっている」

瀬戸口は無意識のうちに呟いた。

目の前にあるデータは、東海、東南海、南海地震がごく近い将来発生することを示している。数日、いや数時間後かも知れない。

瀬戸口はパソコンの前に行き、マウスを何度かクリックした。ディスプレーに気象庁のデータが現われる。

「何度もチェックしました。異常はありません。我々のコンピュータ・シミュレーション以外は」

「しかし、我々は昨日の東海地震は予知できなかった。もちろん、名古屋もだ。シミュレーションにはなんの異常も出なかった」

「しょせん、地震予知シミュレーションは学問にすぎないんでしょうかね。この結果だって――」

言ってからしまったという顔をしたが、瀬戸口はほとんど聞いていなかった。

「コンピュータ・シミュレーションは定常状態の変化しかなぞれない。不確定要素が作用する突発的な状況には、まったく歯が立たない」

瀬戸口は独り言のように言った。

かつて南関東地震が予知できたのは不確定要素、つまり揺らぎの部分がほとんどなく地震が起こったからだ。偶然とは違うが、最高にラッキーだったのだ。

「今回の東海地震と名古屋の地震は、突発的なものだと」

「二つの地震のエネルギーを合わせても、この地域にたまっているエネルギーの数パーセントだ」

最初の東海地震のマグニチュードは、6・8。名古屋はマグニチュード7・8。マグニチュードが1違うと地震のエネルギーは三二倍違ってくる。東海地震、東南海地震のマグニチュードは、8を超えると考えられてきた。今までの二つの地震は、明らかに小さすぎる。

瀬戸口は地図上の駿河、南海トラフの海域を指でなぞった。ここで今も何かが起きている。

研究員はデータシートを見つめている。

「一六〇年近く前の安政地震以来、プレートに蓄えられているエネルギーを計算する。これはプレートの動きから出すことができる。その値から、今までに起こった小規模の地震の歪エネルギーを計算して引く。その数値が、駿河トラフの東海部分に残っている現在の歪エネルギーだ」

瀬戸口は独り言のように繰り返す。

研究員は無言のままだ。やはり残っている歪エネルギーは、いつ東海地震が起こってもおかしくない数字なのだ。

「この計算には、さっきの名古屋の地震データが入っている。今までのものより、精度は数十倍に上がっているはずだ」

「だったら、気象庁の測定値よりこの計算が正確だと言うのですか」

「一八五四年の安政東海地震では、その三二時間後に安政南海地震が起きている。十分考えられることだ」

「あの東海地震と名古屋の地震。この二つが引き金になって、再度、東海、東南海、南海地震を引き起こすと言うのですか」

瀬戸口は無意識のうちに頷いていた。

「歪エネルギーのたまったプレートは微妙なバランスを保ちながら、平衡状態を続けている。一ヵ所でも針で突けば、そのバランスが一気に崩れる」

「その第一の針が昨日の東海地震だ。それによって今日、名古屋に地震が起こった。その名古屋の地震が針となって、次は――」

「このシミュレーション結果は、そう説明している」

研究員は信じられないという顔で、再びデータシートに目を移した。

「僕らはどうすればいいんですか」

研究員の顔も青ざめている。自分たちが発見した事実の興奮と共に、次に起こる地震の怖さを知っているのだ。同時に信頼性に対する不安もある。

「時間と空間メッシュを一〇倍にして、最優先で計算し直してくれ。それから全員を会議室に集めるように。私は気象庁と連絡を取る」

瀬戸口は研究員の肩を叩いて送り出した。

受話器に伸ばした手を止めた。

本当に、前の二つの地震が次なる海溝型巨大地震を引き起こすのか。気象庁は反発するだろう。今朝までの発表では、このようなことはひと言も述べていない。すでに東海、東南海地震が起こったと発表している。予知情報を出すには根拠がない。自分たちだってそうだ。南関東地震の予知ができたのは、偶然ではないのか。遠山先生がいれば——。

様々な思いが瀬戸口の心に浮かんでは消えていく。

「地震研究は単なる学問じゃない」と、大瀬崎《おせざき》の牛丼屋で初めて遠山に会ったときの言葉が精神に響いた。「人の命と直接結びつくものだ」という、この言葉が自分を奮い立たせ、支えてきたのだ。

もう一度、机の上のデータシートに視線を向けた。

電話が鳴り始めた。瀬戸口は受話器を取った。

〈先生が——遠山先生が——〉

亜紀子の細い声が聞こえる。

瀬戸口は自分でも顔色が変わったのが分かった。

部屋には医師と看護師、そして遠山の娘の久保田由美子《くぼたゆみこ》、堂島がいた。由美子は遠山の長女で神戸に住んでいる。遠山の家族では、嫁いで、当時神戸にはいなかった彼女と東京に出張していた遠山だけが、阪神・淡路大震災から生き残ったのだ。

隅の椅子に座っているのは翼だ。瀬戸口が頷いて合図を送ると微笑《ほほえ》み返してくる。いつものように飛びついてこないのは、場所を心得ているのだ。

「亜紀ちゃんから電話をもらいました。彼女は来てないんですか」

「彼女は防災担当副大臣なのよ。私に翼をあずけて、官邸に向かったわ」

堂島は瀬戸口の耳に口をつけるようにして囁いた。そして、ベッドの側に行くよう促した。

ベッドに近づいた瀬戸口の足が止まった。思わず息を飲んだ。酸素マスクをして目を閉じている遠山は、眠っているように見える。無精髭《ぶしょうひげ》に覆われた顔は青白く、痩《や》せ衰えて、別人のように見えた。

「大丈夫です。意識はあります。声をかけてやってください」

由美子が瀬戸口の背をそっと押した。

瀬戸口は一歩前に出たが、なんと言っていいか分からない。口を開くと涙が溢れそうだ。

「久し振りです」

瀬戸口は掠《かす》れた声を出した。

一呼吸置いて遠山は薄く目を開けたが、瞳は一点を見つめたままだ。

「申し訳ありませんでした。来るのが遅れてしまって」

「父はあなたが送ってくれる学会誌や論文を読むのが、いちばんの楽しみだったの。自分で読めなくなってからは、私が読まされたのよ。数学なんて、高校以来一度も勉強したこともない私がよ。苦労したわよ。式まで説明させるんだもの」

「目が見えないのですか」

「先週からね。癌《がん》細胞が視神経にまで影響を及ぼしているの。脳まで広がると、人工心肺が必要になるって」

「でも――先生は――」

「父は延命治療は拒否している。脳死の状態になったら、もう人工呼吸器は外すように言われてる。医師にもそう言ったわ」

由美子が涙をぬぐった。

「これ、瀬戸口君が来たら渡すように言われてる」

由美子が、ベッドの横にあるテーブルからノートを取った。遠山がいつも持っていた大学ノートだ。

瀬戸口は受け取って開いた。ほぼ全ページに数式と図形が書かれ、その間に書き込みがある。

「そんなノート読めるの？　人の書いた字じゃないわね。数字だって、判読にはかなりの熟練が必要よ」

「大丈夫です。慣れてますから」

瀬戸口は数式と書き込みの文字を目で追っている。

「最後の数ページは私の字よ。唯一、一般人にも判読可能でしょ。私には意味なんてまったく分からないけど」

遠山の瞳が動いた。細い腕を上げてマスクを取ろうとする。

「お父さん、私よ。瀬戸口君が来てくれたわよ。会いたかったんでしょう」

遠山の口がかすかに動いた。必死でしゃべろうとしている。

「何か言いたいの」

由美子は遠山の口元に耳を近づけた。

「地震予知は学問じゃない――人の命に直接結びつくものだ――だから――」

由美子がゆっくりと声に出す。遠山の言葉を繰り返しているのだ。

「僕は先生の教えを守って――」

瀬戸口の言葉が詰まった。目に涙が溢れてくる。

「あなたに直接、何か言いたいのよ」

由美子が顔を上げて瀬戸口を見た。

瀬戸口が遠山の口に耳を近づけると、遠山の唇が震えるように動く。

「脈が弱くなっています」

モニターを見ていた看護師が言った。

医師が瀬戸口を押し退けて、遠山の胸に聴診器を当てる。

瀬戸口は、放心した表情で壁際まで下がった。

「お亡くなりになりました。時間は――」

医師が由美子に告げる声が聞こえる。

瀬戸口はそっとドアを開けて廊下に出た。

そこには、別の世界があった。

頭から血を流している青年が壁際に蹲《うずくま》っている。横の少女が額に当てたハンカチには血が滲んでいた。ぶつかりそうになった看護師が瀬戸口を押し退けるようにして、小走りで奥に向かう。廊下は治療の順番を待つ怪我人で溢れていた。ストレッチャーで運ばれて来た患者の顔は、血と煤《すす》で溶けたようになっている。瀬戸口は思わず顔を背けた。

名古屋の地震の負傷者が運ばれて来ているのだ。ここは災害医療の指定病院の一つになっている。

「病院の方ですか――」

立ち尽くす瀬戸口に、まだ二〇代前半と思える女性が声をかけてきた。

「子供が死んでしまったんですが、どうすればいいんですか」

女性の腕には、まだ一歳にも満たないような赤ん坊が抱かれている。

瀬戸口は震える手で看護師を指して、よろめくように歩き始めた。心と頭が空白になって、涙すらも流れない。今度も自分はまったくの無力だった。

病院を出たところで、あとを追ってきた堂島が瀬戸口の腕をつかんだ。

「元気を出しなさい。遠山さんが悲しむでしょう」

「また、独りになってしまった」

「私たちがいるでしょう。松浦君もいるし、河本君もいる」

瀬戸口は堂島の腕を解くと歩き始めた。

「どこに行くの」

堂島の声が聞こえた。

「あなたは決して独りじゃない。私だって、松浦君だって、河本君だっている。翼もいるでしょう」

堂島の押し殺した声が、瀬戸口の背に響いた。

瀬戸口は遠山の言葉を反芻《はんすう》していた。

〈自分の経験と知識を信じろ——明彦《あきひこ》〉

遠山は確かにそう言った。明彦は死んだ遠山の息子の名だ。


瀬戸口は日本防災研究センターの自室の机に座っていた。

六年前、ポストドクターだった自分は、まったくの無力だった。政治家に会うことはもちろん、電話することもできなかった。堂島のはからいで都知事に会うことができ、それが自分の運命を変えた。

瀬戸口は受話器を取ってボタンを押した。緊急の場合に使うようにと教えられていた番号だ。

「漆原副総理をお願いします」

〈いま、お取り次ぎはできません〉

「危機管理センターに入っているんですか」

〈お答えできません〉

「瀬戸口といいます。至急、連絡をくれるように伝えてくれませんか」

〈現在、取り次げないと言ったはずです〉

「私はそこがどこだか知りません。ただ緊急の場合、ここに電話して漆原副総理の名前を出すように言われています。もし、取り次がないとすると、あなたの責任が問われることになりますよ。日本防災研究センターの瀬戸口誠治が連絡して欲しいと言っていると伝えるだけでいいんです」

〈分かりました〉

緊張した声が返ってくる。

瀬戸口は番号を言って、受話器を戻すと目を閉じた。次のことを考えようとしたが、何も浮かばない。けっきょく、自分ひとりでは何もできないのか。

電話が鳴り始めた。最初のベルが鳴り終わらないうちに受話器を取った。

〈漆原だが〉

聞き覚えのある声が聞こえてくる。

「近日中、いや数時間後かも知れませんが、巨大地震が発生する可能性があります。東海地震、東南海地震、南海地震の三つが連動して起こる可能性です」

瀬戸口は一気に言った。

受話器の向こうで、息を飲む気配が伝わってくる。

〈前の二つはすでに起こった。今も私は散々苦しめられている〉

「次に起こるのは、こんなものではないはずです。これらの数十倍を超えるエネルギーを持つものです」

〈きみは昨日と今日起こった東海地震と東南海地震は、本物じゃないと言うのかね。次に来るものこそ本物だと〉

「そうです」

〈断言できるか〉

「私の研究結果です。伊豆半島沖から四国の足摺岬にいたる駿河、南海トラフに歪の限界が来ています。二つの地震はその前兆だと思われます」

〈あの名古屋を壊滅させた地震が、単なる前兆だと言うのか〉

「駿河、南海トラフに百数十年にわたって蓄えられているエネルギーと、ここ数日間の地震によって放出されたエネルギーを計算しました。全エネルギーの、わずかに数パーセントが放出されたにすぎません」

〈数パーセントだと〉

「そうです。駿河、南海トラフには、まだ九〇パーセント以上のエネルギーが残っています。今回の二つの地震がトリガーになって、その残りのエネルギーが一気に放出される可能性があります」

〈それが放出されるとどうなる〉

「東海地震、東南海地震、南海地震が連続して起こります。マグニチュード8以上、震度7。伊豆半島沖から四国の足摺岬に至る広域巨大地震です。ただし、三つが順番通りに起こるとは限りませんが」

〈いつ、それが起こる〉

「きわめて近い将来です。私にはそうとしか言えません。しかし、名古屋の地震を考えると、一週間後ということはないでしょう。まだ、これだけのエネルギーが蓄えられているんです。数日後、数時間後——。それは分からない。科学にも限界はあります。私たちは地道な努力で、それを一つ一つ克服していくだけです」

それにと言って、一度深く息を吸った。

「巨大津波が起こる可能性が高い。三つの地震が連続して起これば、津波が共振し合って、波高二〇メートルを超える津波が太平洋沿岸の広い地域を襲います。さらに、この巨大津波については、その到着時間の予想が立てられません。いつお互いの波が重なり合うか。第二波かも知れないし、第三波かも知れない」

〈巨大津波がいつ来るかは、分からないということか〉

「第一波から最大の注意を払ってください。ただし、第二波、第三波……以後の波のほうが巨大になる可能性があります。そしてそれが、数時間から数日続くことがあります」

〈発表していいか〉

「必要ならば」

〈言葉通り伝える〉

「しかし、あまり国民の恐怖心を煽《あお》らないでください。あくまでシミュレーション結果です」

〈真実ならば知っていたほうがいい〉

瀬戸口君、と漆原が呼びかけてくる。

〈きみはあのとき――私の前に突然現われた。東京に大地震が起こると言ってね。そして、その通りになった。私は今になっても疑問に思う。なぜ、きみを信じたのだろうかとね。正直、冷や汗が出るよ。現在は学問的にも認められているらしいが、コンピュータ・シミュレーションによる地震予知など、占いもどきのものだった。しかし、私はきみを信じた。この男の話は無視できないと思ったんだ。なぜ、私がきみを信じたか分かるかね〉

「分かりません」

〈きみには気迫があったんだ。決して表に出るようなものじゃない。しかし、圧倒的な迫力だった。私はそれに飲まれた。それはなぜか分かるかね〉

漆原が再度問いかけてくる。

瀬戸口は答えられなかった。

〈六四三三人の魂の力だよ。きみの言葉の背後には、阪神・淡路大震災で亡くなった方々の魂の響きがあった〉

お互いしばらく無言だった。受話器を通して聞こえる息遣いを聞いていた。

〈さて、私はどうすればいい〉

「考えてください。そして、国民のために最良のことをしてください。それが政治家であるあなたの務めです。あなたにはできる。あなたの背後には、平成大震災で亡くなった一万九〇〇〇余の人たちがついています」

そして——先生も、と言って瀬戸口は軽く息を吐いた。

「遠山先生が、先ほどお亡くなりになりました」

瀬戸口は受話器を置いた。しばらく目を閉じていたが、パソコンの前に座った。

そのとき、電話が鳴り始めた。

13：40 Fri.

黒田はバイクを止めて静岡県庁に入った。

県庁内では、普段と同様に仕事が行われていた。名古屋周辺であれだけの地震があったにもかかわらず、気象庁から東南海地震の発表があってからは、地震は過去のものとして語られている。やはり地震など他人ごとなのだ。

黒田は市役所職員の身分証を見せて、港湾関係の責任者に会わせてくれるように頼んだ。

通されたた応接室に現われたのは、前にも何度か会ったことのある土木部港湾管理室の副室長だった。

彼はうんざりした顔で黒田を見て、ソファーに座った。

「焼津《やいづ》近くの港を見てきたんですが、まだかなりの船が桟橋に停泊しています。至急、港外に避難指示を出してくれませんか」

「彼らは津波についてもその恐ろしさを十分知っています。だから、地震が起きれば直ちに――」

「起こってからでは遅いんです。ここらは東海地震が起これば――」

「五分後には津波が到達すると言うんでしょう。昨日の東海地震の前には、警戒宣言と同時に、港の全船舶に湾外への避難命令を出しました。三〇センチの巨大津波のためにね」

副室長は皮肉を込めて言った。

「警報通りです。津波は来た」

「経済的損失のことも考えてください。避難するにも燃料は使います。人手だっている。荷の積み下ろしの最中だと、時間も金も無駄になります」

「地震発生から津波到達まで五分間で、すべての船舶が港外に避難できますか」

「来なかったらどうするんです。東海地震のときも、今度の名古屋の地震——これは東南海地震ですよね。二度とも、津波なんてないに等しかった。今さら、もっとでかいのが来ると言われても——」

副室長の口調が、居直ったような言い方に変わった。

「じゃあ、避難勧告だけでも出してください。用のない船舶は、沖合い一キロのところで待機する」

「あんたは港のことをまったく分かっていない。あそこに停泊している船を動かすのに、どれだけの人員とコストが必要か。それらはみんな、船主の負担になるんです」

「室長に会わせてください」

思わず声が大きくなってしまった。

「私じゃ、ダメだと言うんですか」

「そうです」

「その室長が私に応対しろと言ったんです。大浜市役所の防災課の黒田って男は、神経質すぎるからってね。おまけに最近では、強引さが加わった。適当にあしらって帰ってもらえともね。こんなこと言いたくはなかったんですがね」

言ってから、しまったという顔で黒田の反応を見ている。黒田は返す言葉を探したが思い浮かばない。

「正直、迷惑してるんです。仕事熱心なのは分かりますがね。何ごとにも、程度というものがあるんです。ただでさえ、お役所はコストを考えない代表のように言われている」

黒田が言い返さないのをみて、副室長は続けた。

「それにあんた、評判悪いよ。大浜市役所の防災課の若いのに、仕事もしないでパソコン叩いたり、電話ばかりしてる奴がいるって。それに、変なのが訪ねてきたり、防災マップに載せるとか載せないとか、全国からおかしなのが電話かけてくるって。それあんただろう」

「せめて、気象庁の発表には最大限の注意を払っていてください。その後の指示は的確にお願いします」

黒田は立ち上がってドアに向かって歩いた。ドアの前で思いついたように立ち止まり、振り返った。

「水門を閉じる用意をしてください。まだ閉じろとは言いません。しかし津波警報がでたら、すぐに水門を閉じるように手配してください」

お願いしますと言って、深く頭を下げると部屋を出た。

黒田は市役所に帰る前に海岸通りに出てみた。

相変わらず渋滞が続き、数時間前よりひどくなっている。

バイクの方向を変えて、パシフィック・フェスティバルの海岸事務所のプレハブに向かった。

野外ステージはまだ撤去されていない。高さ一〇メートルもあるパイプの構造物の周りには、世界各国の若者たちが集まって騒いでいる。

美智を近くの喫茶店に呼び出した。

「あの馬鹿、まだインターネットでフェスティバルのことを流してる」

黒田はパソコンを美智のほうに向けた。

〈津波に乗ろう。二一世紀最大のビッグウエーブ。三〇メートルの巨大津波に乗って宇宙の彼方に飛び出そう〉

美智が自分の視野からそらすように、黒田のほうにディスプレーを戻した。

「世界最大の幻のフェスティバル。必ず参加しよう。馬鹿な書き込みをする奴だ。フェスティバルが中止なのに人が集まってるとなると、ますます何かが起こると思わせる」

フェスティバル中止の正式記事を出したにもかかわらず、パシフィック・フェスティバルのホームページの書き込みは、ますます増えている。わざと煽るような内容のものも多い。

「面白がってるんだ。名古屋じゃ、数千人の犠牲者が出ているのに」
〈神戸から大阪に向かう電車で、ふと武庫《むこ》川の河川敷を見ると野球をやっているんだ。中学生くらいの子供たちだ。歓声まで聞こえてきそうだった。川を渡るとテニスコートが見えて、のんびりテニスをしている。ほんの十数分前の光景はビルが倒れ、家が崩れ、瓦礫の山が続き、焼け野原が広がってた。その中にすべてを失った被災者が立っている。瓦礫の中にはまだ遺体があるかも知れないんだ。これが同じ時間、同じ空間で同時に起こっている。なんだか、嘘みたいな気分だった〉

昔、聞いた、阪神・淡路大震災の話を思い出した。これは誰から聞いたのか――。瀬戸口先生だ。先生が大学に来て二人で学生食堂で食事をしているとき、何かの拍子にポツリと漏らしたのだ。そのとき以外、震災の話は聞いたことがない。

「昔、兵庫県でＪＲの脱線事故があったでしょう。救助活動をやってる間にも、同じ会社の人がボウリング大会をして宴会をしてお酒を飲んでた。自分の会社の責任で大事故が起こり、一〇〇人以上の人が死んでいるのに。人間なんてそんなものよ」

「だからって、それでいいわけじゃない」
黒田は口の中で呟いた。

「何？」

「なんでもない」

「でも、本当に地震が起こるの」

「そんなの、人間に分かるわけないだろう。知ってるのは神様だけ」

「無責任なこと言わないでよ。シンスケらしくない」

「地震予知に生涯をかけて研究している人がいる。今度も彼らは何十年も続けてきた研究結果から、次の地震が起こる可能性が高いって結論を出した。それが外れたからって、彼らに責任を押しつけるなんてひどい話だ。科学にも限界があるんだ。だからやばいと思ったら、それに備える。外れれば今回は助かったと思って、喜べばいいんだ」

「でも、警戒宣言が出て一日一七〇〇億円の経済損失が出たんでしょ。二日で三四〇〇億円。目の回るような金額」

「結局は、人命か経済かって話になる」

黒田は忌々《いまいま》しそうに言った。ついさっきも、同じようなことを言われた。

ふと思いついて、携帯電話を出してボタンを押した。

〈県庁、総務部防災局の木村《きむら》です〉

生真面目《きまじめ》な声が返ってくる。

黒田は海岸の状況を話した。

「県では何か対策を取っているのか」

〈気象庁の情報待ちです。何か情報が出れば、それにしたがってのマニュアルはありますが――。今の状況じゃ何もできません。名古屋の地震での津波警戒情報は流しました。でも、効果はなかったようですね。幸い津波はなかったんですが〉

開き直った声と言い方だ。

「無責任なこと言うな。被害を最小にするのが防災局の仕事だろう」

〈決められたことはきっちりやってます。これ以上、どうしろと言うんです〉

「津波防災ネットで、各地の海水浴場にサメが出たと情報を流せ。遊泳禁止で海水浴場はすべて閉鎖されたと」

〈本当ですか。冗談じゃないんでしょうね〉

声のトーンが急に落ちた。

「津波防災ネットに関する責任者は俺だ。すべての責任は俺が取る」

〈パニックが起きませんか〉

「これから出かけようとする者は中止するだろう、海に入っている者は上がってくる。これだけでもかなりの人助けだ。津波防災ネットに流して、ホームページやチャットに書きまくるよう伝えてくれ」

〈面白そうですけど、これって犯罪じゃありませんか〉

囁くような声になっている。

「噂を流すだけだ。すべての責任は、俺が取るって言ってるだろう」

数秒沈黙が続いた後、やってみるかという声が返ってくる。

「ただし、身元がばれないようにやれ。サメが出て海水浴客が食われたらしい。海水浴場は閉鎖になってる。おまけに、海岸道路は渋滞で身動き取れない。家でテレビでも見てるほうがいいと思わせるんだ。とにかく、外に出ないように呼びかけろ」

分かりました、という嬉《うれ》しそうな声に変わり電話は切れた。

「津波防災ネットって、シンスケがいつもやってたやつ？」

「そう。俺が代表の津波同好会ってところかな。神奈川から四国の高知まで、太平洋岸の津波要注意地域のネットワーク」

「電話してたの県庁でしょう」

「この県庁に勤めてる奴は俺の高校の後輩。コンピュータクラブだ。俺のこと尊敬してるから、たいていのことは言うことをきく」

「あんた、本当に市役所の職員なの」

美智が呆《あき》れたような顔で見ている。

「身分証を見せようか」

「この騒動が落ち着いたらね。それで、これからどうするの」

「海岸を回って呼びかける」

「津波警戒情報って、誰も信じてなかったでしょう」

「サメのほうだ。見た者がいるらしい」

「食べられた者もいるんでしょう。子供を含めて一〇〇人以上。名古屋から来た巨大ザメ」

「どうした」

レシートを持って立ち上がろうとして、ふっと美智の表情が曇ったのに気づいた。

「なんでもない」

「いつもと違う」

「一緒よ。私は元気」

微笑もうとしたが、顔は妙に強ばったままだ。黒田はそれ以上聞くのを躊躇《ちゅうちょ》した。人には言いたくないこともあるのは、十分知っている。

「何かあれば、俺に話すんだぞ。これからどうする。俺は市役所に戻らなきゃならない」

「私はしばらく海岸事務所にいる。問い合わせに、中止だって説明しなけりゃならないでしょう」

「かなり危険だ」

「大丈夫。地震があったらすぐに逃げる。できるだけ高いところにね」

それじゃ遅いんだ、という言葉を飲み込んだ。

14：50　Fri.

漆原は総理執務室で受話器を持ったまま立ち尽くしていた。

聞こえてくるのは単調な電子音だけだ。

瀬戸口の言葉を反芻していた。数日後か、数時間後か。確かに、何かが起こる不気味さが、自分に、いや日本に迫っているのを感じることができる。こういう直感が自分にはあると信じてきた。そして、その直感を信じることで、これまでやってこられた。しかし、今回は不気味さのほうが強い。さらに遠山の死は、何かを暗示するように重く漆原の心を包んでいる。

ノックと共にドアが開き、秘書の一人が入ってきた。

「副総理、閣議の時間です。閣僚の方々はすでに集まっています」

我に返って、持っていた受話器を戻した。

「地震関係にいちばん強いのは誰だ」

「かつては堂島前議員でしたが、今は河本亜紀子防災担当副大臣です」

「河本君からは、まだ連絡はないのか」

「何も聞いていません」

「連絡があり次第、閣議に出るよう伝えてくれ」

秘書の背後にいる利根田が、あからさまに嫌そうな視線を向けている。

「お言葉ですが、副総理。ここはできる限りスムーズに。現在、望月《もちづき》防災担当大臣は行方不明です。探してはいるのですが——」

「副大臣の出席を拒むのか。私も副が付いているが、ここにいる」

利根田は何も言わず頭を下げた。

「東海、東南海、南海地震が同時発生したときの政府の対応マニュアルがあったな。すぐに各閣僚に配ってくれ。さらに、各省庁の防災担当者に私の名で配布すること。予備として一〇部用意して欲しい」

漆原は懸命に頭を回転させた。ここ数年、こんなに緊張した時間を持ったことはなかった。

都知事時代に引き戻された気分だった。あのころはまだ七〇代になったばかりで、体力も気力も残っていた。八〇を前に再び同じような立場に置かれようとは。

「東海、東南海、南海地震の同時発生の危険はないか、ただちに気象庁に検討させてくれ」

「それよりも今、大切なのは新幹線の復旧です。今回の地震で、日本中が大混乱に陥っています。東と西をつなぐ大動脈が寸断されたのです。早急に——」

それに——と言って、漆原は利根田の言葉を無視してしゃべり始めた。

「消防庁、警察庁の各長官。防衛大臣、そして統合幕僚長以下、陸、海、空の幕僚長も呼んでくれ」

「開くのは名古屋の防災対策会議なのでは――」

「緊急国家安全保障会議だ。三〇分以内に招集しろ」

最後は命令口調で怒鳴った。

秘書と職員は一瞬、驚いた表情を浮かべたが、慌てて飛び出していった。

「次に何をすべきか」

漆原は自分に問いかけた。

「国民に訴えるのがベストだ。すぐに原稿を用意させろ。いや、これは自分で書く。報道各社に伝えて欲しい。政府からの重大発表がある。三〇分で用意してくれ」

残っていたもう一人の秘書にそれだけ言うと、漆原は自室に戻っていった。やはり自分は副総理執務室のほうが落ち着く。

三〇分後、異例の副総理による国民への呼びかけが行われた。

テレビ放送は総理官邸で、NHK及び民放を交えて、漆原の生出演という形だ。

国民の皆さん――、と漆原は呼びかけた。

「日本はここ数日、最悪の日々を迎えています。二日の間に二つの地震に見舞われました。特に名古屋周辺では、平成大震災以来の被害が出ています。現在把握できているだけで、すでに二〇〇〇人を超す犠牲者が出ています。今後、この数はさらに増えると考えられます。現在もその地域に住む皆さん、また全国から駆けつけてくださったボランティアの方々、そして自衛隊を含め、消防、警察の総力を結集して、復旧に全力を尽くしています」

漆原はテレビカメラを睨むように見た。その向こうには、一億二七〇〇万人の国民がいる。

漆原の言葉と共に、室内には緊張した空気が広がってくる。

「しかし、私たちを襲う地震はまだ終わっていない可能性が出てきました。近い将来、さらなる大規模の地震がこの日本列島を襲う可能性が出てきました。それは明日かも、明後日かも、来週かも知れません。また、数時間後かも知れない。私はこの場をもって、国民の皆さんに訴えます。決して悲観的になるのではなく、また楽観的になるのでもない。もし、次なる試練があるなら、恐れることなく、しかし侮ることなく受け止めていきたい。国は被害を最小にとどめるべく全力を尽くします。私は今後、皆さんにさらなる備えを持ち、気を引き締めて地震に備え、生活をしていただきたいと思っております。決して、恐れることはありません。だが、侮ることはさらなる悲劇を生むことです。全国民の力を結集して、日本を護《まも》っていこうではありませんか。私たち政府は、常に皆さんと共にあります」

漆原は静かに目を閉じた。

14：55　Fri.

数十回リダイヤルボタンを押し続けて、やっとつながった。

松浦が名乗る前に瀬戸口の声が聞こえた。

〈今、どこだ〉

松浦はデッキに出て名古屋に向かって立っていた。

「伊勢湾内だ。名古屋港から避難した。名古屋が燃えているのが見える。ひどい状況だ。借りができたな。あのまま港にいたらどうなっていたか」

〈お前はいつだってラッキーなんだ。よほど神様に好かれてる〉

「これから救助に戻るよう、艦長に頼むつもりだ。空母には総合病院並みの医療施設が完備してある」

〈港に近づくな〉

瀬戸口の声が大きくなった。

〈湾で待機するんだ。東海、東南海、南海地震が、同時発生する可能性が極めて高い。三つが同時発生した場合、伊勢湾には二〇メートルを超える巨大津波が発生する可能性

がある〉

「二〇メートル？　まさか」

松浦は瀬戸口の言葉を繰り返した。頭では理解できたが、実感が伴わない。

〈あくまで計算結果だが、可能性は高い。僕を信じるだろう〉

「いつ起こる」

〈数日後か、数時間後か。そんなに遠い将来じゃない。神のみぞ知るだが〉

「そんなこと艦長に言えるか」

〈同じことを、一〇分前に日本政府のトップに言った。現在の自衛隊の最高指揮官だ〉

松浦は思わず沈黙した。

「谷島総理か」

一呼吸置いて言った。

〈まだ公式発表はないが、今は漆原副総理が日本のトップだ〉

再び松浦は沈黙した。自分が想像している以上のことが日本で起こっている。

「谷島総理は亡くなったのか」

〈連絡が取れないそうだ。オーシャン・ビューの落成式に出ていた〉

松浦は視線を動かした。セントレアに続く橋の側に建っていた高層ビルがオーシャン・ビューだ。しかし今は、下四分の一だけが無残な姿をさらしている。

「亜紀ちゃんと翼はどうなんだ。電話がつながらない。今朝の飛行機で名古屋上空に来たが、そのまま東京に引き返していった。空港が使用不能だった」

〈大丈夫だ。亜紀ちゃんは官邸だ。遠山先生が亡くなった。翼君は堂島さんと病室に来ていた。名古屋には携帯電話がつながりにくいと言っていた〉

松浦の肩から力が抜けていく。

「東京はどうだ」

〈大きな被害は出ていない。今のところ、被害は名古屋に集中している〉

「何か分かったら教えてくれ」

松浦は携帯電話を切った。自衛隊の友人の番号を押そうとしたが思い直した。今は出動しているか、出動準備の真っ最中だろう。邪魔はしたくない。何もできない自分が、ひどくもどかしかった。

「ご同行願います。艦長が呼んでいます」

振り向くと見知らぬ士官が立っている。襟章は中尉だ。

「すぐ行く」

松浦は携帯電話をポケットにしまった。

15 : 30 Fri.

「現在、点検中。何度言ったら――」

〈黒田です〉

怒鳴るような三戸崎の声をさえぎって、若い声が聞こえる。市役所防災課の若者だ。

三戸崎は、中央制御室に次々にかかってくる電話の対応に追われていた。

東海地震発生で出されていた警戒宣言が解除され、なんとか動き始めた三基の原発も、名古屋の地震で停止した。原発の震度計が震度4以上の揺れを感知して、緊急自動停止装置が働いたのだ。

〈どうしたんです。そんなに怖い声を出して〉

「怖い声か？」

〈嚙みつかれるかと思いました〉

「嚙みつきたい気分なんだよ」

〈原発は稼動していないんでしょう〉

「こう地震が多いと、いつ動かせばいい。警戒宣言が出ると、原則運転停止だ。おまけに原発は一度止めると稼動には時間がかかる。一から点検し直して、問題がないと分かると徐々に出力を上げていく」

〈原則運転停止なんですか。なぜ原則が付くんです〉

「何ごとにも建前と本音がある。例外事項というのがくせ者なんだ」

〈原発に例外事項なんておかしいですよ〉

「俺のようなただの当直長に難しいことは聞くな。上の指示に従うだけだ」

〈でも、現場を最もよく知っている。これって、いちばん大事なことです〉

「うちの上司に聞かせたい言葉だ。だが、こんな状態がいつまで続く。東海地震警戒宣言発令、東海地震発生、名古屋で東南海地震だ。そのたびに原発は緊急停止。極めつきは副総理の巨大地震警戒の呼び掛けだ。このままでは中部経済はがたがただと、世間じゃ大騒ぎだ。市役所はその辺りどう考えてる」

〈僕のような下っ端にする質問じゃありませんよ。僕も副総理のテレビには驚きました。ただ、原発の運転はもうしばらく我慢してくれると有り難いのですがね〉

「それでいい。人間、謙虚さが大切だ。しかし、それはどういう意味だ」

〈言葉通りです〉

「じゃあ、やはり次の巨大地震は起こるのか。副総理が言ってたように」

〈そんなこと分かりません。僕は神様じゃない〉

「ただの市役所の職員だって言うんだろう。やはり逃げてるんだよ。防災が仕事なら、人を惑わすようなことは言うべきじゃない」

〈とにかく、もうしばらく運転は見合わせてください〉

「俺の一存じゃあな。どうにもならんのだよ。すでに、電力供給量はパンクしてる。おまけに、火力発電が軒並みダウンしてるんだ」

〈お願いです。地震の発生確率はきわめて高いんです。それも、今度のは並みのやつじゃない〉

どことなく黒田の声が変わってきている。

「脅《おど》かすなよ。お前に言われると、なんとなくそんな気がしてくる。副総理の言葉以上にな」

〈事実です。心しててください〉

冗談など微塵も感じられない緊張した声が返ってくる。

〈何かあれば連絡します〉

「たのむよ」

無意識のうちに真剣な声で答えていた。

受話器を戻して、部屋の中を見回した。空調は完璧《かんぺき》なはずだが、空気が淀《よど》んでいるような気がする。運転員全員が疲れている。極度の緊張状態の中で、ただひたすら待つというのは予想外に疲れることだ。

電話が鳴り始めた。

「四号機の点検はまだ終わっていません」

三戸崎は受話器を叩きつけたい衝動に駆られた。本社の部長が、運転再開について聞いてきたのだ。点検が始まってから七度目の電話だ。

〈すでに懸念されていた地震は起こった。もうなんら心配もない〉

部長の声にはほっとした様子と、三戸崎が思い通りにならない苛立ちが含まれている。

〈名古屋の復旧にも電力が要求されている。あの近辺の火力発電所は軒並みトラブルで運転停止だ。原発と違って、マグニチュード7程度の地震でガタガタだ。特に配管系は使いものにならない。おまけに、燃料がすぐに底をつくことは目に見えている。輸送路が壊滅状態だ。きみも、火力がどれだけ燃料を食うか知ってるだろう。こっちに応援を求めてきている〉

名古屋の状況を出されると、強い反論もできなくなる。全力を尽くしますと言って受話器を置いた。

「点検を急いでくれ。ただし――」

三戸崎は部下の運転員に向かって呼びかけた。

「手を抜くなって言うんでしょう」

若手の運転員が続ける。

「だったら、人手を増やすなり、無駄なチェックは省かせてくれと言いたいですね。これじゃあ、運転員いじめ以外の何ものでもない」

本社は現場の状況などまったく分かっていない。だが、点検に要する時間は分かっているはずだ。だったら暗に――点検項目のどこかを省けと示唆しているのか。三戸崎は考えるのをやめた。

「ここの原発からは、中部地方はもとより関東にまで電力を供給している。こういう状態になると、いちばんしわ寄せが来るんだ」

「原子炉本体、再循環ポンプ系は問題ありません。自動停止装置も正常に働いています。いつでも運転可能です」

今まで以上の地震。三戸崎の脳裏に数分前の黒田の言葉が蘇った。三戸崎にはぴんと来ないが、原子炉事故につながる可能性があることは理解できる。

「タービンはどうだ」

沸騰水型原子炉では、原子炉で直接加熱生成された蒸気の力でタービンが回り、発電が行われている。フライホイールには強力な遠心力が働いており、すぐには止まらない。さらに、こういう小刻みな緊急停止にはかなりの負荷がかかる。タービン建屋《たてや》は放射能とは関係ない。

「問題ありません」

「三戸崎当直長。ちょっと来てください」

計器を覗き込んでいた運転員の一人が三戸崎を呼んだ。

「五号機と三号機が稼動を始めています」

確かに、両機の出力が上がっている。上がり方も通常の運転再開時の倍のスピードだ。

三戸崎は受話器を取って本社を呼び出した。

「どういうことです。点検は終わったんですか。運転開始が早すぎます」

〈点検は終了した。通常の運転シフトに戻る〉

「政府からも、次の地震に用心するよう呼びかけがあったでしょう」

〈その政府からの要望だ。原子炉は震度4の揺れが起これば自動停止する。問題はない〉

冷静な声が、かえって三戸崎の神経を苛立たせる。

〈四号機も点検終了しだい運転を開始してくれ。我々の努力が、名古屋の復旧に貢献することを忘れるな〉

一方的に言うと電話は切れた。

運転員たちは不安そうな顔で三戸崎を見ている。

「原子炉稼動を始めてくれ」

副当直長に告げたが、三戸崎の胸に暗いものがよぎった。

第三章　大地が吼《ほ》えたそのあとに

15 : 40 Fri.

黒田は市役所に戻り、公民館の津波防災ネットの連絡係に電話した。

「今後二四時間は待機していてくれ」

〈俺《おれ》だって、フェスティバルに行きたいですよ〉

去年、公民館に配属されたばかりの一九歳の若者は不満そうな声を出した。

「馬鹿。中止だって発表があっただろう」

〈でも、ラジオじゃどんどん人が集まってるって。今だって一万人は超えてるって。ライブのステージ、撤去されずにまだあるんでしょう。現地で生放送までやってました。きっと、何か面白いことがあるんだ〉

「お前、公僕だろう。公僕って、どういう意味か知ってるのか」

〈知ってますよ、そのくらい。黒田さんほど頭はよくないですけどね。でも、名古屋があの状態なのに、まだ海岸に人が集まってるんですね〉

「日本人はお気楽なんだよ。世界一、平和な国なんだから」

〈浜から追い出すってことはできないんですか〉

「誰がやるんだよ。浜には民間の警備員しかいないぜ。なんの権利があるんだって、騒ぎ出すよ」

〈おかしなのが集まってるんですか〉

「ステージの周《まわ》りは、三分の一が暴走族を含めた若いの。三分の一が外国から来た奴ら。残りのうちの半分が、それを見るために集まってる奴ら。あとの残りが帰りそびれた連中ってところか」

〈他はどうです。ステージ以外の海岸〉

「いつもより少し少なめってところかな。やばいのは、やっぱり暴走族かな。あいつら騒ぐために来てるんだから」

〈大変だ。待ってください〉

キーを叩《たた》く気配がする。

〈この辺りの海岸にサメが出たって。一二メートルのホオジロザメ。まるでジョーズだ。待ってください、もう食われた奴がいるって。一三人食われて、八人行方不明。大食い

ザメって呼ばれてるそうです。遊泳禁止になっている浜にも出ています。信じられないですよ。インターネットの書き込みです〉

かなり尾ひれが付いて広がっている。しかし、これで多少は効果があったか。

「俺も見たよ。すぐにみんなに流せ」

黒田は送話口を手で覆い、声を潜めた。

〈黒田さんが見た――なるほどね。津波よりサメのほうが現実感があるってことか。こんなことして知りませんよ。僕は関係ない。でも、面白そうだ。すぐに――〉

「確かにすごい地震が起こったな。津波だって膝《ひざ》まで来た」

顔を上げると、課長が見下ろしている。

「さっき、県庁の港湾管理室の室長から、市役所じゃ県の仕事にまで口を出すのかって電話があった。市役所はそれほど暇なのかって嫌味も言われた。職員の管理がなってないともね。あの室長、私の高校の先輩なんだ。いい加減に――」

目の前のデスクが飛び上がった。

受話器を放り出して、パソコンを押さえた。椅子《いす》が左右に移動を始め、とても座っていられない。壁際に並ぶファイルボックスやロッカーが、次々に激しい音をたてて倒れていく。デスクを抱えるように持って転倒するのを防いだ。天井のライトが外《はず》れそうに揺れて、埃《ほこり》が降ってくる。

課長が四つん這《ば》いになって、口をあけたまま黒田を見ている。

横の女の子は座布団で頭を覆って机の下にもぐり込もうとしているが、何度も机に頭をぶつけている。その上にデスクのファイルやパソコンが、振りまかれるように落ちていった。

「地震だ！」

「机の下にもぐれ」

部屋中で声が上がる。

揺れは二、三分続いた。異常に長い揺れだ。

黒田は受話器を拾って耳に当てたが、電子音がするだけだ。ボタンを押してみたが電話は――通じない。

携帯電話に代えてボタンを押したが、やはり呼び出し音もなしで切れてしまう。もう一度、電話のボタンを押した。今度はつながった。

「黒田だ。かなり激しい揺れだった。おそらく本物の東海地震だ。防災ネットに流してくれ」

分かりましたという言葉が終わる前に電話を切って、パソコンを立ち上げる。凄《すさ》まじい勢いでキーを叩いた。

気象庁のホームページを呼び出す。

日本地図の太平洋岸を拡大した。伊豆半島から遠州灘にかけて、6と7の数字が並んでいる。震度を表わしたものだ。

「静岡、浜松にかけて、ほとんど震度7を観測しています。東海地震が発生した。間違いありません」

黒田は部屋中に聞こえるように怒鳴った。

再び揺れが始まったが、さっきのものよりかなり小さい。

そのとき、名古屋から紀伊半島にかけても6と7が並び始めた。

「東南海地震も発生した模様です。震度はほとんどの地区で、7と6を記録しています。急いで海岸から人を避難させて、港から船を出してください。かなり大きな津波が来ます」

「津波警報が出たのか」

机の下から顔を出した課長が聞いた。

「すぐに出ます。避難指示を出してください」

地震発生時のマニュアルは決められているが、起点は気象庁発表だ。発表があってから、すべてが始まる。

「気象庁の津波警報を待とう」

黒田は課長の言葉を無視して防災無線を取った。

「東海、東南海地震がほとんど同時に発生しました。直ちに避難所に避難してください。海岸周辺の人は高台に避難してください。この地区には一〇分以内に津波が来ます。急いでください」

待って、黒田は叫んだ。睨《にら》むようにパソコンのディスプレーを見つめている。

「南海地震です。紀伊半島から四国にかけて、震度7が並んでいます。東海、東南海、南海地震が、ほとんど同時に発生しました」

床に座り込んだ課長が呆然《ぼうぜん》と見上げている。

「防潮堤の水門を閉じて、港の船舶をすぐに沖合いに避難させてください。津波警報が出ています。巨大津波の襲来です」

防災無線に向かって怒鳴るように言った。

「大浜津波防災センターに行ってきます」

黒田は机の下の課長に防災無線のマイクを握らせると、ヘルメットをつかんで外に飛び出した。

道路には人が溢《あふ》れていた。みんなビルから飛び出してきた人たちだ。道路の真ん中を正面衝突した乗用車とバンが塞《ふさ》いでいる。バンのフロントガラスにひびが入り、血のあとが付いているが、どちらの車にも運転手はいない。周辺には数台の車が放置されていた。どこかでクラクションが鳴り響いている。

黒田は駐車場に走った。走りながら携帯電話を出して、美智にかけたがつながらない。自宅の番号を押すと、今度はつながった。母親が出て、家は無事だと興奮した声で言う。途中で父親が出て、家の様子を詳細に話し始めた。黒田は、また電話をするから家を出ないように、と念を押して電話を切った。自宅はかなり内陸の高台にあるので、津波の心配はない。美智の番号を押し続けたが、聞こえてくるのは単調な電子音だけだ。

バイクでも海岸には出られなかった。

海岸に続く道は人と車で溢れている。しかし、数時間前の渋滞とは明らかに違う。誰《だれ》もが恐怖と戸惑いに顔を引きつらせている。クラクションが鳴り響き、怒鳴り声が混ざった。地震のときには車を脇《わき》に寄せて鍵《かぎ》を付けたまま駐車し、走って逃げろと言い続けて来たが、誰も覚えている者はいないのだ。

「逃げろ！　すぐに津波が来る」

黒田は海岸に向かって叫んだ。

15：40　Fri.

漆原は危機管理センターの椅子に座り、正面のスクリーンを見つめていた。

名古屋の空には、いく筋も立ち上る煙の間を三〇機以上のヘリが飛び交っている。半数以上がマスコミのヘリだ。

「すぐに連絡して引き上げさせろ。救助ヘリの飛行に差し支える。地上の救出にも邪魔になる」

ヘリのローター音がうるさく、瓦礫《がれき》の中から救いを求める被災者の声が聞こえないのだ。

「しかし、報道の自由が――」

「自衛隊の映像を民間にも提供しろ。文句を言うマスコミは後で公表すると言え」

分かりましたと言って、職員は受話器を取った。

危機管理センターは喧騒《けんそう》に溢れていた。EESによると死亡者数は、すでに三七〇〇人を超えている。そのほぼすべてが名古屋市の数字だ。

EESはDISの中の一つだ。DISとは内閣府の中央防災会議が開発した地震防災情報システムで、地形、地盤、道路、建物、人口、防災施設などの情報と地震が起こったときの震度、発生日時、気象状況、津波の有無などの情報とを組み合わせて災害対策を行うシステムだ。DISの中で、人的被害状況、建物倒壊数、火災被害などを推計するシステムが地震被害早期評価システム、EESだ。従来は数十分かかった計算が、最近は五分以内に出てくる。去年からは各地域の災害に対する住民意識も導入され、かなり精度の高いシステムになっている。

「ひどいな」

漆原の口から低い声が漏れた。

火災は一向に衰える気配を見せていない。むしろ、前より激しくなったような気さえする。

「防災担当大臣はまだか」

利根田が職員に聞いた。

「連絡が取れません」

「副大臣は？」

「やはり連絡が取れていません。現在、官邸の一般回線は混乱していますから」

「見つけたら、いつものようにのんびり歩くなと伝えてくれ。あの歩き方を見ていると苛々《いらいら》する」

亜紀子が急いだとき、跳ねるような歩き方をするのを言っているのだ。漆原は利根田を見て顔をしかめた。

「愛知県消防本部からは、近隣の県に応援要請が出されています」

「滋賀、岐阜、京都の消防に、応援の消防隊を派遣するように伝えてくれ。その他は待機だ」

「三重と静岡にも出動要請を出すべきです。被害は名古屋に集中しています。三重と静岡のほうが近い。すでに、応援部隊が待機しているそうです」

利根田が漆原に向かって言った。

「太平洋沿岸の各県には、もうしばらく待つように連絡しろ。ただし、いつでも出動できる準備だけはしておくようにと」

「まだ、次の地震を心配しているのですか。これでは名古屋を見殺しにしたと言われます」

漆原は平成大震災のときを思い出していた。あのときも自衛隊と消防を都内に待機させた。都知事だった自分は、一人のポストドクターに政治生命を賭《か》けた。今から考えても、それは自然な流れだったような気がする。あの若者と接したとき、大した根拠もなくこの男を信じようという気になったのだ。あの瀬戸口という男の言葉の中に、彼自身の精神を見たような気がしたのだ。そして、遠山という男の気概というものも感じた。

今度も瀬戸口を信じてみよう。そしてそれは、遠山への追悼になるかも知れない。

「自衛隊、東部方面隊第12旅団は静岡、中部方面隊第13旅団は大阪に移動させてくれ」

「名古屋に投入しないのですか」

利根田の声が大きくなった。口調には不満が噴き出ている。

「次の地震が起こらなかった場合、なんと説明するのです」

「私は起こった場合を想定している。十分、考えられることだとは思わないかね。過去はすべてこのパターンだった」

「お言葉を返すようですが、すでに二つの地震は起こっています。これについては、気象庁も正式発表しています」

「すべての研究者がそう言っているわけではない」

「しかし、現実に名古屋でこれだけの被害が出ているのです。黙って見すごすことはできません」

「黙って見すごしているわけではない。全力を尽くしている」

「私にはとうてい、そうは思えません」

そのとき官邸の職員が漆原のところにやって来た。

「新幹線が名古屋地区を除いて、折り返し運転を始めました。高速道路も異常なしと判断して、通行止めを解除しています。これで多少、混乱が治まります」

漆原の顔色が変わった。利根田がそんな漆原を呆《あき》れたように見ている。

「馬鹿を言うんじゃない。すぐにJRに連絡してストップさせるんだ。名古屋で新幹線がどうなったか、きみも見たはずだ。高速道路も同じだ」

「落ち着いてください。今回の被害は名古屋近辺に限った局所的なものです。事実、東京、大阪では被害はほとんどありませんでした。数キロ離れている町では、今も普通の生活が行われています。地震からすでに五時間以上たっています。このまま交通規制を行うと、数百万単位の帰宅困難者が出ます。すでに、駅は帰宅を望む人で溢れています。

さらに交通規制が続けば、帰宅困難者の問題ばかりでなく、日本経済が麻痺《まひ》――」

「直ちに新幹線をストップさせるように。高速道路も気象庁の安全宣言が出るまで、全面通行禁止だ。警察庁を含め、関係部署に伝えて断固たる措置を取るように」

漆原は利根田の言葉をさえぎり、強い口調で職員に命令した。

「お言葉ですが、あなたのやっていることは間違っている」

漆原は、立ち止まって二人の会話を聞いている職員に、早く行くよう合図した。職員は慌てて持ち場に戻っていく。

漆原は利根田の側《そば》に行った。

「きみが、私のことをこころよく思っていないのは知っている。しかし、ここで――少なくとも、私以外の者がいる場所で私に逆らうな。私は今、日本の最高責任者だ。私の決定は絶対だ。好意は持たなくていいが、邪魔はするな。今度、反論すれば、直ちに辞職してもらう」

漆原は利根田の耳元に顔を寄せ、何気ない表情で言う。

「それに、もう一つ。きみは河本君を走らせたいらしいが、彼女の右足は義足だ。阪神・淡路大震災のときにタンスにはさまれて膝から下を切断した。さらにもう一つ。彼女はそのとき、両親と兄を亡くしている。家族全員だ。地震に対しては、私やきみよりよほど勉強し、熟知している。恐ろしさを含めてね」

利根田は一歩下がって漆原を見た。

「私は何も――」

そのとき、正面のスクリーンにノイズが走った。建物の横に見える電柱が、左右に大きくしなっている。

「地震だ。名古屋にまた地震が起こっている」

「副総理、気象庁から連絡です」

職員の一人が立ち上がって大声を出した。

「そこで復唱してくれ」

「午後三時四五分、東海地方、静岡沖に地震が発生。マグニチュードは8・2。観測された震度は静岡7。待ってください――」

職員の言葉が途切れた。

「東南海地震が起こった模様です。震源は志摩半島沖。マグニチュード8・3。震度は――7を記録。午後三時四七分、東海地震と東南海地震のほぼ同時発生と思われます」

受話器を耳に当てたまま怒鳴る。部屋中の音が消えて、職員の声を聞いている。

いくつかの電話が鳴り響いている。

「これらの地震によって、津波警報が出ています」

右端のスクリーン上に津波警報発令の赤い文字が出て、太平洋岸に数字が並んだ。予想波高だ。

「二つとも、すでに起こったのではなかったのか」

利根田の低い声が聞こえる。

「気象庁から電話です」

別の職員が漆原に向かって怒鳴るような声を出した。

「気象庁がただいまの地震は東海地震、および東南海地震であると正式発表しました。駿河、南海トラフが約五〇〇キロにわたって崩れ――」

待ってください――職員は受話器を耳に当てたまま言う。再び部屋中の視線が、職員に向けられる。

「午後三時四八分、紀伊半島沖で地震発生。マグニチュード8・3。串本《くしもと》では震度7。この地震は南海地震ときわめて類似しています」

漆原の隣で受話器を耳に当てていた職員が立ち上がった。

「ただいま、気象庁が東海地震、東南海地震、南海地震の発生を告げました。本日、午後三時四五分ごろ、三つの地震が数分の間隔で発生しました」

そのとき、いっせいに電話が鳴り出した。全国の県庁の危機管理室とつながっているホットラインだ。

被害情報を示すスクリーン上の死者、負傷者のカウント数が目に見えて増え始めた。

愛知県の死者はすでに五〇〇〇人を超えている。

「駿河、南海トラフに震源を持つ三つの地震が、ほぼ同時に発生した」

「冗談じゃないよ」

横にいる、耳に受話器を当てた職員が呟《つぶや》く。

「東京の被害は？」

「震度4強。これは東京駅です。横浜は震度5強。被害は調査中ですが、軽度なもよう」

「埼玉、群馬、関東の消防隊に、直ちに被害地に急行するように要請してくれ。ただし、津波情報には最大の注意を払うように。二次災害だけは起こしたくない。派遣に要する費用はすべて国家負担とする旨伝えるように。県議会の承認を取る必要はない。今後、政府は災害復旧を最大課題として取り組む」

部屋の中は電話の呼び出し音、指示を出す声、数字や地名を読み上げる声が飛び交っている。

漆原は背筋を伸ばし、その様子を見ていた。

「北海道に自衛隊は残っていたな」

「はい、北部方面隊第2師団、第11旅団が待機しています」

「日本全土の自衛隊を今回の被災地に急行させるように」

「無茶です。それでは日本の北方の護《まも》りは皆無になります。非常時には、どう対応するのです」

「今がその非常時だ。日本国民は、全員が一丸となって対処しなければならないときだ」

漆原は有無を言わせぬ迫力で利根田を見つめた。

「直ちに指示します」

「これは日本一国ではとても対応できる問題ではない」

漆原は呟くように言った。

15：40 Fri.

三戸崎は四号機の中央制御室で、炉心モニターを睨んでいた。

出力はすでに二〇パーセントまで上がっている。

「原子炉入口給水温度二一六度、出口主蒸気温度二八七度、炉心温度一七五〇度。異状ありません」

運転員の声が響く。

そもそも異状はありえない。今週初めに定期点検を終わり、定常運転に入ったばかりだった。それが、東海地震予知情報と名古屋の地震で緊急停止した。そして、今回、運転を再開するに当たり、再度点検したのだ。運転員のストレスは、自分を含めてかなりたまっている。むしろ注意すべきは、こうしたストレスによる人為的ミスだ。

「五号機、三号機は？」

「五号機は、一時間前から平常運転に入っています。三号機もそろそろ六〇パーセント運転です」

「そんな馬鹿な。数時間で一〇〇パーセント運転まで上げるなんて、完全なマニュアル違反だ。震度4の余震があったのは、一時間前だ。五号機は緊急停止をしなかったということか」

「そのようです」

「地震センサーが働かなかったのか。緊急自動停止装置はどうなっている」

「私に聞いても――」

馬鹿をやってないだろうな、と呟いて、受話器を取ろうと腕を伸ばした三戸崎の身体《からだ》が揺れた。倒れそうになるのを机の端をつかんで、かろうじてバランスを取った。〈パパ、少しは身体に気をつけて。もう、若くはないんだから〉という娘の言葉が頭に浮かんだ。思った以上に体力が――いや、そうではない。疲れでよろめいたのではなく、建物が鈍い振動を受けたのだ。

机が震えている。岩盤上に建てられ、さらに免震、耐震の技術をつくして造られたこの建物がこれほど振動するとは、外ではかなりの揺れが起こっているに違いない。

机から落ちた電話機の受話器が外れて転がっている。

三戸崎は計器パネルにつかまって、身体を支えながら原子炉制御盤の前にいった。

「四号炉停止。出力は下がっています。自動停止装置が働きました」

原子炉担当の運転員が言う。

「建屋内震度計は？」

「5弱を測定しています」

「外では6強、いや7というところか」

電話が鳴っている。

「本社からです。原子炉に異状はないか聞いています」

受話器を取った運転員が怒鳴る。

「自動停止装置で安全に出力が落ちていると答えろ」

三戸崎の言葉を運転員が繰り返す。

「マニュアルに従って、安全に停止するようにとのことです」

分かってる、そんなこと。三戸崎は口の中で呟いた。

「何が起こったか聞いてくれ」

「東海地震、東南海地震、南海地震が、ほぼ同時に発生。気象庁の発表では静岡、大浜では震度7。まだ、余震が続くそうです」

運転員の言葉が終わらないうちに、再び揺れが始まった。余震だ。前よりも小さいが、揺れは収まりそうにない。すでに一分以上続き、ますます大きくなっているような気さえする。いままで経験したことのない揺れ方だ。これが長周期地震動か。

「五号機と三号機はどうなっている。運転は停止しているか」

三戸崎は受話器を取って呼びかけた。

受話器から聞こえてくるのは規則的な電子音だけだ。

15：40　Fri.

大久保は呆然と立ち尽くしていた。

道路いっぱいにガラス片、コンクリート塊、割れたタイルが散乱している。真夏の陽《ひ》が無数のガラス片に反射してきらめく。その中に血を流した人々がうずくまっていた。

阪神・淡路大震災、平成大震災、二度の震災で崩壊した街を歩いた記憶が蘇《よみがえ》ってきた。あのときは、復旧、復興に期待する事業展開で頭はいっぱいだった。瓦礫の撤去からビルの再建まで、すべて自分のところで取ってやるという意気込みで現地に乗り込んだ。その思惑通り、会社は急成長した。いわば地震を足場にして、のし上がってきたのだ。そして今は、その地震で——。

本社に向かって歩き続けたが、道路は倒れたビルや家の瓦礫でいたるところ寸断されている。迂回《うかい》したが、火事で通れないところも多い。電話も通じず、まだ本社との連絡すら取れていない。

名古屋の市街地であることは確かだが、場所が特定できない。周りは瓦礫の連なりで、特定できそうな建物は見当たらない。おまけに、火事の煙がひどい。町の様相が変わっているのだ。

歩きかけた足を止めた。前方の道路を塞いでいるのは巨大な鉄の構造物だ。よく見ると観覧車だ。ビルに設置されていた観覧車が地震で落ちたのだ。では、ここは栄《さかえ》か。栄なら地下街があるはずだ。しかし、通りから見えたはずの名古屋駅前のJRセントラルタワーズと高層ビル群が見えない。ウサギが耳を立てたようなホテルタワーと、オフィスタワーからなるJRセントラルタワーズを見落とすはずはない。

揺れを感じたと同時に、上空からガラス片が降ってくる。

「ビルが倒れてくるぞ。地下街に逃げ込め」

男の声が聞こえると、道路にうずくまっていた人々がいっせいに地下街の入り口をめがけて走り出した。

大久保は突き倒されて道路に尻餅《しりもち》をついた。座り込んだまま辺りを見回したが、倒れてくるようなビルは見当たらない。

「クソ、こんなときに」

吐き捨てるように言ったが、余震のたびにガラス片と壁の欠片《かけら》が落ちてきてビルが倒れてくる錯覚に陥る。

「津波が来たらどうする」

ふと思いついて口に出した。しかし、オーシャン・ビューを崩壊させた地震からすでに五時間以上がすぎている。津波警報が出ていたはずだが、あれもデマか。

「ここは海岸から一〇キロ近く離れています。大丈夫です」

高橋が疲れ切った声を出した。

大久保は高橋に支えられて立ち上がり、地下街の入り口に向かって歩いた。

入り口付近は人で溢れかえっている。地下街から出ようとする者と、入ろうとする者がぶつかり合っているのだ。

「外はガラスとコンクリートの雨が降ってるんだよ。当たって死にたけりゃ、さっさと出ろ」

三〇代のサラリーマン風の男が、階段を上がってきた中年の女性を押し退《おの》けながら言う。その男は額から血を流し、ワイシャツの襟は血に染まっていた。

「どうなってるんだ。助けは来ないのか」

若者の叫ぶような声が聞こえる。

〈――名古屋を襲った地震は――各地で震度7を記録――観測された地域の数は――自衛隊の派遣が政府によって速やかに――谷島総理の行方は依然として――現在、漆原副総理が首相官邸の危機管理センターに入り――各地の被害状況の把握に努め――速やかな――〉

大音量で流れるニュースが響いた。誰かがラジカセをつけている。

「静かにしろ。聞こえないじゃないか」

怒鳴り声と共に周りの声と物音が引いていき、ラジオの音が高くなった。

〈気象庁は臨時記者会見を開き――名古屋を襲った地震が東南海地震であると――今回の地震に誘導されて起こる可能性が極めて高い南海地震に対しても、最大限の注意をするよう発表しました――今後、かなり強い余震が起こる可能性が――〉

「南海地震はまだ起きていないようだ」

「でも、連動しているから最大限の注意を払うようにと」

「もう、一〇年前から言ってることだ。そのわりには、対応は後手後手に回っているが」

「余震だ」

声と共に再び、大地が揺れ始める。

「かなり激しいぞ。ビルを見ろ。こっちへ――」

通りを隔てて建つビルの窓に人が集まり、助けを求めている。その前の通りには、まだ数十人がいる。

声が終わらないうちに軋《きし》むような音がして、ビルが前方に傾く。激しい地鳴りとともに、辺りには砂埃が立ちこめた。

「早く地下街に入れ」

大久保は高橋を突き飛ばした。高橋が階段を上がってくる人の上に倒れていく。

揺れは続いている。こんな周期の長い揺れは初めてだ。

「前のより大きいぞ。これは余震なんかじゃない」

激しい風圧で身体が飛び上がった。起き上がって振り返ったが、砂埃が立ちこめ、何も見えない。しばらくして、砂埃の向こう、五メートルも離れていないところに、倒れてきたビルが道路を塞いでいる。ビルがもう少し高ければ、地下街の入り口に立つ大久保を直撃していた。

倒れたビルの窓から、真っ白に砂埃をかぶった人が這い出してくる。よく見ると右腕がなく、袖口《そでぐち》から血が垂れている。

「こっちが本震か――」

大久保は呻《うめ》くような声を出した。

地下街から出てこようとする人の群れに、高橋が押し出されてくる。

凄まじい音と共に地響きがして、砂埃が上がる。道路の両側にあるビルが、次々に倒れていく。ビルの窓から身を乗り出した女性が何か叫んでいるが、激しい崩壊音に悲鳴と叫び声がかき消される。

「外で何が起こってるんだ」

地下街に下りる階段の途中から声が聞こえる。

「ビルが軒並み崩れている。ガラスも降ってきてるんだ。地下街に戻れ」

次々に飛び込んでくる顔中血まみれの男女を見て、出口に押し寄せていた勢いが鈍った。多少は外の様子が理解できたのだ。

「東海地震——東南海地震と南海地震が同時発生」

ラジオを耳に当てていた中年の男が声を出した。

「みんな、黙れ！　ボリュームを上げてくれ」

隣の男が怒鳴った。

〈気象庁の発表によると——午後三時四八分、紀伊半島沖、地下一三キロのところを震源とする地震発生。マグニチュード8・3。串本、和歌山、徳島では震度7を観測。名古屋を襲った地震から五時間四〇分後、東海地震、東南海地震、南海地震が連続して発生したと気象庁の発表がありました。同時に津波警報が発令されています。危険地域にお住まいの方は直ちに避難してください〉

「総理の言ってた通りだ。この辺りはどうなんだよ」

「心配ない。海から一〇キロ近く離れてる」

〈――津波の到達時間は静岡一三分後、浜松一三分後、名古屋一七分後、と発表がありました。沿岸部の人は直ちに避難してください。繰り返します。沿岸部の人は十分に警戒し――〉

「津波が来るぞ。ビルに上がれ」

「よしてください。ビルから逃げてきたばかりじゃありませんか。私にそんな度胸はありません」

地下街から出ようとする大久保の腕を高橋がつかんだ。

確かにそうだ。オーシャン・ビューでさえあれほど激しく揺れたのだ。そして、折れた。そこらのビルはどうなるか分からない。

そのとき、真っ暗だった地下街の奥に明かりが見えた。予備電源が働き始めたのだ。

通路には人が溢れ、両側の壁に沿っても人が座り込んでいる。そのほとんどが身体のどこかから血を流していた。

「気をつけろ。階段と通路はガラスの破片だらけだ。怪我をしてるものは、壁際に寝かせろ」

「もういっぱいなんだよ。俺の隣に寝ているおばさん、動かないんだ。死んでるかも知れない。誰か見てやってくれよ」

「私、腕をガラスで切ってるのよ。血が止まらない。救急車は来ないの。お腹《なか》に赤ちゃんがいるのよ」

半泣きの女性の声が聞こえる。

大久保と高橋は入り口で動きがとれずにいた。通りから押し寄せる人の数は、時間を追って増えてくる。

「どうする。外はひどい状態だ」

「中だって同じですよ。これで津波でもきたらおしまいだ」

「阪神・淡路大震災のときも平成大震災も、直後に現場に入ったが、津波の被害などはなかった。大部分が建物崩壊と火事で死んでるんだ。最初の五分を生きのびればいい。後はなんとかなる」

「地震の種類が違うんです。直下型と海溝型。この地震は海溝型です。だから津波だって来るし、オーシャン・ビューだってあんな倒れ方をした」

「設計が悪いからだ。あれだけ揺れたんだからな」

「免震構造だって言ってたでしょう。揺れで地震のエネルギーを吸収するんです。鉄骨さえ規格通りのものを使っていれば、問題なかったんです」

「もういい、黙ってろ。それについては口が裂けても言うんじゃない」

大久保は、ふと阪神・淡路大震災のときに崩壊した高速道路を思い出していた。神戸市東灘《ひがしなだ》区、神戸線の六三五メートルにわたる部分だ。支柱が完全に折れ、波打った形で横倒しになった。あの部分は、大久保の知り合いのゼネコンが請け負った箇所だ。地震後数日のうちに瓦礫は撤去された。後で手抜き工事が叫ばれたが、そのときには跡形もなかった。結果、結論はうやむやになって、十分に責任が取られたとは言いがたい。

「ここ数日は、この混乱状態が続く。本社に戻り次第、オーシャン・ビューの撤去の手配に取り掛かれ。文句を言う奴がいれば、負傷者の救出優先と復旧作業の邪魔になると言えばいい。その前に、証拠になりそうな書類はすべて処分しろ。提出を求められたら、地震のせいで紛失したことにすればいい」

高橋は黙っている。

「それより、地震保険は大丈夫なんだろうな」

「社長命令ですからね。万全なものを契約しています。しかし、誰も落成式の日に大地震が起こってつぶれるとは思いませんよ」

大久保は高橋の言葉を無視して、階段を下りるために人をかき分けた。

とにかく、どこかに腰を下ろしたい。

歩くたびにガラスが砕ける不気味な音がする。

道路は一面、ガラスを敷き詰めたようで、靴を通して突き抜けてきそうだ。上を向くのが怖い。顔を上げたとたん、ガラスの雨が降り注いでくるような不安に襲われる。

道路にうずくまっている者たちは、全員どこからか血を流し、足元にどす黒い血だまりができている者もいる。倒れている女性の首には、三〇センチほどのガラスが刺さっていた。抜こうとしたのか、掌が血まみれだ。

大久保は立ち止まった。老女が若い女の側にうずくまっている。親子かと思ったが、老女は女の指から指輪を抜こうとしているのだ。肩には女が持っていたらしい、ブランド物のバッグをかけている。大久保と目が合うと、睨み返してくる。大久保は思わず目をそらせた。どうなっている、この国は。

大久保はふらつきながら歩いていた。地下街に意味もなく座っていることに耐え切れず出てきたのだが、一〇〇メートルも歩かないうちに後悔し始めていた。しかし、津波はもう来ているはずだから安心していい。後は、余震にさえ注意していれば安全だ。とにかく、本社にたどり着きさえすれば――。

地下街を出て三〇分がすぎたのか、一時間がすぎたのか。時計を見るのも億劫《おっくう》だった。何度か携帯電話で本社を呼び出したが通じない。あのまま地下街にいたほうがよかったのか。いや、当てのない救助を待つより、自力でなんとかしたほうがいい。今まではそうしてきたはずだ。

大久保は立ち止まり辺りを見回した。

栄から三キロは歩いたはずだから、いくら回り道をしたとはいえ、そろそろ本社ビルが見えてもいいころだった。本社はＪＲセントラルタワーズ前の高層ビルの一つだ。

高橋はどこに行った。ついさっきまで、自分のすぐ後ろを歩いていた。

彼の設計したオーシャン・ビューが崩壊した。確かに鉄骨の品質を落とし、数を減らしてコストを浮かせろと命令したが、あの壊れ方はひどすぎる。まるで安物の鉛筆のように折れた。設計に根本的なミスがあるのだ。断じて構造材の品質や手抜き工事のためではない。どこの社でもやっていることだ。この責任は必ず取らせてやる。

大久保は背筋を伸ばした。そのとき息が止まった。

身体の中心を衝撃が走った。ここは――名古屋駅東、本社ビルのあったところだ。しかし目の前に広がっているのは倒壊したビルと瓦礫の山だ。

顔を上げると、駅前のＪＲセントラルタワーズのホテルタワーの部分が根元から折れて、オフィスタワーを突き破って倒れている。もう一度揺れたら、二本のタワーは完全に倒れるに違いない。大久保は呆然と立ち尽くした。

「手伝ってくれ」

大久保は男の声に我に返った。

数人の男が、地下街の入り口に設置した防水柵よりも高く土囊《どのう》を積もうとしている。

「こんなところまで水が来るのか。ここは名古屋駅の地下街だろう」

「分からないからやってるんだ。去年の台風では、この柵ぎりぎりまで来た。だから、早くこの倍の高さのものに取り替えればよかったんだ」

「一〇ヵ所を替えるだけで二〇〇万と聞いて、あんたも反対しただろう。来るか来ないか分からないものに、そんな大金かけられないって。いざとなれば土嚢を積めばいいと言ったのはだれだ」

「みんなそう思って納得したんだ。文句を言わないで力を出せよ」

「しかし、津波だぜ。津波って海から来るんだろう。この辺りじゃ、海なんてビルの屋上にでも上がらなきゃ見えない」

「今度のは普通の津波じゃないってテレビで言ってたそうだ。東京の妹から電話があった。双子だか三つ子だか、複数の地震が一度に起こったんだ。だから、いつもの三倍の土嚢を積んでる」

「その津波は名古屋にも来るのか」

「日本の太平洋側半分らしい。今後、二〇メートルを超す津波が襲ってくる恐れがある。二〇メートルというとあのビルより高い」

大久保が想像できないという顔をしていると、男は道路の反対側にかろうじて残っているビルを目でさした。

「総理直々《じきじき》、国民は心して生活するように呼びかけたそうだ。いや、あれは総理じゃなくて、副総理の漆原尚人だ。元東京都知事だ」

「総理はオーシャン・ビューで死んだって聞いたが本当か」

「私は知らない。ずっと歩き詰めだ」

大久保は首を大きく横に振った。いつの間にか高橋が隣に立って、呆れたように大久保を見ている。

「口ばっか動かしてないで手を動かすんだよ。時間がないんだから」

男が我に返ったように言った。

アスファルトがかすかに震動している。大久保は不安を覚えた。早く社に帰ったほうがいい。

「悪いが、付き合っていられないよ。帰らなければ――」

大久保は呟くように言って、その場を離れた。しかし、どこに帰るというのだ。

おい、親父、手伝わないのか、背後で聞こえる声を無視して歩いた。

そのとき、再び道路が揺れ始めた。前と同様、激しい揺れだ。

頬《ほお》に鋭い痛みを感じた。思わず見上げた顔を両手で覆った。その手にガラスの破片が突き刺さる。無数のガラスが音もなく落ちてきて、道路でくだけ散った。

ビルの壁際に逃げたが、そこにもガラスは落ちてくる。前の地震で割れ、まだ窓枠に残っていたガラス片が揺すられ、外れて落下してくるのだ。

若い女性が大久保にぶつかってきた。思わず突き飛ばして悲鳴を上げた。顔中血だらけで、目にもガラスの欠片が刺さっている。

大久保は上着を被《かぶ》って地下街の入り口に向かって走った。

土嚢を飛び越え、階段を数段下りたところで立ち止まった。顔を上げ、耳を澄ました。足元で地鳴りのような音を聞いたのだ。土嚢を積んでいた男たちも動きを止めて、何かを聞き取ろうとしている。

大久保はゆっくりと階段を上がった。

「何か音がしてる。足元から聞こえる」

全員が足元を見た。アスファルトの下からわずかな震動が伝わってくる。

何かが爆発したような高く鋭い音が響いた。道路中央のマンホールの蓋《ふた》が跳ね上がり、大量の水が噴出してくる。

「四〇キロもある蓋だぞ」

「下水道が逆流してくる」

直径一メートル近い水の柱が、大久保の背丈の数倍の高さに噴き上がっている。激しい爆発音が道路に沿って次々に聞こえてくる。通りのマンホールの蓋が弾け跳び、水を噴き上げている。それと共に悲鳴に似た声が連続して上がる。

数分後には、道路は川からの水とマンホールから噴き出す水で溢れた。そして、水位はみるみる上がってくる。水は商店の前に詰まれた土嚢を超え、店内はたちまちのうちに水で溢れていく。

さらに水はビルの地下駐車場、地下鉄、地下街にも流れ込んでいった。地下街の入り口の柵の大部分は、男たちが心配していたように高さが足らず、泥のような水が流れ込んでくる。

地下街の通路に避難していた人たちが、悲鳴を上げながら階段を駆け上がってきた。

大久保は強い力で突き飛ばされ、よろめいたところを襟首をつかんで引き倒された。気がつくと階段を転げ落ちていく。大久保の身体を階段を上がろうとする人たちが、踏みつけていく。立ち上がろうとするが、すでに人に埋まって身動きが取れない。のしかかってくる人の間から腕を出して、何かをつかんだ。人の足だ。なんとか抜け出さなくては。つかんだ足につかまって立ち上がろうとしたが、もう一方の足で腕を蹴《け》られた。足をつかんでいた手は蹴り払われて、さらに人がのしかかってくる。

「一〇〇万やるから助けてくれ」

大久保の声に誰も振り向きもせず、人の山を踏みつけながら階段を上っていく。

「一〇〇〇万やる。ここから出してくれ。二〇〇〇万ではどうだ。うちの社員にしてやる。俺は大久保建設の社長だ。本社ビルは通りの前の高層ビルだ」

大久保は力の限り叫んだ。

15：40 Fri.

松浦は士官に案内されて艦橋に入った。

思わず姿勢を正した。

目の前には空母ＷＪＣ艦長ドナルド・タッカー大佐がいた。そしてその横に、ダンがいる。

タッカーが松浦の前に来て肩に手を置いた。

「あなたの国を襲った未曾有《みぞう》の地震による多くの犠牲者に対して、深い哀悼の意を表明します」

タッカーは神妙な面持ちで言った。周りの十数名の高級将校たちも、姿勢を正して松浦を見ている。

さらに、とタッカーは続けた。

「私と乗組員はきみに感謝している。あのまま港にいたらどうなったことか——私は自然の力を見くびっていたようだ」

タッカーはため息をついた。

「楽にしてよろしい。さて——ここに来てもらったのは、きみが自衛隊の中でもとくに災害救助に精通していて、数週間前までＦＥＭＡにいたと聞いたからだ」

　タッカーは横のダンを見た。ダンは松浦に向かって、分かっているというふうに頷いた。

「幸い、この空母には五人の医師と三〇人以上の看護兵が乗船している。医療設備も並みの総合病院より完備している。この空母を病院船として使いたい。きみの意見はどうだ」

「有り難い話です。現在被災地では、負傷者の搬送に最も苦労しているはずです。被災地から直接空母に負傷者を運び入れることができれば、多くの人命を救うことができます」

「直ちに、アメリカ政府から日本政府にその旨伝えてもらう」

「待ってください――」

　阪神・淡路大震災のときも、アメリカから病院船として空母派遣の問い合わせがあった。神戸港に空母を派遣して、負傷者、被災者三〇〇〇人の収容が可能だというものだ。

　しかし、日本政府は断った。いかに災害救助とはいえ、外国軍艦の日本国内での作戦行動はいかがなものかと言い出した与党有力議員がいたのだ。誰も彼に反対しなかった。そのため、重傷者や人工透析が必要な患者を寸断された道路を使い、半日以上かけて陸路で大阪に運んだり、船をチャーターして搬送しなければならなかった。こうした事実は、ほとんど公表されることはなかった。

また、阪神間の病院もいっぱいで、治療が遅れ死亡した負傷者も多い。

松浦もこの話を自衛隊に入ってから知った。日本政府の人命軽視の方針に憤ったが、すでに過去のことだった。同じ過ちは繰り返してはならない。

「そんな時間はありません。すぐに負傷者の収容に入ってください」

先に実績を作ったほうがいいと判断したのだ。

「では、直ちに接岸可能な港を探して、負傷者を受け入れよう」

「それは待ってください。今、港に入ることは危険です。港外に停泊して、ヘリで負傷者を搬入すべきです」

松浦は瀬戸口から聞いた、新たな巨大地震の可能性があるという話をした。

タッカーは無言で聞いていたが、理解したかどうかは分からない。おそらくしてはいない。混乱させただけだ。話さなければよかったと思ったがすでに遅い。

「今度は津波の可能性があります。港に停泊中の艦船を津波が襲ったら、甚大な被害が出ます」

タッカーは他の士官を呼んで話し合っていた。

「分かった。きみの言葉に従おう。直ちにヘリを飛ばして救助活動に入りたい。本国にその旨を伝え、その後、本国から日本政府にすでに救助活動に入っていることを伝えてもらう」

タッカーも日本政府の保守的、かつ形式主義的なことは心得ているのだ。

「きみは災害救助のエキスパートであり、日本の自衛隊に籍を置くものだ。我々の救助活動のアドバイザーとして働いてもらいたい」

「喜んで――」

そのとき、ゆったりとした揺れが空母を襲った。

艦橋にいる全員の顔が強《こわ》ばった。

「アースクウェイク」

松浦が英語で呟いた。

遠くない海域で巨大な海溝型地震が発生したのだ。

名古屋港に新たな黒煙が上がるのが見えた。

艦橋の電話が鳴り始めた。

「太平洋津波警報センターからです。日本近海に巨大地震発生。近くの船舶は、津波に注意するようにとのことです」

受話器を取った士官が艦橋にいる全員に聞こえるように告げた。

飛行甲板で大声が上がった。

「火事です。甲板に火の手が上がっています」

数人の士官が甲板を見て叫んだ。

同時に艦橋の電話が鳴り始める。

飛行甲板の一角にオレンジ色の炎が広がっている。航空燃料がこぼれ、火災を起こしているのだ。

16：00 Fri.

静岡一万八二〇〇、愛知二万二八〇〇、三重一万七四〇〇……。

前方のスクリーンに映し出されている死者の数だ。EESでは一〇〇人単位で表示される。負傷者は、どの県も死者の数より数倍多くなっている。そして、すべての数が増え続けている。倒壊家屋の数がほとんど増えていないのは、誰もカウントしていないからだろう。そんなゆとりなどないのだ。

数字を読み上げる声、状況を報告するために人々の間を走る靴音、鳴り響く電話の呼び出し音——。

漆原は危機管理センターの中央で立ち尽くしていた。

「最悪の総理だな。念願が叶《かな》ったのはいいが……」

慌てて辺りを見回した。思わず漏れた言葉だが、誰も聞かなかったようだ。

正面スクリーンの中央右には名古屋、左には静岡から浜松に向かう自衛隊のヘリからの映像が映っていた。海岸に沿って陸側にカメラを向けて飛んでいる。これも情報収集のための自主派遣だ。

左端のスクリーンの日本地図には、千葉県西部の太平洋岸から、神奈川県、伊豆半島、静岡、愛知、紀伊半島の海岸、四国の太平洋岸は、全域が赤く染まっている。そして、その赤いラインの外側には、青いラインが走っている。赤いラインは地震で被害を受けた地域、青いラインは津波が予想される地域だ。日本列島の太平洋岸のほぼ半分が地震で被害を受け、今後津波が襲うのだ。

ヘリは海岸沿いに飛びながら、リアルタイムの映像を送ってくる。

「全国の死者はすでに六万人を超えています。その数はさらに増えています。どこまで増えるか、見当もつきません」

「救助状況は分からないか」

「各府県ではモニターされていると思います。しかしここでは——」

「直ちに被災府県と連絡を取って、被害状況をまとめてくれ。EESより現地情報を優先するように。それによって、救助の自衛隊と消防を振り分けろ」

漆原は指示を出した。東海、東南海、南海地震が連動して起こった場合のマニュアルは、ほんの数時間前に目を通した。過去にも、何回か読んだことがあるし、関係省庁の役人や消防の広報官から講義を受けたことがある。だが、いざ直面すると思い出せない。

おまけに、そのマニュアルを当てはめることには、ほとんど無理がある。

一瞬、漆原の頭に空白が広がる。デスクに手をついて身体を支えようとしたが、手は空を切った。まずいな、と思った瞬間、腕を支えられて椅子まで誘導された。

「大丈夫ですか」

「ちょっとした貧血だ」

頭に血が戻ってくると、漆原の前に地味なブレザーにパンツ姿の女性が立っているのに気づいた。

「申し訳ありません。官邸に着くのが遅くなってしまって」

「河本君か。無事だったのか。心配していた。名古屋には――」

「飛行機で行きましたが、セントレアには着陸できず引き返しました。成田と羽田は緊急着陸の飛行機が殺到して降りることができず、結局、米軍の厚木《あつぎ》基地に緊急着陸しました。厚木からタクシーで来たので遅くなってしまいました。途中で何度か電話を入れたのですが、つながりませんでした」

「永田町の一般電話はかなり混乱している。下らない問い合わせが多すぎるんだ。しかし無事でよかった」

「翼の我《わ》が儘《まま》で命拾いしました。翼がどうしても飛行機で行きたいと言い張ったので。もし新幹線だったら――」

それに――と言って下を向いた。

「遠山先生がお亡くなりになりました。肺癌《はいがん》です」

「瀬戸口君から聞いている。残念なことだ。きみは――」

「タクシーの中で電話をもらいました。堂島先生から。でもある意味、幸いでした。日本のこんなひどい状態を見ないですんで。あの方は十分に辛《つら》い思いをしてきています」

「お子さんは」

「厚木で堂島先生にあずけてきました。でも、意外でした。東京の被害が少ないので」

「死者は一桁《ひとけた》だ。建物被害も軽微だ。その反面、静岡、愛知、三重、和歌山、四国を合わせると死者はすでに八万を超えている。日本全土を巻き込む広域災害だ」

「河本君、私は――」

亜紀子に気づいた利根田が掠《かす》れた声を出した。

「どうかしましたか」

「いや、後でいい」

「次は津波です。もう避難は進んでいるんでしょうか」

亜紀子の言葉に漆原の身体が震えた。瀬戸口は言っていた。東海、東南海、南海地震が連続して発生した場合、巨大津波が発生する恐れがある。

「津波はどうなっている」

「太平洋岸一帯に津波警報が出されました。早いところでは、すでに到達しています」

気象庁から派遣されている技官が、時計を見ながら言った。

「自衛隊の出動はどうなっている」

「各部隊は待機中です」

「北海道の全師団、東北の第9、第6師団に、残っている隊員もすべて被災地に派遣するよう命令を出したはずだ」

「しかし、最小限の隊員は残しておかないと――」

「こんなときに戦争を仕掛けてくる国があるというのか。国際社会が黙っていない。それに――」

漆原は言葉を飲み込み、スクリーンに目を向けた。放っておいても、日本は壊滅すると言いかけたのだ。現在の立場では言える言葉ではない。東京都知事と総理とでは言葉の重みがまったく違う。しかし、眼前の映像を見ているとあながち誇大妄想でもない。

「気象庁の発表によると、伊豆半島沖から四国の足摺岬沖までのほぼ六〇〇キロのトラフが大きくずれた模様です。マグニチュードは8・3。震源の深さは一三キロ。震度7を記録した地域は、静岡県静岡市、浜松市、愛知県豊橋市、名古屋市、三重県四日市市、津市、和歌山県和歌山市、四国の徳島市、その他多数。高知市も、かなりの揺れが観測されたようです。あまりに広域のため、データ処理が遅れていますが、いずれも震度6

強から7の揺れが襲ったようです。日本でも過去に例を見ない巨大地震です」

危機管理センターの職員が一気に説明する。

スクリーンの死者の合計は、すでに一一万に上っている。負傷者は四〇万に近い。

「静岡と愛知の火災はすでに三〇〇ヵ所以上。倒壊家屋はカウント不能です。二、三〇階建てのビルの倒壊が目立っています。三重、和歌山は不明。その数は、過去のどの地震よりも格段に多くなると推測されています。長周期地震動の影響と考えられます」

「待機中の自衛隊と消防をすべて被災地に投入してくれ。津波に対する注意は徹底しているか」

「連絡の取れるところは――」

漆原は時計を見た。三つの地震発生から二〇分以上が経過している。すでに一部の地域では津波が到達している。その結果を知るのは恐ろしかった。しかし、日本の総理として把握しておかなければならない。

「津波の報告はまだないか」

「ヘリは津波到達が最も早いと考えられる、静岡近辺に向かっています」

第三スクリーンの映像が切り替わった。ヘリからのものだ。ヘリは遠州灘の海岸線に沿って、東から西に向かって飛んでいる。時折り画面左に海が広がる。

「東海道新幹線、山陽新幹線は全線ストップしています。東京と大阪の運転管理センターに寄せられている情報では、トンネル、高架橋の崩壊、停電と送電線の切断が起こっています。地震被害地区の三分の一の区間で、電力ストップの状態です」

「道路はどうだ」

「東名高速道路、名神高速道路は全面通行禁止です。日本坂トンネルを含め、数十のトンネル内で、車の多重衝突事故が多数起きているとのことです。トンネル外の事故は、一〇〇を超えています。幹線道路を含めると数百ヵ所で重大事故が発生」

「時速一〇〇キロ前後で走行中の車が、いっせいにハンドルを取られるのだ。仕方がない」

思わず口から出た言葉だが、仕方がない、などと記者団の前で言ったら、政治生命にかかわる。しかし、ことここにいたってはどんな失言をしても騒いでいる余裕はない。

「さらに、高速道路の高架崩壊も何ヵ所かあった模様です」

「高架部は阪神・淡路大震災以後、補強しているのではないのか。だったら――」

「何ぶん、想定外の激しい地震だったので、致し方なかったと――」

国土交通省の技官が言い訳がましく説明するが、まともに聞く気もしない。

「要するに、東京――大阪間の太平洋側の、主要な陸上交通機関はずたずたに寸断され、全面的に止まっているということか」

漆原は技官の言葉を無視して聞いた。

「そうです」

「あれはなんだ」

スクリーンを見ていた職員から声が上がる。

新幹線の高架が一部完全に破壊され、そこから一〇〇メートルほど離れた場所に、煙のようなものが見える。その手前から、大蛇の這ったような跡が続いていた。

「『のぞみ』が脱線して、地震で崩れた高架の壁を突き破って落下したようです」

「車両が見えない。どこに行った」

「ビルに突っ込んでいる模様です」

「一六両編成の新幹線だぞ。四〇〇メートルはある」

そう言いながらよく見ると、ビルとビルの間に確かに白い新幹線の車両が見える。何棟かのビルを突き抜けて止まっているのだ。

「乗客、乗員はどうなった」

漆原の問いかけに誰も答えない。

「何名乗っていたんだ」

「一〇〇〇名程度かと」

「二七〇キロで地面に突っ込んだと言うのか」

「たぶん――新幹線は二七〇キロのスピードで高架から落下し、そのまま商店街の店をなぎ倒しながら疾走し、銀行ビルに突っ込んで止まったと思われます」

「何年か前、関西でJRの電車がスピードを出しすぎてカーブを曲がりきれず脱線し、マンションに突っ込んだ事故があった。このときは一〇〇人以上の乗客が亡くなっている。あのときのスピードは一〇八キロだ」

「今回の場合、乗客はほぼ全員死亡でしょう。商店街の死亡者も、一〇〇〇人を超えているのではないでしょうか。買い物中の客も多数含まれています」

「救助作業は進んでいるのか。救助隊の姿は見えないようだが」

「町を見てください。市内全域にわたって建物は破壊されて、道路がふさがれています。火も出ているし、辺りは瓦礫の山で容易に近づけません。消防も警察も、倒壊家屋からの救出と消火で出払っています。ああいう事故が東海地方、近畿、四国にかけて数十件、いや数百件起きているんです」

職員は絶望的な声を出した。

「全国の消防と警察には、できる限りの人員を被災地に送るように要請してくれ。これらの映像をマスコミにも流せ。全国民に危機意識を持ってもらいたい」

漆原は我に返ったように言った。

「海岸道路からの避難は徹底させろ。すぐに津波が襲う。この地震での津波は、想像を絶するものだ」

瀬戸口の言葉が鮮明に蘇《よみがえ》ってくる。やはりあの男は正しかった。

ヘリのカメラは、克明に被害状況を危機管理センターに送ってくる。しかし、十分に対応できる体制とは程遠い。

漆原は焦りを懸命に抑えた。こんなときにこそ、自分は誰よりも冷静にならなければならない。

「中京工業地帯の石油タンク群に火災が発生しています」

利根田がスクリーンを指差している。漆原は見れば分かると、怒鳴りたい衝動に駆られた。

数十基の円筒型石油製品備蓄タンクと、球形の高圧ガスタンクが並んでいる工業地帯に火の手が上がっている。タンクの間にも炎が広がっていた。

「長周期地震動によるスロッシングが原因でしょう。地震の振れに、液面の振れが共振する現象です。おまけに、あの周辺は液状化現象の発生が懸念されていたところです。地盤が沈み、タンクが傾き、なかのオイルが漏れ出したのでしょう。今年の五月に行った調査で、東海地震による火災の可能性が指摘された地域です。だから――」

消防庁職員の説明が終わらないうちに、巨大な火柱が上がった。ＬＰＧタンクの一つが爆発したのだ。

「ＬＰＧタンクの爆発です。周辺住人の避難は完了しているとのことです」

そう言われても工場地帯だ。住宅など見当たらない。

さらに、炎がタンクの周りに急速に広がっていく。数十秒後には、辺りは炎に包まれていた。

「タンクから漏れ出た石油燃料に、爆発の火が引火したようです。その他に、揺れと地盤沈下で配管が外れ、軽油が漏れ出したところもあります」

「解釈はいいから消火はできんのか。あのまま燃え広がると、名古屋、四日市は焼け野原だ」

タンク群の隣には石油化学コンビナートがある。複雑な配管が、広大な工場に血管のように広がっている。あれに引火したら。

漆原は平成大震災の折りの豊洲《とよす》でのナフサタンク炎上を思い出していた。三日近く燃え続けた後、やっと鎮火したが、消防ヘリのパイロットが一人死亡している。彼の名は飯田良夫《いいだよしお》。忘れたことはない。しかし、燃えたタンクは一基だ。今度はその何倍、いや何十倍もの大火災になる。しかも、隣接する化学工場群のことを考えると――。

遠州灘に沿って映していたスクリーンが切り替わった。

熊野灘に沿っての映像だ。海岸に沿って走る道路には、延々と車の列が続いている。まわりで動いている無数の色とりどりの点は、車から降りた人たちだろう。道路の山側のいたるところが崩れて道路を塞いでいる。数十メートルにわたって、車を押《お》し潰《つぶ》して崩れている箇所もある。

　道路がえぐられるように海に落ち、トンネルの入り口に崩れた土砂がはみ出している。内部で大きな天井の崩落があったのだ。トンネル内には何台の車が埋まっているのか。そして、トンネルに続く道路には、数百メートルにわたって車が数百台孤立している。

　ヘリの高度が下がると、車から降りた人たちが手を振っているのが見えた。助けを求めているのだ。数千人を超えているだろう。

「海岸道路は完全に遮断されている。紀伊半島の太平洋岸は孤立しています」

「あの辺りを津波が襲うのはいつごろだ」

「すでに第一波は来ているかと。あの様子だと、名古屋のとき同様大したことはないでしょう」

「第二波が来ることを彼らは知っているのか」

「ラジオでは繰り返しています。彼らもすでに知っているはずです」

「自衛隊のヘリで――」

　漆原は言いかけてやめた。どう考えても無理なことだ。一〇分の一も救助できない。救出ヘリを近づけるとパニックが起こり、さらなる悲劇を引き起こす可能性が高い。

　漆原は立ち上がった。

「大丈夫ですか」

利根田が見上げている。

漆原は答えず部屋から出た。

トイレには誰もいなかった。一人になれたのは何時間ぶりか。

便器に座ると同時に、全身から力が抜けていく。

「私にこんな大役が務まるはずがない。利根田か財務大臣に任せるべきではないのか」

漆原は低い声で呟いた。

いや、これは自分が長年望んでいた地位ではないのか。政治家となったからには、一度は座ることを望んだ椅子だ。切望していた時期もあった。そして今、とりあえずはその椅子に座っている。ならば、全力を尽くしてこの危機を乗り越えることだ。それが私の義務だ。そのためには、やれることはすべてやる。

16：00 Fri.

瀬戸口は自室で座っていた。

重苦しいものが全身にたまっている。今度も自分は無力だった。この日本で、今日一日ですでに一〇万を超える人が死んでいる。今後、その数はさらに増えるだろう。自分はいったい何をやってきた。なんのための学問なのか。この先、自分にできることがあるのか。

目の前のディスプレーはプレートの三次元画像を映している。確かに、これらのプレートがエネルギーを蓄え、爆発寸前であることは分かっていた。しかし、それがいつであるかは、やはり神のみぞ知る領域なのか。それでは、コンピュータ・シミュレーションなど意味がない。

マウスを何度かクリックした。画面が変わり、津波のハザードマップが現われた。黒田から送られてきたものだ。

瀬戸口は受話器を取ろうと腕を伸ばした。そのとき、電話が鳴り始めた。

〈無事だったか〉

漆原の声がした。背後から部屋の喧騒が伝わってくる。危機管理センターから、かけているのだ。

「日本防災研究センターは耐震設計になっています。それでも、かなりの揺れを感じました」

「起こります。地震の常です」

〈規模は？〉

「本震はすでに起こりました。計算によると、エネルギーの大半は放出されています。起こっても小規模です。それも局所的なものです」

〈もう一度聞く。やはり津波は来るのか〉

「来ます。太平洋に面した静岡、三重、和歌山などの地域には、通常で三、四メートル。しかし今回は、場所によっては二〇メートル、三〇メートルを超える津波が襲います。それが時間差をもって、二波、三波と――。気象庁の発表は訂正すべきです」

〈通常とはどういうことだ〉

「過去の例です。ただし、今回は三つの地震が数分の時差によって起こりました。津波の発生にも時差が生じます。ですが、いったん波が共振を始めると、二〇メートル、地形によって三〇メートルの津波が襲うというシミュレーション結果が出ています」

〈到達時間は？〉

「巨大津波は、通常の津波より遅れて到達します。恐いのは第二波以降です」

〈私は――国民を裏切ったのかも知れない。事実なら、私にはもっとすべきことがあった〉

「あなたは十分に国民の期待に応《こた》えている。シミュレーションについては、すべて私の責任です。今回の地震についても、私は何もできなかった――」

〈私はそうは思っていない。きみの助言で国民に注意を促し、自衛隊と消防を待機させることができた。私の呼び掛けで救われた国民も多いはずだ〉

「総理の勇気です」

〈これから自衛隊のヘリを迎えにやる〉

「私は無力です。今度も予知できませんでした」

〈そんなことはない。十分、責務を果たしている。きみは自分に厳しすぎる〉

「もう、私の仕事はありません。以後は政府の仕事です」

〈側にいてくれるだけでいい〉

「邪魔なだけです」

〈だったら、きみはきみの仕事をしてくれ。初めて私と会ったときのことを思い出してほしい。被害を免《まぬか》れることはできなかったが、きみの助言で被害を最小に止めることができた。今度も同じことが言えないか〉

瀬戸口には漆原の心遣いが伝わってくる。しかし、虚しさはそれ以上に大きい。

〈他に言うことはないか〉

「ありません」

〈元気がないな〉

「これだけの大惨事が起こっているのです。元気を出せというほうが難しい」

〈私にとって、きみの助言と存在は何にもまして心強いということを忘れないでほしい〉

総理——と呼ぶ声が受話器から聞こえる。

近いうちに会おうという言葉と共に電話は切れた。

瀬戸口は、しばらく受話器を見つめていた。〈自分を信じろ〉という遠山の声が聞こえてくる。

自分の使命。次に備えることも重要なことだ。可能な限りのデータを集めて、次の世代に託したい。

瀬戸口はゆっくり立ち上がった。研究室では研究員たちが必死でデータを集め、解析をしているだろう。

第四章　大海は怒り、人は叫ぶ

15：45 Fri.

美智は黒田と別れて、パシフィック・フェスティバルの海岸事務所に戻っていた。

事務所は相変わらず人の出入りが激しく、緊張感はない。フェスティバルの中止を唱える美智だけが浮いた存在だった。

突然、壁に立てかけてあったサーフボードが二本、音を立てて倒れた。テーブルのコーラの缶が倒れる前につかんだ。

プレハブの建物がギシギシ音を立てて揺れている。

「地震よ、逃げて！」

叫ぶと同時に、外に飛び出した。

砂に足を取られて転がった拍子に振り向くと、プレハブが完全につぶれている。周《まわ》りで、逃げ出した者たちが呆然《ぼうぜん》と見ている。どうやら、全員が無事らしい。

大浜海岸ではまだ残っている海水浴客が立ち上がり、辺りを見回している。サメのニュースが効いたのか、海水浴客はいつもの半分ほどで、海に入っている者は四分の一だ。

それでもラジオでは、四万人近くはいると言っていた。

数台の水上バイクがまだ沖合いで轟音《ごうおん》を響かせて走っている。地震に気づいていないのか。

野外ステージの骨組みが、目視できるほどに揺れている。上部に上がって騒いでいた数十人が、骨組みのパイプにしがみついている。悲鳴が上がったかと思うと、中の一人が落下して、ステージの上で数回バウンドして動かなくなった。

首にかけた携帯電話が鳴り始めた。

〈すぐに逃げろ。一〇分で津波が押し寄せる。でも恐いのは次に来るやつだ。二〇メートル以上ある巨大津波だ。できるだけ高いところに逃げるんだ〉

黒田の声が飛び込んでくる。

「今、どこなの」

〈市役所だ〉

「会いたい」

〈あと九分だ。高台に逃げろ〉

走れ！　という声とともに電話は切れた。

海を見ると、水平線がいつもより上にあるような気がする。美智は息を飲んだ。海と空との境界に白い線が浮かんでいる。あれがシンスケがよく言っている、次に来る巨大津波――。初めて見る不気味な光景だ。

「津波が来るわよ。逃げるのよ」

美智は叫びながら海岸に沿って走った。

どうしようか迷っていた海水浴客が、荷物をまとめて陸側の道路に向かい始めた。しかしまだ、のんびり話しながら荷物をまとめている者もいる。

「パラソルを畳んでる時間はないわよ。バスタオルなんか捨てるのよ」

「いい加減にしてくれよ。商売、上がったりだ。何があったんだ」

初老のボートの管理人が聞いた。彼は首から拡声器を下げている。

「津波が来るのよ。それ貸して」

美智は管理人の首から拡声器を取った。

「さっきの地震による津波が確認されました。あと、六分でこの浜にも襲ってきます。少しでも高いところに逃げてください」

美智は拡声器で叫びながら海岸線に沿って走った。

砂浜に残っていた海水浴客の三分の一が、道路に向かって走っていく。三分の一が、のんびり海を振り返りながら浜を歩いて去っていく。残りはまだ砂浜に立ったり座ったりしたまま、海を見ている。ビーチチェアーに寝転んでいる者さえいた。

「二〇メートル以上の津波なのよ。こんなところにいたら、死ぬよ」

美智は砂浜に座っているアベックに怒鳴った。

「こんなにいい天気だぜ。せっかく休みとって海に来たんだ。ゆっくりさせてくれよ」

「バカ、勝手に死んじゃえ」

ゴーッ、という腹に響く音が聞こえたような気がした。

水平線に見えていた白線が太くなっている。〈津波の速さは深海でジェット機並み。浅くなっても時速五〇キロぐらいで迫ってくる。陸に到達しても三〇キロ、車並みだ〉というシンスケの口癖を思い出した。

拡声器をアベックに向かって投げつけ、道路に向かって全力で走った。道路に上がる手前で振り向いたが、二人が追いかけてくる気配はない。

砂浜にはまだかなりの人が残っている。数千はいるだろう。

空気を裂くような重苦しい音はますます大きくなり、白い線が波の上部であることが明確に分かる。おそらく高さは――一〇メートル以上ある。

海岸に残っていた人たちが、いっせいに渚《なぎさ》に背を向けて走り出した。やっと現状を理解したのだ。

悲鳴、絶叫、助けを求める声が響きわたる。

防潮堤に上がる階段付近は人が群がり、近づくことさえできない。

水平線いっぱいに広がる巨大な泡立つ白壁が、海上を滑ってくるのがくっきりと見えた。その水の壁は、砂浜に数十艘《すうじっそう》並んだボートを一瞬のうちに飲み込み、砂を巻き込みながら走ってくる。野外ステージが濁流に押されて、移動していく。骨組みのパイプには鈴なりに人が取りついている。周りの者がいっせいによじ登ったのだ。唸《うな》りのような響きが強くなった。野外ステージの動きが一瞬止まったかと思うと、ゆっくりと波の中に倒れていく。

ダメだ、逃げ切れない。シンスケの顔が浮かんだ。彼はまだ市役所なのか。もう一度、会いたい。気がつくと膝《ひざ》まで水に浸《つ》かっている。

顔を上げると、絶壁のように切り立った巨大な波面が眼前にある。その水塊が押《お》し潰《つぶ》すように迫ってくる。

凄《すさ》まじい力で弾き飛ばされた。鉄の板で全身を弾かれたようだ。そう思ったときには身体《からだ》は水中にあった。周りの砂や小石とともに回転しながら運ばれていく。

目を開けたが、泥水で視界はゼロだ。

必死で浮かび上がろうとしたが、何かにぶつかりながら身体が回っている。水をかこうとした腕に木切れが当たり、痺《しび》れた。バランスを崩し、水中でもがいた。泳ぎには自信があるが、泳ぐという状態ではない。なんだか分からないものが全身に当たり、水中に引き込まれる。洗濯機に放り込まれたようだと、シンスケは言っていた。冷静になれ、自分に呼びかけた。何度も砂の混じった海水を飲みながら、なんとか浮き上がった。

伸ばした腕に硬いものが触れた。必死でそれをつかむと、身体の動きが止まった。その美智の身体めがけて木や、岩や、椅子《いす》がぶつかってくる。目を開けていられない。水面に顔を出して息をするのがやっとだった。

何が起こっているの。私は生きたい。冷静にならなければ。つかんだのが海の家の屋根だと気づいたときには、その骨組みが崩れ、防潮堤を超えて町に流されていく。

再び伸ばした腕に何かが当たり、必死でつかんだ。流されるのが、やっと止まった。腕に全身の力を込めて、上半身を引き上げる。つかんだのは、住宅の屋根に取りつけられた温水器の外《はず》れた配管だった。

美智はなんとか屋根に這《は》い上がった。目の前を白いバンが流れていく。車は沈むものと思っていたが、浮いている。水の勢いに押され家の壁に車体をぶつけながら動いていく。一〇メートルほど先を屋根がゆったりと移動していった。その先の電柱に、数人の人がしがみついている。屋根はその電柱にぶつかり、押し倒して流れていく。屋根が流れていった後には、すでに人の姿は見えない。

這い上がった屋根が揺れ始めた。流れに押されて傾いていくのだ。急いで上に上ろうとしたが、濡《ぬ》れた瓦《かわら》に足が滑ってのぼれない。

「子供が！」

悲鳴に近い声が聞こえた。

半分水に沈んだゴムボートが流れてくる。ボートから出たロープに女の子がしがみついている。

美智は腕を伸ばしたが、とても届きそうにない。傾いたまま先っぽを出した電柱に飛び移った。その数秒後、ゴムボートが目の前を流れていく。片手で電柱にしがみついて、身体を傾けて腕を伸ばした。指先が女の子の服に触れる。全力を振り絞って襟首をつかみ、引き寄せた。五、六歳の女の子は泣き声も上げず、身体を硬くして震えている。美智は一度女の子を抱きしめ、屋根の上の人に渡した。

いつの間にかさらに水かさが増し、水流は電柱を飲み込みそうだ。

屋根に移ろうとしたとき、身体が強い力で逆方向に引き戻される。引き波だ。

電柱を抱える腕が滑った。身体は凄まじい力で海に向かって流されていく。このままだと沖に流される。肩に激しい衝撃を感じた。流れていく車にぶつかったのだ。なんとか首を出して息をするのがやっとだった。

動作が極端に鈍くなっている。全身が痺れたようで意思通り動かない。きっと身体中痣《あざ》だらけだ。そんなことを考えていると、次第に意識が薄れてくる。シンスケ——。目の前を赤いものが移動していく。

最後の力を振り絞って腕を伸ばした。突起に触れ、身体を引き寄せる。無意識のうちに、流れに乗って身体を水平にして板の上に上半身をあずけた。手首に板についている紐《ひも》を巻きつける。サーフボードだ。そう考えながら意識は消えていった。

15：50　Fri.

三戸崎は中央制御室の椅子に座ってぐったりしていた。

原子炉の緊急停止装置は正常に機能して、出力を一気に落とした。これでまた、最初に戻ってしまった。安全点検のやり直し。絶対安全を義務づけられているとはいえ、体力と、そして何より精神を消耗させる作業だった。

電話が鳴り始めた。運転員が取ろうとするのを三戸崎が制して自分で取った。

大浜市役所の黒田です、と若い声が聞こえてくる。

〈原発は異状ありませんか〉

三戸崎が名乗ると聞いてくる。

「マグニチュード8、震度6強というところか。この原発は震度7以上でも大丈夫だ」

〈分かってます。でも、注意してください。今度は、波高二〇メートル以上の津波が沿岸部を襲う恐れがあります〉

「以前、きみがしてくれた話だと、大浜周辺はせいぜい三メートルじゃなかったのか」

〈三メートルだって、十分巨大な津波なんです。ただ、今回の場合、東海、東南海、南海地震の三つが連動して発生しました。東海地震の余震がかなり大きくて、東南海地震、南海地震とタイミングが合えば、それぞれが単独に発生した場合以上の地震と津波が発生します。特に津波は共振しあって、今まで考えられなかったほどの巨大津波となる恐れがあります〉

「原子炉はすでに停止モードに入っている。二〇メートルだろうが三〇メートルだろうが、津波は問題ない。原子炉建屋《たてや》と補助建屋は特別頑丈に造っている上、外気と遮断されている。巨大津波襲来といっても、一時間も二時間も水の中ってことはないだろう」

〈それはそうですが――〉

「かえって、ここがいちばん安全なくらいだ」

〈でも、かつて我々が経験したことのない事態です。万全の態勢で臨んでください〉

「到達時間は？」

〈一〇分以内です〉

「すでに原子炉は停止している。問題ない」

〈でも本当に恐いのは、第二波以後の巨大津波です。時間は分かりませんが、すぐに来ます。付近の海岸には、まだかなりの人がいるはずです。原発のスピーカーを使って、

避難を呼びかけてください〉

また連絡しますと言って、電話は切れた。

三戸崎は中央制御室を出て事務棟に走った。

三階建てのコンクリート造りの事務棟は一般構造物の耐震設計で建てられたもので、原子炉建屋やタービンが設置されている補助建屋ほどの耐震性はない。

波高二〇メートル以上。黒田の言葉が蘇《よみがえ》った。この事務棟は、ほぼ完全に水の中か。やばいなと思いながらもまったく実感は湧《わ》かず、恐怖感もない。

「波高二〇メートルの津波が襲う可能性があるそうだ。そうなれば事務棟は水の中だ。原子炉建屋か補助建屋に避難するように伝えてくれ。こっちは、浸水したり流されたりすることはない」

三戸崎は事務棟の知り合いの事務員に言ってから、原発のスピーカーで海水浴客に避難を呼びかけるメッセージを流すように頼んだ。

「今度は津波ですか。数時間前は人食いザメでした。親戚《しんせき》が海の家をやってるんですが、何か恨みでもあるのかって怒ってました」

「怒る暇があったら逃げたほうがいいと親戚に言ってやれ」

事務員が信じられない、といった顔をして三戸崎を見ている。後は個人の責任だ。

三戸崎は事務棟の屋上に上った。

海岸にはまだ数万の人が残っている。津波警報は出ているが、伝わってはいないのか。そのとき、女性の声が聞こえてきた。〈津波警報が出ています。直ちに海から上がって、海岸から避難してください。津波警報が――〉と、内容のわりにはのんびりしたスピーカーの声だ。防潮堤の上の道路を見ると、赤色灯を回したパトカーが停《と》まっている。すぐに原発のスピーカーからも津波警報が出ていることと、避難を勧める呼びかけが流れ始めた。どちらも同じような内容だ。

海を見たが、太平洋はまだなんの変化も起こしてはいない。静かな輝きを返している。ここからさほど遠くない海底で、巨大なプレートの跳ね返りが起こったなどとは信じられなかった。

原発の敷地から数百メートルのところに、集団ができている。原発反対の集会をやっていた人たちだ。柴山もいるに違いない。小学生の団体に行く手を阻まれて、立ち往生している。なぜ、まだ小学生がいるんだ。

三戸崎は腕時計を見た。黒田から電話があって、すでに五分がすぎている。彼は巨大津波はすぐに来ると言っていた。

「なんで俺《おれ》がやらなきゃならない」

三戸崎は独り言を言うと、一階に走り下りた。事務員の半数はまだ残っている。残りは原子炉建屋か補助建屋に避難したらしい。

三戸崎は広報車を借りると言って、原発構内に出た。

車庫に向かって走っていると、二〇代の職員が追いかけてくる。

「斉藤《さいとう》といいます。広報の者です。運転はいつも僕がやっています」

「今日は俺がやる」

「規則ですから」

運転席に乗り込もうとする斉藤を押《お》し退《の》け、三戸崎は運転席に座った。思い切りアクセルを踏み込むと、広報車はすごい勢いで走り出した。

「全員、原発に誘導しろ。原子炉建屋か補助建屋に逃げ込むように言え。浜から高台に逃げるのは間に合わない。マイクを使って怒鳴るんだ」

運転しながらマイクを取って斉藤の膝に置いた。

携帯電話で副当直長を呼び出した。

「浜の者を原発に誘導する。保護してくれ」

〈そんなことできっこありませんよ。部外者を入れるなんて。マニュアルに違反している。重大な規則違反です〉

「見殺しにするのか」

〈当直長のほうがよくご存知でしょう〉

「三号機と五号機にも連絡しろ」

三戸崎は携帯電話を切った。

車は正門を出て海水浴場に向かった。

浜では数百の人が防潮堤に上がろうとしている。しかし、黒田の言葉によると津波は二〇メートルだ。防潮堤はせいぜい五、六メートル。高波用だ。津波は楽に越えて、町中にまで押し寄せる。

前方には原発の敷地を示すフェンスが続いている。海水浴客はそのフェンスの向こう側だ。

「気をつけてください。ぶつかりますよ。ボディーに傷をつけないでください。最近、厳しくなっているんです」

フェンスに沿って走っていた三戸崎はハンドルをいっぱいに切って、アクセルを踏み込む。広報車は凄まじい音を立ててフェンスをなぎ倒しながら砂浜を走っていく。

「何するんですか、三戸崎さん。僕がクビになってしまう」

「海を見ろ」

三戸崎の腕をつかんでくる斉藤に言う。

「なんです、あれ」

斉藤が三戸崎の腕をつかんだまま海を見ていた。遠州灘の水平線に、白いものが広がっている。

「津波だ。二〇メートル以上の波高になるそうだ」

斉藤の目は沖に注がれたままだ。

「しっかりしゃべれ。津波なんて言うな。パニックが起こらないように、注意を喚起するんだ。彼らが津波に気づく前にな」

三戸崎は斉藤にマイクを押しつけた。

「直ちに避難してください――」

斉藤の口からは次の言葉が出ない。大口を開けたまま海を見ている。

「海岸から直ちに避難するように仕向ければいいんだ」

「あれはどのくらいで海岸まで来るんです」

「後――五分かその程度だ。急がないと俺たちまで津波に飲み込まれる」

三戸崎は斉藤からマイクをひったくった。

「原発に逃げ込め。大津波が迫っている。この辺りの海岸は軒並み大津波に襲われる。死にたくなければ原発に逃げろ」

怒鳴りながら、津波という言葉を使ってしまったと考えていた。それも大を付けてだ。

車が大きくバウンドした。ハンドルを取られ、車が蛇行する。

「僕がやります」

斉藤は三戸崎からマイクを取った。

「このまま安全なところに逃げるのは無理です。時間がありません。原発は津波なんかにびくともしません。原発に避難してください」

「その調子だ。続けろ」

防潮堤に上がる細い道でつかえていた集団が車を見ている。

斉藤は繰り返した。

砂浜を走る人の流れが変わった。原発に向かっているのだ。三戸崎たちが車で倒したフェンスを越えて、数百人の人たちが原発に向かって走ってくる。

「僕たちは逃げないんですか」

砂浜を原発とは逆向きに車を走らせる三戸崎に斉藤が聞いた。

三戸崎はハンドルをしがみつくように握り、アクセルを踏み込む。

「スピードを落としたらドアを開けて、引っ張り込むんだ。止まるとタイヤが砂に埋もれて走らないかも知れない」

三戸崎の視線の先には、砂浜に座り込んで泣いている三、四歳の子供が二人。親とははぐれたのか。

「いくぞ、用意しろ」

三戸崎は子供たちの周りをゆっくりと円を描いて走った。

「お兄ちゃんのところに来るんだ。ママのところに連れてってあげる」

斉藤がドアを開けて子供たちに向かって叫んだ。しかし、子供たちは立ち上がろうとしない。

車はさらにスピードを落とした。

「下りて連れて来い」

三戸崎の言葉で斉藤が飛び出していく。

三戸崎は慎重に走り続けた。タイヤはかなり砂にもぐっている。

一人を抱き、もう一人の子供の手を引いた斉藤が車に駆け込んできた。

海から腹に響く地響きのような音が聞こえてくる。

三戸崎はアクセルを徐々に踏み込む。車はスピードを増して、原発に向かってスピードを上げていく。

原発敷地のフェンス内に入る手前でタイヤが砂に埋まり、車が動かなくなった。アクセルを踏んでも、凄まじい音を立てて砂を弾き飛ばすだけだ。

三戸崎と斉藤は車を降り、子供を一人ずつ背負って走った。

いつのまにか潮が足首を濡らしている。

周りには、原子炉建屋に向かって走る数百人の人たちがいる。そのうちの三分の一は子供だ。しかし、原発に向かった子供たちは倍はいたはずだ。どこかに避難したか、潮に飲まれたのか。

気がつくと潮は膝まで来ている。急げ！　自分に言い聞かせながら走った。

「来るぞ！」

頭上から声が聞こえた。事務棟の屋上から複数の顔が突き出て怒鳴っている。

「時間がない。五号機のドアを開けるように伝えてくれ。ここからいちばん近い」

三戸崎は事務棟に向かって叫んだ。

ゴーォという腹に響く音が聞こえてくる。全身に染み込んでくる重苦しい音だ。

「もう少しだ。がんばれ」

三戸崎は周りの子供たちに怒鳴りながら走った。

五号原子炉の補助建屋のドアが開いている。その前に数人の運転員が立って、懸命に誘導している。

「あの中に逃げ込め。急げ」

三戸崎は力の限り走った。


分厚い鉄製のドアが閉まった数秒後、建屋内に鈍い音が響き始めた。ドアに様々な物がぶつかる音だ。時折り、腹に響くような不気味な音がこだました。よほど巨大で堅い物がぶつかったのだ。どこかで子供の泣き声が上がった。それにつられて、次々に子供が泣き始める。

「ここは補助建屋です。この建屋の壁の厚さがどれくらいあるか、知ってる人はいますか」

三戸崎は大声を上げた。誰も答えないが、徐々に泣き声が低くなっていく。

「厚さ三〇センチのコンクリートでできています。その中にみんなの腕ほどもある鉄筋が何千本も入っている。それにこの建物は密封されてるんだ。目的は外から水が入ってくるのを防ぐためじゃなくて、中のものを出さないようにするためだけどね。とにかく、津波なんかじゃびくともしない。ここは現在、この辺りではいちばん安全な場所です。だから、みんなは絶対安全だ」

いつの間にか子供たちの泣き声は消えている。外の状況を考えると、やはり説得力のある言葉だ。

津波は建屋全体を洗うように覆って通りすぎていくのだ。

大浜原子力発電所の五号機は原子炉建屋と、隣接された補助建屋で構成されている。二つは外気と遮断された強固な通路でつながっている。四号機では原子炉建屋にある中央制御室は補助建屋にあり、最高出力時一三八万キロワットの電力を生み出すタービンは補助建屋の地下に設置されている。

三戸崎は辺りを見回した。階段や配管の隙間《すきま》に水着姿の男女、大人、子供が座っている。おそらく二、三〇〇人はいる。全員が青ざめ不安そうな表情で生気がない。

階段の下に子供を抱いた柴山がいるのに気づいた。

三戸崎は柴山の側に行った。柴山が三戸崎に気づいてかすかに頷《うなず》いた。

「知ってる子か」

柴山が首を横に振った。子供を膝から下ろそうとしたが、子供は柴山にしがみついている。

「他の子供たちは。もっといただろう」

「分からない。逃げるだけで精いっぱいだった。気がついたらこの子を抱いて――」

言葉に詰まり、涙が流れ出した。

三戸崎は柴山の肩に手を置いた。

「静かになった。津波が引いたのか」

「二波、三波が来る。しばらくここにいたほうがいい。ここは安全だ」

柴山は答えない。

「ママ、パパ……」

子供が低い声で呼んだ。

「ここから出て、助けを呼んで来ようか」

「誰に助けてもらうというんだ。外はもっとひどい状況だ」

柴山はそれ以上言わなかった。ここが外より安全だということは、彼も納得しているのだ。

「津波はただの海水が襲ってくるのではない。海底の土砂や岩を巻き込み、陸上にある家、道路、車……あらゆるものを砕いて飲み込んで襲ってくる。津波での死者を見たことがあるか」

三戸崎の言葉に柴山は首を横に振った。

「傷だらけだ。しかし五体が満足なのはまだいい。死因のほとんどは溺死《できし》ではなく、打撲によるものだ。全身傷だらけで、手足が千切れている者も多い。先週、市役所の防災課の若いのに写真を見せられた。ひどいものだった。お前にも見せたかったよ」

三戸崎は、黒田が津波に巻き込まれた被災者が、まるで泥水の洗濯機にハンマーやナイフと一緒に放り込まれたようだと言っていたのを思い出した。確かにその通りだった。

「負傷者と子供は休憩室に運べ。場所が足らなければ、備品収納室を片付けてスペースを作れ。ラジオ放送を建屋内に流せないか。みんな外の様子を知りたがっている」

三戸崎はドアの様子を調べている運転員に言った。

ドアの隙間から水が入ってくるが、大したことはない。

「分かりました。ラジオはすぐにでも流せます。地震と津波放送ばかりですが」

「流してくれ。現状を知っていたほうがいい」

運転員は壁の電話を取って話している。

〈――日本列島の太平洋岸を襲った、東海地震、東南海地震、南海地震は未曾有《みぞう》の被害をもたらしました。地震の揺れと共に、津波は現在も繰り返し日本列島を――最大波高は三〇メートルを超える――死者の数は過去最高と――今後も津波は続けて――しばらく安全なところに避難してください〉

ラジオ放送が建屋内に流れ始めた。

「当直長――」

三戸崎は肩を叩《たた》かれた。運転員の一人がついてくるように目配せしている。

補助建屋の最上階にある中央制御室に入ると、隅のソファーに連れて行かれた。五号機の当直長が横たわっている。頭の包帯には血が滲《にじ》んでいる。

「頭を打って意識不明です」

「命は――」

「私らには皆目、見当がつきません。呼吸だけはなんとかしていますが」

「いずれにしても早く医者に診《み》せたほうがいいな」

「分かってますが、外はひどい状況です。私らだけじゃ、どうしていいのか分からなくて」

「避難者の中で医療関係者がいるかどうか探してくれ。それまでは動かさないほうがいい。本社とは連絡を取ったか」

「まだ連絡が取れていません。名古屋市内はひどい状態らしいです。本社もどうなったか——」

運転員が三戸崎に囁《ささや》き、中央制御室から補助建屋の屋上に連れて行った。

空は青く晴れ渡っている。その中にわずかに浮かぶ白い雲が印象的だった。しかしその下に広がる光景に、三戸崎は息を飲んだ。砂浜が続いていた辺りは一面に、濁った水が覆っている。そしてその水は、今も防潮堤を越えて町中に流れ込んでいく。

「五、六階以上の建物だけが、かろうじて先っぽを出しています。それも、このまま流れが続くと飲み込まれるんじゃないですか」

原発の敷地内も泥水が陸側に向かって流れている。

津波は六メートルある防潮堤を乗り越えて、原発敷地内にも渦巻きながら入り込んでいる。防風、防潮を兼ねた松林を巻き込み、波の中に押し倒しながら建屋に押し寄せ、周りを流れていく。

事務棟の窓ガラスはすべて割れ、濁流が建物内に流れ込んでいた。

「あれは——」

背後で声が上がった。

五メートル四方の巨大な岩が波と共に事務棟に向かっていく。

「津波石だ」

鈍い音が響いた。津波石が事務棟に衝突したのだ。コンクリートの壁を打ち砕き、押し潰していく。その振動は補助建屋の屋上にいる三戸崎にも伝わってきそうだった。

悲鳴が原発構内に響いている。事務棟の屋上に避難している人たちだ。増して来る水位に気づき、逃げ場を探している。

三戸崎は思わず目を閉じた。その一瞬前に、押し寄せる濁った水流に飲み込まれる人たちが見えた。

「引き波があるんでしょう。この波が海に戻っていく。波が引いて、第二波が来る間に、できるだけ多くの人を補助建屋に収容しましょう。津波の第一波が引いて、第二波が来るまでにどれだけの時間があるんです」

「俺も聞いたが、分からないと言われた。今回の津波は初めてのタイプらしい」

三戸崎は懸命に黒田の話を思い出そうとした。副総理はテレビでこのことを言っていたのだ。こんなことなら、もっと本気で聞いていればよかった。そう思っている者は、ごまんといるはずだ。誰もが、こんな凄まじい出来事が実際に自分を巻き込んで起こるはずはないと高をくくっていたのだ。

「三つの地震がわずかの時間差で起こった。だから、津波の発生にも時間差が生じて、それが重なり合ってこんなに巨大なものになるらしい。時間間隔なんて分からない」

横の運転員が双眼鏡で道路のほうを眺めている。

三戸崎は双眼鏡を借りて、海岸に続く道路を見た。波が防潮堤の上部を覆い隠している。押し寄せる波の間に人が見える。道路で行き場を失っている車の中にも人がいる。二〇メートルを超える津波。黒田が言った通りだ。数分前までは浜に沿った国道は海水浴客の車で渋滞していたが、今はすべてを波が飲み込もうとしている。あの青年は私の命の恩人だ。いや、私だけではない。ここに逃げ込んだ者全員の命を救った。

「当直長、見てください――」

沖の海面がさらに膨れ上がってくる。

「第三波だ。引き波の前に次の津波が来た。あの男の言ってた通りだ。今度のほうが大きいぞ。二〇メートル以上ある」

陸地に近づくと同時に海面がさらに膨れ上がり、盛り上がっていく。防潮堤の上でコンクリート壁にしがみついていた人たちの間で悲鳴が上がった。

今度は、三戸崎は目を閉じなかった。しっかり見て、心に刻み込んでおかなければならない。そう思ったのだ。

16 : 10 Fri.

「静岡県御前崎三メートル、愛知県渥美半島二メートル、伊勢・三河湾《みかわわん》一メートル、三重県南部四メートル、和歌山県潮岬一〇メートル以上、大阪府一メートル、兵庫県瀬戸内海沿岸一メートル、淡路島南部四メートル、徳島県日和佐《ひわさ》六メートル、高知県室戸《むろと》八メートル、愛媛県宇和島《うわじま》二メートルの津波が予想されています。さらに九州では、宮崎で——」

漆原は目を閉じ、腕を組んで気象庁技官の話を聞いていた。

技官は用紙を持って読み上げている。漆原は手を上げて読むのを制した。

「日本防災研究センターの瀬戸口博士によると、今回の地震による津波は最大三〇メートル以上、最低でも一〇メートルになる可能性があるそうだ。この数字に対する気象庁の意見は？」

「私はあくまで、中央防災会議の地震調査会の発表をお知らせしています」

「津波の範囲は」

「伊豆半島から四国の足摺岬まで、約六〇〇キロが津波の想定被災地域に入ります。東京から大阪にかけて太平洋ベルト地帯全域、さらに四国の太平洋岸が津波の被害を受けることになります」

技官は相変わらずの言葉を述べるだけだ。

「来たぞ！」

部屋のどこからか声が上がった。

部屋中の視線が大型スクリーンに釘付《くぎづ》けになっている。スクリーンには、伊豆半島を駿河湾に沿って南に向かって飛ぶ自衛隊のヘリからの映像が映っている。

海岸に沿って続く道路には、数キロにわたって車の渋滞が起きていた。

「あいつら、いったい何を考えているんだ。今まで散々、地震、津波災害についての警告はやってきた。海岸沿いに移動することが、最も危険なことは常識のはずだ」

利根田が吐き捨てるように言う。

「何も考えちゃいないんですよ。名古屋があの有り様なのに行楽に出る者たちだ」

道路の西側は海、反対側は切り立った崖《がけ》になっている。

車から降りた人が防潮堤に上がって太平洋の方向を見ている。カメラが海を捉えた。

数キロ先の海の色が白く変わっている。その先端が、目に見えるスピードで陸のほうに迫ってくる。まるで巨大な壁が移動しているようだ。

「逃げろ。津波だ」

部屋の誰かがスクリーンに向かって叫んだ。

「ヘリに連絡して、津波のことを伝えるように言え」

「とっくに言っています。ヘリから怒鳴ったくらいじゃ、ローター音に邪魔されて聞こえません」

防潮堤に上がっていた人たちが道路に飛び降りて、道路を横切って山側に走っていく。

津波に気づいたのだ。口々に何か叫んでいるが聞こえない。

車から首を出して、逃げていく人たちに問いかけている人もいたが、数秒後には彼らも車から飛び出して崖に向かう。しかし崖に押し寄せた人たちも、傾斜が急で容易には登れない。

「来るぞ！」

声と共に、波頭の飛沫《しぶき》が見え、防潮堤にかぶさっていく。防潮堤を超えた巨大な水の塊は道路に流れ込み、車を飲み込む。車から飛び出した人たちは、道路を渡る前に押し寄せる水の中に消えていった。

津波が崖にぶつかり、数百人が登ろうとしている岩肌を駆け上っていく。波が引いていくときには人の姿は一人も見えない。

危機管理センターから音が消えた。全員が呆然とスクリーンを見つめている。その不気味な静寂の中で、電話の音だけが鳴り響いている。

漆原は苛立《いらだ》ちを抑えながらスクリーンに目を向けた。

内陸を映した画像が固定されたまま揺れている。揺れているのは、ホバリングしているヘリが火炎による上昇気流で煽《あお》られているのだ。

「ヘリの位置を教えてくれ」

「浜松上空です」

「津波情報は全国に流して――」

「静岡の太平洋岸に津波が到着しました。第二波だと思われます」

漆原の言葉が終わらないうちに技官の声がして、映像が変わった。

「波高は？」

「まだ報告が入ってきてません。ちょっと待ってください」

技官が机の上に置かれたファックス用紙を手に取った。

「津波の高さは二五メートル。伊豆半島石廊崎《いろうざき》で観測されたものです。津波は時間差をもって、太平洋沿岸地域に押し寄せています。東京にも津波警報が出ていますが――」

「見ろ！」

怒鳴るような声で、危機管理センターのすべての視線が中央スクリーンに集中した。

室内から音と声が消え、危機管理センターは静まり返った。

職員を含めて一〇〇人近くいるが、全員の神経が中央のスクリーンに集中している。

画面の中央は半壊した浜松駅周辺だ。しかし、全員が見ているのは海のほうだ。

海岸道路と内陸を映していたカメラが太平洋に向いた。青い海、明るい太陽――。

晴れた夏の日。海と空の間に白い線が見える。その白線は見る見る厚さを増し、上部を白く煌《きら》めかせながら、陸地に向かってくる。白く見えるのは波しぶきだ。

「津波だ」

誰かが低い声を出した。

なだらかに続く海岸線を白い線がなめ始めている。その白線は一瞬形を崩し止まったかのように見えたが、次の瞬間には染みるように内陸に入り込んでいく。防潮堤を乗り越えたのだ。

天竜川《てんりゅう》の河口が見る間に広がっていった。そしてその両側に広がる砂丘は波に浸食され、浜名湖も遠州灘の一部に見える。

「浜松が水没する」

スピーカーから、ヘリの乗員の声が聞こえた。

天竜川に流れ込んだ海水が浜松市内に流れ出したのだ。すでに川幅は数倍に広がり、町を飲み込んでいく。まるで模型の町が水に沈んでいくようだ。巨大な海水の白い壁が、海岸線を浸食していく。

16：10 Fri.

空母の甲板の一部では、まだこぼれた航空燃料が燃えていた。

それも、消火器を持った数人の水兵が手際よく消し去っていく。日ごろの訓練通りだ。キャットウォークには、当直以外のすべての乗組員が出ていた。おそらく二〇〇〇人を超えている。全員の目が名古屋に注がれていた。

松浦は艦橋のデッキで、呆然とした表情で伊勢湾のほうを見ていた。初め、点のように見えていた火災が、今は横に伸びる線となっている。上空から見れば、それは内陸に向かって面となって広がっているのだ。

亜紀子の携帯電話の番号を押し続けているがつながらない。

名古屋を襲った最初の地震から、すでに六時間以上がすぎている。瀬戸口の電話で安全は確認されているが、声を聞くまでは落ち着かない。〈電波の届かないところにいるか、電源が切られています〉という声が聞こえてくるだけだ。思いついて、瀬戸口の番号を押したが、三度は話し中、今度は、〈電波の届かないところにいるか、電源が――〉という声が返ってきた。

「ひどいことになったな。俺にできることがあったら言ってくれ」

いつの間にかダンが横に立って、今までに見たことのない真剣な表情で言った。

「妻と息子と連絡が取れない」

「二人は東京に戻っていった。東京は無事だと聞いている。心配するな。電話がつながらないだけだ」

そのとき、キャットウォークでざわめきが上がった。

「見ろ」

ダンが声を上げ、指差した。

その指先の指す方向を見ると、小型漁船が波に乗って湾内を走っている。舵《かじ》がきかないのだ。そして、その先には小型タンカーが横倒しになって船底を見せている。津波の第一波で桟橋に乗り上げたのだ。横を向いた船首部分には一〇人近い人影が見える。

そのタンカーの船底目がけて、漁船が突っ込んでいく。

「やばいぞ。ナフサを積んだタンカーだ」

ナフサは原油から精製された引火性の強い石油製品だ。

金属のぶつかる鈍い音と共に、火の手が上がった。一瞬のうちに、タンカーと漁船は炎に包まれる。漁船がタンカーの船底を突き破り、そのとき出た火花がナフサに引火したのだ。タンカーの船首に避難していた人たちはどうなったのだ。

伊勢湾にどこからかオイルが流出している。海面に黒く流れ出したオイルは、陽《ひ》の光を反射しながら帯状に広がっていく。

タンカーに爆発が起こった。黒い煙とオレンジ色の炎が上がり、炎の帯が黒煙を上げながら津波に乗って市内に流入していく。

〈全乗組員の諸君。我々の艦の下で地震が発生した。約六時間前に体験したものより、遥《はる》かに巨大なものだ。日本の太平洋岸は、かなりの被害を受けた模様だ。さらに、この地震によって津波が引き起こされた〉

副艦長の声だ。

〈我が艦の被害は航空燃料の火災が一件。それもすでに消火した。今後も安全に留意す

るように。事態が落ち着き次第、横須賀に向けて出港する〉

「名古屋に残らないのか」

松浦はダンに言った。

「上層部が横須賀行きを決定した。我々の意思をはさむ問題ではない」

「しかし、あれを見ろ。何人の人が助けを求めているか」

「空母が残っても、できることはたかが知れている。これは戦争じゃない」

「地震との戦争だ。負傷者の治療、避難民の救助と保護、物資の輸送。できることは山ほどある。艦長は病院船として残ると言っていたはずだ」

「状況が変わったんだ。それは空母の役割ではない。空母の安全が第一だ。艦長はそう判断した」

「艦長が呼んでいます。ダン大尉もご一緒にということです」

二〇代の中尉が松浦とダンの横に来て言った。

艦橋ではタッカーが腕組みをして、名古屋のほうを見ている。

「きみの言ったことは正しかった。本艦が名古屋港に停泊していたら大惨事が起こっていた」

タッカーが松浦に双眼鏡を渡した。

ＷＪＣが接岸予定の岸壁の半分以上が崩れている。残り半分も地盤の隆起か沈降があったらしく、元のような直線的な形はしていない。その岸壁にタンカーが押し上げられ横倒しになっている。一万トンクラスの小型タンカーだ。

そして、港内に停泊、航行していた小型船を含む船舶が半分になっている。

「船はどこに行った」

松浦が声を出すと、ダンが無言で内陸を指す。モーターボートが、港から遥か離れたビルの中腹に突き刺さっている。地面から一〇メートル以上の高さだ。

海岸に積まれたコンテナの上にも、船が横倒しになって乗っているのが見えた。港に停泊していた船舶は陸に押し流されたのだ。

「つかまれ！」

そのとき、操舵手が声を上げた。松浦が手すりをつかむのと、艦が大きく持ち上げられるのと同時だった。

「津波の第二波だ」

空母はゆったりと揺れている。甲板上をジェット機の整備員と工具類が滑っていく。

「航空機の固定を確認しろ」

副艦長がマイクに向かって怒鳴っている。

デモンストレーション用に甲板に出してあったF35Cの機体が大きく傾いている。

「全員、機から離れろ」

副艦長の怒鳴り声が終わらないうちに、F35Cが甲板をすべるように移動し、縁を乗り越えて機首を下にして海に落下していく。

「パイロットは？」

タッカーが副艦長に聞いた。

「乗っていません」

「甲板のヘリを格納庫に下ろして固定しろ。甲板の乗員には、艦の揺れに注意するように伝えてくれ」

艦橋には様々な声が飛び交っている。

甲板の乗組員は玩具《がんぐ》のように見えるが、動きは訓練が行き届き迅速だった。甲板に出ていた三機のヘリコプターは、エレベーターで下の格納庫に収容されていく。

「津波はまた来るのか」

「大きなものは来ないはずです。通常では――」

「通常では？」

タッカーが松浦に聞き返してくる。

「私は専門家ではありませんので。津波は海溝型地震の結果として生じるものです。ただ――」

「どうした」

「海上では分かりませんが、東南海地震の後には、南海地震が発生している恐れがあります。東南海地震の余震と、南海地震が重なると、さらに巨大な津波の可能性が――津波の共振です」

松浦は瀬戸口から聞いた話を思い出しながら必死で話した。多少違うような気もするが、タッカー以下、ブリッジの全員が身動きもせずに聞いている。こんなことなら、瀬戸口の話のメモでも取っておくのだった。

「これ以上の津波が発生すると言うのか」

「至急、日本政府と連絡を取ってください。日本近海の地震に関しては、最高の情報を持っています」

ローターの音が聞こえる。空母に向かって大型ヘリが向かってくる。

「自衛隊のヘリか」

「アメリカ軍のようです」

「そんな話、聞いてないぞ。交信はできないのか」

「陸軍のUH－60、ブラックホークです。確認しました。この艦に着艦許可を求めています。座間《ざま》から地震状況を調べて回っているようですが、エンジントラブルです」

確かに飛び方がぎこちない。ローター音が不規則で、時々急激に高度が下がる。

「緊急着艦の用意をしろ」

甲板で風向きを知らせる発炎筒が焚かれている。

松浦とダンは艦橋を出て、甲板に降りた。

甲板では救急隊員が待機して、ヘリの着艦を待っている。

空母の揺れが激しくなった。次の津波が近いのか。

UH－60は次第に高度を下げてくる。誘導員の動きが慌しくなった。よく見るとエンジン部から黒煙が上がっている。

UH－60の車輪が甲板に触れるのと、空母が大きく持ち上げられるのとほぼ同時だった。機体が跪《ひざまず》くように機首を下げたかと思うと、炎が噴き上げ、激しい衝突音が響いた。耳をつんざく音がしたかと思うと、甲板に触れたローターが折れ、高く舞い上がる。千切れた尾翼が炎の塊となって甲板の上を走ってくる。機体は大きく跳ね上がると、逆向きになって甲板の上に落ちた。

炎に包まれた二人の乗員が転がり出てくる。消火剤が二人に吹き付けられ、火が消された。二人は救急隊員に抱きかかえられ、担架に連れて行かれる。

機体は炎に包まれている。航空燃料が漏れているのだ。いつ爆発するか分からない。消火剤がいっせいにかけられるが、炎の勢いのほうが強い。

「中にまだパイロットがいる」

「爆発するぞ。下がれ」

消火班のリーダーが叫んでいる。

炎を上げている操縦席でさかさまになっているパイロットが、動いたような気がした。

「まだ生きてるぞ。救出しろ」

松浦は叫びながら懸命に走った。消火剤の上を滑りながら、炎に包まれている操縦席に飛び込んだ。防風ガラスは砕けてなくなっている。

金属とオイルの焼ける臭いが立ち込めている。

吹き付けてくる熱と煙に思わず止まった。

「消火剤をかけろ。炎の向きを変えてくれ」

消火剤が集中し、炎が逆向きに流れていく。

炎の中に操縦席で宙吊りになって、気を失っているパイロットの姿が見えた。

松浦は腕を伸ばしてベルトの金具を外した。だが、パイロットは宙吊《ちゅうづ》りのままだ。

「足が操縦席に引っかかっている。パイロットの身体を支えていてくれ」

いつの間にか横にダンがいる。

松浦がパイロットの身体を支えている間に、ダンが上半身を操縦席に入れて足を外した。二人でパイロットを抱きかかえ機体から引き出した。

乗組員が走り寄り、三人をＵＨ－60から引き離す。

そのとき、松浦の身体が宙を舞った。ダンが横をすっ飛んでいく。激しい勢いで甲板に叩きつけられた。頭をかばうのが精いっぱいだった。全身がばらばらになるような衝撃を感じた。機体が爆発したのだ。

喚声が上がるのを聞いたような気がする。その喚声を聞きながら松浦の意識は薄れていった。

16 : 15 Fri.

地震発生から三〇分がすぎていた。

危機管理センターに地震被害の報告と共に、津波被害の報告も入り始めた。

漆原がスクリーンの被害情報に目を向けると、すでに死者数は一三万台に入っている。

「このEESは正確なのか」

「消防庁に問い合わせましたが、むしろ控えめな数字だと言っていました。実際はこの数字をかなり上回るだろうと」

「この数字がか――。大阪はどうなっている」

漆原は職員に聞いた。

大阪、神戸方面は、地震では大きな被害はないはずだ。地理的にも震源地から離れているし、阪神・淡路大震災から、最も多く学んだ都市だ。

「大阪市内で最大震度6弱です。現在届いている被害は、家屋の倒壊二五棟。倒壊家屋や火災などで、三八名の死亡が確認されています。重軽傷者の数は二〇〇人以上。まだ増えると思われますが、太平洋岸の都市ほどではないと思われます」

「私が聞いているのは津波だ」

漆原は声を荒らげた。数を聞いてほっとした反面、職員の無神経さに腹が立った。太平洋岸の都市ほどではないとは何ごとだ。

「大阪は外洋には面しておりませんが」

財務大臣が横から言う。

「大阪方面の津波到達は、地震発生から約五〇分後と聞いています。しかし、瀬戸口先生によると今回は不明だと」

亜紀子が言った。

「大阪の映像はないかね」

漆原は財務大臣を無視して職員に聞いた。

ありますと答えてパネルのスイッチを切り替えると、スクリーンの画像が変わった。

「あれが、大阪か――」

漆原は言葉を失った。

臨海地区に沿って並ぶ工場群からは、数ヵ所火の手が上がっているのが見える。中の一つからは、ひときわ目立つ黒煙が上がっている。化学工場が炎上しているのだ。大阪湾を飛ぶヘリからの映像だ。この状態で死者が五〇名に届かないのは、過去の経験から学んだせいか。それともこれから増えるのか。

「あの黒煙は堺《さかい》市です」

「付近の住人は避難しているのか」

「おそらく——連絡は取れていませんが」

「爆発の危険は？」

「不明です」

「府の危機管理室は把握しているのか」

「把握していても、何もできないというのが現状でしょう」

「府知事を呼び出してくれ。話したい」

「府知事はオーシャン・ビューで行方不明です。知事も招待されていた一人です。現在、副知事が指揮を執っています」

「自衛隊は？」

「中部方面隊、第3師団、第10師団が待機しています」

「なぜ、すぐに出動させない。全国の自衛隊を出動させるように言ったはずだ」

「副知事の要請がありません」

「私の命令だ。全被災地に出動させるように言ったはずだ」

「名古屋についての話かと——それに、被災地が広すぎて具体的な被災状況が把握できていません」

「すぐに、出動させろ。これは緊急出動だ」

分かりましたと言って、防衛大臣が受話器を取った。これでは意思疎通がまったくできていない。年一回の防災訓練など、なんら役にも立っていないのだ。

「兵庫、徳島、近県の知事との連絡は取れているのか」

「それは——把握できていません。被災地からの連絡が多すぎて、ホットラインに対応できる人数が確保できていません」

「だったら、すぐに確保しろ。全職員を招集して、足りなければ都に頼め。すぐに連絡を取れ。我々にできることの把握に努めろ」

漆原は思わずヒステリックに叫んだ。利根田と秘書が驚いた顔で見ている。

大阪湾の海岸線に沿って設置された防潮堤の三分の一が、地震により崩れている。港の防潮堤、防波堤も半分が地震や船がぶつかった衝撃で破壊されている。さらに、周囲の地面は液状化現象で泥の海だ。おそらく防水扉にもかなりの歪みができて、簡単には閉じることができないだろう。

「ひどいな。この状況で津波が襲えば、ひとたまりもない」

利根田の呟《つぶや》きが聞こえる。

「津波警報は出ているか、直ちに確認するんだ。副知事と連絡が取れなければ、警察、消防、誰でもいい。私からの問い合わせだ」

「神戸はどうだ」

漆原は亜紀子に視線を向けた。

「被害は出ていますが、名古屋や大阪ほどではありません」

亜紀子は気丈に言ったが、気にしているのは確かだ。

することは山ほどあるはずだが、何から始めていいか分からない。落ち着くんだ。的確な指示を出せ。自分の指示で多くの人命が左右される。自分はこのときのために、政治家になったと信じるんだ。自分にはできる。最良の形で、この危機を乗り切ってみせる。心の中で繰り返した。

「河本君は私の側にいてくれ。きみは、阪神・淡路大震災も平成大震災も実際に経験している。だから、防災担当副大臣に任命された。私がこの危機を乗り越えるのを助けて欲しい」

「最善を尽くします」

「きみの副大臣としての最初の仕事は、直ちに災害復旧のチームを作ることだ。これから七二時間は全員、不眠不休の作業をしてくれ。今も瓦礫《がれき》に埋もれている人がいる。助けを求めている人がいる。今後、この地震が原因となる二次災害を最小限にくい止めて欲しい。つまり、津波被害を最小にしてくれ」

「太平洋沿岸全域の津波警報は当分解除しないでください。今度の津波には、過去の経験は役に立たないそうです。津波の避難地域も、もっと内陸まで広げるべきです。津波警戒地域では、保安要員以外は所定の避難場所に避難させてください。さらに、状況によって避難地域を拡大する必要があります」

警察庁長官の佐藤が、メモを片手に引きつった表情で漆原のところにきた。

何か言いかけたが、亜紀子を見て言葉を飲み込んだ。

「いいから言え。彼女は政府の重要メンバーの一人だ」

「閣僚の死傷者リストが届きました」

「読み上げてくれ」

「国土交通大臣、青山次郎《あおやまじろう》、死亡。三重の地元に帰省中、自宅崩壊により圧死。防災担当大臣、望月肇《はじめ》、死亡。法務大臣、中嶋宏《なかじまひろし》、死亡。二人とも新幹線で上京中でした。谷島総務大臣、松下信三《まつしたしんぞう》、重傷。落下物が当たって――都立病院に入院しています。谷島総理と本田《ほんだ》文部科学大臣は、いぜんとして行方不明です」

「河本亜紀子君、きみの最初の大仕事は防災担当大臣として行うことになった。こういう状況だ。面倒な手続きは省略する。このような時期に責任重大だが頑張って欲しい」

漆原は亜紀子に向かって言った。

16：40 Fri.

松浦は思わず目を閉じた。目の奥で白い光が炸裂したのだ。

「しっかり目を開けろ。服が少し燃えて、頭を少々打っただけだ。お前はアメリカ海軍最高の勲章をもらえる資格を持つ日本人だ。しかし、ツバサとアキコはなんて言うか」

もう一度目を開けるとダンが覗《のぞ》き込んでいる。

「悪い夢を見ているようだ」

「まさにその通りだ。しかし脳味噌《のうみそ》は正常だ。軽い脳震盪《のうしんとう》を起こしただけだ。意識さえ戻れば、今すぐにでも戦闘復帰だ」

黒人の軍医が、起き上がろうとした松浦の肩を叩いた。

すぐに記憶が戻ってくる。ヘリからパイロットを助け出した後、爆風に飛ばされて甲板で頭を打った。

「パイロットは？」

ダンが横のベッドを指した。

包帯だらけで、数本の点滴チューブにつながれた男が横たわっている。

「ひどいが命はなんとか取り留めた。お前は生涯、三人の美女から感謝される」

ダンはベッドの横のテーブルからしわくちゃの写真を取って、松浦に見せた。写真についている黒っぽい染みは血と油だ。写真には、二人の女の子を抱いたブロンドの女性が笑っている。

「トム・ブライアン。彼の家族だ。お前は彼女たちのパパであり夫の命を助けた」

立ち上がろうとすると、ズキンと頭の芯《しん》が痛んだ。

「頭の中身には異状はないが、激しい動きはしないように。何しろ、脳味噌が頭蓋骨に激突したんだ」

軍医がペンライトで松浦の瞳孔《どうこう》を診ながら言った。

松浦がベッドを降りて立ち上がると、パイロットの向こう側に寝ていた二人の男が手を上げて何か言った。ヘリに乗っていた兵士たちだ。

松浦はダンと甲板に出た。

「あの二人、なんて言った。聞き取れなかった」

「ただサンキューだ。サンキュー、サー、キャプテン」

松浦は甲板に出て、呆然と海と陸を見ていた。

現在、海底で起きていることを考えようとしたが、自分の想像の域を超えている。瀬戸口がいつも言っていることを思い起こすと、厚さ数十キロのプレートがぶつかり合い、巨大な力で押し曲げられている。それが、長さ六〇〇キロ余りにわたって跳ね上がったのだ。地球の歴史から考えると、ごくありふれた現象だ。

異様な空気の動きを感じた。さらに見えない力がこの空母に迫っている。

湾の入り口に目を向けると、白い波が迫ってくる。その白波は湾の水量を一気に増やすように、湾いっぱいに広がっていく。松浦は水面が上昇していく錯覚にとらわれた。いやそれは、決して錯覚ではない。

「津波だ」

松浦は低い声を出した。

巨大な海水の塊は空母をゆったりと持ち上げ、そのまま陸に向かって移動を始めた。しかし、空母の推進力のほうが勝った。三四万馬力の推進力で、空母は湾の中央にとどまっている。

膨大な量の海水の塊は完全に伊勢湾を飲み込み、防潮堤を超えて内陸に向かって流れ込んでいく。陸地近くに停泊していた小型船舶が、波に乗って陸のほうに流れていった。

「なんだ、これは」

中の一艘《いっそう》が防潮堤に乗り上げ、船底を削られ、船首を高く上げて横倒しに転覆した。

「津波だ。瀬戸口が言ったことが現実になった」

ＷＪＣがゆっくりと進み始めている。

「どこに行く」

「横須賀に向かう。基地に戻るんだ」

松浦は艦橋に走った。ダンが慌てて追いかけてくる。

タッカー艦長が操舵手の横で双眼鏡を見ている。

「きみには感謝している」

息を弾ませている松浦を見て言った。

「艦を伊勢湾にとどめておいてください」

「きみの勇気は賞賛するが、今ここ伊勢湾はペルシャ湾より危険な海域だ。私には艦長として、艦と乗員を護《まも》る義務がある」

「現在、名古屋周辺は孤立しています。ヘリで負傷者を遠方に運ぶには限界があります。この艦には医療設備が整っています。食料もある」

「ダメだ。当艦は安全を確認しだい、ただちに横須賀に向かう」

タッカーは断固とした口調で言った。

「津波はいずれ収束します。その後でけっこうです。救助活動に協力してください」

「よせ、松浦――」

ダンが松浦の腕をつかみ、耳元で囁く。

「目の前にいるのは、アメリカ海軍原子力空母の艦長だ。お前がアメリカ海軍の兵士なら即、営倉入りだ。こういう言葉を交わしていること自体、異例のことなんだ」

「艦長――」

横で双眼鏡を覗いていた副艦長がタッカーを呼んだ。

副艦長の視線は、甲板と海面に向けられている。

キャットウォークに並んだ乗員たちは、食い入るように水面を見ている。そして、その先には——。

松浦は思わず息を飲んだ。横のダンも言葉を失っている。

空母のまわりは、無数の木々や木材、看板らしきものやペットボトル、衣類、紙、ゴミ……で埋まっている。そしてそれらが、沖に向かって流されていく。その間に見えるのは——人の頭だ。手を振りながら助けを求めている者もいる。津波の引き波だ。

「停船だ。スクリューを止めろ」

タッカーが叫んだ。このまま進めばスクリューに巻き込むことになる。すでに、犠牲になった者もいるかも知れない。

松浦はダンを押し退けるようにして、艦橋を出て甲板に降りた。

「救助するんだ。沖に流される前に、彼らを空母に保護しろ」

「ボートを下ろせ。急げ」

「浮き輪を投げ込め」

様々な声が飛び交い、乗組員が甲板を走り回っている。

松浦は周囲に目をやった。同様な光景が視野の限り続いている。そしておそらく、東海から四国にいたる海岸線に沿っても、同じ様な惨劇が続いているのだ。

次々に甲板に引き上げられる人たちは、全身傷だらけだ。彼らの多くは半裸で、声も出せない。浜にいた者たちの大多数が津波に巻き込まれ、岩や木材で傷つけられ、衣服を剝《は》ぎ取られている。市内から引き波に押し流されて来た者もいた。

看護兵が走り回り、傷の程度によって負傷者を選別していく。重傷者は直ちに医務室に運ばれていった。戦場と同じだ。

ＷＪＣ乗員の総力を挙げての救助活動により、甲板には数百人の負傷者が収容され、一〇〇体を超す遺体が並べられた。

「彼らを救助したら、ヘリを飛ばして漂流者を捜索するよう艦長に頼んでくれ。まだ、かなりの人が沖に流されている」

松浦は遥か沖合いを見ながらダンに言った。さらに、市内にもまだ救助を待っている者が多数いる。

ダンは呼び掛けにも答えず、呆然と海面を見ている。彼の頭には津波という言葉などなかったのだ。地震すらも考えたことがないのだろう。

16：40　Fri.

大久保は、名古屋駅に続く地下街の階段の手すりにしがみついていた。

道路からは、凄まじい勢いで水が流れ落ちてくる。階段を上がろうとしても、水流に押されて滑り落ちてしまう。大久保の腕も、すでに感覚がなくなっている。流されまいと身体にしがみついてくる腕を振り払い、蹴り飛ばした。それでも放さない者には嚙《か》みついた。

階段から転げ落ちてきた老人の身体が、大久保に当たった。その身体を払いのけようとした瞬間、手すりをつかんでいた手がすべり、そのまま階段を転げ落ちた。地下通路の電気は切れ、明かりは階段の入り口から差し込む陽光だけだ。薄暗い通路にはすでに水が腰まで来ているが、かなりの人がいる。

一歩踏み出してよろめき、水中に転倒した。柔らかいものを踏みつけてバランスを崩したのだ。人の身体だ。死体が沈んでいるのだ。それも、並みの数ではない。水中についた手に、髪の毛らしきものがまとわりつく。全身を冷たいものが走った。必死でもがき、何度も水を飲みながらやっと立ち上がった。

奥にぼんやりとした明かりが見える。なぜか全員が引かれるように、そっちの方向に向かって進んでいる。どこかで、予備発電機が電気を供給しているのか。

無意識のうちに歩き始めた。水はすでに一メートルを超えている。天井がいやに近く感じるのは、通路の底が死体で埋まり、その上を歩いているからなのか。見えていた光がいつの間にか消えている。どっちが出口だ。すでに方向感覚はない。

階段から流れ落ちてくる水の勢いは、ますます増している。腰までだった水が、いつの間にか胸の下辺りまできている。

「明かりはないのか」

どこからか怒鳴り声が聞こえる。

再びバランスを崩し、そのまま水中に沈んだ。丸みを帯びたものを踏んだのだ。あれは確かに人の頭だった。それも、一つや二つではない。

流れが急に激しくなった。このまま地下の通路を流されていくのか。どこかに出口があるはずだ。こんなところで死にたくない。大久保は懸命に手足で水をかいた。やっと体勢を立て直し、顔を水面に出したが周りは完全な闇《やみ》で何も見えない。まだ、陽が沈む時間ではないはずだ。かなり流されて、地下街の奥まできているのだ。

「助けて――ください――お願い――」

子供の声を聞いた。水を飲みながらの精いっぱいの叫びだ。その声が横を流れていく。子供だと背が立たない深さになっている。

さっきまで聞こえていた叫び声も聞こえなくなり、やっと水の勢いが衰えてきた。手に何かが当たった。思わずつかむと、激しい痛みが走った。ネズミだ。ネズミを力いっぱいつかみ、嚙まれたのだ。水中で手を何度もズボンにこすりつけた。

気がつくと、水をかくたびに柔らかいものに当たる。全身に悪寒に似た痺れが走った。

暗くて見えないが、おそらくネズミに囲まれている。ネズミの中を泳いでいるのだ。町の真ん中に、これほどのネズミが生息しているとは信じられなかった。

「くそっ。この馬鹿げた茶番が終わったら、ネズミ捕り器の会社を興して日本中のネズミを根絶やしにしてやる」

大久保は吐き捨てるように言った。

水中がぼんやりと明るい。潜ってみると、男が懐中電灯を持ったまま沈んでいる。防水機能のあるものだ。大久保は固く握り締めている指から懐中電灯を取って、水面に出た。天井まで一メートルほどに水が増えている。

16：40 Fri.

「津波が遠州灘に近づいています」

危機管理センターに声が響きわたった。センター中の視線が前方のスクリーンに集中する。

「何波目だ」

「第二波——いや、第三波目です」

ヘリの映像が捉える海の色が沖で変わっている。群青の中にさらに濃い青を流したような海水が、白線を境にして陸地に迫ってくる。その白線が遠州灘の東から西に向かって、海岸を覆いつくしていく。津波は衰えるどころか、回を重ねるごとに勢いを増しているようにさえ思える。これが瀬戸口が言っていた、増幅された巨大津波か。

映像が変わり、泥水に囲まれた工場群が続く光景が現われた。傾いた巨大石油タンク、半分倒壊した鉄塔、中のいくつかからは炎と黒煙が上がっている。石油化学コンビナートが津波に襲われたのだ。四日市を中心にした工業地帯だ。その、すでに壊滅状態の工業地帯を津波が襲っている。

「映像を切り替えます」

声と同時に、スクリーンには複雑に入り組んだ海岸線が映し出された。三重県、熊野灘の沿岸だ。志摩半島から熊野にかけての海岸線だろうか。大小の入り江の大半は押し寄せた波で姿を消し、海水は沿岸の町になだれ込んでいく。数分後には、濁った巨大な泥水の中に水没した町の姿があった。

「和歌山に到着しました」

声と共に、映像は和歌山の海岸線を映し始めた。第一波で流し尽くされ、すでに車も人影もない潮岬周辺の海岸道路が、見る間に波に飲み込まれていく。海岸に沿った崖に打ち寄せた波は高さを増し、道路を埋め尽くしていく。波高は二〇メートルを超えているに違いない。

「第二波が四国に到着しました。映像は室戸岬です」

映像が切り替わり、太平洋に鋭く突き出た岬が映し出される。押し寄せる津波は岬の先端で切り裂かれるように左右に分かれ、海岸線を飲み込んでいく。右に流れる波はすでに紀伊水道に入り込んだ波を追いかけるように進み、左の流れは土佐湾《とさわん》に流れ込んでいく。その波は足摺岬で分かれた波と合流して、土佐湾を埋め尽くすのだ。

「あれじゃ四国が沈没する」

「九州だって同じだ。日本の半分が津波に飲み込まれている」

センターの一角から声が聞こえた。

漆原は思わず視線を外した。日本列島が東から西へと水没していくのだ。とても正視できるものではない。

「米軍からの衛星映像が入っています。切り替えます」

防衛省の職員の声で、スクリーンには日本列島が映し出された。

伊豆半島の東から浜松、名古屋、志摩半島を経て、紀伊半島、四国の太平洋側、そして九州の宮崎、鹿児島にかけて、日本列島に平行に、太平洋沖に何本もの縞模様《しまもよう》が走っている。それらの一本一本が、列島に押し寄せている津波だ。そしてその波が、ドミノ倒しのように日本列島を次第に飲み込んでいく。

「日本の形が変わっている」

確かに、地図で見慣れた太平洋岸とは微妙に形が変化している。湾の奥に海水が入り込み、岬が浸食され、川は逆流し、溢《あふ》れ、沿岸の町が水没しているのだ。複雑だった海岸線も波に埋まり、太平洋の一部となっている。日本列島の太平洋に面する半分以上の沿岸が、津波に削られているのだ。そして、その波の中に何万もの人たちが飲み込まれている。

センター内のすべての職員が言葉を失って、津波に弄《もてあそ》ばれる日本列島を見つめていた。

「よく見ておくんだ。こんなことは二度と起こしてはならない。それが我々の役割だ」

漆原はスクリーンを睨《にら》むように見て、絞り出すような声を出した。

16：40　Fri.

黒田は数分おきに携帯電話のボタンを押した。すでに数十回は押しているが、返って来る声は同じだった。

〈電波の届かないところにいるか、電源が――〉

ポケットにしまったとき、携帯電話が鳴り始めた。ディスプレーには非通知の文字が入っている。通話ボタンを押したが何も聞こえない。

「ミチか」

黒田が問いかけたが返事はない。

「ミチなんだろう」

〈たぶんね〉

「しっかりしろ。どうしたんだ」

〈自分が自分でないみたい。頭がぼーっとしてる〉

確かに、いつもの美智とは違う声だ。しかし生きていることには間違いない。

「どこにいる」

〈私のほうが聞きたいよ。見えるのは水ばかり〉

「何が起こったか話してみろ」

〈女の子が溺れてて——私が水に入って屋根に押し上げた。そのとき——足に何かがぶつかって、津波に飲み込まれて——気がついたら——今はサーフボードに乗っている〉

「何か見えないか」

〈何も見えない。海の真ん中ってことらしいね〉

「陸が見えないのか。携帯がつながってるだろ。そんなに陸から遠くはないはずだ」

〈これ、衛星電話。防水機能も付いてる。本部のマンションに行ったとき持ってきた。あいつにこんなの持たせていたら、ろくなことしないでしょ。私のは、水に浸かってダメになってる〉

話すにつれて、いつもの調子が戻ってきた。意識もはっきりしてきたようだ。

「すぐに救助を頼むから、それまで頑張ってくれ」

〈なんとか頑張る。まだやりたいことたくさんあるし〉

「そんなこと言うな。津波の引き波に流されたとすると遠州灘の南、数キロというところだ」

〈その程度なら、泳いで帰ろうか〉

「馬鹿。どっちが陸だかも分からないんだろう。海流だってある」

〈アメリカに着くか日本に着くかだ。二つに一つ〉

「何か見えたらすぐに知らせるんだ。位置が分かるかも知れない」

〈そうする。でも——〉

一瞬、言葉が途切れた。

「どうした。ミチ」

〈大丈夫。海には慣れてる。でも、早くなんとかしてね〉

「ミチ、俺は——」

〈携帯の電池がもったいないから切る。電池残量の棒が後一本〉

「ミチ——」

黒田は呼びかけた。しかし、携帯電話はすでに切られている。

ボタンを押しかけた指を止めた。美智が言った通りだ。携帯電話の電池を無駄にはできない。美智の命の綱だ。それに——番号を聞いておくべきだった。

どうすればいい、自分に問いかけた。警察は混乱している。どこを漂流しているか、すら分からない。ただ一人のために捜索してくれるとは思えない。どうすればいい。

大浜海岸はまだ陸から引いてくる、泥のような水の流れが続いていた。その流れは、地震で潰れ、津波で砕かれた建物の残骸《ざんがい》、そこから流れ出した家具、看板、引き抜かれ千切られた木々で埋まっている。

黒田は延々と続く町の崩壊のあとを前に、呆然と立ち尽くしていた。

16：40 Fri.

三戸崎は改めて部屋の中を見回した。

五号機の補助建屋の中は人で溢れていた。三〇〇人、いや四〇〇人以上はいる。その半数が小学生と中学生だ。そしてその大部分が水着姿だ。

第一波の津波の後、事務棟の屋上に避難していた者の中で生き残った者や、津波の引き波で沖に流されそうになっていた者を収容したのだ。

建屋の外は、まだ濁った水がかなりの勢いで流れている。津波は六メートルある盛り土を超えて原発敷地内にまで流れ込み、事務棟を破壊し、通りすぎていった。

海岸の地形はすっかり変わっていた。ゆったりとした弧を描いていた砂浜の砂は浸食され、えぐられたような陥没がいたるところにある。防潮堤の下に並んでいた海の家と売店は跡形もない。あのまま砂浜にいたら、ほぼ全員が津波に飲まれていたはずだ。

「どうした？」

三戸崎は額をハンカチで押さえて座り込んでいる斉藤に聞いた。ハンカチには血が滲《にじ》んでいる。

「子供を抱えて逃げるときに壁にぶつけたらしいです。そのときは痛みなんて感じなかったんですが」

そう言って顔を歪《ゆが》めている。

三戸崎がハンカチを取るとぱっくりと傷口が開き、血が噴き出してくる。慌ててポケットから出したハンカチを二重にして当てた。

「まだ傷が開いている。中央制御室に行ってこい。救急セットがあるはずだ。運転員の誰かが応急処置をしてくれる」

分かりましたと言って、斉藤は中央制御室に続くドアに向かった。

叔父さん、と呼ぶ声に振り向いた。柴山が立っている。子供は連れていない。

「いつまでここにいるんですか。もう津波は来ないでしょう」

「安全だと分かるまでだ」

「それはいつ分かるんです」

「明日か明後日か、はたまた三日後か。ひょっとして、今日かも知れないし、一時間後かも知れない」

「おかしな禅問答はやめてください。今は馬鹿を言ってるときじゃない」

「気象庁に聞いてくれ。安全宣言を出すのはあの辺りだろう」

「救助隊は来ないのですか」

「どこから来るというんだ。ラジオを聞いただろう。この辺りは全域、水浸しだ。救助に来たパトカーや消防車が流されたんじゃ、洒落《しゃれ》にもならない」

「でも、ここにいるだけじゃ――」

「いったい何が不満なんだ。発電機で電気はきている。エアコンだって利いてるし、トイレだってちゃんと流れている。第一、安全だろう。外じゃ、死体の山ができてるってことが分かってるのか」

思わず声を荒らげた。神経がかなり苛立っている。避難者が三戸崎を見ている。

「津波が収まったらいつでも出て行けばいい。しかし、今はここのほうが安全だ」

三戸崎の携帯電話が鳴り始めた。

〈屋上に外部カメラをセットしました。外の様子が見られますよ〉

三戸崎は柴山を連れて中央制御室に行った。

中央制御室では三台並んだテレビモニターの前に人が集まり、モニターには三方向の外部の様子が映し出されていた。事務棟の周りはまだ濁流が渦巻いている。

「これは第三波の引き波ですね。いや、四波だったか。もうこんがらがっている」

運転員の一人が言った。まだまだ勢いが衰えたようには見えない。確かに、黒田が言っていたように異常な津波だ。

事務棟の正面玄関を突き破った巨大な津波石は、なぜかなくなっている。あの石を移動させる力は並みのものではない。代わりに、流されてきた大型バンが窓ガラスを突き破って車体が半分、建物の中に入り込んでいる。その隙間から水が建物内に流れ込んでいく。人の姿はまったく見えない。

「凄まじい水量だ。こっちに避難していてよかった」

総務の中年の男がしみじみした口調で言った。

「事務棟はかなり傷んで、傾いていますね。崩れるのは時間の問題だ」

「今のところ、ここより安全な場所はないということか」

「ここは原子炉があるんでしょう。危険じゃないですか」

「だったら、いつでも出て行け」

柴山の言葉に運転員の一人が言う。反原発のリーダーで、いつもデモの先頭に立っているのを知っているのだ。

「原子炉は地震で自動停止した。止まってさえいればただの鉄の塊だ。中のウラン燃料も、ただの質量の重い元素にしかすぎない」

そう言った三戸崎の動きが止まった。何かを探すように身体の向きを変えていく。

「あの音はなんだ」

かすかに重い響きが伝わってくる。地下のタービン室から響いてくる音だ。タービンが回っている。

三戸崎は副当直長を部屋の隅に呼んだ。

「中央制御室から運転員以外の者を出せ。避難者たちに悟られないようにしろ。パニックが起きる」

副当直長は頷いて、目で制御盤のほうを指した。

数人の避難者が、制御盤の赤ランプについて運転員に説明を求めている。どうすればいい。三戸崎自身がパニックを起こしそうだった。

「地震で緊急停止した影響で、大きなトラブルではないと答えろ」

「分かりました」

タービン室からの音が大きくなった。腹に響くような音だ。時折り、金属がぶつかり合うような高い音が混じる。

「避難者をすぐに中央制御室から出すんだ。急げ」

三戸崎が運転員たちに言った。表情が変わっている。

「叔父さん、何かあった――」

「緊急の会議だ。すまんが出て行ってくれ。本来、中央制御室には関係者以外は立ち入り禁止だ」

三戸崎は柴山の腕をつかんで、ドアまで連れて行く。

「事故ですか。原子炉で事故ですか」

「違う。事故など俺が起こさせない」

三戸崎は腹の底から絞り出すような声で言った。その三戸崎の表情を見て、柴山は言いかけた言葉を飲み込んで出て行った。

「五号機は動いているのか」

当直長のデスクに座った三戸崎が聞いた。今は自分がここの当直長だ。

運転員たちは強《こわ》ばった表情で、三戸崎を見つめている。

「馬鹿が、何してる。すぐに原子炉を止めるんだ」

三戸崎は、部屋の隅でうずくまっている職員の腕をつかんで立たせた。

「自動停止装置が働かなかったのか。震度7の地震だぞ」

大浜原発は震度4の揺れで地震センサーが働き、自動停止することになっている。

「緊急停止していたのを知事と市長の突き上げをくって――そう部長が言ってました。だから――」

「はっきり言え」

「地震センサーを解除して運転していました。解除しないと、余震ですぐに緊急停止するので――。部長がセンサーが敏感すぎてわずかの振動に対しても反応するだけで、切っても問題ないと言うので――」

三戸崎は制御盤に飛びついた。確かに地震センサーが切られている。これでは自動停止装置は働かない。当直長、との声に振り向くと青ざめた顔の運転員が立っている。

「制御棒が上がりません」

沸騰水型原子炉の制御棒は、水圧で下から押し上げる形になっている。その制御棒が、下から一〇分の一ほど挿入された位置で止まっている。

「どこかでつかえています」

震度7の地震で他のシステムがすべて緊急停止したが、原子炉だけは稼動を続けているのだ。

「炉心温度二三七二度。燃料被覆管外面温度六七九度」

ディスプレーを見ていた運転員が叫んだ。

五号機の設計炉心最高温度は一八五〇度、燃料被覆管外面温度は三九〇度だ。通常はこの温度以下で運転されているが、すでにかなり超えている。しかし、熱設計基準値としては炉心温度二六五〇度、燃料被覆管外面温度八三〇度と設計されているので、まだ多少の余裕はある。

「再循環ポンプが止まっています。そのため——原子炉圧力容器内の冷却材がかなり少なく——ジェットポンプも動いていません。温度上昇はそのためかと」

「冷却材がどのくらい減っているのか調べろ。急げ。止まっているジェットポンプは何台だ」

沸騰水型軽水炉はウラン燃料の間を冷却材を流し、蒸気を生成してそれでタービンを動かす。タービンを動かした蒸気は復水器で冷却され、再び原子炉圧力容器に戻ってくる。再循環ポンプは冷却材を循環させるポンプで二台、ジェットポンプは冷却材を強制的に炉心に送るポンプで二〇台が設置されている。いずれも耐震設計されている。しかし、ジェットポンプが止まっているとなると——。

複数の制御盤の赤ランプが点滅を始めた。

「炉心温度二六四二度。燃料被覆管外面温度八一九度。すぐ熱設計基準値を超えます」

運転員の声が響いた。

部屋の電話が鳴り始めた。三戸崎が取ると本社の部長の声が聞こえてくる。

16：40　Fri.

亜紀子は頭を抱えていた。

救援物資をどこに送ればいいのか、全国から問い合わせが殺到している。北海道、東北、九州……各駐屯地から移動中の自衛隊も、最も必要とされている場所に投入したい。状況を考えると、六時間以内には指示を出さなければならない。しかし、被災地の具体的な状況はまだ何もつかんではいない。ヘリから送られてくる映像だけだ。

政府に送られてきた救援物資も、すでに段ボール七〇〇〇個を超えているという。

「各被災地の状況を具体的に集約するシステムはないの」

「現在、各市町村に問い合わせをしていますが、その大部分が正常な機能を果たしていません。本来なら、復旧作業を指導しなければならない役所の職員自らが被災者なんです。特に、今回の場合、被災地が広域にわたっているので時間が必要かと」

分かってる、そんなこと。亜紀子は怒鳴りたい気持ちを押しとどめた。

「最初の名古屋の地震が起こってから、もう六時間がすぎてるのよ。なのに、被災地の正確な情報が何一つつかめていない。今まで何をやってたのよ」

過去の二つの大震災を思い浮かべた。それ以後、私たちはいったい、何をやってきたのだ。まったく進歩していない。ただ慌てふためき、おろおろしているだけだ。今回の地震については、何十年も前から発生の可能性が指摘されてきた。それなのに、このありさまだ。

「全国からの救援物資は各府県に一ヵ所、集積場所を決めて集めます。どこがいいか、至急各自治体に問い合わせてください。大きな被害を受けていない、交通が確保されているところ。そこから、いちばん必要としているところに振り分けます。その旨、各地の担当者に報せてください。必要としている物資のリストは、各地の市役所が出してください。住民の状況をもっとも把握しているはずです」

　亜紀子は国土交通省の役人に指示したが、言いながら虚しさが込み上げてくる。その自治体が被害情報を把握しているとは思えない。県庁、市役所の職員も被災者であり、指揮を執るべき知事や市長と満足に連絡が取れていないのだ。

　黒……なんとかいう市役所の職員が、東海、中部、近畿、四国にわたる各地の市役所の防災担当職員、ボランティアとのネットワークを作っていると聞いたことがある。あれは――。誰に聞いた話だったか。懸命に記憶の糸をたどった。瀬戸口だ。

　亜紀子は携帯電話を出して、瀬戸口の番号を押した。

「いつだったか、大学をやめて市役所に入った学生の話をしてくれたことがあったでしょう。自分の才能を否定するおかしな奴だって。あなた、随分、残念がっていた」

〈黒田のことか〉

「そう。その黒田君。連絡を取りたいんだけど」

〈地震の前にここに来ていた。今までに経験したことのない、巨大津波が来るかも知れないと言ってきた。そしてその通りになった。漆原副総理に伝えたのは、彼の進言でも

あるんだ〉

「あなた、彼は東海、中部、近畿、四国地方の市役所、ボランティアのネットワークを作ったって言ってたでしょう」

〈市町村の防災関係の部署、避難所や支援組織、各NPO団体をネットで結んだものだ。「災害時における地方自治体の役割」「太平洋岸津波防災ネットワークの確立」、地震防災学会の論文集にあった。論文通りだと、日本一の防災ネットワークだ〉

「聞いたことないわね。それは機能してるの」

〈本人に聞いてくれ。大浜市の市役所にいるはずだ〉

瀬戸口が携帯電話の番号を言った。

亜紀子は黒田に電話した。

〈誰ですか。聞き取りにくいんですが〉

ぶっきらぼうな若い声が聞こえてくる。まだ学生気分が抜けきらないしゃべり方だ。

「防災担当大臣の河本です」

〈俺の記憶違いでなかったら、防災担当大臣は望月肇のはずだけど。彼は確か、男だった〉

「名古屋の地震で亡くなったの。私は防災担当副大臣だった。まだ正式には、発表されてはいないけど」

〈それで、あんたが昇格したというわけですか。その大臣が俺になんの用ですか〉

「手伝って欲しいことがあるんだけど」

〈申し訳ないけど、俺は今それどころじゃないんです。人手なら、どうにでもなるんじゃないですか。あんた、大臣なんだから〉

それじゃあ、と言って携帯電話を切ろうとする。

「待ってよ。瀬戸口君からあなたのことを聞いたのよ」

〈瀬戸口君って――瀬戸口先生のことですか〉

「日本防災研究センターの瀬戸口誠治博士。私の記憶違いでなかったら」

〈先生をご存知なんですか〉

突然、言葉遣いが変わった。

「高校時代からの友達よ」

〈ごめんなさい。俺――いや僕、知らなくて〉

「あなたは、今回の地震被害地域の防災関係のネットワークを作っているって聞いたけど、それは機能してるの」

〈使ってません〉

「どうして？　瀬戸口君の話だと、現在の日本では一番って聞いたわよ」

〈僕たち下っ端の提案は、誰も聞いちゃくれないんですよ。みんな、偉い人の思いつき

のいい加減なことをやるので精いっぱいだから〉

「私に詳しく話してくれない」

〈僕、今忙しいんです〉

「あなた、今どこにいるの。私がそこに行くから」

数秒、沈黙が続いた。何を考えているのか。

「聞こえてるの」

〈ヘリで来るんですか〉

「それしか手段はないでしょうね。交通は寸断されてる。もし、ネットワークができているのなら、自衛隊のヘリでそっちに行くから見せてちょうだい」

〈できています。すぐに大浜津波防災センターに来てください。ヘリポートもあります。僕もこれからそこに行きます〉

急に声が大きくなり、愛想もよくなった。

「分かったわ。これからすぐに出発する」

確かにおかしな男だ。防災担当大臣と名乗っても大して興味を示さなかったが、瀬戸口の名を出すと態度が変わった。よほど尊敬しているのだ。おまけに、初め断っておきながら、急にすぐ来てくれと言い始めた。なぜ？　それより、急がなくては。

大浜津波防災センターは、一年前に東海地震の津波に対処するためにできた静岡県の施設だ。去年視察したが、御前崎の西約一〇キロの丘の上にある小奇麗な建物で、設備ばかりが先走った中身のない施設だ。窓から遠州灘が一望できたのが印象に残っている。

「すぐに、自衛隊にヘリをまわすように言って。準備はしてあるはずよ」

亜紀子が振り返ると、秘書はすでに受話器を握っている。

官邸のヘリポートに出ると、自衛隊のカーキ色の巨大なヘリが待機している。UH－60だ。

「大げさなヘリね。乗るのは私と秘書を入れて四人よ」

「他のヘリは出払っています。こいつは物資の輸送用で、これから岐阜の部隊に帰ります」

確かに、ヘリの三分の二は段ボール箱で埋まっている。

「私は物資並みというわけか」

「緊急の最重要物資と心得ています」

若いパイロットが亜紀子にヘルメットを渡しながら、真面目な顔をして言った。

ヘリは力強いローター音を響かせて飛び上がった。

二〇分も飛ぶと静岡上空に出た。

予想を超えた光景が、眼下に広がっている。

「下を見ないほうがいいですよ。気分が悪くなる女性が多いんです。吐くときは、これにお願いします」

呆然と下を見つめている亜紀子に、ビニール袋が差し出された。亜紀子は無言で押し返した。

海岸に沿った建物の半分以上が消え、残っている建物もどこかに被害を受けている。海岸線に沿って内陸の多くの場所がまだ水没している。

日本の町とは信じられなかった。海岸線には、砂浜の代わりに瓦礫の山が続いている。地震で破壊された住宅の残骸が津波で海に運ばれ、再び海岸に打ち上げられたのだ。あの中にはおそらく多数の――。

亜紀子の脳裏に昔の光景が蘇ってくる。私は何度、こういう光景を見ればいいのか。涙を隠すためにヘルメットを目深に被った。

17 : 00 Fri.

伊勢湾内には、津波の第二波をまぬがれ、港から避難した大小の船がいたるところに停泊していた。

松浦の視野に入るだけでも、大型タンカー三隻、中型タンカー二隻、コンテナ船五隻、LNG船二隻、その他一〇隻以上の船舶が停泊している。

「この津波はどのくらい続く」

タッカー艦長が松浦に聞いた。津波については松浦が最も詳しいと判断しているのだ。

「私にも分かりません。日本の気象庁、ハワイの津波警報センターの情報に注意しているのが最適かと。ただし、過去の例から考えると、何波にも分かれて押し寄せます」

松浦は瀬戸口から聞いた話を懸命に思い出そうとした。

「今回は、東海、東南海、南海地震がほぼ同時に発生しています。通常の津波の常識では考えられない事態が起こりうる可能性も大きく、規模も甚大になったと思われます」

タッカーが海上を睨むように見ながら、無言で松浦の言葉を聞いている。

「安全が確認されたら直ちに太平洋に出る」

タッカーが艦橋にいる士官全員に聞こえるように言った。

双眼鏡で海上を見ていた大尉が叫んだ。

「艦長、五時の方向」

松浦は彼の視線を追った。

波に乗ったLNG船が、停泊している大型タンカーに向かっていく。距離は五〇〇メートル余り。タンカーは一〇万トンクラス。全長三〇〇メートル近い。ほぼWJCと同じ大きさだ。LNG船の全長は約一〇〇メートル。タンカーの三分の一の大きさだ。

LNG船は、液化天然ガスを専門に運ぶ船だ。天然ガスをマイナス一六二度の低温で液化して、球状のタンクに入れて輸送する。

ＬＮＧ船の速度は一〇ノット程度。速度を落とす気配はない。よく見ると、船尾が変形している。小型船がぶつかったのだ。

「ＬＮＧ船のタンクは三基。かなり旧式だ。防火設備も時代遅れのものだ」

「あのまま進むとぶつかるぞ。タンカーはよけきれない」

「両船とも気づいているはずだ。おかしいぞ、ＬＮＧ船の速度が落ちない」

確かに止まっていたタンカーが動き始めている。しかし、その速度はあまりに遅い。

ＬＮＧ船がわずかに方向を変え始め、タンカーの船尾にかかった。

「衝突だ」

金属のぶつかり合う鈍い音と、こすれ合う鋭い音がＷＪＣまで聞こえてくる。タンカーとＬＮＧ船が一瞬絡み合ったように見え、ＬＮＧ船の船首とタンカーの船尾がつながったまま止まっている。いや、よく見るとＬＮＧ船は微速ではあるが、タンカーを中心にして円を描くように回っていく。小学生が力士に振り回されるように回転している。

タンカーの船尾は大きく変形し、ＬＮＧ船の船首が食い込んでいる。

そのとき、巨大な火柱が立ち上った。それに続き、轟音が響きわたる。ＬＮＧ船の三基並んだ球形タンクの船首側タンクが爆発したのだ。

「タンカーが爆発する――」

タンカーとＬＮＧ船が絡み合った部分に、オレンジ色の炎が見える。ＬＮＧ船のタンクの船首側が半分吹っ飛び、火災が起こっている。そのタンクに残っている液化天然ガスが燃えているのだ。しかし二隻の巨大な船は、一つになったままゆったりと浮かんでいる。

「どうなっている」

「奇跡的だ。LNG船のタンクの一つが爆発しただけだ。船も沈みそうにはない」

「だが、あのままだといずれ爆発する。タンカーが爆発したら、この辺りは火の海だ」

耳にレシーバーを当てていた士官が、タッカーに用紙を渡した。

「タンカーは『平成丸』一二万トン。全長二九七メートル。サウジアラビアから原油を運んできた。LNG船は『富士丸』だ。三万トン、全長は一〇七メートル」

さすがアメリカ海軍の空母だ。情報収集は早い。甲板の下にはCDCと呼ばれる戦闘指揮センターがあって、コンピュータを含めて最新の電子機器が整備されている。アメリカ本土からも、あらゆる情報が送られてくるのだ。

「タンカーが流されている」

双眼鏡で見ていた士官が声を上げた。

タンカーが、正確にはタンカーとLNG船が衝突したまま動いている。というより、波に押し流され、微速ではあるが陸に向かっている。

「衝突で、タンカーの舵がなんらかのトラブルを起こしたのだと思います。LNG船の船体がわずかに前方に傾いています。おそらく、船首がタンカーの船尾にもぐり込んだのでしょう」

「タンカーがLNG船にオカマを掘られたわけか」

　誰かが言ったが誰も笑おうとはしない。

「一二ノットで航行している約三〇〇メートルの大型タンカーが止まろうとして、スクリューを反転させても停止するまでに四キロから四・五キロ、約二〇分かかる。スクリューなしだと、一一キロは惰性で進む。その間、三〇分というところだ」

「陸までの距離は?」

「せいぜい、一・五キロ。あのままだと陸に乗り上げる」

巨大なタンカーは炎を上げるLNG船と絡み合ったまま、ゆったりと伊勢湾を北上している。

「一〇万キロリットルの原油を積んでいるんだ。タンカーとLNG船がぶつかったときの慣性で進んでいる」

「陸に突っ込んだらどうなる」

「大型タンカー一隻分の原油約一〇万キロリットルが、町と海に流出します。さらに津波で市街地一帯に流されれば、名古屋は原油の海になります。環境破壊どころじゃない。湾と町を封鎖して、何年もかけてオイルの汲《く》み出しが必要です」

「タンカーとの連絡は？」

「海上保安庁が連絡を取っているようです」

炎がLNG船の船首全体に広がり、白かった煙が黒くなっている。

松浦は、平成大震災時の豊洲のナフサタンク火災を思い浮かべた。だがもし、タンカーが陸に突っ込めば、その被害は豊洲の比ではない。

LNG船の残り二基の球形タンクの上部の放水口からは水が噴き出し、水膜が張られている。それもいつまで持つか。

「消防艇は来ないのか。名古屋港にも何艘かあるはずだ」

「三艘ありますが、一艘は津波で岸壁に衝突して大破。残りの二艘も、地震と津波で航行不可能です」

「あのままだといつか爆発する。二隻を離さなければ」

「タンカーから救難信号が出ています。舵とスクリューが破損され、自力航行が不可能とのことです」

レシーバーを付けている士官が、タッカーに向かって言う。彼は船の通信を傍受しているのだ。日本語が分かるらしい。

「貴艦が直ちに必要要員を残して乗組員を退船させた場合、乗員の救助には万全を尽くす。以上を伝えてくれ。我々はしばらく静観する」

タッカーは副艦長に言うと、艦長席に座って足を組んだ。

周辺海域には一〇隻以上の日本の船舶が停泊している。すでにオイルとLNGを積んだ二隻のタンカーの状況は、十分に把握しているはずだ。海上保安庁の船舶にも連絡がいっている。アメリカ海軍の空母が関《かか》わることはない、と考えているのだ。

LNG船は喘《あえ》ぐようにスクリューを後退に回し始めた。しかし、タンカーから離れる気配もなく、陸に向かう動きも止まりそうにない。しょせん、大きさが違いすぎる。

「火災がひどくなっている。いずれLNGタンクが爆発する。二隻のタンカーの船長に、避難するよう連絡したほうがいい」

松浦は少佐の襟章の士官から双眼鏡を借りて、二隻の船を見た。

放水による何本かの水柱が上がっている。タンカーとLNG船の船員が、火を消そうとしているのだ。しかし火元が遠すぎるために、放水の水が火まで届かない。火勢が強すぎるため、十分に近づけないのだ。水が風に流されて、タンカーの上に虹《にじ》を作っている。

「火の勢いが強すぎます。あの位置からでは、いくら放水しても消火はできません」

「どうすればいい」

「燃えているのはLNG船でタンカーじゃない。まず、船を切り離すことです。消防へリを要請して、化学消火剤をかけるのが最適かと」

「タンカーも消防ヘリの出動を要請している。だが、化学消火剤を散布できるヘリは出払っていて、とてもそっちにまで回せないとのことです」

レシーバーの士官が言う。

両方のタンカーからボートが下ろされ、乗組員の退船が始まっている。

そのとき、士官が松浦のほうを見た。

「二隻のタンカーと付近の船舶との通信です。聞きますか」

松浦が頷くと、もう一つのレシーバーを渡した。

〈――こちら、コンテナ船『さくら丸』。両船の乗員の救助に向かいます。状況から判断すると、全乗組員のすみやかな退船が必要です〉

〈お気遣い感謝します。しかし、最後まで全力を尽くします〉

〈私も最善を尽くします〉

タンカーとLNG船から離れた五艘の救命ボートは、近くのコンテナ船に向かった。

コンテナ船からはすでにはしごが下ろされ、救助の態勢が取られている。

「あの状態で、LNGタンクが爆発したらどうなる」

タッカーが横の少佐に聞いた。彼は戦闘担当の士官の一人だ。

「タンカーが誘爆する恐れがあります。漏れ出たLNGとタンカーのオイルが燃えると、この辺りは火の海になります。それが波に乗って町を襲うことになるでしょう。誘爆をまぬがれても、原油が漏れれば同じことです。湾全体が汚染されることには変わりありません」

「海上保安庁の巡視船『やしま』と消防船『ひりゅう』が、伊勢湾に向かっているそうです」

「どのくらいかかる」

「現在、相模灘《さがみなだ》沖合いです」

士官が答える。

「名古屋港湾事務所と連絡が取れますか」

松浦はレシーバーの士官に聞いた。

士官は数秒パネルのダイヤルを操作していたが、顔を上げて頷いた。

松浦は士官からマイクを受け取った。

〈こちら名古屋港湾事務所〉

意外とのんびりした声が返ってくる。

「『平成丸』と『富士丸』の衝突事故は把握していますか」

〈ここからも見えます。現在、対策を考えています〉

「タグボートを寄越してください。タグボートで二隻の船を反対方向に引いて切り離します。そうすれば、タンカーからLNG船のタンクに放水することができる」

〈二隻のタグボートは岸壁に衝突して破損。なんとか浮いているという状態です。もう一隻は、津波の第一波で陸に打ち上げられています。残りは津波で海水を被り、エンジントラブルを起こして動けません〉

くそっ！　松浦は思わず呟いた。周りの乗組員たちが全員、松浦を見ている。

「以上だ。我々は空母の安全を最優先とする。タンカーとは適当な距離を保って、津波警報の解除を待つ。各自、持ち場に帰って任務に復帰すること」

突然、タッカーが椅子から立ち上がり言った。

松浦はダンと共に艦橋から出た。

甲板にはＷＪＣのほぼ全乗組員が出て、絡み合った二隻の船を見守っている。

「空母でタンカーを押し戻すことはできないか。あるいは、方向を変えるだけでいい」

松浦はダンに言った。

「無茶を言うな。できるわけがない」

「きみから艦長に頼んでくれないか」

「頭がおかしくなったと思われるだけだ」

「大きさは変わらないが、推進力は空母のほうが桁違《けたちが》いに大きい。並行して走りながら、方向を変えることができるはずだ。引き波に乗って、外洋に誘導すればいい」

「ここは日本国内だし、戦時下でもない。アメリカ海軍の空母が危険を冒すことはできない」

「だったら、俺が頼む」

「営倉入りが希望か。相手はアメリカ海軍の大佐、原子力空母の艦長だ。お前の意見が通る状況じゃない」

それに——と言って、ダンが松浦を見つめている。

「ツバサとアキコのことを考えろ。お前は一人じゃない」

確かにその通りだ。松浦には言葉がなかった。数百メートル前方には、黒煙を上げながらゆっくりと陸に向かう巨大タンカーとLNG船の姿がある。

「なんとかしなければ——」

松浦は、時折りオレンジ色の炎を上げる二隻の巨船に目を向けた。

ダンはしきりに首を振り、「馬鹿はやるな、ダン。お前はアメリカ合衆国海軍のパイロットだ」と自分に言い聞かせるように呟きながら行ってしまった。

17：20　Fri.

危機管理センターの中央スクリーンには、黒煙を上げる二隻の大型船が映し出されていた。一隻は大型タンカー、もう一隻はLNG船だ。室内のすべての視線は、その絡み合った二隻の船に注がれている。

二隻の船の周りの海面には、すでに虹色に輝くオイルの膜ができ、それが広がりつつある。タンカーのどこからか、原油が漏れているのだ。

「オイルフェンスは使えないのか」

利根田が消防庁から派遣されている職員に強い口調で聞いた。

「この状況では……」

職員は口ごもった。

「消防、警察、海上保安庁、すべて出払っている。おまけに、津波がいつ来るか分からない。誰が設置に行く。そもそも、オイルフェンスがどこに保管されているか、知っている者はいるのか」

漆原は言った。利根田は黙っている。

「直ちに、伊勢湾内にいる船舶に避難命令を出せ。海上保安庁、消防、自衛隊、警察、港湾関係者。誰でもいい。連絡を取って、対策を考えるんだ。同時に、あのまま二隻のタンカーが陸に衝突した場合の被害算定を出すように」

漆原は早口で指示を与えた。

「名古屋市の助役は状況を把握しているのか」

「しているとは思いますが——市内の火災の消火と、倒壊家屋に閉じ込められている者の救出で精いっぱいかと思われます」

「至急、状況を伝えて、補佐官の派遣を含めて政府も最大限の援助の用意がある旨を伝えてくれ」

消防庁の技官がノートと計算機を持って来た。

「オイル流出の被害算定が出ました」

「向こうの部屋で聞こう」

漆原は技官を危機管理センター隣の会議室に伴った。

自衛隊、警察からの出向者にも、ついてくるよう言った。

「積んでいるオイルは、約一〇万キロリットル。海上でそのすべてが流出し、津波によって陸に流れ込むと名古屋市の三分の一、さらに近郊の市がオイルで汚染されます。タンカーが陸に衝突した場合も、最低半分の流出は覚悟しなければなりません。その後の津波でオイルは市内に流れ込み、数キロ四方に拡散します。残りのオイルも、数時間で港内はもとより、湾内に広がり、最終的には遠州灘一帯を汚染します」

「オイルフェンスは？」

「津波の危険があり、タンカーが移動しているという状況を考えると、残念ながらオイルフェンスはまったく使用できません。このままだと、最大規模のオイル流出事故になります」

「オイルの流出は、なんとしても防がなければならないということか」

「オイルが流出した場合、伊勢湾を封鎖しても、汚染は伊勢湾、三河湾はもとより、東は遠州灘を経て、駿河湾、西は熊野灘、紀伊水道にまで拡大します。そうなると、これらのオイルを人為的に除去するのは不可能かと――」

「陸地に衝突した場合、タンカーから必ずオイルが漏れるとは限らないのでは？」

警察庁の幹部が言う。

技官の表情はさらに暗くなった。

「あのまま放置すれば、いずれＬＮＧ船が爆発します。海上で爆発した場合、タンカーの沈没はまぬがれません。タンカーが岸壁に衝突と同時にＬＮＧ船が爆発を起こせば、タンカーの油槽間の隔壁を破壊して、原油がすべて流出する恐れがあります。そうなれば、一〇万キロリットルの原油が漏れ出る。そこに津波が押し寄せ、内陸部一帯がオイルを被ります」

「それはあくまで、一つのシナリオだな」

「最悪のシナリオです」

漆原は考え込んだ。

「湾内で爆破したらどうなる」

「ですから、前に述べたように――」

「タンカーとLNG船、両方を爆破して焼き尽くす。その場合は？」

漆原は自衛隊からの出向者に聞いた。出向者は戸惑った表情を見せて考え込んでいる。

「火力によると思います。中途半端な爆破であれば、オイルを湾内にばら撒《ま》くようなものです。しかし――」

「どうした」

「流出したオイルをすべて燃やし尽くすようなものであれば――。一つの方法ではあります」

「そういう兵器はあるのか」

「ナパーム弾がありますが――。一発や二発では無理でしょう。それに――対象はタンカーとLNG船です。危険が大きすぎる」

確かに、ただ爆発すれば……。とんでもない事態が生ずることになる。

17：25　Fri.

「あれが大浜津波防災センターです。屋上に番号が見えるでしょう」

自衛隊員の指差すほうを見ると、H－S8の番号が書かれたビルが見える。

亜紀子は自衛隊のヘリに乗って、御前崎上空に来ていた。

「静岡八番へリポート。阪神・淡路大震災の教訓です。あのときは、ヘリの発着場所を確保するのも大変だったそうです。王子動物園に、臨時のヘリ発着基地を造ったりしました。教官がいつも話してくれます。それ以後、各県のヘリの発着可能な主要建物には番号をつけています。教官は阪神と東京の二つの大震災にも出動しました」

「誰かいるわね。彼が黒田君かしら」

「そうらしいです。手を振ってます」

ヘリは高度を下げ始めた。

黒田は市役所のネームの入った作業服を着た、小柄な男だった。耳が隠れるくらいの長髪以外は、思ったほどおかしな男には見えない。おかしいのは頭の中だけか。

亜紀子は、直ちに部隊に戻るというヘリを大臣命令だと言って無理やり待機させ、黒田についてセンターの内部に入った。

「すぐに東京に引き返すんですか」

歩きながら黒田が聞いた。

「あなたが開発したネットワークシステムによるわ。使い物にならないものなら、瀬口君を呼びつけて救援物資を担いで運ばせる」

「先生に責任はないです。僕がやります」

「あなたにやってもらっても仕方がない。今いちばん必要なのは、正確な現場の把握。最も必要なところに、自衛隊と救援物資を送りたいの。県庁、市役所、どこも混乱してて正確な情報なんてまったくつかんでいない」

「自衛隊はもう投入されてるんじゃないですか」

「名古屋に四〇〇〇人、静岡に二五〇〇人、大阪に三〇〇〇人。すでに救助活動に入っている。でも、これはほんの一部。現在、中部方面隊第10師団の二万四〇〇〇人、西部方面隊第4師団、第8師団の計三万二〇〇〇人が、被災地に向かっている。北海道、東北、九州でも、四万人の隊員が準備をして待機している。もう出発している部隊もある。目的地も分からないままね。総理からは最適な場所に配置するように指示を受けている。それに、これから二四時間以内に海外からの救援部隊も続々到着する。最終的にどこにどういう装備を持った部隊を何人派遣するか、私たちが決めなくてはならないの」

「私たち?」

「そう、あなたと私」

「俺――僕はダメです。やらなきゃならないことがある」

「今、日本は非常事態なの。こういうときは、総理大臣の命令は聞かなきゃダメなの。漆原総理よ。私は彼の指示で動いているの。だから、私の命令は日本トップの命令。それに〝俺〟でいいわよ。そのほうが似合ってる」

黒田は答えない。

「あなたのほうがよく分かってるでしょう。今がどういう状況か。すでに各都道府県の手にある災害になっている。今回のような広域災害では、なんでもありなの。国家の重大事なのよ。最優先されるべきは、人命救助なの」

亜紀子は、いつの間にかむきになって話している自分に気づいて言葉を止めた。

「話の分かる総理だ」

黒田に連れられて二階の隅の部屋に入っていく。

八畳ほどの殺風景な部屋で、窓際の机にパソコンと一七インチディスプレーが置かれている。

「このセンターは去年八月にオープン。まだ完全に機能していません。俺のシステムも、あと半年あれば完成してたんですが」

黒田がパソコンのスイッチを入れた。

三浦《みうら》半島から伊豆半島、遠州灘を経て紀伊半島、四国の足摺岬までの太平洋沿岸の地図が現われた。ポインターを静岡に合わせてクリックすると、拡大図に変わる。さらにクリックを続けると、赤い丸が無数についている市内の地図に変わった。

「赤丸が各市町村が決めている避難場所です」

赤丸をクリックするとその点が拡大され、地図の横に表が現われる。表の上には避難所の住所、責任者、電話番号が入っている。

「避難所の収容人数と食料を含めた備蓄品の数。死者、負傷者の数も表示されます。右側の項が、必要としている物資と数です。周囲の市町村から避難所までの最短コースも分かります。非常用物資の輸送には最重要なものです。特別な連絡事項があれば、書き込むこともできます。収容者の名前も書き込んで、検索も可能です。まだリストを作る余裕のある避難所はないでしょうが」

黒田がマウスをクリックした。

「今、システムオンのメールを送りました。すべての関係者のパソコンと携帯電話の両方に入ります。前に試したときは、三〇分以内に登録地区の九三パーセントの情報が入りました」

「担当者が怪我したり、あの——」

死亡していた場合は、と言おうとしたのだ。

「各地域に三名まで担当を決めています。全員がやられてたら、向こうでなんとかするでしょう。やり方だけは関係者に教えてるはずですから。彼らまでが死んでいたら、おそらく避難している人なんていませんよ。全滅してます」

「システムがどこかで寸断されてるってことは」

「インターネットの便利な点は、何ヵ所か切断されていてもどこかでつながっているということです。もともと、アメリカの軍部が戦争のような非常事態用に開発したものですから」

「災害も戦争と同じというわけか」

亜紀子はポツリと言った。

「このシステムは、全被災地域に対応できてるの？」

「紀伊半島の一部。四国では愛媛の一部がまだです。今年中には完成させるつもりだったんですが」

「これをあなたが一人でやったの」

「一人でできるわけないでしょう。太平洋沿岸地域の市町村の防災担当者、ボランティア団体、町内会などとネットワークを作って、データを送ってもらいました。各地域に、一人くらいはこういうのがやたら好きな奴がいるんです」

「大したものね。役所の発想じゃできない。草の根パワーか。さすが、瀬戸口君が惚《ほ》れ込むわけね。優秀なんだ」

「問題は、使いこなす見識と権限を持つ上の人がいないことです」

「防災担当大臣の見識と権限じゃ不満？」

「結果を見てからです」

黒田が各地域をモニターしていく。表に数字が入り始めている。

「このデータを利用して、各避難所に救援物資を送ればいいわけね」

そうです、と黒田は頷いた。

亜紀子は同行している自衛隊の隊員と秘書に、直ちに手配するように言った。

「このシステムは東京にも送ることはできるのね」

「キーを数回押せば」

「じゃあ、官邸の危機管理センターに送って。指示はそこで出しましょう」

「そういう、なんでも中央志向の発想がダメだと気がついたんです。だから俺は、市役所に就職した」

「どういうこと」

「司令部は現場にいちばん近いところに置くべきです。現場の声をじかに聞きながらやらなきゃ、本当の災害救助なんてできません。現場を見ながら生の要請にあわせて、システムを変更していくんです。中央の政治家や役人は馬鹿げていると思うでしょうが、重要なことです。パソコンを睨んで数字だけで救助活動をやろうなんてのは、思い上がりです」

「司令部はここにする。すぐに必要な機器をそろえるように手配して。総理には私から話しておく」

亜紀子は同行した国土交通省の役人に指示を出した。

「使い方は？」

「三〇分もあればマスターできます。緊急事態用ですから、誰でも使えるようにしています。詳しくは、ここの職員に聞いてください」

「あなたがいてくれるんじゃないの」

「一つお願いがあります」

黒田の表情が改まったものに変わった。

「なんでも聞くわよ。これでどれだけの人が救われるかと思うとね」

「ヘリを貸してください。ヘリポートで待っているやつ」

亜紀子は覗き込んでいたディスプレーから顔を上げた。

「自衛隊のヘリで何をするというの」

「被害状況を確かめたいんです」

「それはもうやってる」

「自分の目で確かめたい――」

黒田は軽く息を吐いて瞬きした。

「本当は――人を探したいんです。津波の引き波で、沖に流されました」

「誰なの」

「俺の――大事な人です」

亜紀子は一瞬、考える動作をしたがすぐに頷いた。

「そういうのを公私混同っていうの。政治家にとっては命取り。特にこの時期に。でも、

「一時間だけ。それ以上はダメよ。必ずあなたは戻ってきて、私たちを手伝ってちょうだい。これが条件」

「分かりました」

亜紀子はヘリのパイロットを呼んだ。

「彼の言うように飛んでやってくれる」

「正気ですか。あとで問題になりますよ」

「勝手にすればいいわ。今は日本中、いえ世界中が一人でも多くの命を救うために協力しているのよ」

「三〇分。それ以上だと暗くなります。今日の日の入りは一八時五七分です」

黒田を見ると頷いている。

「どこを飛べばいいんだ」

パイロットはヘルメットをとって黒田に聞いた。

黒田はデイパックから出したパソコンを立ち上げた。ディスプレーに、御前崎付近の地図が現われる。

「俺の計算によると——。周辺の潮流と津波の引き波の状態を考えるとこの辺りです」

黒田の指差す箇所にはパンダの顔がある。

「彼女は衛星電話を持っています。近くに行くと電波をキャッチできませんか」

「やってみよう」

「誰か衛星電話を持っていませんか。彼女に救助に行くことを知らせなきゃ。大臣の携帯は？」

「これは私物よ。そんなの持ってるのは、特別なビジネスマンだけでしょ」

「ヘリの無線でなんとかしよう」

そのとき、黒田の携帯電話が鳴り始めた。

受話器を耳に当てた黒田が亜紀子とパイロットに向かって、指でオーケーのサインを示す。

「ミチか。これから自衛隊のヘリで救出に向かう。電池はまだあるか」

再度、オーケーのサインをした。

「それって、どういうことだ」

黒田は話しながら眉をひそめた。何度か、分かったと言って頷いている。

「どのくらいでこの地点に行けますか」

パソコン上のパンダを指した。

「ここから二、三〇キロというところだ。一〇分もあれば十分だ」

「その衛星電話の番号は分からないのか」

〈やってみたけどロックがかかってる。用心深い奴なのよ〉

「一〇分後に、もう一度電話をくれ」

黒田は時計を見ながら携帯電話を切った。

「彼女のまわりに一〇人いるそうです。交代でサーフボードにつかまって泳いでいますが、そろそろ限界だそうです」

「急ごう。すぐに暗くなる」

パイロットはヘルメットを被りサングラスをかけた。

17：30 Fri.

「どうやら、この艦は大統領直属の空母になったようだ」

タッカー艦長は皮肉を込めて言ったつもりのようだが、顔には喜びの表情さえうかがえる。

松浦が部屋に帰るとすぐに、士官が呼びに来た。

「ヘンドリッジ大統領から電話があった。タンカー救出に最善を尽くして欲しいということだ。しかし、最終判断は私に任せるそうだ」

タッカーは松浦を見つめている。

「私の最大の任務の一つは、乗組員の安全確保だ。しかし、軍の最高司令官である大統領の要望を無視することも、海軍士官としては大いに不本意だ。タンカーの推進装置、及び舵は完全にいかれている。自力で離脱できるとは思えない。あの馬鹿でかいサッカーボールから噴き上げる火が消火できれば、次の段階を考えよう。誰かいい案はないかね。ただし、ロープをかけて私の艦で引き離すというのは論外だ」

「LNG船をミサイルで沈めるというのはどうでしょう。LNG船であれば、タンカーほどには環境に大きな被害は出ないのでは」

いつのまにか、松浦の横にダンが立っている。

「タンカーはどうなるのかね。LNG船への攻撃で爆発が起これば、タンカーも無傷とはいかないだろう。最悪の場合、誘爆が起こり、タンカー爆発と同じだ。一〇万キロリットルのオイルを伊勢湾にばら撒くことになる」

「私ならLNG船だけを攻撃できます。タンカーには毛筋ほどの傷もつけません。船首にミサイルを――」

「爆薬を仕掛けて、絡み合っている部分を破壊します。その爆発の反動でLNG船を離すというのはどうでしょう」

松浦はダンの言葉をさえぎった。

「その爆薬でLNG船本体、もしくはタンカーが爆発したらどうなる。おまけに、あの火災の中だ。誰が正確に爆薬を仕掛ける？　俺はごめんだ。ミサイルで接合部を攻撃するのが一番だ。俺に任せておけ」

「指向性のある爆薬を使えば可能だ。爆薬をセットする場所さえ適切なら、二隻とも無傷で切り離すことができる」

「危険という意味では同じだ。であれば私が――」

「この際、近くで実際に見なければなんとも言えないと思います。私がタンカーに行きます」

松浦はタッカーに向き直った。

環境被害だけは最小限にとどめたい。そのためには、爆撃などという手荒い方法は取るべきではない。

ダンは呆《あき》れたように頭を振っている。

「爆薬は扱えるのか」

「私は陸上自衛隊の一尉です。訓練は受けています。昔、東京で地震が起こったときナフサ備蓄タンクの消火作業に関わったことがあります。それに――」

松浦が背筋を伸ばしてタッカーを見つめた。

「ここは日本です。日本が未曾有の危機に直面している。日本の危機は日本人の手で救いたい。私に行かせてください」

タッカーが考え込んでいる。

「私はそのために訓練を続けてきました。艦長も私の立場であれば、必ず同じ思いのはずです」

「ヘリの準備を始めてくれ」

タッカーがおもむろに声を出した。

「一〇分で離陸可能です」

飛行甲板に目を移すと、多目的ヘリUH－1Nがエレベーターで上がってくる。

「松浦一等陸尉はヘリでタンカーに乗り込み、LNG船との切り離しにかかるように。必要な装備があれば申し出ること」

タッカーが椅子から降りて松浦に向き直った。

17：40 Fri.

総理、という声に振り向くと、官邸職員が立っている。

「アメリカ国防総省から連絡です」

漆原に用紙を手渡した。利根田が横から覗き込んでくる。

「伊勢湾に停泊中のアメリカ海軍の原子力空母WJCが、協力を申し出ている」

漆原は用紙を見て言った。

「F35Cによるミサイル攻撃の可能性を含めて、二隻の切り離しを提案している」

「LNG船の爆破ですか」

「切り離しだ」

「日本国内におけるアメリカ軍の作戦行動になりませんか。これは明らかに安保——」

利根田が一歩前に出る。

「この際、可能なことはすべてやってみたい」

漆原は利根田を無視して言った。

「もう一点あります」

職員が言った。心なしか当惑した表情を浮かべている。

「原子力空母ＷＪＣに乗り組んでいる自衛官がいるそうです」

「松浦一等陸尉か」

「そのようです」

「副総理はその男のことをご存知で——」

「河本防災担当大臣の連れ合いだ」

「河本君の？　しかし、名字が」

「これが今風なんだろう」

「彼が、二隻のタンカーの切り離しに向かうそうです」

漆原の顔色が変わった。

「河本君は」

「静岡です。連絡を取りましょうか」

「その必要はない」

漆原はスクリーンに目を向けた。二隻の船は絡み合ったまま湾内を移動している。

「彼は災害救助のために自衛隊に入ったと言って、はばからない男だ」

そうだったな、と言って漆原はスクリーンから視線を外した。

17：50　Fri.

松浦は上空に目をやった。

空母WJCと二隻の船の間をヘリが飛んでいる。カーキ色の機体に小さな日の丸のマーク。陸上自衛隊のヘリだ。

甲板には海上から救助された比較的軽傷の負傷者が横たわって、治療の順番を待っている。彼らと水兵たちの目が、いっせいに松浦に注がれた。

「指向性のあるタイマー付きのプラスチック爆弾です。セットした一方向のみに破壊力を示します。使い方はご存知ですか」

補給係の下士官が、リュックサックに入った爆薬を取り出した。

「一〇ヵ月ほど前、一度FEMAで使ったことがある。狭い路地で瓦礫を吹っ飛ばして、人が通る道を作った。訓練用のやつだったが」

「一度ですか」

下士官が呆れた顔で松浦を見た。

「こういうことは一度でたくさんだ」

「そうですね。何度もやりたくはない」

下士官がグッドラック・サーと言って背筋を伸ばし、松浦にリュックサックを渡した。

松浦一等陸尉、と背後から声がかかった。

振り向くと、タッカーが近づいてくる。乗組員の間に緊張が走った。艦長が甲板に立つのを見るのは、サンディエゴを出航したとき以来だ。

「きみに関する国防総省からの命令書を見たとき、大統領はよほど気まぐれなのか、それとも、きみの国の総理大臣は我が国の大統領とよほど懇意なのか、どちらかだと思っていた。しかし、今は別の仮定も成り立つと思い始めた。きみ自身が我が国の大統領と特別な関係なのか。それとも——。まあ、私にはどちらでもいいことだ」

タッカーは姿勢を正した。

「きみの勇気は尊敬に値する。私の部下にしてもいい。これは私の最高の褒め言葉だ。幸運を祈る」

「有り難うございます」

「私の妻の幼いときからの夢を伝えておこう」

タッカーは松浦の肩に手を置いた。

「ホワイトハウスで、大統領夫妻と夕食を共にすることだ。今度の任務が成功したら、それも夢ではない。私は妻を愛している。なんとしても妻の夢を叶《かな》えてやりたい。よろしく頼む」

タッカーが松浦の手を力強く握った。

「艦長の奥さんの夢を叶えるべく最善を尽くします」

ヘリに乗り込んだとき、パイロットのヘルメットを被った男が飛び込んできて、松浦の横に座った。ダンだ。

「一緒に行く」

「艦長の命令なのか」

「俺はお前に責任がある」

「どういうことだ」

ダンが何か言ったが、ローター音にかき消されて松浦の耳には届かない。

ヘリは空母の甲板を離れた。

ヘリはタンカーの上空に来た。ＬＮＧ船から上がる黒煙が、時折りヘリのほうに流れてくる。松浦は思わず顔をしかめた。オイルの燃える強い刺激臭がヘリの中に流れ込む。

ダンを見ると、顔をしかめ鼻を押さえている。

「タンカーに残っているのは船長と操舵手だけだ」

貸してくれと言って、松浦はヘリの乗員の持っていた双眼鏡を取って覗いた。

「あれじゃ、舵は利かない。タンカーの船尾は完全につぶれている。全員避難すべきだ」

「船長は最後まで残るつもりだ」

「できる限り結合部に近づけてくれ。様子を見たい」

ヘリは高度を下げた。火災の熱による上昇気流で機体が揺れ始める。臭《にお》いはますます強くなり、焼けた空気を吸い込むたびに喉が痛んだ。

LNG船の船首が、タンカーの船尾に食い込むようにもぐり込んでいる。どこに爆薬を仕掛ければいいか。松浦はその状況を目に焼きつけた。

松浦は降下装置でタンカーの甲板に向かった。下で見上げている男が、船長だろう。

「ひどいな」

甲板に下りたとたん、オイルと鉄の焼ける強烈な臭いが全身を包んだ。足元から湧き上がる熱気で全身が燃えるようだ。甲板は焼けてかなりの温度になっている。

陽に焼けたがっちりした体格の五〇年配の男が、松浦とダンの前に立って手を差し出した。男のブレザーからはしずくが垂れている。

「船長の佐伯《さえき》だ。無線で連絡を受けた。感謝している。全面的に協力する」

「甲板の温度がかなり上がっていますが」

「原油の発火点は約二四〇度だ。まだ大丈夫だが、あまり時間はない」

「二隻を切り離します」

「どうやって――」

「結合部を爆破して、その反動で切り離します」

「無茶だ。そんなことは聞いてない。爆発物なんか仕掛けたら、LNG船まで爆発してしまう。そうなればこっちまで――」

「議論は後にしましょう。あなたが言ったように時間がない。とにかく、結合部に行ってみます」

松浦は、甲板で放水しながら跳ねている放水ホースのノズルをつかんだ。タンカーの乗組員が消火の途中で退船したのだ。甲板を流れる水が湯になっている。

松浦とダンは放水を続けながら甲板を進んだ。

船尾に行くにつれて、火災の熱が激しくなってくる。甲板から上がる水蒸気が陽炎《かげろう》のように揺らいでいる。一〇〇度近くになっているのだ。

LNG船から爆発音が聞こえ、噴き上げる火炎が甲板をなめた。

「急ごう」

松浦は装備を担ぎ直すと走った。残された時間は多くはない。

タンカーの船尾に近づくと、熱風はますます強くなる。

風に煽られた炎がタンカーの甲板にまで上がってくるのだ。黒煙が風に流され、船尾の三分の一を覆っている。

タンカーの船尾から数メートルのところに、ＬＮＧ船の船首がもぐり込んでいた。変形が激しく、ほとんど原形をとどめていない。

タンカーの甲板からＬＮＧ船の甲板までは、五メートル近くの段差ができている。さらにＬＮＧ船の甲板に降りたら、接合部の隙間に入らなければならない。

松浦はロープの端をタンカーの船尾デッキの支柱にくくりつけた。

熱風が音を立てて吹き上げてくる。

「熱くて下には下りられない。どうする」

ダンが松浦に声を上げる。

松浦は放水ノズルを空に向けた。滝のような水が降り注ぎ、辺りの温度が下がっていく。

松浦はロープを伝って、ゆっくりと下に下り始めた。

「待ってくれ。俺も行く」

「パイロットの仕事は空だろう。これは陸自の仕事だ。お前は放水を続けてくれ」

「地震屋には任せておけない」

「一人で十分だ。日本の危機は日本人の手で救いたい。ダン、お前なら分かるはずだ。それに――俺が失敗したら後を頼む」

松浦が言うと、ダンはロープを放して放水ノズルを握った。

「一つ教えてくれ」

松浦は下りるのを止めてダンを見上げた。

「どんな魔法を使った、ダン。お前がやったんだろう」

「魔法ってほどじゃない。ちょっとした手品さ」

「じゃあ、ネタがあるだろう。今後のために教えてくれ」

「手品はネタを言えば、単なる詐欺だ。俺は詐欺師じゃない」

「どうして俺が空母に乗ることになった」

「船旅がしたいと言ってただろう」

「なんでお前が――」

「俺の親父は国防総省のお偉方とゴルフ仲間なんだ」

「大統領ともか」

「彼は飲み友達だ。昔はよく食事に来ていた。俺は五歳の誕生日に、空気銃をもらった。八歳のときは日本製のゲーム機、海軍に入ったときは海水パンツだ」

「大統領直々のスイミングウェアーか」

「深紅のパンツだ」

「ダン・モルドン。なる程ね。モルドン財閥の一族という訳か」

「俺の責任じゃない」

「いやな予感がしてたんだ」

吹き付ける熱風はますます強くなった。黒煙が完全にタンカーの船尾を覆っている。

「急ごう。時間がない。放水を続けてくれ」

松浦はロープを握り直した。

ダン、と松浦は声をかけた。

「感謝している」

「誰にも言うな。軍の最高機密だ。それより、ヘリを飛ばすときには言ってくれ。アメリカ海軍一の戦闘機パイロットがヘリを操縦してやる」

小さな爆発が立て続けに起こった。そのたびに炎が広がり、熱風が吹き付けてくる。

「水をかけてくれ。その間に爆薬を取り付ける」

松浦の周囲に向かって放水が始まる。距離があるとはいえ、直接当たれば飛ばされるほどの水圧だ。松浦は必死でロープにつかまりながらLNG船の甲板へと下りていった。流れ落ちてくる水流で、足を取られて思うように進めない。

甲板に下りるとロープを腰に結び、それで身体を支えながら二隻の結合部の隙間に入っていった。船体は焼け、オイルが燃える強烈な臭いが松浦を包む。LNG船の船首部は衝突のショックで鷲の嘴《くちばし》のように内に向かって折れ曲がり、オイルタンカーの船尾に食い込んでいる。

「これじゃ、離れないわけだ」

松浦は呟いて、プラスチック爆弾の入ったリュックサックを抱え直した。

鋼板が食い込んでいる部分を指向性のある爆薬で破壊する。その爆風を利用して、船を分離する。それには爆薬の取り付け位置と量を考えなければならない。爆薬の基礎知識はあるが、実際に使用したことは数えるほどしかない。まして、米軍のものはこれが二度目だ。

ＬＮＧタンクから上がる炎が時折り松浦の身体をなめ、熱は容赦なく松浦の身体に染み込んで来る。ダンが放水する水流がなければ、この辺りの鋼板は焼けてとても触ることはできない。

ヘリから見て、頭の中で組み立てておいた箇所に近づいた。厚さ数センチの鋼板が飴《あめ》のように曲がり、めくれた鋼板が楔《くさび》のように挟まっている。全体像を思い浮かべながら、爆薬を仕掛ける場所を計算する。

慎重に爆薬を仕掛けていった。タンカー側の損傷を抑えながら、三メートル四方の鋼板を一度に破壊しなければならない。同時に、LNG船に与えるダメージも最小に抑える必要がある。絡み合っている部分さえ破壊できれば、爆風と二隻の船の重量差による慣性で自然に離れていくはずだ。

二隻の船の間から海面が見える。タンカーのスクリューと舵のシャフトが曲がり、衝突の激しさを想像させた。どこからか漏れ出したオイルの帯が続いている。

「急げ。炎が大きくなっている。そろそろそっちにも広がる」

頭上からダンの声が聞こえる。

「放水量を増やしてくれ。熱くて触れない」

「無理言うな。俺の腕は二本しかない」

呼吸が楽になった。空気の熱が弱まり、松浦を襲う熱量が弱くなった。鋼板を流れ落ちる水量が増えている。顔を上げるとダンの上半身とホースが見えた。ダンは身体を乗り出し、かなり危険な姿勢で放水している。

身体が数十センチ下がった。一瞬、意識が遠のく。流れ落ちる水で足が滑り、頭を鋼板にぶつけたのだ。

「気をつけろ！」

頭上から怒鳴るような声が聞こえた。袖口《そでぐち》で額をぬぐうと赤黒く変色している。痛みはないが、ぶつけたとき切ったのだ。

なんとか身体を固定して、慎重に爆薬を取りつけていく。

身体が隙間の奥に入るにつれて放水が届かなくなり、全身が焼けるようだ。そろそろ限界に近い。意識が薄れかけたとき、降ってくる水量が増えた。

水幕を通して、ダンの横に船長の顔が見える。

八個の爆薬をセットした。爆発すると結合部が吹っ飛ぶだけで、タンカー本体にはダメージを与えないはずだ。これらはリモコンで同時に爆発させることができる。

最後の力を振り絞って隙間から這い出し、ＬＮＧ船の船首部に上がった。

「爆薬をセットした。これから戻る」

声が終わらないうちに、松浦の身体は強い力で引き上げられる。

背後で小さな爆発が何度も起こった。そのたびに身体が揺れて、タンカーの船体に叩きつけられた。

「腕を伸ばせ」

頭上から声が聞こえる。見上げると、ダンが放水ノズルを持ったまま身体を乗り出して腕を伸ばしている。横で、船長が顔を歪めてロープを握り締めている。松浦は懸命に腕を上げた。後、五〇センチ、三〇センチ――。ダンの顔が目の前に迫る。

船が大きく揺れた。何度目かの津波がゆったりと船を持ち上げたのだ。松浦の身体が船体から離れて宙に浮く。船長の身体が手すりに激しくぶつかる。ロープが緩み、松浦はＬＮＧ船の甲板に叩きつけられた。そのとき、ポケットに入れていた爆薬のリモコン装置が落ちた。

オイルのついた甲板を身体が滑り落ちていく。顔を上げると、タンカーの船体の亀裂からオイルが漏れているのが見える。それがＬＮＧ船の甲板に流れてくるのだ。滑り落ちていく身体がロープに引かれて止まった。

下を見ると、爆薬のリモコン装置が甲板の溝に引っかかっている。手を伸ばしたがとても届きそうにない。ロープの長さが足らない。

「諦めろ。俺がミサイルで切り離す」

上からダンの怒鳴り声が聞こえる。

時間がない。このままだと、後数分でタンカーのオイルに引火する。

松浦は片方の手袋を口で脱いで腰のナイフを抜いた。

「やめろ、マツウラ！」

ダンの声を聞きながら、松浦はロープを切った。

松浦の身体はＬＮＧ船の船首から滑り落ちていく。リモコン装置手前の甲板の出っ張りをつかんだ。身体が滑り落ちるのは止まったが、出っ張りをつかむ手袋からは煙が出ている。甲板に触れている身体も、直接火に触れるように熱い。鋼板が焼けているのだ。

鈍い爆発音が聞こえ、炎が松浦の足元をなめた。

「ダン、船尾から離れろ！」

松浦はリモコン装置を振りかざして叫んだ。ダンの顔が妙な形に歪《ゆが》んだ。

ふっと身体が楽になった。身体が燃え盛るタンクに向かって滑っていく。

「亜紀子……翼……」

松浦は精いっぱい叫んだが、声にはならない。一瞬にして、意識が消えていった。

17：55　Fri.

総理官邸、危機管理センターの中央スクリーンにはＷＪＣの巨大な姿が見えた。

飛行甲板でヘリが離陸準備を終えて待機している。その周りを乗組員が取り囲んでいた。さらにその外側には、海から救助された数百人の日本人がいる。

ヘリに数人の男が乗り込むのが見えた。一人は自衛隊の作業服を着ている。ヘリに乗り込む前に男が自衛隊のヘリに視線を向けた。

「あれが松浦君か」

漆原が自衛隊員に聞いた。

「遠すぎて分かりません」

自衛隊員は答えたが、松浦であることは分かっている。あの男のやりそうなことだ。後先考えない無鉄砲な行為。生きて帰って来い。

「爆破によって二隻の船を切り離すなどとは無謀の極みだ。失敗すれば、誰が責任を取る」

「他にいい方法はあるのか。消防ヘリもタグボートも使えない。行って助けることができないのなら、せめて黙って見守ることだ」

漆原は利根田を一喝した。

ヘリが空母から離陸し、タンカーに向かって行く。

映像が遠くなった。自衛隊機が米軍ヘリとタンカーから離れている。

「もっとタンカーに近づくことはできないのか」

〈米軍から自衛隊機は離れるようにと指示が入りました。ローター音が作業の邪魔になるそうです〉

パイロットの声と共に、ヘリはさらに高度を上げて遠ざかっていく。

米軍ヘリから降下装置が下ろされ、二人がタンカーに降りていったが詳細は分からない。

長い時間がすぎていった。米軍のヘリも二人をタンカーに降ろしてからは、距離を取ってホバリングしている。

危機管理センターは静まり返っていた。

「二人は何をやっている。失敗なのか」

「米軍に問い合わせましょうか」

「馬鹿なことを言うな」

轟音と共に二隻の結合部に煙が上がった。

画面はタンカーを中心に大きく角度を変えていくが、黒煙が立ち込める二隻の結合部辺りは何も見えない。

やがて煙が流れ、二隻のタンカーの結合部が見え始めた。さほど大きく変わったとは思えない。

「失敗か」

漆原の口から呻くような声が漏れた。

二隻のタンカーは絡み合ったまま伊勢湾を漂っている。しかし、止まっているのではなく、ゆっくりと湾の奥に向かって進んでいる。このままでは名古屋港の岸壁にぶつかる。その前に、ますます炎の勢いを強めるＬＮＧ船のタンクが爆発するかも知れない。

「仕方がない。Ｆ35Ｃによる爆破を要請してくれ」

「すでに待機しているそうです」

そういえば、空母の甲板を埋めていた負傷者の姿がいつの間にか消えている。代わりに、甲板下の格納庫から上がってきたＦ35Ｃの姿が見える。カタパルトのデフレクターを立てて離陸の準備をしている。

「待ってください」

スクリーンを睨んでいた防衛省からの出向職員が叫んだ。

ＬＮＧ船が船首を海面に傾けたまま、ゆっくり後退していく。船首は衝突と爆発により完全に変形して元の形を成していない。その傾きがさらに増した。

「沈んでいく」

船体の四分の一が海面に消えた後、傾きは止まった。そして静かに、タンカーから離れていく。

「分離できた」

センター内に歓声が上がった。

タンカーの船尾は、スクリューと舵の部分がえぐられたように陥没している。そこからオイルが筋を引いているのが見えた。

「オイルが漏れている。タンカーは破損したのか」

「一部です。それも大したことはない。大部分の隔壁は無傷です。オイル漏れは、あれ以上広がることはないでしょう。最悪の事態は免れました」

消防庁の技官がスクリーンに目を向けたまま言う。

センター内にほっとした空気が流れた。しかし漆原の目は、スクリーンに釘付けになったままだ。松浦はどうした。

「タンカーが動いている」

声が上がった。たしかにタンカーはゆっくり陸に向かって動いている。

センター内から再度音が消え、すべての目がタンカーに注がれている。緊張感が増していく。

「舵が壊れている。しかし、スクリューが動いているのか」

タンカーはゆっくり、陸に向かって動いていく。

「スクリューは破損していいます。慣性力で動いているのでしょう。あるいは、津波の影響——」

「このままだと陸にぶつかる。タンカーに針路を変えるように連絡しろ」

「舵が曲がってる。あれじゃ動かない」

「だったら、分離した意味がない」

タンカーとLNG船の距離が五〇メートルほどになったとき、WJCがゆっくりとタンカーに近づいていく。

「何をする気だ」

WJCがわずかに進行方向を変え、オイルタンカーと並行して航行を始めた。そして、徐々にその距離を縮めていく。

「衝突する」

センター内は静寂に包まれた。電話が何本か鳴っているが、誰も取ろうとはしない。

漆原の前の電話が鳴り始めたが、利根田が受話器を外してそのまま元に戻した。

WJCはタンカーに寄り添うように航行している。まるで併走する二頭の鯨のようだ。

「空母がタンカーの方向を変えている」

誰かの声が聞こえた。わずかではあるが、タンカーの方向が変わっている。

確実に二隻は、大きな弧を描くように進みながら方向を変えている。そして、その角度は徐々に大きくなっていく。

「空母がタグボートの役割をしている」

湾内に停泊していた数隻の船が、放水を続けながらLNG船に近づいていく。

「松浦一尉はどこだ」

漆原は声を上げた。

「不明です」

「至急、米軍に連絡を取れ。安否を確認するんだ」

漆原は怒鳴るように言った。

18：00　Fri.

「炉心温度二七三四度。燃料被覆管外面温度八六五度。すでに熱設計基準値を超えています」

三戸崎は受話器に向かって言った。

受話器の向こうは沈黙を続けている。なんと指示を出すべきか分からないのだ。こういう事態は会社としても初めてだし、事故の重大さは十分認識している。地震センサーを解除して運転するなどとは、当然マニュアルには載っていない。あってはならないことなのだ。

〈緊急停止装置は働かなかったのか〉

やっと言葉が返ってきた。

「地震センサーを解除していたと言ってるでしょう。だから、震度7でも運転を続けていた」

〈重大な規則違反だ〉

「その通りです。責任は重大だ。しかし、そこまで追い詰めた会社のやり方にも問題がありますす」

地下のタービン室からの振動は、ますます大きさを増している。

〈だったらなんとかして——おい、聞いているのか〉

三戸崎は無視して受話器を置いた。

「炉心温度二八五一度。燃料被覆管外面温度九七三度。まだまた上がり続けています」

運転員が悲鳴のような声を上げる。

「どこかで蒸気が漏れているんだ。そのために冷却材が減って温度上昇が続いている。それしか考えられない。タービン室に放射能漏れはないか」

「モニターしていますが異状ありません。タービン室の振動は、地震で軸が変形したということは考えられませんか」

「馬鹿を言うな。軸の径はどのくらいあると思う。配管系を含めたタービンのセッティングが狂っただけだ。どこかで冷却材が漏れている。場所を調べるんだ。至急だ」

三戸崎は怒鳴るような声を出した。運転員の顔は青ざめているが、自分も同じに違いなかった。

もし冷却材が漏れていたら――三戸崎は低い声を出した。この冷却材は原子炉燃料に直接触れているので汚染されている。しかし、それより恐ろしいのは――。

「落ち着け。炉心に何が起こっているか突き止めろ」

中央制御室のドアを激しく叩く音がする。運転員がどうしましょうという顔で三戸崎を見ている。

三戸崎はドアを開けた。

柴山を含めて数人の男たちが、押し退けるようにして入ってくる。数分前に退室させた避難者たちだ。

「原子炉で何か起こっている。教えてくれ」

「心配いりません。ここは安全です。もうしばらく我慢してください」

「嘘だ。何もないなら、どうして私たちを中央制御室から追い出す」

柴山が詰め寄ってくる。

「本来、ここは部外者は立ち入り禁止なんだ。テロ対策もある。セキュリティも第一級管理地域だ」

「じゃあ、地下から聞こえてくる音はなんなんだ。気味が悪い。それに、ここの職員の慌てようは普通じゃない。本当のところを教えてくれ」

「地震のため、原子炉本体は緊急自動停止している」

そう言うしかなかった。

二人のところに別の男が寄ってきた。

「あんたたちには感謝しているんだ。あのまま海岸にいたら、俺たちはここにはいない。完全に津波に飲まれていた。それを救ってくれたんだから。しかし、それとこれとは別の話だ。ここが危険なら言ってくれ」

「私を信じてください。ここは安全です」

三戸崎は言い切った。

自分でもなぜだか分からない。原発で働く者として、そう言わざるを得なかったのか。

それとも本当に安全なのか。言ったからには、自分はこの人たちを守らなければ、そういう思いが全身から湧き上がってくる。

制御盤の前で運転員が三戸崎を目で呼んでいる。三戸崎は話を中断して、運転員のところに行った。

「原子炉建屋に放射能漏れです」

運転員が三戸崎の耳に口をつけるようにして言った。

三戸崎の背筋に冷たいものが流れた。

原子炉の燃料であるウランは何重もの壁によって閉じ込められていて、放射能が漏れることはまずない。第一の壁として、ウラン燃料はペレットという陶器状に焼き固められている。第二の壁として、そのペレットはジルカロイ製の特殊被覆管に詰められる。第三の壁は原子炉圧力容器で、厚さ二〇センチの鋼鉄製の容器だ。この中に燃料被覆管が束ねられて入れられ、この圧力容器によって放射線は封じ込められている。さらに第四の壁として、この容器は厚さ四センチの鋼鉄製の原子炉格納容器に入れられる。これらの容器は、厚さ二メートルのコンクリート壁を持つ原子炉建屋に収められている。これが第五の壁だ。ここから外は大気になっている。今、この原子炉建屋内で放射能が検出されたのだ。つまり、一から四までの壁が破られた。残りは第五の壁一つだ。

「彼らに出てもらえ」

三戸崎は中央制御室の入り口の前にいる避難者たちを目で指した。

「申し訳ありません。ここは立ち入り禁止です。違反すると刑事罰の対象になります」

しばらく言いあっていたが、運転員たちは柴山たちを強制的に押し出してドアを閉めた。

「漏れている放射能量は？」

「二万テラベクレルです。ただし、もっと増える可能性も――」

「ひどいな。漏れの場所は検出できているのか」

「値が大きすぎるのでまだ――建屋内のすべての検出器が反応しています」

「原子炉建屋から外部への漏れはないか」

「原発構内のセンサーに異状は出ていません。漏れているのは原子炉建屋内だけです。おそらく揺れによる配管の亀裂か、ずれで、接合部にクラックが入ったのでしょう」

三戸崎は、そんなことは分かっていると低い声で言って、急いで制御盤の前に戻った。

原子炉圧力容器が地震で破損したか。いや、そんなことは考えられない。厚さ二〇センチの鋼鉄製だ。原子炉格納容器も厚さ四センチの鋼鉄製だ。地震の揺れ程度で漏れを起こす可能性は低い。だったらやはり、配管系しかない。

「炉心温度二九二八度。燃料被覆管外面温度一一〇〇度を超えました」

「ジルカロイ合金の溶解温度は一四〇〇度だから、まだ余裕はある。なんとか、温度を下げるんだ」

三戸崎は言ったが、目前の数値は目に見えて上がっていく。

「ＥＣＳは？」

「作動しません。水圧がゼロに落ちています。地震でタンクに亀裂が入ったのかも知れません」

ＥＣＣＳは非常用炉心冷却装置で、原子炉圧力容器内に取りつけられていて冷却材の流出事故などの場合、瞬時に水を放出して圧力容器内を水で満たす装置だ。

おそらく――地震による配管系のクラックから冷却材が蒸気として噴き出した。冷却材が減り、熱を出し続ける燃料棒がむき出しになっている。異状事態にも緊急停止装置は働かない。燃料ペレットが溶け始め冷却材に混ざる。噴き出す蒸気は、さらに高濃度の放射能に汚染される。冷却材はますます減っていく。システム全体の水圧が下がっているので、非常用炉心冷却装置も働かない。悪循環の繰り返しで、事態はますます悪化していく。

「タービン室に放射能漏れは？」

「観測されていません。原子炉建屋内の蒸気配管の電磁弁は閉まっています」

三戸崎の肩から力が抜けた。放射能を含む蒸気は、原子炉建屋内から漏れてはいない。ひとまず、汚染は原子炉建屋内に封じられた。タービンの異状音は、蒸気が止まったための空転の音だったのだ。

壁のモニターに目をやると、思ったとおり原子炉建屋内の配管系の異状を示す赤いランプが複数点滅し始めている。

三戸崎の視線を追っていた運転員が、慌てて制御盤にかがみ込んだ。

「警報が鳴らなかった」

「東海地震の折りに消して、そのままです」

呆れた奴らだ、出かかった言葉を飲み込んだ。内輪喧嘩をしていても始まらない。

「放射能漏れは原子炉建屋だけに封じ込めるんだ。外部に通じる配管はすべて閉じろ」

下手すると、レベル7だ。口の中で呟いた。レベル7は国際原子力事象評価尺度の最高値だ。放射性物質の重大な外部放出があった場合で、ヨウ素131等価で数万テラベクレル以上の外部放出に該当する。一九八六年のチェルノブイリ原子力発電所爆発事故が、それに相当する。

「制御棒の挿入に全力を尽くせ」

「原子炉建屋に入って作業する必要があります。しかし原子炉建屋は、現在かなり放射能汚染が進んでいます」

「炉心温度二九五〇度」

話している間にも、原子炉の温度は上がっている。

「放っておけば、メルトダウンにつながる事態だ」

運転員は制御盤に向き直り、非常用炉心冷却装置のスイッチを押し続ける。

「やめろ。お前らがパニックを起こしてどうする」

三戸崎は圧し殺した声で言って、受話器を取った。

18：05 Fri.

危機管理センターは、落ち着きを取り戻していた。しかし、死者と負傷者の数は相変わらず増え続け、全国で死者は一五万を超え、負傷者は五〇万を超えている。

松浦の安否はいぜん不明だった。米軍も松浦の捜索に時間をさく余裕はないのだ。亜紀子の夫であることを考慮しているのか、誰も口に出そうとはしない。

漆原は中央の議長席で、前面のスクリーンを睨むように見ている。

「大阪と連絡が取れました。映像は自衛隊のヘリからのものです」

職員の声と共に画面が変わった。

〈津波が襲ってきます。大阪湾に津波が押し寄せています〉

映像と同時にパイロットの絶叫に近い声が聞こえてくる。

「大丈夫です。水門は閉まっています。水門と防潮堤で、市内への浸水は防げます」

利根田が自信に満ちた声で言う。

ヘリの高度が下がった。

画面いっぱいに大阪湾が広がっている。その中央に色の違う波が陸地に向かっている。津波だ。その黒みを帯びた波は海岸線に到達した。

湾に浮かんでいた船が波と共に海岸に向かっている。

「あれは——タンカーだ」

画面中央付近に喫水線《きっすいせん》が低く、ブリッジが船尾にある船が映っている。甲板には複雑に入り組んだパイプが組まれているのが見えた。

「積荷は——ナフサですね」

消防庁の職員がメガネに手を当てて、前方のスクリーンを覗き込むように見ている。

ナフサの沸点は三〇度から二〇〇度だ。そのナフサを積んだタンカーが船首を港の出入り口に向けたまま、埠頭に向かって引き込まれるように後退していく。

タンカーの周りを飛んでいる一〇機近いヘリは、マスコミのものか。

「なぜ港外に避難していない。津波情報は出したはずだ」

「津波に押し戻されている。岸壁にぶつかると大惨事が起こる」

タンカーは後ろ向きのまま、防潮堤に突っ込んでいく。

画面が激しく揺れ、海が消えた。タンカーが爆発して爆風でヘリが飛ばされたのだ。

揺れが収まったスクリーンには、巨大なオレンジ色の火柱が立ち上っている。画面の隅に、炎に巻き込まれたヘリが数機燃えながらゆっくりと落下していくのが見える。

カメラは再びタンカーを捉えた。しかしその姿は、船首部分がかろうじて残っているだけだ。

「防潮堤が消えた」

タンカーの爆発で、幅一〇メートル近くにわたって防潮堤が破壊されていた。その破壊された防潮堤から、海水が大阪の町に流れ込んでいる。数分後には水量は急激に増して、小山のような海水が大阪湾から内陸に移動していく。流れ込む海水が防潮堤の亀裂を押し広げ、破壊し、渦を巻きながら市内に流入していくのだ。

「大阪が水没する。地下街にいる者をすぐに避難させろ。大阪は状況を理解しているのか」

「おそらく――」

自信のなさそうな声が返ってくる。

「すぐに連絡を取って確認しろ。自衛隊は出動しているか。経費については心配しないように言え。すべて補正予算でかたをつける」

さらに画面が切り替わり、地図に変わった。職員が大阪の震災マップに切り替えたのだ。ブルーの領域が陸地の部分に入り込んでいる。ブルーは水没している地区、内陸の赤い点は火事が起こっている箇所だと説明があったばかりだ。

「大阪湾に入り込んだ津波は安治川、木津川、尻無川などを逆流しています。凄い水量です。水はすぐに市内に溢れます」

漆原の隣に立っている国土交通省の役人が言った。彼は一〇分ほど前に、両親と妹が住んでいる実家が大阪にあると言っていた。

「町は約九〇〇の防潮扉で守られているのではないのか」

「半分以上の防潮扉が地震で扉やレールが変形して、閉めることができなかったという報告が入っています。電動式のものも停電のため手動に切り替えましたが、時間がかかったようです。扉を閉め切れていない箇所は津波の海水がそのまま流れ込み、閉じた箇所も扉の高さを超えた波が流れ込んできたとのことです」

「そもそも、あの地域の防潮扉は津波を想定したものではなく高潮用です」

「しょせん、高さが足りないということか」

「扉を閉じる時間も足りませんでした」

漆原は呻《うめ》くような声を出した。現段階では、すべてを閉め切るのに六時間以上かかると聞いたことを思い出したのだ。

「さらに――」

国土交通省の役人は言いよどんだ。

「まだあるのか」

「これらの海水は、中央区にまで流れ込む可能性もあります。大阪の海岸線には、高さ三メートルの防潮堤が長さ一六〇キロにわたって続いていますが――」

「大阪府土木部では津波は防潮堤の高さよりも低いので、防潮堤があれば対応できると言っていたはずじゃないか」

「その通りですが、今回の津波は予想の二倍近い高さがあります。これは想定外の高さです」

想定外か。すべてこの言葉で片付けられる。便利な言葉だ。

18：10　Fri.

三戸崎は制御盤の前で一つのディスプレーを睨みつけていた。

そこに表示される数字は、原子炉建屋の放射線量を示している。すでに二六シーベルトを超えている。国際放射線防護委員会は、急性死五パーセントを引き起こす被曝量は約二・三シーベルト、急性死五〇パーセントは四シーベルト、急性死九九パーセントは約九・三シーベルトとしている。この目前に示されている値は、人体に致命的なダメージを与えるものであることは、ここで働くものであれば全員が知っている。そしてその数値は、今も上がり続けている。

「なぜ安全装置を切って強制運転などした」

「余震で安全装置が働き、運転などできる状態ではありませんでした。しかし本社の運転継続の要請が強くて――。点検でも問題なしということが確認されていたので、そのまま運転してもいいと判断しました。当直長もかなり迷ってはいましたが――今になって考えると――」

「燃料被覆管外面温度一三九六度、一三九七度……八度、一四〇〇度を超えました。燃料被覆管の溶解が始まります」

中央制御室が静まり返り、全員が運転員の読み上げる数値を聞いている。

「制御棒はどうなってる」

「変わりません。一〇分の一が入って、後は停止したままです」

「手動は試したか」

「やってみましたがダメでした。まったく動きません。おそらくどれかが、なんらかの影響で変形しているのでしょう」

「燃料被覆管外面温度モニターが切れました。すでに、燃料被覆管は溶解を始めているものと思われます。このままだと――メルトダウンです。いやすでに――」

炉心溶融、三戸崎は口の中で繰り返した。原発関係者が最も恐れていること、そして絶対にありえないと信じていたことだ。

原子炉の中で高熱を出しながらウラン燃料の核反応が進み、原子炉圧力容器を溶かす。

そして、落下した高温のウラン燃料が原子炉格納容器の底の圧力抑制プールの水に触れて水蒸気爆発を起こす。爆発が激しければ、原子炉格納容器を破壊し、さらに原子炉建屋まで破壊する。そうなれば、膨大な放射性物質が大気にばら撒かれる。

同時に原子炉格納容器の底に落ちたウラン燃料は、底を溶かしていく。そして、その次に起こるのはチャイナシンドローム。日本の場合は、チリシンドロームというところか。核燃料は核反応を続けながら、その高温のため地殻を溶かしながら地球を貫通し、地球の裏側にまで達するという比喩だ。

「非常用炉心冷却装置を外部から操作できないのか」

「やっていますが、おそらく内部の電磁弁が閉まっています。制御棒のポンプの水圧もゼロに近い。これじゃあ動かないわけだ」

最悪の場合は、ウラン燃料が被覆管から溶け出てむき出しになっている。そこを大量の水で満たすと、水蒸気爆発が起こる恐れがある。やはり制御棒を入れるしか方法はないのか。しかしそれも、すでに手遅れかも知れない。

「制御棒は、手動で動かせるか」

「しかし建屋内の放射線量は、すでに七〇シーベルトを超えています。原子炉付近は致命的に汚染されています。近づくことはできません」

「手動で可能かどうか聞いている」

「可能です。制御棒駆動ポンプの水圧を上げれば動きます」

三戸崎はパソコンのキーを叩いた。ディスプレーに原子炉周辺の図面が現われる。格納容器スプレーに水を送るパイプの位置を頭に叩き込んだ。

「炉心温度三〇〇〇度。そろそろ避難を考えたほうがいいかと」

「外部の状態は」

「まだ水は引いていません。津波は二〇分ほど前に、一〇メートル前後のものが来たのが最後です。避難させるのですか」

「どこに避難させると言うんだ。原子炉が爆発したら、半径数キロにわたって生き残る生物はいない」

別の運転員が言う。

「補助電源は？」

「問題ありません」

「防護服を持って来い。急ぐんだ」

「私も行きます」

三戸崎は制御盤の放射線モニターの数字を指した。運転員の表情が変わる。

「一人で十分だ」

三戸崎の言葉に、全員黙ったままだ。

三戸崎は防護服を着た。オレンジ色の全身が入る型で、酸素ボンベを背負って行動する。ボンベには二〇分分の酸素が入っている。

妙に動きにくく感じるのは緊張のせいか。訓練では感じたことのない違和感だ。

「無線は聞こえるか。建屋内部のモニターカメラで俺を追ってくれ」

〈一〇分で戻ってきてください。すでに九〇シーベルトです。すぐに一〇〇を超えます。いくら防護服を着ていても、それ以上だと――〉

「炉心温度を知らせてくれ」

〈三〇五二度です〉

三戸崎は非常口から出て、原子炉建屋に通じる通路を歩いた。

原子炉建屋の入り口は二重ドアになっていて、人が中央のスペースに入ると片方のドアが開くシステムになっている。同時に開くことはない。さらに、原子炉建屋内は外気に対して減圧されていて、中の空気が外部に漏れることはない。

ドアが開き、三戸崎は原子炉建屋に入った。原子炉建屋内は静まり返っている。

壁の非常ランプを見ると、赤いランプが回っている。サイレンは止めてあると言っていた。

手に持った放射線計測器が振り切れるように振れた。慌ててレンジを切り替えたが、やはり針は大きく振れる。許容量を数百倍超えているが、気にしている余裕はなかった。

不思議と恐怖感はなかった。とにかく急がなくては。すべては時間との闘いだ。三戸崎は測定器のスイッチを切った。

原子炉格納容器の下の位置に来た。制御棒がセットされている位置だ。途中で壁の道具箱から取って来た大型レンチを握り直した。

「俺が見えるか」

三戸崎は設置カメラに向かって呼びかけた。

〈横の階段を上ってください。気をつけて〉

三戸崎は鉄製の骨組みだけの階段を上った。横には巨大な原子炉格納容器がある。この中の、さらにもう一つの容器中では今も核反応が続き、膨大な熱を出しているのだ。

〈炉心温度三〇七五度。上がり続けています〉

「あったぞ。制御棒稼動装置の予備タンクのバルブだ」

〈電磁弁が動かないので、手動で開けてください〉

分かっていると声を出そうとしたが、喉に何かが詰まったようで声が出ない。

三戸崎はレンチでボルトを挟んで回そうとした。これを開けば、制御棒駆動部の水圧が上がる。核反応を止めることができるはずだ。しかし、それでも炉心温度が下がらなかったら。渾身の力を込めてレンチを回した。レンチはまったく動かない。

もう一度回そうとしたが、腕に力が入らない。吐き気がして目は霞んでいる。

〈八分がすぎています。もう戻ってください。時間がありません〉

「ここで俺が諦めたら――日本はどうなる」

懸命に心の中で叫び続けた。身体を動かそうとしても、筋肉に意思が伝わらない。自分の身体であって自分のものではない。身体に何が起こっている。

「この原発で重大事故は起こさない」

もう一度、自分自身に呼びかけた。矛盾していることは分かっている。すでに事故は起こっているのだ。

レンチの柄を両手で握り、力いっぱい押し下げた。回ったのか――回らなかったのか。意識はほとんどなかったが、身体だけは動き続けた。バルブを開けて制御棒駆動部の水圧を上げる。上がっているのかどうか確かめることはできない。ただ、反射的に身体が動いているだけだ。放射能が漏れているとすれば――この辺りの放射能はかなりひどいはずだ。顔が火照っている。レンチの柄を握る掌も素手で焼けた鉄を握っているようだ。おそらく――。

〈三一〇〇度を超えました〉

頭の奥にかすかに聞こえる。同時に一二分という声が耳に残った。汚染地域に入っている時間だろう。もう、そんなことはどうでもいい。

「幸恵ごめんよ。一緒にヨーロッパにも行けなかったな。お前がヨーロッパの写真集を持ってるの知ってるぞ。四五〇〇円もするやつだ。けちのお前にしては、驚いた買い物だと思っていた。スペインに行きたかったんだろう。物価が安いって言ってたな」

三戸崎は全身の力を込めてレンチを回した。

それからのことはほとんど覚えていない。どのくらいたったかも分からなかった。気がつくとレシーバーから歓声が聞こえている。

〈三一〇〇度。温度上昇が止まりました。三〇〇八度。下がり始めています。炉心温度が下がっています〉

〈当直長、急いでください。もう時間はとっくにすぎています。お願いです〉

割り込んできた運転員の絶叫が、子守唄のように聞こえる。

三戸崎は出口に向かって歩いた。

足が重い。一歩踏み出すごとに、全身から力が抜けていく。立っているのがやっとだ。わずかに意識がはっきりした。精いっぱい空気を吸い込もうとするが、ほとんど肺に届いている気はしない。

五号機補助建屋に逃げ込んだのは、二〇〇人か三〇〇人か。それとも、もっと多かったか。柴山もいたな。取り留めのないことが頭に浮かんでは消えていく。

身体がだるい。鉛の靴を履いているように足が重い。いや今、自分が履いているのは確かに鉛入りの靴なのだ。歩いているようだが、進んでいるのかどうか分からない。

ステンレス製の箱の表面に防護服姿の三戸崎が映っている。そのマスクの中の顔を見て声を上げた。赤く火ぶくれした見知らぬ顔だ。

〈当直長、頑張ってください。ドアまで、あと五メートルです〉

五メートル。口の中でくり返した。顔を上げると確かにドアが見える。しかし、もう一歩も歩けない。

三戸崎は床に座り込んだ。

〈しっかりしてください〉

モニターで見れば倒れたと思われたのか。それとも実際に倒れたのか。そんなことはどうでもいい。

「厄介なことに——なったな。これでまた——当分、運転はお預けだ」

〈でも、外部への放射能漏れは防げました。原子炉建屋は——時間をかければなんとかなります。いや、私たちがなんとかします。絶対に安全に処置します。とにかく、三戸崎当直長がメルトダウンを阻止しました〉

「俺たちは——大事故は——起こさない」

かすれた声で言ったが、声になったかどうかは分からない。

三戸崎はドアにもたれて座り込んだ。全身が熱湯でもかぶったように熱く、だるい。

娘の顔が浮かんだ。

「父さんは、最後まで諦めなかったぞ」

〈だったら、帰ってきてよ。一緒にコンビニに行ってあげる〉

娘の声が耳元で聞こえる。

「ごめんよ。もう父さんは立てない。それに——帰っても、この身体ではもう二度とお前たちに会うことはできない」

おそらく——全身に火ぶくれができて細胞は破壊されている。放射線で身体中のDNAがずたずたに千切られているだろう。もう、回復不能だ。

床に身体を横たえ目を閉じた。痛みはない。原発で大事故は起こさない——しかし、起こったのだ。いや、自分がそれを止めたのだ。

不意に、家を出るとき妻に渡されたメモが浮かんだ。醬油《しょうゆ》一本、米五キロ……。

「分かったよ。しかし、重くなりそうだな」

三戸崎は呟いた。意識が次第に薄れていく。

18：25　Fri.

ヘリはローターの音を響かせながら力強く上昇していった。

H－S8の文字が見る見る小さくなっていく。

眼下には海岸線が東西に横切っている。

黒田は思わず声を上げそうになった。去年、副知事の海岸浸食視察のとき頼み込んでヘリに同乗させてもらった。そのときは白い砂浜が流れるように続いていたが、今、眼下にあるのは瓦礫の連なりだ。

「ひど――い――な」

隣の自衛隊員の声が切れ切れに聞こえる。

ローターの音と吹き込む風に声が飛ばされ、怒鳴るような声でも注意しないと聞き取れない。

「顔が青い。まるで死人だ。ヘリは初めてか」

「二度目です。前は吐きまくって顰蹙《ひんしゅく》をかいました。どちらかといえば、高所恐怖症なんです」

「ここじゃ、顰蹙だけじゃすまんぞ。放り出すからな」

黒田は無言で、ポケットからスーパーのレジ袋を出して自衛隊員に見せた。

急に胃の中のものがせり上げてくる。かろうじて吐くのをこらえた。

「きみがパソコン上で示した地点まで二〇キロだ。五、六分で着く」

海上には無数の板や材木が漂っている。それと共に家具の破片、引き抜かれた木々、ドア、衣類……地震で倒壊した家屋の残骸を津波が運んできたのだ。

黒田は思わず目をそらせた。その間に浮かんでいるのは——おそらく人間だ。板の上に上半身をあずけて横たわっている人もいる。まだ生きている者もいるかも知れない。いや、生存者などいない。彼らはすでに死んでいるのだ。生きていれば、ヘリを見てなんらかの反応を示すはずだ。黒田は無理やり自分を納得させた。

海面が赤い光を反射し始めた。

「あと三〇分もすると、陽が沈む。それまでに戻りたい」

黒田は身を乗り出すようにして海面を見下ろした。陽の光が小波《さざなみ》のように海面を覆っている。よほど注意していなければ、見つけることはできないだろう。

携帯電話が鳴り始めた。美智からだ。

「現在、遠州灘を南に飛んでいる。目印になるものは見えないか」

〈海だけだと言ったでしょ。かなり南に流されてると思う〉

「俺の計算だと、浜から二、三〇キロのはずなんだけど」

黒田はパイロットと横の自衛隊員に怒鳴った。

自衛隊員は操縦席のモニターを睨みつけている。ヘリに乗った直後、このモニターはヘリのアンテナにつながっていて、衛星電話の電波を拾うことができると説明された。

「見つかりませんか。急がないと陽が沈む」

〈頼りないこと言わないでよ。必ず見つけるって言ったでしょ〉

「ミチに言ったんじゃない。自衛隊の人が衛星電話の電波からミチの位置を探してる。電池は大丈夫か」

〈知らないわ。もう、何も考えられない。一一人いたはずなのに、いつの間にか一〇人になってる。今、このサーフボードに七人がつかまってるのよ。ほとんど沈んでる。三人は近くに浮いているはず。もう、脳味噌までふやけてる〉

威勢のいい話し方だが、声からはかなり消耗しているのが分かる。

「そっちからはヘリが見えないか。ヘリの音でもいい」

みんな、ヘリを探すのよ。どこかで音は聞こえないの。ほら、しっかり見て、聞くの。頑張るのよ。美智の声がする。

「南東方向です。海上に注意してください」

助手席でモニターに顔を埋めていた自衛隊員が振り向いて言う。

〈ヘリの音が聞こえるって。私には何も聞こえないけど〉

「どっちの方向だ」

どっちから聞こえるのよ、誰か分かる人はいないの。根性入れて、聞いて、見なさい。命がかかってるのよ。美智が怒鳴っている。

〈待って――〉

美智の声が途切れた。

〈見えるわよ、シンスケ。シンスケのヘリが見えるわ。私が手を振ってるの見えるでしょ〉

黒田はヘリから身体を乗り出した。その襟首を自衛隊員がつかんで引き戻す。

眼下には海原が広がっているだけだ。無数に浮かんでいた瓦礫も今は見えない。遠くに来たからか、沈んでしまったのか。

「俺には見えないよ。しっかり手を振ってるか」

陽を浴びて輝く海面に黒い点を見たような気がした。

「一一時の方向に漂流者発見」

パイロットの声が聞こえた。

いつの間にか、あれほどひどかった吐き気が消えている。

ヘリはサーフボードから二〇メートルほど離れてホバリングを始めた。ローターの風が巻き上げた海水が煙のように舞っている。

パイロットと隊員が救助方法について相談している。

「ミチ、大丈夫か」

黒田はサーフボードに向かって叫んだ。海面から巻き上げられる海水で、目がひりひりと痛んだ。

〈ずいぶん遅かったじゃない〉

美智がヘリを見上げて怒鳴っている。

「ミチのサーフボードが速すぎるんだ。ロバ並みにのろいヘリでね。これでもケツをひっぱたいて、ずいぶん急がせたんだ」

黒田は怒鳴り返して、携帯電話を使うように身振りで示した。もう電池切れを心配する必要はない。

「全員で一〇名。性別、年齢は不明。全員、かなり消耗している模様。急いだほうがいいです」

下を覗き込んでいた隊員が報告する。

「彼ら全員をこの機に収容するのは無理です。ライフラフトを下ろして、近くの船舶に連絡します。大丈夫、問題ないですよ」

パイロットと話していた隊員が黒田に説明した。

黒田にも、全員がヘリに乗れないことくらい分かる。

「荷物を捨てればいいじゃないか。なんとか乗れる」

「冗談でしょう。上官に殺されます。部隊じゃこれを待っているんです」

「だったら俺も降りる。それならいいだろう」

黒田が安全ベルトを外そうとすると、隊員が腕を押さえた。

「大臣から、必ず連れて帰るように言われています。役に立つ人だからと」

「ここでも十分役に立つ。泳ぎなら魚なみに得意だ」

「より多くの生命を救うことができるという意味です」

「彼らはどうなる」

「本部と海上保安庁に連絡しました。近くの船舶とも連絡を取っています。彼らの生命は保証します」

「一人だけならいいだろう。お願いだ」

「それ以上はダメだ。急いでくれ。すぐに暗くなる。何しろ、ロバ並みにのろいヘリなんだ」

パイロットが振り向いて言う。

黒田はもう一度、海面を見下ろした。

「全員は収容できない。ミチだけでも連れて帰りたい」

携帯電話で美智に言った。

〈みんなを運べないの。せっかく喜ばしておいて〉

「俺はミチを探しに来たんだ」

〈本心じゃないでしょ。この人たちを置いてはいけないわよ〉

「時間がありません。食料、水、医薬品、ライフラフトにすべてそろっています。あの程度の人数なら、救助の船が来るまで十分持ちこたえられます」

隊員が黒田を押し退けた。横で別の隊員が救命具投下の準備を始めている。

「お願いだ、ミチ。一度くらい俺の言うことを聞け」

〈分かったわ。早くして〉

「これから救命具を投下します。各自、それを着けてください。着け方は知っている人が教えてください」

隊員がスピーカーで呼びかけた。次々に救命具が投げ込まれていく。

「ライフラフトを投下します。着水と同時に空気が入ります。直ちに乗り移ってください」

ライフラフトの袋が投げられた。海面につくと生き物のように膨らんで、円形の救命いかだになる。一〇名は十分に収容できる大きさだ。

隊員を吊るしたロープがゆっくりと降りていく。

海面に降りた隊員の手を借りて、サーフボードにつかまっていた者や辺りを泳いでいた者が、次々にライフラフトに引き上げられていく。

一〇分ほどで一〇名全員がライフラフトに乗ることができた。

降りていった隊員が美智と言い合っている。

「何かあったのか」

「分かりません」

パイロットの問いに隊員が下を覗き込んでいる。

「急ぐように言え。一時間以内に帰らなければならない」

隊員が引き上げられてきた。小さな女の子を身体に固定している。おそらく、小学校の一、二年生だ。

「ミチはどうした」

「一人しか運べないんだったら、この子を連れて行くようにと。いちばん小さくて体力がないそうです」

確かに子供の身体は冷え切り、目を開けているのがやっとのようだ。

黒田はヘリにあった毛布で身体を包んで抱きしめた。動かなかった身体が、すぐに小刻みに震え始めた。

「もう一人、連れて帰ることはできませんか」

「ダメだ。燃料も少なくなっている。これで引き返す」

パイロットの言葉と共に、ヘリはライフラフトから離れていく。ヘリのホバリングによって海面には小波が立ち、サーフボードが木の葉のように揺れている。

「上昇する」

ヘリが高度を上げ始めた。

「三〇分ごとに電話をくれ。必ず帰って来るんだ」

黒田はヘリから身を乗り出して叫んだ。

〈分かったわ。私——〉

携帯電話の言葉が途切れた。

「どうした」

〈有り難う、シンスケ。私、シンスケのこと信じてた〉

ヘリが急速に高度を上げていく。

「確認します。ライフラフトの中には、位置を知らせる発信機と発炎筒が入っています。発信機はすでにセットしてあります。暗くても大丈夫です。近くに船舶を見かけたら、発炎筒を上げてください。分かりましたね」

隊員が大きくうねっている海面に向かってスピーカーで呼びかけた。

美智がヘリのほうを見上げているのが見える。

ヘリは距離を取って、ライフラフトの周りを回ってからその場を離れた。

陽が沈んでいく。真っ赤な光が空と海を染めて、地球が燃えているようだ。

18：25　Fri.

「高橋はいるか」

大久保は闇に向かって呼びかけた。当然、答えは返ってこない。高橋を見失ったのは、どの辺りだ。この地下街に逃げ込む前には、間違いなくすぐ後を歩いていた。考えようとしたが、馬鹿らしくなってやめた。今は、ここから出ることに頭と力を使ったほうがいい。しかし、この日本にいったい何が起こったというのだ。

防水機能付きの懐中電灯はどこかに落とした。地下街の底で青白い光を見たが、潜って取ってくる気は起こらなかった。二度と上がってこられない気がしたのだ。

突然、身体が沈み大量の水を飲んだ。かすかにオイル臭かっただけだが、明るいところで見ると濁った正視に堪えない水なのだ。おまけに——底には無数の遺体が。

少しでも水をかく力を緩めると、身体が沈んでいく。体力がなくなっているのだ。

ここが、あの人で溢れ、光に溢れた地下街とは思えなかった。まるで地獄の穴倉だ。耳を澄ますと、様々な音が聞こえてくる。話し声、泣き声、唸《うな》り声のようなもの。何かがぶつかり合い、こすれ合い、響き合う音。そして、時折り助けを求める声。その中で確実に分かるのは水を弾く音だ。自分と同様に、必死で浮かんでいる者がいるのだ。必死で生きようとしているのだ。

水量がさらに増えている。立ち泳ぎしながら手を伸ばすと、天井に触れる。天井と水面との間は五〇センチほどだろうか。急に、さらなる恐怖が全身に湧き上がってきた。

「誰かいるか。ここはどこだ」

もう一度、叫んでみた。細い声が闇の中に広がっていく。呻くような声がいくつか聞こえたが、意味は分からない。自分は声が出せるだけ、まだましということか。

再度声を出そうとして、大量に水を飲んだ。訳のわからない臭いと塩辛い味の水が口中と気管に溢れて、むせると同時に胃の中のものがせり上がってくる。数分前と水の質が違ってきている。吐きながら、水を飲むという苦しい動作を繰り返した。確かにこの水は海から来たものだ。中川運河から流れ込んだか。いったい、この地下はどうなっている。

やっと冷静さを取り戻した。どこか立てるところか、つかまるものを探さなければ。泳ぎには自信があるが、それにも限度がある。体力が急激に衰えていくのを感じた。

伸び上がるようにして水をかき、背筋が冷たくなった。頭が天井に当たったのだ。天井と水面の隙間は三〇センチもない。

「助けてくれ」

大きく水をかいた手に何かが当たった。人間だ。動く気配はない。思わず突き放した。しかし――死体がなぜ浮いている。沈むのではないのか。思い直して辺りを探ると、指先に何かが触れた。必死でつかんで引き寄せ、つかまろうとすると一緒に沈んでしまう。浮力はほとんどない。

すでに頭は天井に当たっている。急に水が増えている。

「ミ……チ……」

大久保の口から出た言葉は掠《かす》れていた。

18：30　Fri.

「現在、『いず』を名古屋港沖に向かわせています。しかし、到着は一〇時間後になる模様です」

スクリーンを睨みつけるように見ている漆原に利根田が言った。

『いず』は、全長一一〇メートル、三六八〇トンの第三管区海上保安本部の災害対応巡視船だ。

ＥＥＳのスクリーンでは、死者はすでに一五万六〇〇〇人になっている。しかし消防庁では、一八万人を超えていると漆原に伝えている。負傷者は五七万人という数字をつかんではいるが、おそらくその倍はいるのではないか。それだけの死傷者が、千葉県から鹿児島県にいたる広域で出たのだ。

「『いず』では重軽傷者、何人の受け入れが可能だ」

「応急手術可能な医務室が完備されています。また、一二〇人分の宿泊も可能です。さらに、八〇〇トンの水を供給できる海水蒸留設備を装備しています。阪神・淡路大震災を教訓に建造されたもので、新潟県中越地震でも出動しました」

漆原は焼け石に水、という言葉を飲み込んだ。日本中が全力を尽くして復旧に取り組んでいるときだ。どんな小さなことでも前向きに考えたい。

「急ぐように伝えてくれ」

次に考えるべきことは――。

三つの巨大地震が発生して、三時間近くがすぎていた。津波も二時間前から、一〇メートルを超えるものは観測されていない。しかし気象庁は、いぜん津波と余震の注意を呼びかけている。

「直ちに救援物資を送りたいのですが、交通網が完全に切られています」

「自衛隊のヘリは使用できないのか」

「負傷者と救助機材の輸送でフル回転しています。それでも絶対的に足りません」

「北海道、東北、九州、沖縄の航空隊が到着してもか」

「全面的に空輸が始まっても十分とは言えません。現在、海上輸送の可能性を打診しています。海上自衛隊で足りなければ、民間の船をチャーターしてでも二四時間以内に水と食料の輸送が必要です」

「あらゆる手を打つように」

言ってはみたが、漆原自身、具体的にどうすべきか考えは浮かばない。

テーブルの上には、新聞紙大の日本地図が広げられていた。東京、名古屋、大阪に赤い丸印がついている。いずれも日本の物流の拠点となる最重要都市だ。

漆原は考え込んだ。

二〇〇四年の新潟県中越地震のときは、上越新幹線は脱線し、関越自動車道は六日町のインターチェンジと長岡ジャンクションの間が被災して通行止めとなった。東京から新潟への主要交通手段が不通となって、救援物資の輸送や負傷者の医療施設への搬送が危ぶまれたが、意外とスムーズにいった。それは東京——新潟間には二つの迂回《うかい》ルートがあったからだ。東の磐越道と西の上信越道だ。この二つの高速道路は救援物資輸送車両には料金の無料化も行われ、人と物資の移動は大きな混乱を招かなかった。

「東京——名古屋——大阪間六〇〇キロを結ぶのは、東海道新幹線と東名高速道路、そして名神高速道路です。さらに、成田空港と羽田空港、名古屋空港と中部国際空港、伊丹空港と関西国際空港を利用する航空機が加わります。現在、そのすべてが止まっています」

国土交通省の役人が説明した。

「そんなことは十分承知している」

「名古屋、大阪のそれぞれ二つの空港も、すぐには使用できないでしょう。滑走路の整備や安全性のチェックが必要となります。現在、管制塔の整備もやっていますが、管制官の数が足りません。彼らも被災者です。さらに、海に面して造られた関西国際空港や中部国際空港は、かなり津波の影響を受けているとの報告があります。当分の間は、名古屋を含む太平洋ベルト地帯は陸の孤島状態になります」

「何が言いたいんだ。早くしろ」

「名古屋に入るには東京からは中央自動車道、大阪からは名神自動車道を通ることになりますが、大阪が被害を受けていると、中央自動車道しか使えなくなります。東名自動車道、静岡インターチェンジと焼津インターチェンジの間には、一九七九年に大規模なトンネル火災の起こった日本坂トンネルがあります。このとき、再び開通するまでに一週間がかかっています。それも一車線のみでした」

「報告を聞いていないのか。すでにあの辺りの高速道路を含む幹線道路網は、ずたずただ」

利根田が苛々した声で怒鳴った。

「でありますから、このようなトンネル事故が東京から四国までの太平洋沿岸のトンネルで、現在把握しているだけで一八七ヵ所。さらに山沿いの道路は、崖崩れの影響も受けています。特に紀伊半島の太平洋側を通る海沿いの道は、トンネルが不通になったり、土砂崩れで埋まったり、津波で流されたりして、三重県、和歌山県には孤立する市町村が出る可能性が高いと思われます。いや、すでに相当数出ている模様で――」

職員は淡々とした口調で話し続ける。

漆原は途中で目を閉じた。すでに何時間眠っていないのか。

バブル崩壊後も元気がいいと言われ続けてきた名古屋も、陸の孤島となり取り残される可能性が高い。

こういう事態を考えていると、無駄な高速道路は造るべきでない、とばかりは言っておられない気もする。小規模の道路でも、災害復旧・復興道路を造っておくことが必要かも知れない。これが一段落したら、私の最後の仕事として道路族を喜ばしてやるか。それには、最低あと三年は――。

漆原は考え始めて、思わず自嘲した。やはり政治家根性は抜けそうにない。もし、この日本の窮状をとりあえずであっても、抜け出すことができれば、潔く政界を引退して、今回の未曾有の大惨事の教訓を後世に残す仕事に残りの人生を捧げよう。

「名古屋、大阪に通じるすべての幹線道路を全面規制しろ。救援物資輸送と復旧支援車両専用とする。違反車は徹底的に取り締まれ。自衛隊のすべてのヘリを動員して、救援物資の輸送を行え。帰りのヘリで負傷者の搬送を命じろ。そのための予算措置については考える必要はない。全面的に政府支出だ」

漆原は指示を出した。

「日本も災害に対して、さらなる自衛隊の艦船の利用、または病院船の建設を現実問題として考えるべきだ。自衛隊が病院船を持つことに大きな抵抗があるなら、旧文部省が建造して運用が海上自衛隊である南極観測船のように、厚生労働省が建造して自衛隊が管理してもいい。海上からの大規模救援も平素から考えておくべきだ」

漆原は独り言のように言った。しかし、数十万の負傷者に対して受け入れはせいぜい数百人。いずれにしても焼け石に水だ。

正面のスクリーンに映し出された日本地図は、東海から四国にかけて真っ赤になっている。五段階に分けられた被災状況区分で、最高度を示す表示だ。特に名古屋、大阪、静岡などの大都市部では内陸にまで赤が広がり、その先はオレンジになっている。名古屋市内と大阪市内は、全面車両通行禁止になっている。つまり市内には、入ることも出ることも非常に困難な状態だ。当然、地下鉄を含めた電車は止まっているわけで、一〇〇万人単位の帰宅困難者が出ている。

しかし、緊急車両専用に規制された一般道も、建物の崩壊や道路の陥没などで通行が困難な箇所が多くある。消防車両、警察車両などの通行にも大きな支障をきたし、復旧に時間がかかるのもそのためだ。

考えれば考えるほど、泥沼に入り込んでいく。

「今回の地震と津波で、日本の四分の一がなんらかの形で被災地に入るそうだ」

漆原が誰ともなしに言った。

「各国の首脳が救援を申し出ています。いかがいたしましょうか」

携帯電話で話していた外務大臣が言った。

漆原はしばらく考え込んだ。

「今回に限り、すべての援助を受け入れる。ただ援助を待つのではなく、積極的に援助を求めるつもりだ。直ちに世界に向けてメッセージを送って欲しい」

すぐ手配しますと言って、外務大臣が出て行こうとした。

「待ってくれ」

漆原は外務大臣を呼び止めた。

「私が直接呼びかけることにする。原稿も私が書こう」

「しかし――」

「今回は外務省の役人が書いた外交文書ではなく、私が日本人を代表して世界に救援を求めるべきだ」

外務大臣は一瞬躊躇《ちゅうちょ》するそぶりを見せたが、頷いて頭を下げた。

漆原は外務省の役人にメモを渡した。

日本の総理が世界に対して呼びかける、異例のことだった。

〈全世界の皆さん。世界中の、我が国が直面している現状を憂いてくださっている人たち。我が国は、すでに世界各国の多くの人たちから温かい援助を受けております。今回の過去に例を見ない災害によって、日本は多大なる被害をこうむりました。日本経済が大きく後退することはやむをえないでしょう。我が国は復旧、復興を目指して、現在、全国民が一丸となり、懸命な努力をしております。しかし今回、日本が受けた傷は余りにも大きなものです。独力で立ち直るには余りあるものです。私は日本国民を代表して、広く、世界に対して援助を求めるものであります。現在もなお、深刻な事態が続いております。この窮状をなんとか抜け出るために、世界各国からの援助を求めるとともに、大いなる感謝をもって受け入れたいと思っております。世界の援助を受けることにより、我が国は一刻も早く立ち直り、世界の一員としての責任を果たすべく復興に努力する次第であります。今後、地球温暖化、オゾン層破壊、海洋汚染、エイズ、ＢＳＥや鳥インフルエンザ、さらには惑星衝突など、地球規模の戦いが予想されます。この日本の復興が各国を強く結びつけ、一つの惑星に住む人類としての絆《きずな》を強化する一助となりますことを〉

反応は早かった。漆原が放送を終えるとほとんど同時に、世界各国の元首から電話やメッセージが入り、援助の申し入れが寄せられ始めた。

「沖縄の海兵隊二〇〇〇人が、一二時間以内に救助に入ることができるそうです。上陸地点を指定しましょうか」

「最も手薄なところをカバーできるように要請しろ。とりあえず、重傷者の搬送と治療を頼め。その後は、自衛隊と協力して援助物資を届けて欲しいと連絡してくれ」

「ドイツ、フランス、イギリスなどの部隊も明後日中には出発すると連絡が入りました」

「到着までに役割分担を決めてくれ。待て——。河本君と相談して欲しい。彼女は静岡で、復旧対策本部を立ち上げて指揮を執っている。被災者のニーズを最もよく理解している。しかし状況から考えれば——」

松浦のことが頭をよぎった。安否はまだ分かっていない。自衛隊に調べさせれば判明するのだろうが、その勇気がない。今は無事を祈るだけだ。河本君も仕事で忘れようとしているのだ。

「中国と韓国も救援隊の派遣を申し出ています」

「受け入れ態勢を整えてくれ。舞鶴《まいづる》港から上陸して大阪、名古屋方面に入ってもらう。最も人手を必要としているところだ」

「副総理——」

利根田が呼びかけた。

「そのように不用意に外国の救援を要請してもいいのでしょうか。少なくとも、我が国は——」

「かつてないほどの被害を被っている」

漆原は利根田の言葉に続けた。

「この期《ご》におよんで、我が国に先のことを考えている余裕があるのかね。太平洋岸の日本の半分が未曾有の被害にあった。孤立している市町村の把握も十分にできていない。私の最大の使命は、できる限り多くの国民の命を救い、次につなげていくことだ。恥も外聞もない。現在は生き残ることだけを考えておけばいいのではないのかね」

「しかし、これでは我が国は――」

「現状を見たまえ。被害総額は四〇〇兆円か、五〇〇兆円か。あるいはそれ以上か。いずれにしても、今後、数十年にわたって、国民にはなんとか頑張ってもらわなければならない。今は一人でも多くの国民の命を救いたい。手段は二の次だ。多少なりとも国民のためになることなら、私は世界に向けて跪《ひざまず》く」

漆原は断固とした口調で言い切った。

18 : 50 Fri.

大浜津波防災センターのヘリポートには亜紀子が待っていた。

飛び立ってから二八分がすぎている。

「恋人は発見できたのね」

亜紀子が黒田の顔を見て言った。

「感謝します。彼女と他の者も無事でした。彼女を入れて一〇名いました。一人は間に合わなかったようです」

亜紀子が頷いた。

黒田は亜紀子に一階の会議室に連れて行かれた。センターでいちばん広い部屋だ。

部屋に一歩入って立ち止まった。ほんの三〇分の間に、部屋の様子は一変していた。

会議用の机と椅子だけしか並んでいなかっただだっ広い部屋には、数十台のパソコンが運び込まれ、人で溢れていた。五〇人はいるだろう。それも、三分の一がカーキ色の自衛隊の作業服を着ている。そういえば、黒田がヘリポートに下りる直前、別の自衛隊のヘリが離陸していった。

テレビや新聞で黒田も何度か見たことのある政府の防災関係の者もいた。

「ここを震災復旧対策本部にする。明日には、もう五〇人応援が来る」

亜紀子が部屋の中を見回しながら言った。

横にはノートを持った分厚いメガネレンズの自衛隊員が立っている。

「今度は私の頼みを聞いて欲しい。あなたの開発したこのシステムは、確かにすばらしいわ。今も、このシステムのおかげでどれだけの人が助かっているか」

部屋の正面では、自衛隊が大型スクリーンを設置している。

「でも、十分に使いこなせているかって聞かれるとダメでしょうね。うちのスタッフに、すべてを教えて欲しいの」

「確かに、マニュアルを作る時間はありませんでした」

「それに、あなたは嘘をついた。うちの技術スタッフが、このシステムにはまだまだ隠された機能があるようだって」

「別に隠したわけじゃない。全部説明するには時間が足りなかっただけです」

「もう時間はあるわけだから教えてくれるでしょう」

「大臣との約束は破るわけにはいきません」

黒田は一台のディスプレーを覗き込んだ。ディスプレーには、黒田の救援システムが映し出されている。

黒田は椅子に座るとキーを叩き始めた。

「基本的には、太平洋岸一帯の市町村の防災担当者のパソコンとインターネットでつながっています。彼らの被害情報、備蓄物資、救援物資の情報がここに集められて整理されます。各地に集められた救援物資の分配、輸送の最適化もできます。道路や建物、被害情報を入れた地図と組み合わせれば、通行不能の道路を迂回した輸送の最適ルートの検索も可能です。ボランティアの特技と能力を登録すれば、各避難所が必要としている人材を振り分けることも可能です」

黒田は話しながらマウスをクリックし、キーを叩き続けた。そのたびにディスプレーが目まぐるしく変わっていく。

横でメガネの自衛隊員が必死でメモを取っている。

「このシステムに登録しているパソコンと携帯電話は、全国で約四六〇〇台。その各々と情報のやり取りができます。でも気をつけてください。受け手の態勢が整ってからでないと、大混乱を起こします。パソコンや携帯電話から被害情報や備蓄物資、救援物資情報を送信すれば、本部システムに自動的に加算されます。重複するということはありません。基本的には、カーナビやコンビニや宅配で使っているシステムの寄せ集めです。そこのエンジニアを何人か知ってて、彼らにはずいぶん手伝ってもらいました」

「それにしても大したものね。これだけのものを作るって。瀬戸口君が引っ張りたいというのも納得できる」

「何度も言うようだけど、俺一人で作ったんじゃありません。市町村の防災課やボランティアが協力してくれたからできたんです」

「協力してもらうというのは、一人でやるより大変なこともあるのよ。私なんかいつもそれで泣いてる」

亜紀子の顔つきが数分前とは変わって、厳しくなっている。

「今回の地震と津波で、現在分かっているだけで一五万人以上の死者と三七万人の重軽傷者が出ている。この数は今後、もっと増える。家屋の倒壊や火事による被害など、まったく把握できていない。とにかく、戦後で最大の被害が出ている。でも、なんとか復旧、復興しなければならない。黒田君も私たちに協力して欲しいの」

「俺はあんたには感謝している。できることはなんでもやります」

「心強いわ」

亜紀子に肩を叩かれた。

「まず、このシステムについて最大の能力を発揮できる環境作りをしてちょうだい。あなたには私の秘書を一人と、自衛隊の技術関係の隊員をつける。何人必要か言ってちょうだい。私も全面的に協力する。他に必要なものがあればなんでも言って」

「モニターを増やしてください。二倍でも三倍でも多いほどいいです。地区割りをして担当者を決めてください。とりあえず、今回の地震と津波の被災地域を一〇区に分ける。防災シミュレーションによると、日がたつにつれて、被災者の要求は増大してきます。今は何でも有り難いと思って感謝していても、明日になれば不満が出てくる。それが爆発する前に手を打ちます」

黒田は独り言のようにしゃべりながら、マウスをクリックしピアノの鍵盤《けんばん》のようにキーボードを叩く。ディスプレーの文字と数字が、動画のように変わっていく。

「各県の備蓄物資で、三日程度は持ちこたえることができる。最大の問題はその後だ。ただ今回は、津波で流されたり水に浸かったところがかなり出てるから、備蓄食料もどうなってるか分からない。俺たちは阪神・淡路大震災、新潟県中越地震、平成大震災、そして、それ以外の震災を徹底的に検証しました。地震を含めた自然災害は防ぐことはできない。しかし、被害を最小限に止めることは可能だ。だから、その方法を議論して構築しつつあったんだ。でも、地震のほうが先に来てしまった」

「十分、価値はあったわよ」

「登録している市町村の半分程度しか反応していません。おかしいな」

「信じられない。すごい数よ。まだ一時間もたっていないのに。政府がやれば、数日はかかる」

「みんな泡食って出払ってるみたいです。もう一度、各市町村の状況を直ちにこっちに報告するように連絡しました。これから、全国からの救援物資の集積所とつなげる準備をします」

「ボランティアの受け入れはいつから可能かしら」

「今からでもオーケーです」

マウスをクリックすると集積所と避難所の情報が現われる。そこには、必要なボランティアの人数と業務が書き込まれている。

「いちばん近いところから送り込んでください」

黒田のポケットで携帯電話が鳴り出した。

〈やっと巡視船が発見してくれた。今、どこかの港に向かってる〉

美智が一方的にしゃべりだした。

「俺は大浜津波防災センターにいる。先月、連れてきただろう」

〈港に着いたら迎えに来てよ〉

「電話しろよ。ヘリを迎えにやる」

亜紀子を見ると、目を吊り上げて指でバツ印を作っている。

「ヘリが無理なら、なんとかするから電話をくれ」

分かったと言って電話は切れた。

23：00 Fri.

三つの海溝型地震が起こってから、すでに七時間がすぎていた。

漆原はこれほど時間がたつのが早いと感じたことはなかった。最初の名古屋の地震の衝撃がまだ身体の中に残っているというのに、後一時間で日が変わる。

官邸の危機管理センターには疲労と苛立ちが泥水のようにたまり、爆発寸前だった。

常に部屋のどこかで言い合う声や、ミスをなじる声が聞こえる。

「交代で休養を取らせろ。このままではいずれ、大きなミスが起こる」

漆原は利根田に指示を出した。

「総理こそ休むべきです。地震以来、ほとんどここに詰めている」

いつの間にか、自分が総理と呼ばれているのに気づいた。

「河本君がゴールデン七二時間という言葉を使っていたな」

「生存確率を示す言葉でしたね。崩壊家屋に閉じ込められてから、それ以上時間がすぎると生存確率が急激に下がる」

「残りはあと六〇時間と少し。それまではなんとか頑張りたい」

漆原は立ち上がろうとしてよろめいた。利根田が慌てて腕を支える。

「しかし、河本君はよくやっている」

「避難所の運営と被災者の当面の生活援助は、ほぼ任せていいでしょう。被災地の状況を実によくつかんでいる」

「松浦君の情報はないのか」

「米軍に問い合わせてはいますが――向こうも確実なことしか発表したくないのでしょう。しかし――何しろ、あの状況でしたから」

要するに、まだ遺体が確認されていないということなのだ。

「総理――」

受話器を持っていた秘書が漆原を見ている。

「大浜原発で事故が起きました。原子炉建屋で大量の放射能漏れです」

漆原の身体が強《こわ》ばり、一瞬頭の中が白くなった。原発事故、最悪の事態だ。

「大気中に放出されたのか」

「原発の運転員が防いだそうです」

一度引いた血の気が戻ってきた。

「どういうことだ」

「制御棒が作動せず、炉心温度が上昇したそうです。メルトダウン一歩手前だったとか。一人の運転員が原子炉建屋内に入り、手動で作動させたそうです」

「その運転員は――」

「死亡しました」

「なんと言う名だ」

「名前までは――問い合わせましょうか」

「そうしてくれ。それで、遺体は？」

「原子炉建屋の中です」

何をやってる、早く――出掛かった言葉を飲み込んだ。今はどうしようもないことは分かっている。利根田が不思議そうに見ている。

「今後、放射能漏れの危険はあるのか」

「今のところないそうです。原子炉建屋に地震の影響はありません。ただ、以後の管理には問題がありそうです。落ち着き次第、専門家会議を開いて、処置を決めます」

肩から力が抜けていくのが分かった。利根田もほっとした顔をしている。

「喜ぶべきなんだろうな」

「そうです。喜ぶべきです。犠牲者は一人です」

「初めて意見が一致したな」

「私は初めてだとは思っていませんが、総理」

総理という言葉を、ことさら強調した。

「我々がやるべきことは――」

漆原は言葉に詰まった。

「以後の具体的な手順も考えておいたほうがいいかと」

利根田が声をひそめた。

「政府が用意している遺体袋は？」

「二万五〇〇〇です。中央防災会議による死者数の試算です。それ以上用意すると、政府の試算は何だと言われるので」

「その五倍はいるな。いや――一〇倍か」

漆原はスクリーンに目をやったまま無意識のうちに呟いていた。

死者一七万人。負傷者七〇万人。見たその瞬間には表示は変わっている。

マスクを着け、さらにその上から鼻と口を押さえて瓦礫の中を歩いた。広場に並べられた死体袋の列。三〇度を超える赤道直下の陽の熱は、すぐに死体をも腐乱させ始める。そのまわりに層を作る瓦礫。漆原は、スマトラ沖地震の津波のあとを視察したときの光景を思い出していた。そのときと同様の光景を日本で見ようとは。

二二万人を超える犠牲者が出たあの災害では、瓦礫の中に多くの遺体が取り残され、掘り出された遺体も炎天下に長期間さらされていた。病院や学校、その他の施設にも身元不明の遺体が多数収容された。瓦礫に潰され津波にもまれて傷つき、身元すら不明のあれらの遺体はどう処理されたのだ。

また、感染症などの二次災害も懸念されていた。井戸や住居には、汚水を含む大量の水が流れ込んだ。津波が引いた後も、いたるところに泥水が残されていた。インドネシア、インドなどの発展途上国の衛生状態はただでさえ悪いうえに、さらに悪化することは確実で、国際社会はマラリアなどの感染症から被災者を守る努力をしなければならなかった。日本ではその心配は低いとしても、なんらかの手は打たねばならない。

「至急、不足分をアメリカ政府に打診しろ。一万や二万の用意は日本国内の米軍基地にもあるはずだ」

「分かりました」

「とりあえず自衛隊の駐屯地に輸送して、河本君と連絡を取って、各遺体安置所に届けるよう手配してくれ。これは大っぴらにするな。国民に不安を与えるだけだ」

「承知しています」

「しかし、この暑さだ。遺体の腐敗も激しいだろう。全国からドライアイスを集めさせろ。身元が判明した遺体から遺族の了承をとって火葬に回せ。この際、できる限り手続きの簡素化を図り、感染症などの二次災害防止を第一に考えるように。ただし――遺体には最大限の配慮をしてほしい」

「柩《ひつぎ》はどういたしましょう。現在、全国の葬儀屋が全力で柩の手配をしていますが」

厚生労働省の役人が言った。漆原は役人の顔を睨んだ。

「下手に混乱を招くようなことは言うな。今でも一七万体を超える数だ。日本中の柩をかき集めてもその一〇分の一さえ集まるかどうか。一律、遺体袋で許してもらえ。それさえも足りないことは明らかだ」

「火葬場はどうしましょう」

「急遽、阪神・淡路大震災、及び平成大震災のときの遺体処理に関する資料を取り寄せてくれ」

「すでに送らせています」

漆原は昔読んだ資料を必死で思い出していた。

阪神・淡路大震災では約五五〇〇体、平成大震災では約一万三〇〇〇体の遺体が非常な短期間に出た。近隣の府県に協力を頼み、火葬場に運んだ。

今回すでに、死者の数は一七万。最終的には二〇万人を超える。いや、それ以上か。とても限られた地域で処理できる数ではない。おまけに、夏場だ。

被災地周辺の火葬場での火葬能力は、一日数百体が限度だろう。近隣の府県に運べばその数倍は可能だが、とうてい処理できる数ではない。さらに、輸送はどうする。全国の霊柩車を集めるというバカなこともできない。おまけに、まだ瓦礫に埋もれている遺体はどうする。

「輸送も問題だ」

漆原は呟いた。

「執務室に戻る」

漆原が歩き始めると、役人が慌ててそのあとを追う。

「厚生労働大臣を呼んでくれ」

漆原は歩きながら言った。

「こういう問題は、本来は地方自治体が行うものだな。しかし、今回ばかりはそうもいかんだろう」

「マニュアルがあるはずです。たぶん福島県のものだったかと」

役人はカバンを探り、小冊子を取り出した。ページをくって漆原に渡した。

「一〇万単位の死者が出るマニュアルか」

「数までは分かりません」

漆原はこの若い役人を怒鳴りつけたい衝動に駆られた。しかし、それも可哀想だ。確かに、これは想定外のことだ。いや、想定していた者はいるかも知れない。だが、現実に起きるとは誰も信じていなかったはずだ。

「なんとも縁起の悪い話ですが、災害時には避けては通れないものですから。国がやるとすれば、厚生労働省が担当かと」

「読んでくれ」

漆原は小冊子を役人に返した。歳には勝てない。老眼鏡をかけても文字が霞んでいる。漆原はメガネを外し、目の間を軽くもんだ。

「災害対策用の死者の捜索、遺体処理等の項目です」

役人は声を出して読み始めた。

「全般的な事項。一つ、衛生及び社会心理面への配慮。遺体の処理は、衛生上の問題及び社会心理上の問題等を考慮し的確に行う必要がある。そのため、収容所の設置場所の確保、開設、警察及びラジオ、テレビ等のマスコミ機関との連携による身元確認及び縁故者への連絡、身元が判明しない遺体についての火葬と段階ごとに的確かつ速やかに対応する必要がある」

「待ってくれ。部屋に行ってからだ」

歩きながら聞くには重すぎる内容だ。

部屋に入ると漆原は執務机に座り、役人にも座るように言った。

「続けてくれ」

「二つ、県内医師会及び歯科医師会との協力体制の整備。警察本部は、多数の死者が発生した場合の検視及び身元確認については、あらかじめ県内の医師会及び県内歯科医師会等との協力体制の整備を図っておくことが重要である。県の保健福祉部が派遣した医療救護班においても、検案業務を行うことになっている」

役人は読むのをやめて漆原を見た。

漆原はデスクに肘を付き、両手で頭を抱えて支えている。

「どうしました。気分が悪そうですが」

「いいから続けてくれ」

「三つ、広域的な遺体処理体制の整備。市町村は、死者が多数にのぼる場合、また、火葬場が被災して利用できない場合を想定し、遺体の保存のため、民間事業者の協力を得て、十分な量のドライアイス、柩、骨壺《こつつぼ》等の確保に配慮するとともに、近隣地方公共団体の協力による火葬支援体制の整備に努めることが必要である。この場合において、県の保健福祉部は、民間事業者への協力要請、他都道府県を含む広域的な支援体制の調整を行い、市町村を支援する」

役人が軽く息を吐き、聞いているか確かめるように見てきた。

「以下、遺体の捜索、遺体の収容、遺体の火葬・埋葬、災害弔慰金の支給と続いています。さらに、災害救助法によると、遺体の腐乱などによる疫病発生を防ぐために、災害発生の日から一〇日以内に埋葬を行うことが定められています」

漆原は立ち上がり、室内を歩き始めた。じっとしてはいられなかったのだ。

利根田の前に来たとき、足元が揺らいだ。利根田が漆原が倒れる前に、その身体を支えた。

「総理はしばらく休まれたほうがいいかと思います。顔色がひどく悪い。山は越えました。後は、我々で適切に処置します」

意図的か単なる間違いか、また総理と呼んだ。

「現在、火葬に関して協力を頼んでいる都道府県は？」

「被災地近隣の県、埼玉、山梨、長野、岐阜、滋賀県が受け入れを受諾しました」

「それでも十分ではないだろう」

「さらに、兵庫、京都、岡山、広島などの近隣府県に協力を要請しています。もちろん、東京にもです。しかし各都道府県の同意が得られても、問題は遺体の運搬手段です」

「瓦礫の撤去を可能な限り急げ。遺体の搬送にも差し支える。遺体はできることなら国民の目には晒したくない」

少しずつだが都知事時代を思い出してくる。あのときはどうしたのか——。

阪神・淡路大震災のときには、遺体輸送に自衛隊も関わった。確か、陸上自衛隊四四八体、海上自衛隊九体、航空自衛隊二二体だったか。このときの報告書を読んだ覚えがある。

輸送に当たる隊員は、清潔な制服に白手袋を着用。トラックの荷台にはシート、毛布などを敷き、柩を重ねないために大型トラックに柩六棺までと細かい配慮がなされたとあった。

しかし、今回はそのような余裕があるだろうか。

「外国人の死亡者も多いだろう。遺体の顔写真、特徴、遺留品のリストを載せたホームページを作成するように。大使館にもその旨、連絡してくれ。特に中国には」

漆原はしゃべりながら、ますます落ち込んだ気分になった。

スウェーデン人三万人、英国人一万人、フランス人五〇〇〇人……。二〇〇四年一二月、スマトラ島周辺諸国に、太陽を求めてバカンスに来ていた外国人の数だ。ちょうどクリスマス休暇の真っ只中で、その多くが津波で命を落とした。日本人も数十人が犠牲になった。

被害者の多くは、パスポートなどの身分証明書も身につけておらず、津波で衣服も剥《は》ぎ取られている場合が多かったと聞いている。海辺のリゾート地のため、水着や軽装の者がほとんどだったのだ。

家族全員死亡という例も珍しくはなかった。幼い子供だけが生き残ったケースもあった。そのため、遺体の身元確認も困難を極めた。さらに、遺体の安置、処理の仕方にも宗教、慣習などの違いにより、トラブルがあったと聞いている。

「現在、日本にはおよそ二〇〇万人の外国人が滞在しています。そのうちビザが切れたまま不法に滞在、または密入国した不法滞在者は推定約五〇万人。彼らの多くは東京を含む大都市に集中しています。名古屋や大阪にも多数滞在していると思われます」

役人が無遠慮な声を出した。

「大部分が中国人ですが、イランや東南アジアの者も多く、多国籍にわたっています。彼らは大都市でも比較的災害に弱い、人口密集地、入り組んだ建物の多い地区に住んでいる者が多いというデータがあります。今回も名古屋や大阪の繁華街には、かなりの数の不法滞在者がいたと考えられます」

「不法滞在者であれば、住所確認はされていないだろう。阪神・淡路大震災では、学生や一人暮らしの人たちに、建物倒壊による死亡者が多かった。日ごろの交流がないので、隣近所の者が行方不明に気づかなかったのだ。もし地震で外国人に多数の死者が出た場合、多くは身元不明者として扱われる可能性が高い。海外からの肉親や友人の安否確認や問い合わせも、爆発的に増えるだろう。それに対して十分な対応ができなければ、日本の国際的な信用も失墜しかねない。入国管理局や警察に、外国人対応も十分考えておくよう伝えてくれ」

二〇〇一年、ニューヨークの世界貿易センタービルが航空機の突入テロで破壊され、二〇〇〇人以上の犠牲者が出た。この9・11のテロでの身元確認も困難を極めた。運よく回収された遺体も損傷が激しく、また遺体の一部しか発見されなかった場合も多かった。ＤＮＡ鑑定を民間の専門機関に委託したが、一体の検体鑑定に一〇〇万円の費用がかかったという話も聞いている。今後、日本に住む限りは、常に身元の分かるものを携帯しておくよう徹底すべきだ。

運よく生き残った外国人も、パスポートの紛失などで生活面でも日本人以上のトラブルを抱えることとなるだろう。

「心的ケアも考えなければならない。ＰＴＳＤの問題だ」

漆原は呟いた。

大規模な災害にあい肉親や家をなくした人たちには、心的外傷後ストレス障害を発症する人が多い。夜眠れなかったり食欲がなくなったりといった比較的軽いものから、突然泣き出して叫んだり、被害状況を思い出してパニック発作を起こしたり、鬱病《うつびょう》になるケースもある。今後のことを考えると、軽視できない問題だ。

瀬戸口、河本、松浦。堂島や遠山も、遠い昔の一瞬を背負って生きてきた者たちだ。そして自分も――。漆原は頭を振った。とりあえず今は、現実に目を向けるだけだ。

「すでに、一部の被災地には大型重機が入っている。今後、問題になるのは大量の廃棄物だ。ただちに近隣の県に受け入れを要請しろ」

ヘリのカメラがとらえていた海岸を埋め尽くす家や家具の残骸、倒壊した何千、何万ものビルの瓦礫を、遺体の捜索が終わり次第撤去しなければならない。これらを放置すると、悪臭や衛生面の悪化、復興の妨げなどを引き起こす。平成大震災では、一五〇〇万立方メートル、霞が関ビル三〇棟分にあたる廃棄物が出た。今度は、その比ではないだろう。

一瞬、意識が遠のいた。しかし、よろめく前にデスクの端をつかんで身体を支えた。誰も気づいてないはずだ。

「総理。ヘンドリッジ大統領から電話が入っています」

秘書が入ってきて告げた。

総理――この呼び名も自然に受け入れることができるようになった。

漆原は壁の時計を見上げた。ちょうど日付が変わろうとしている。ワシントンＤＣでは午前一一時だ。

「回してくれ」

漆原は受話器を取った。

〈まず、多大な犠牲者に対して深い哀悼の意を表したい。さらに、今後の日米協力体制についてですが――〉

受話器からはアメリカ合衆国大統領の丁寧な声と、同時通訳の声が聞こえてくる。

「このたびの迅速、かつ強力な援助に感謝の意を表します」

漆原は答える。

〈アメリカ国民からも、この日本の困難な状況に対して多大な援助が行われています。募金はすでに五七万ドルを超えて、国際赤十字を通じて、随時――この機会に世界が一体となり、貴国の大きな苦難に温かい援助を――〉

漆原は、通訳が繰り返す大統領の言葉を何度も頷きながら聞いている。

「サンキュー・ベリイ・マッチ。アイム・ソウ・アプリシエイト」

と最後に付けくわえ、漆原は自分でも下手な英語だと思いながら受話器を置いた。英語での返答は、自分流の精いっぱいの感謝のつもりだ。

「大統領は何を――総理」

利根田が見つめている。

「空母を病院船として使用されたい。さらに今後、要請があればアメリカ本土からも支援部隊を送る用意があると――。ジェラルド・ヘンドリッジ、アメリカ合衆国大統領の言葉だ。感謝してお受けすると答えた。すでにＷＪＣが名古屋沖に停泊し、救助活動に入っていることを承知しての提案だろう。そして、今後の具体的な経済援助は、外務省が具体的に話し合うことになった」

「賢明な判断です。しかし――」

「どうかしたか」

「よくアメリカから病院船の提案があったと思いまして。阪神・淡路大震災の折りも、アメリカ政府から日本政府に提案があったと記憶しています。だが、日本政府は断りました。たとえ災害救助であれ、アメリカ軍が基地から出て日本国内で作戦活動を行うということに難色を示したのだと思います。野党や世論の反応を恐れたのでしょう。アメリカ側から二度とそんな提案はないと思っていました」

「アメリカの空母は必要ない。私もそう答えたかった。しかし、今回の事態においてはそうも言っておられない。東海から四国にかけての太平洋沿岸で、道路、鉄道が寸断されている。おそらく今後も負傷者は増え続ける。現状では、数十万単位の負傷者を輸送し、収容する手段は持っていない。さらに、一週間後においても四四〇万人と推計されている避難者に援助物資を届けることは、非常に困難だろう。苦渋の決断だ」

漆原は息を吐いた。

阪神・淡路大震災において、自衛隊の派遣した艦船は延べにして約六八〇隻。援助物資の輸送、給水、給食支援、入浴施設開設、さらに陸上自衛隊などの宿泊施設にも使われた。しかし残念ながら、医療活動には使用されなかった。要請がなかったのか、それとも自衛隊がその後の政府の反応を恐れたのか――。六甲《ろっこう》アイランドからボランティア船で透析患者を海上輸送した例もある。もし、ごく近くにＩＣＵ、透析設備、ヘリポートなどの整った病院船があれば、大いに役立ったはずだ。

漆原はぼんやり考えていた。

突然、利根田が立ち上がって漆原の横に来た。

「総理、しばらくお休みください。後は、我々がやります。問題が起これば、必ず呼びに行きます」

利根田が漆原の耳元に顔を寄せた。

「顔色が非常に悪い。総理に今倒れられたら、政府の士気に関わります」

「一〇分、横になる。一〇分後に起こしてくれ」

漆原はソファーに行って横になった。目を閉じると急速に意識がなくなっていく。

第五章　ただ明日のためでなく

10：20 Thu.

閣僚たちが漆原を見つめている。

地震発生から一週間がすぎていた。

最初の数日は、瓦礫《がれき》に埋まった住民の救出に全力を投入した。その後は被災者の当面の生活基盤の確保に政府機能のすべてを注ぎ込んだ。

これまで、阪神・淡路大震災と平成大震災の二つの大震災を経験したが、この国は死傷者数千を超える大震災に対しては、なんら有効な対策が確立されていないことに、漆原は気づいた。まして数十万の死者が出る大震災に関しては、まったくの無力だった。

今日が地震後、初めての本格的な閣議だった。その前に漆原は官邸に各国の大使を招いて、救助活動の礼を言った。

アメリカを中心にして、ドイツ、イギリス、フランス、イタリア、ロシア、韓国、中国……世界各国の軍隊、医療チームが派遣されて、各被災地で活動していた。救援物資も国際赤十字を通じて送られてきている。

漆原は不思議な気持ちだった。

初めてアメリカ兵を見たのは中学のときだ。ジープに乗って走る陽気な兵士たちを異星人のように眺めていた。そして今、再び日本の町をジープに乗って走るアメリカ兵を見ている。そして今度は、連合国軍だけでなく世界各国の兵士が日本にいるのだ。

「できるだけ早く、帰国してもらいたいものですな」

利根田官房長官が言った。

漆原は頷《うなず》いた。心底、彼に同意できたのは初めてではないのか。いくら救助のためとはいえ、外国の軍隊が日本を走り回るのはやはりいい気持ちではない。これは戦中派、戦後派とも同じではないのか。

漆原は室内を見回した。河本防災担当大臣の姿はない。一時間前に電話で話したが、やはり官邸到着は、時間ぎりぎりになるという。今は、できる限り静岡県大浜市の復旧対策本部を離れたくないのだ。仕事に没頭しているのは、松浦の死のショックを少しでも忘れたいためだろう。

「復興計画は軌道に乗っているのか」

復興計画自体は、何年も前からできていた。しかし、今回の災害はまさに想定外というにふさわしかった。現在把握しているのは、死者二八万四七二五人、負傷者七八万六三八九人。倒壊家屋二三八七万棟、焼失家屋二万六〇〇〇棟。しかしまだ、行方不明者が三万人近くいると聞いているから、最終的な死者は三〇万人を超えるだろう。そして、日本の生産機能の五〇パーセント以上がなんらかの被害を受け、そのうち二〇パーセントは壊滅状態だった。これらの被害の八割以上が、地震の後に襲った津波の影響によると推定されている。東京の被害が最小限ですんだのは不幸中の幸いだった。

政府の試算によると経済的損失は、建物やライフラインなどの直接被害は三〇〇兆円、生産中止、交通寸断などの間接被害が二〇〇兆円、合計五〇〇兆円。しかし、この値は国民に与える影響を考えての控えめな数字で、民間では八〇〇兆円、一〇〇〇兆円を超えると言う声もある。だが、この日本の災害が世界に及ぼす影響を考慮すると、さらに損失は膨らむだろう。

「何ぶん、被害状況を考えると、どこから手をつけるべきか分からないという状態です。早急に検討会を立ち上げ、数日中には試案ができると思います」

死亡した前任者に代わって、新しく就任した国土交通大臣が言った。

「この際、早急、早急と先走らず、もっと時間をかけて日本の国造りということを国民レベルで考えてはどうかな」

漆原はふと漏らした。そして、自分の言葉を頭の中で反芻《はんすう》した。何気なく言った言葉だが、重要な意味のあるものかも知れない。

「阪神・淡路大震災では、復興を急ぎすぎたという声が内外から上がっている。復興、復興と官民一体になって騒いだので、住民の意思が置き去りにされたという感はぬぐいきれない。確かに、もっと根本から考え直すべき事項は多くあった」

「しかし、当時は被災者の生活が第一で、国民の要望も倒壊した自宅やマンションを建て直し、壊れた町並みを回復する――」

「国民も馬鹿ではない。ただ壊れたものを元に戻すのではなく、後の世につないでいけるものでなくてはならなかった。今の形で果たしてよかったのだろうか。もっと真摯《しんし》に話し合えば、復興の先延ばしも住民は必ず納得してくれていたはずだ」

漆原は閣僚たちを見回した。

「災いを転じて福となす。福とはとうてい言い難いが、一つの転機ではないだろうか。明治維新、先の大戦と、日本は社会が大きく変わるごとに、なんらかのプラス要素を勝ち取ってきた。転んでもただでは起きなかったということだ。今回の震災も、過去の変革時以上に劇的な出来事だった。特に、国民の精神的な面に与えた影響は大きい。これまでの日本のあり方に、大きく疑問を突きつけるものであったことは確かだ」

利根田が驚いた表情で漆原を見ている。

「戦後の、将来など考えず闇雲《やみくも》に発展を推進した結果の大いなる反動、と取ることもできるのではないですかな。もっと謙虚さを持って国造りをしていれば——。自然災害から逃れることはできなくとも、やりようによってはこれほどの被害をこうむることもなかったのではないか。より人間を主体とした国を造ることも可能だったはずだ」

「と、申しますと」

「ゼロからやり直せということだよ。今回の地震による死者は、最終的には三〇万人を超えるだろう。多くの地震学者が言うように、この地震によって、日本の地下のエネルギーはほぼ放出された。今後、一五〇年ほどは大きな地震は来ない。だから、その間に次の地震にそなえ、人間が安心して住める国造りをせよということだ」

「一〇〇年後か、百数十年後かには、またこんな大地震が起きるんでしょうか」

「避けられないことだ。今ですら地下のプレートには、すでに新しい歪《ひずみ》エネルギーの蓄積が始まっている。それが地球の営みであり、生物——人類を創《つく》り出した原動力だ」

漆原は昔、瀬戸口から聞いた話を思い出しながら話した。

「だったら、日本を逃げ出す者も出てくるかも知れません」

「そうならないような国を造るのが、政治家の役割だ。我々には、今から一〇〇年余りの時間が与えられた。それだけの時間をかけて、そのときに生きる人たちが私たちのような悲しく、絶望的な思いをしないですむ国を、町を創ればいい。しかし、この時間は長いようで短い。たった今から、一〇〇年後のそのときに向けて準備を始めなければならない」

どこかで聞いたことがある。漆原はしゃべりながらふと思った。ゆっくりと辺りを見回した。閣僚たちの視線が集まっていた。都知事時代に引き戻された錯覚に陥った。東京を巨大地震が襲った後、漆原は都知事として総理と閣僚たちの前で同様のことを言った。しかし、今回の地震と津波に対する備えはどうだったのか。考えようとしてやめた。今は、今日と明日のことだけを考えよう。

「そろそろ時間です。三戸崎幸恵さんと娘さんがお見えです」

秘書の言葉で現実に引き戻された。

「そうだな――」

漆原は重い気持ちを振り払うように、勢いよく立ち上がった。

10：30　Thu.

男は黒田を見て軽く頭を下げ、美智のほうに向き直った。

駅近くにある明るい喫茶店だった。

この辺りも津波が襲い、数日前まで道はぬかるみで埋まっていた。しかし今は、なんとかアスファルトが見えている。

席の横の壁には、水のあとがくっきりと付いていた。

昨日、突然、美智のアルバイト先に、お会いしたいと電話があった。父上のことで重要な話があるという。黒田は美智に同行を頼まれたのだ。

男がデスクの上に大型封筒を置いた。封筒の隅には、『豊田興信所』という社名が控え目に入っている。

美智が戸惑っていると、男はどうぞというように目で促した。それでも美智は、黒田に救いを求めるような視線を向けた。

黒田は封筒を開け、ファイルを取り出した。タイトル欄に『大久保（玉城）美智調査報告書』と書かれている。

「大久保社長とは長年、仕事上のお付き合いがありました。今までは社長個人の依頼というより、会社を通しての仕事だったのですが――建設会社と言いましても、ただ建物を建てるだけではなくて、用地買収、住民問題など色々ありましてね。私はそれに関《かか》わる仕事をしてきました。今年になって、初めて社長の個人的な仕事を依頼されました。最初はどうってことないと思っていましたが、意外と手間取りましてね。やっと、報告ができると思ったらこういう状態です」

男が事務的な口調で悔やみの言葉を述べた。

オーシャン・ビューを建てた大久保建設の社長が、地下街で死亡したという話は聞いていた。死因は新聞にも載っていなかった。名古屋では八万七五六一人の死者が出て、彼もその一人だ。

さて、と男が背筋を伸ばして美智に視線を止めた。

「私は半年前から大久保氏に依頼を受けて、あなたを探してまいりました。多分、鎌倉にいる、と言われていたので時間がかかってしまいました。亡くなられた奥様の実家に戻ってるのではないかと。それで、東京方面を中心に調べていたのです」

「父は私を見つけて、どうするつもりだったのですか」

「私は知りません。娘を見つけて欲しい。費用はいくらかかってもかまわない。早急に、ということでした。半年もかかってしまいましたがね。それも、実に残念な結果に終わってしまった」

「父さん……地震の後、電話に出てたじゃない。声だって元気そうで……。震災では死なない人だと思っていたのに」

美智はしばらく無言でファイルを見つめていた。

「どうして父さんは、今ごろになって私を探すように頼んだの」

「私が推測するところによると——」

男が顔を上げて美智を見据えた。

「やはり、実の娘に会いたかったのではないでしょうか。半年前、別れた奥様が亡くなられていたことを知って、娘に会いたい気持ちが強くなったのでしょう。私も、過去に数百件の同様なケースを取り扱ってきました。似たようなケースも多々ありましたが、人間の思いなど意外と単純で似通っているものです。歳《とし》を取って、自分の人生を見直してみる。やはり肉親の情に気づく。会いたくなるという場合がほとんどです。ありふれた言い方ですが、血は水よりも濃い。これは真理です。理屈じゃない。お嬢さんも深く考える必要なんてありません。父親が、昔別れた娘に会いたくなったというだけのことです」

男が軽いため息をついた。やっと肩の荷が下りた、そういう感じだった。

「料金のほうは会社からいただくことになっています。しかし、この報告書をどうするか迷いましてね。一通は大久保社長の顧問弁護士に渡しました。いずれ連絡があると思いますよ。会社はある意味追い詰められていたが、個人的にはかなりな財産があるはずです。その点、がっちりしたお方でした。だが、関係者も多そうだ。お盛んな方だったから」

男はかすかな笑みを浮かべたが、美智と黒田の表情を見てすぐに元の深刻な顔つきに戻った。

「大丈夫です。お子さんはあなた一人だ。半年間かかって、やっとまとめ上げたものです。あなたに報告する義務はなかったのですが、直接の関係者の方にも、こういうことがあったと知っていただきたくてね。私のおせっかいです。もし、トラブルがあればいつでも私どもをご利用ください。よけいなお世話かも知れませんが」

男が丁寧に頭を下げて、テーブルの上に置いたままの名刺を二人のほうに押し出して立ち上がった。レジのところまで歩いていった男が、何かを思い出したように戻ってきた。

「最後の電話では――あの地震があった日ですが、なんとしても連れ戻してくれと」

再び頭を下げると、今度は店を出ていった。

美智と黒田は、男が喫茶店を出て、通りの雑踏にまぎれて見えなくなったのを確認して店を出た。

駅前に停《と》めてあったバイクで海岸に行った。海岸通りには大型ダンプやトラックが、家屋の瓦礫や水に浸《つ》かって使えなくなった大型家具、電気製品を積んで、地響きを立てて行き交っている。

数日前までこの辺りの海岸一帯は、津波で一度海に運ばれ、再び打ち上げられた材木、家具、布団、電化製品、その他通常ならば家の中にあるべき生活用品で埋め尽くされていた。

余震が一段落ついた地震後三日目からは重機が入り、遺体回収を中心に整理が始められた。

黒田は美智と並んで堤防の上に腰を下ろした。海岸では、ブルドーザーとパワーショベルが、野獣の唸《うな》り声のようなエンジン音を響かせながら、瓦礫の撤去を行っている。

「大久保正造。私の父親よ」

美智は顔を上げて、はっきりした口調で言った。

「私が小学校の一年生のとき、母は私を連れて家を出て鎌倉の実家に帰った。私の記憶にあるのは、大声を上げながら母に暴力を振るっている大きな男の姿だけ。母も去年、死んでしまった。もともと身体《からだ》の弱い人だったけど、肺炎で一晩で死んだの。真夏に風邪を引いてよ」

美智は何かに耐えるように唇を震わせた。

「実はね――私なりに大久保正造のことは調べたわ。意外と簡単だった。業界では有名だったから。自分勝手で、強引で、他人のことなど考えたことはなくて、法律すれすれのことも平気でする人。とにかくひどい男」

美智が軽くため息をついた。

「女もいたのよね。それも、一人や二人じゃなくて。でも、そんなことより――。会社とお金のことしか頭にない人だった。実際はもっと色々あったのよ。でも――不思議と子供だけは私以外にいないのよね。本当は男の子が欲しかったらしいけど」

美智は他人事のように言った。

「父さんに電話した。最後に電話したのは、名古屋に地震があったとき。何も話さなかったけど。母さんが死ぬときに電話番号を教えてくれたの。困ったら電話するようにって。母さんも父さんから特別の電話番号を教えられてたのね。何かのときにって。二人の関係はよく分からないけれど――。きっと母さん、あの男のことが忘れられなかったんじゃないのかしら」

美智の目には涙が溢《あふ》れている。

黒田はそっと視線を外《はず》した。見てはならないものを見たような気がしたのだ。

「――ひどい人だったけど、やはり私の父親なのよ」

黒田は何も言うことができなかった。美智の肩を抱いて引き寄せた。

「俺《おれ》の家できみが見つけた写真、俺の兄さんだ。一〇歳年上だった。俺が大学二年のとき、タイのプーケットで津波に飲まれて死んだ。サーフィンは兄さんに習った」

「だからサーフィンをやめたの」

「歳が離れてたんで大事にしてもらったよ。頭がよくて、スポーツも得意だった。サーフィンもね。小学校に入った年の夏に、海岸に連れて行かれて、初めてサーフボードに乗せてもらった。兄貴が俺の後ろに立って、身体を支えててくれたんだ。それ以来、ずっとやってた。高校のときはプロになろうかと本気で考えた」

「兄さんはプロだったの」

「医者だった。いずれ、親父のあとを継ぐつもりだったんだ。国境なき医師団って知ってるだろう。そこの医師として、タイの医療施設で一年間働いてた。あと、一週間で日本に帰って来るはずだった。任期が終わって、今まで自分が回っていた診療所を訪ねて歩いて、プーケットにも行った。でもきっと、サーフィンやってたんだ」

「遺体は出たの。見つからなかった人も多いって聞いたけど」

「俺には見せてくれなかった。親父が見ただけだ。俺は母親と一緒にいた」

でも、と言って黙り込んだ。

「本当は見たんだ。荼毘《だび》にふされる前の夜、一人で遺体安置所にいった。一九年間ずっと一緒だったんだ。そのまま焼かれてしまうなんて、我慢できなかった。でも――後悔したよ」

美智が目を逸《そ》らせた。黒田はしきりにまばたきした。じっとしていると、涙が出そうだった。

「俺は逃げ出したんだ。あれは兄さんじゃなかった。DNA鑑定なんかクソくらえだ。津波なんて殺人マシーンだってことが分かった。俺は津波を憎んだよ」

初めて話すことだった。なぜこんな話を始めたか分からなかった。しかし、美智には知っていてもらいたかったのだ。

「それで、市役所の防災課に入ったの」

「そればかりじゃないけど。今から考えると、潜在的な理由であったことは確かだ」

黒田は海に目を向けた。

陽《ひ》に輝く海と青い空の間に、水平線がくっきりと続いている。

この海の底で地殻が跳ね上がって地震が生じ、巨大な量の海水が日本列島に押し寄せたのだ。その結果——。

11：00 Thu.

亜紀子は翼を抱いてソファーに座っていた。横には瀬戸口と堂島が座っている。

昨夜、漆原の秘書から電話があって、翼を連れて総理官邸まで来るように言われたのだ。本当は断って大浜市にとどまりたかったが、翼と堂島、瀬戸口が待っているというので出てきたのだ。二時間前には漆原から、閣議に出席するよう要請があったが、そちらは代理を送っている。報告だけだから、十分に務まるはずだ。今は大浜の復旧対策本部での仕事のほうが大切だ。

ドアが開き、漆原の秘書が入ってきた。背後に、一人の男がついてくる。

アメリカ海軍の制服を着た長身の士官だ。負傷経験を持ち、多くの実戦経験のあるパイロット。胸の勲章と記章から亜紀子にも分かった。しかし、分かるのはそこまでだった。一本線に星が三つ、階級は——大尉だったか、少佐だったか。いつだったか、松浦が襟章の写真を見せながら教えてくれたが、興味がないので真面目に聞かなかった。そして彼は、なんの用があるのか——。

男は数歩入ったところで立ち止まり、河本亜紀子さんはどなたですか、と英語で聞いた。

「私です」

立ち上がった亜紀子は、翼を庇《かば》うように背後に隠した。

男が突然、姿勢を正して敬礼した。

「私はアメリカ合衆国海軍大尉、ダン・モルドンです」

翼の肩に置いた亜紀子の手が震えた。松浦のメールで何度も出てきた名前だ。

「私は……松浦一等陸尉とは友人でした。彼は我が軍と貴国が危機に際した折り、その義務を越えて自己犠牲を伴う勇敢な行為を行いました。彼の行為に対しては、追って大統領直々《じきじき》に感謝の意が表されるとのことです」

翼が亜紀子の前に出て、ダンに向かって敬礼する。

ダンは敬礼を返した後、翼の前に膝《ひざ》をついた。

「きみがミスター・ツバサか。私はきみのことはよく知っている。昆虫が好きだったことも、犬が怖いってことも」

亜紀子はダンの言葉を翼に説明した。

「僕はおじさんのこと知らない。おじさんも——。先週、隣の犬に触った」

「そうか。偉いな。きみのお父さんとは、いろんなことを話した。きみのことも、いつも聞いていた。これはパパからのお土産だ」

ダンがFEMAのワッペンが付いた野球帽を翼の頭に載せた。帽子は大きすぎて、耳まで隠した。

ダンが立ち上がり、姿勢を正した。

「松浦一等陸尉の遺品の中にありました。奥さんとお子様宛《あて》です」

亜紀子は陸上自衛隊のネームの入った封筒を手に取った。横で翼が見上げている。懸命に涙をこらえた。今は——翼の前では泣けない。

封筒から出した防衛庁の便箋《びんせん》には、右上がりの字がぎっしりと並んでいる。高校時代から見覚えのあるものだ。

「息子に……伝えて欲しい。私は……」

突然目の前が滲《にじ》み、目を閉じた。涙が頬《ほお》をつたっていく。とてもこれ以上読めない。

「読んで——」

亜紀子は手紙を瀬戸口に差し出した。

瀬戸口は一瞬ためらった後、受け取った。しばらく手紙を見つめていたが、やがて声を出して読み始めた。

「こんな手紙を書こうとは、今まで考えたこともなかった。第一、きみや瀬戸口と違って、机の前に座るということはあまりなかったし、プライベートな文章を書くということもほとんどなかった。翼とメールのやり取りをするくらいだ。友人のダンは毎年、書き換えているそうだ。妻への言葉、娘に伝えたいこと。

僕が亜紀子と翼に伝えたいこと――。改まって考えてみると思い浮かばない。僕が二人に言うことより、二人が僕に伝えてくれたもののほうがずっと多いような気がする。高校三年生のあの日、僕は父親と弟を失った。でもそれは、僕だけじゃなかった。あのとき僕は――でも、きみを見ていると、きみのほうが僕よりずっと辛《つら》いんだと思って、なんとかきみのことを護《まも》ろうと――。やはりうまく言えない。

きみと翼とすごした年月は僕にとって、最高の日々だった。僕は感謝の言葉しか浮かばない。今は、自分が死ぬなんてことは考えられない。しかし、よく考えてみるとダンが言うように、僕らの仕事は自分の命に代えても自分の祖国や国民、家族を護ることだ。たとえ、自分が死んでも――。自分が死んでも、僕はきみたちの心に生き続けることは分かっている。高校三年のときのあの日、僕の周《まわ》りからいなくなった人たちがそうであったように。書くことって本当に難しい。やはり、僕には向いていない。

僕がきみたちに残したいもの――言っておきたいこと――急には、うまく言えない。

でも本当は、心の中には山ほどあるんだ。今まで具体的に考えたことはなかったけどね。これはとりあえず、練習だ。そのうちに、ちゃんと書いておくようにする。まだまだ僕には時間はある。でも、とりあえず――あえて、言うなら――。そうだな――。人生を楽しめ。俺の分まで楽しんで――」

瀬戸口の声が詰まった。無言で手紙を見つめている。

「広い心を持った、自由な人間になってほしい。亜紀子、翼、僕は心からきみたちを愛している」

手紙が亜紀子に返された。

横で亜紀子の上着の端を握った翼が、不思議そうに見上げている。

亜紀子たちが部屋を出て官邸の出口に向かって歩いているとき、二人連れの母子とすれ違った。四〇代後半の母親と中学生くらいの娘だ。母親のほうは憔悴《しょうすい》しきった表情をしていた。女の子はその母親の腕を取って、いたわるように歩いている。

すれ違うとき、翼の帽子が落ちた。女の子がそれを拾い上げて翼の頭に置いた。

「有り難う、お姉ちゃん」

「どういたしまして」

女の子は笑顔で答えて、再び母親の手を握った。

「大浜原発で亡くなられた運転員のご家族です」

漆原の秘書が小声で亜紀子たちに言った。

「今日は漆原総理がどうしてもご挨拶《あいさつ》したいと――。本来ならば自分が出向かなければならないところだが、閣議中でどうしても外すことができない。気晴らしと言うにはあまりに軽々しいが、感謝の言葉を伝え、官邸をご案内したいと」

亜紀子が振り向くと、親子は総理執務室に入っていくところだった。


総理官邸を出て亜紀子、翼、瀬戸口の三人は都庁の展望室に寄った。昔、松浦と三人でよく来た場所だ。

「松浦がいなくなったなんて――信じられない。いちばん長生きすると思っていたのに」

瀬戸口はポツリと言った。

「あの人は、私たちの心の中にずっと生きている」

そうだなと呟《つぶや》き、瀬戸口は東京の町に視線を向け、しばらく考えごとをしていた。

「ずっと思っていたんだ。松浦がすごく羨《うらや》ましかった」

えっ、という顔で亜紀子が瀬戸口を見た。

「うまく言えないけど――僕たちは仲間だと――」

「そうよ。私たちはあの神戸の震災のときから、きっと特別な何かで結ばれていた。それは、どんなことがあっても決して消えたりしないもの」

「それは分かってる。でも――」

瀬戸口はふと表情を曇らせた。

「そんなに悲しそうな顔をしないでよ。私まで悲しくなってしまう」

亜紀子が瀬戸口を見つめた。

「私が松浦君と結婚したこと？」

「きみは松浦を選んだ――」

そうじゃないと言って、亜紀子が視線を窓に移した。

「私には、あなたたち二人のうちのどちらを選ぶってことはできないと思っていた。二人とも同じくらい好きだった」

「だったら――」

「あなたたちの気持ちは分かっていた。だから――」

亜紀子の声が詰まった。しばらく何かに耐えるように黙っていた。

「同じように愛して、接してくれている両親のどちらかを選べって強要されてるみたいだった。だからといって、一人でいることもできなかった。誰《だれ》かにずっと側《そば》にいて欲しかった。だから――」

亜紀子は次の言葉を探すように空を見つめている。

「私には――私からどちらかを選ぶなんてことはできなかった」

亜紀子が繰り返した。

「傷つけることができなかったってこと？」

「そうでしょうね。いいえ、それとも違う。うまく言えないけれど――。だから、最初に言ってくれた人を受け入れようって決めてたの」

「それって、かなりひどいことだと思わないか」

「でも――私にはそれしかできなかった」

瀬戸口は答えなかった。自分でもそうしただろうと、ふと思ったのだ。

時間というものは最高の味方だ。絶対に乗り越えることはできないと思っていた神戸の震災も、ふっと遠いものになっていることに気づくことがある。新しい出来事が蓄積され、新しい思い出と替わり、過去は徐々に薄められていく。ほっとすると同時に、寂しさを感じることもある。

「今度こそ、各省庁の既得権益や研究者の見栄や利害で非効率で無意味に運営されている研究機関や研究センターを超えた、国家的な組織を創らなければならない」

瀬戸口は声を出した。

唐突な言葉に、亜紀子が驚いたように瀬戸口を見た。

「遠山先生がやろうとしていたことね」

「強く望み、果たせなかったものだ」

「政府にも構想はあるのよ」

亜紀子の表情がわずかに曇った。

防衛庁、警察庁、国家公安委員会が絡むもので、テロを含めたNBC兵器に対抗するために、国民に対して強力な規制力を持つ組織の構築だ。アメリカの国土安全保障省に組み込まれた、FEMAと同じだ。防災に名を借りた国家権力の発動機関を連想させる、と遠山が言ったことがある。

「日本とアメリカは違う」

瀬戸口は呟くように言ったが、どうなるか分からない。しかし、やるしかないのだ。

反対側の展望ガラスに額を擦りつけて富士山を探していた翼が、二人に向かって手を振っている。

瀬戸口は時計を見た。

「そろそろ行かなくちゃ」

「遠山先生の代わりね」

午後の衆議院本会議場で瀬戸口は話をする。

瀬戸口はエレベーターに向かって歩き始めた。

「待って――」

亜紀子が近づいてきて、ネクタイの曲がりを直してくれた。

瀬戸口は頷いて、もう一度、展望ガラスの向こうに広がる東京の町に目を向けた。

15：00 Thu.

瀬戸口は大きく息を吸った。

衆議院本会議場には、衆議院議員に加えて参議院議員も多数傍聴に来ていた。

『将来の地震災害にそなえて』と題する瀬戸口の提言が行われていた。今回の地震、及び津波に関する報告の後、漆原の強い要請により実現したものだ。この国会中継は、NHKはもとより民放でも放映されている。

「日本の地震研究は一九七八年、大震法が制定されてから、大きく変わったことは先に述べました。以後、東海地震の予知を目指して大規模な設備投資が行われてきましたが、今回の地震に対しても、満足のいく有効な成果が上げられたとは言えません。しかし、このような予知を目指した研究、観測を続けることは、将来にわたって非常に大切な研究ではあります。近い将来、地震のメカニズムそのものがより明らかになり、正確な地震予知につながる可能性があることも否定できません」

本会議場は静まり返っていた。

「同時に、今回の東海、東南海、南海地震で明らかになったように、防災、減災を考えることはより必要となってきています。将来地震予知が可能になったとしても、根本的に地震の規模を小さくしたり、地震そのものを抑えることはできません。そうであれば、地震が来ても壊れない建物、町、道路、鉄道等を造るしかありません。日本は、世界においても有数の災害大国です。地球における陸地面積の約〇・二五パーセントにもかかわらず、歴史的な大地震、大噴火の一〇パーセント以上が日本で起きているという事実を私たち日本人は重く受け止めなければなりません。四つのプレートが集中している上にあり、遠く赤道近くで発生した台風の通り道ともなっています。毎年繰り返される災害に加え、またどこかで起こるであろう巨大地震に脅《おび》えながら暮らしている。これが現実の姿です」

瀬戸口の声が大きくなった。

「日本には災害に対応する中心的な組織として、中央防災会議があります。平時、ほとんどその存在の分からない防災担当大臣もいます」

言ってから、亜紀子のことを思った。背後の閣僚席で苦笑いしながら聞いているだろう。

「現在、日本には地震研究に関しては雨後の筍《たけのこ》のごとく、研究所、研究センター、その他が、各省庁、大学に存在します。日本の地震研究の中枢にある地震調査研究推進本部にしても、しょせん各省庁から出向した寄せ集めの役人が運営しているというのが現状です。現在のような乱立する横並びの組織が主体であれば、各省庁の利益優先を考える集団ととらえられても仕方がありません。運営上も、非効率にならざるを得ません。毎年必ずやってくる台風、今後、起こりうる地震、津波、火山噴火を含めた大災害を考えるとき、政治家、役人、学者の勢力争い権力争いはやめにして、一つの有効で強力な組織を作るのが急務ではないでしょうか」

会議場の正面に用意されていたスクリーンに、『自然災害研究対策庁新組織構想』とタイトルの付いたイラストが映し出された。

瀬戸口は会場を見回した。かなりの反発、野次を覚悟していたが、会場は静まり返ったままだった。二八万四七二五人。現在までに政府がつかんでいる死者の数だ。この重みが、議員たちの精神にも大きな影響を及ぼしているのだ。

「それは、アメリカのＦＥＭＡのようにテロや原子力まで扱うものではなく、自然災害に特化した組織であることが望ましいと思います。台風、洪水、地震、火山の科学的研究と、災害に総合的に対処する組織です。それは『庁』レベルのものであってもいいと思います。中央防災会議と地震調査研究推進本部とを一体化して、その他もろもろの組織を統合するのです。名前は『自然災害研究対策庁』。『統括部』『対策部』と『研究部』に分けて、相互のつながりを密にすることが重要です」

瀬戸口は自然災害研究対策庁の構想を述べた。

『統括部』――現在の中央防災会議と地震調査研究推進本部の政策委員会を一つにまとめたようなものであり、将来の自然災害に備える国の方針を決める。

『対策部』――被害想定作りを行い、災害に対する基本的な対策計画を作成する。具体的にはハザードマップのソフトを作り、市町村に出向き各地域の事情を盛り込んだハザードマップを作成する。さらに、災害発生時の対応のマニュアル作りと関係機関との連絡を行う。そして災害発生時には、すべての組織の指揮をとることを目的とする。

『研究部』――台風、地震、火山噴火などの研究組織を統合する。現在、ばらばらに行われている基礎研究と防災に結びつく研究を一本化して、効率のいい研究体制を作る。

「阪神・淡路大震災では一三兆円、新潟県中越地震による被害総額は四七〇〇億円を超えます。平成大震災での経済的損失は八二兆円でした。しかし今回の震災は、直接被害だけで、三〇〇兆円。間接被害の総額はまだ出ていませんが、合計で五〇〇兆円以上に達するとも言われています。さらに、世界に及ぼした経済的損失を考えるとその額は計り知れません。もし、この組織の働きにより、年間数割の減災が可能であれば、十分維持できるものです。また海外に対しても、日本の災害に対するノウハウを伝える組織であればベストでしょう。二〇〇五年一月。スマトラ沖地震によって引き起こされたインド洋大津波から約三週間後、神戸で国連防災世界会議が開かれ、自然の猛威に人はどう立ち向かっていくべきかを各国政府代表や研究者が話し合いました。特に、インド洋津波早期警戒・警報システムの構築に向けて議論が行われ、それらについては現在ほぼ実現されています。将来的には、地球温暖化、それに伴う台風の大型化、ゲリラ豪雨、熱波や寒波といった異常気象、海洋汚染、オゾン層の破壊など地球規模の諸問題に対処する世界的な研究機関も必要かと思われます」

珍しく、議員の間にメモを取っている姿が見られた。連日、被災地の視察や復興に関する会議が続いているにもかかわらず、居眠りをしている議員も見られない。

「地震予知というのはできてもできなくても、ある意味、消極的な対策です。明日、地震が起きますよと言われても、せいぜい荷物をまとめて避難所に逃げる程度しか頭に浮かびません。家が倒れ、山が崩れるのを見ながら、余震がおさまるのを待つほかありません。そして今回、私たちは津波に対しては新たな試練を受けました。過去の経験を超えたものであり、私たちの備えはほとんど役に立たないものでした。しかし、私たちがまったく無力であったかといえばそうでもありません。東海、東南海、南海の三つの地震による巨大津波の到来を予測した研究者もいなかったわけではありません。しかし残念ながら、私たちにはその情報を的確に生かす体制がありませんでした」

国会議員の間でわずかなざわめきが広がった。

「さらに津波ハザードマップにより、人的被害を最小限に止めた地域もわずかながらありました。これらは、今まで地道に積み重ねてきた研究の成果です。私たちは災害に対して、決して無力ではありません。今後の地震に対する取り組みは、地震自体の基礎研究、予知研究を続けると同時に、防災、減災という面に今以上に積極的に取り組むことが必要です。地震ごときの揺れでは壊れない建物、崩壊しない崖《がけ》、高速道路、地下鉄、街を造ればいいのです。津波に対しても十分に耐えうる防潮堤を要所に造り、正しい知識を広く伝えれば十分に対応できるものです。たとえ地震、津波が起こっても最小限の被害にとどめるという、行政の方針と国民意識が重要ではないのでしょうか」

瀬戸口の心には遠山、松浦の姿が浮かんでいた。彼らが瀬戸口の口を借りて、議員たちに向かって語りかけているのだ。

「大都市直下型の巨大地震、広域に多大の被害を与える海溝型巨大地震。起こってから慌てるのではなく、十分な準備で対抗したい。現在も確実に日本の地下の岩盤には歪エネルギーが蓄積されつつあり、何かの拍子にそれが一気に解放されることは確実です。いつ来るかは分からなくとも、来ることは確かなのです。来ることが分かっていて相変わらず多大の被害を出すということになれば、天災でありながらも人災の要素も含んできます。この地震の国に住むかぎりは、国ばかりではなく国民も十分に自覚して地震に対処しなければなりません」

瀬戸口は深く頭を下げてマイクの前を離れた。

10：20 Fri.

黒田は窓の前に立った。

窓からは、穏やかな駿河湾から続いている太平洋が見渡せた。

あの大海の海水が数十メートルの高さに盛り上がり、陸地に押し寄せ、多くの命を奪い、破壊して、またもとの海に戻っていったとは信じられなかった。

日本防災研究センターは現在、膨大なデータ処理に追われている。

〈災害は歴史であり、防災は歴史から学んだ先人の知恵だ〉

黒田は大学に入った年に読んだ本に書かれていた言葉を思い出した。当時は消極的すぎると思っていたが、今では実感を持って受け入れることができる。

黒田は瀬戸口の研究室を訪れていた。

「亜紀――いや河本君がきみに感謝していた。きみの防災システムがどれだけ役立っているか分からないと」

「僕一人でやったんじゃないって言っておいてください。あれに関わってるのは、被災現場にいるすべての者です。正確で迅速なデータが、常に更新されているから価値があるんです」

「災害に対する新しい考え方ではあるな。今後は、きみの考えている方向が主流になるのかも知れない」

「そんな主流とか、どうとか考える必要ないんじゃないですか。いろんなやり方があっていいわけだし――」

「それは、確かにそうだ。あの名古屋の学会で会って以来、私はきみから多くのことを学んだ」

「おかしなことを言わないでください。先生はいつまでも僕の先生ですよ」

「きみは将来、何がやりたいんだね」

「正直、よく分からないんです。当分は――今度の災害で被害を受けた人たちの生活支援と復興です。僕は大浜市役所防災課の職員ですから。でも、その後は――」

黒田は言葉に詰まった。考えたことはあるが結論は出ていない。

「地球のことが知りたくて、地球物理学を専攻しました。でも――地球自体にも興味があるし、地球温暖化や環境問題にも関心があります。地球と人間の関係みたいなことです」

「四六億年。地球が誕生してからの年月だ。初めマグマの塊だった地球が、それだけの年月を経て今の形になった。そして、地球は今も変化を続けている。火山の噴火や地殻変動や色んな変化が繰り返される過程で生命が誕生し、様々な環境の中で進化を繰り返しながら現在の我々が存在している。自然と共存するというより、もっと広い立場でこの地球というものを考えていかなければならない時代になっているのかも知れない」

瀬戸口は机から小冊子を出して黒田の前に置いた。〈広域防災における、住民参加の必要性〉――黒田が修士時代に書いた論文だ。

「きみが大学をやめたとき、きみの指導教授の富山《とみやま》教授に会った。そのとき、すべての論文集を送ってくれてね。当時から住民主導の防災を考えていたわけだ」

「勧められるままに大学院に進学しましたが、どうも僕には合わなくて、結局――」

「私でも大学に残ることを勧めてたね。しかし、お兄さんのことも原因だったんじゃないかな。論文にも、インド洋大津波のことが出てくる」

「知ってるんですか、兄のこと」

「申し訳ないが、きみのお父さんと話したことがある。なんとか、きみを説得できないかと思ってね。きみには言わないで欲しいと前置きされて話してくれた」

「うちでは兄のことを話すのはタブーになってるんです。母は、いまだに泣き出すし。でも、今の仕事をやり始めたのは兄のことだけが原因じゃありません。必要だと思うからです」

「確かにその通りだった。きみがやってることこそ、自然災害に対応する人間の原点かも知れない」

ところで、と瀬戸口は表情を引き締めて黒田を見た。

「改めて聞くが、日本防災研究センターに来ないか。ここでも、きみのやりたいことは十分にやれる。今までよりももっといい環境で。私も手伝うことができるし、きみにも私を手伝って欲しい」

「すごく有り難い言葉で、魅力的なんですが——」

黒田は一瞬、考えるしぐさをした。

「僕は市役所に残ります。今は、地元の人たちと接しているほうが僕の性に合っています。でも——将来は分かりませんが」

「惜しい気もするが——今すぐでなくてもいい。それに、きみならどこでも十分に意義あることをやることができる。その代わり、時々、私のところにも寄って欲しい」

「そうさせてもらいます。今度のことで、市役所内の僕の立場も少しはよくなったみたいです。なんせ、防災担当大臣直々、手伝うようにお声がかかったんだから。直接電話を受けた上司の目玉が飛び出しそうになりました」

黒田は笑い声を上げた。

瀬戸口が黒田を見つめている。

「どうかしましたか」

「きみと同じような笑い方をする友人がいたんだ」

黒田はデスクの上の論文を手に取った。

「これですか。南関東地震とは別の東京直下型の巨大地震が起こる可能性がある、と言い出した地震学者がいるそうですが」

「第四のプレートの話か」

黒田は頷いた。

関東平野の地下は、北アメリカプレート、太平洋プレート、フィリピン海プレートがぶつかり合い、複雑に重なり合っている。さらに、二〇〇五年、それら三つのプレートの間にさらなるプレートが発見されたのだ。一〇〇キロ四方、厚さは推定二五キロ。プレートというよりブロックだ。だが、周辺の地盤に与える影響は小さくはない。その発表以来、多くの新南関東巨大地震説が発表されている。

「新たなシミュレーションが必要になってきます」

「難しいがこのブロックをシミュレーションに組み込めば、さらに正確な地震予知の可能性が開ける」

「一つ、聞いてもいいですか」

黒田は真剣な顔で瀬戸口を見つめた。

「私に答えられることなら――」

「河本亜紀子さんって――つまり河本防災担当大臣は、先生のなんなんですか」

「友達だ。高校時代からの友達だ」

「信じられませんよ。あの大臣、かなりな美人ですよ。それに、いろんな意味で魅力的な人だし」

「私もそう思う。確かに――。しかし、私の親友の奥さんだ」

「奥さんだった、でしょう。聞きました。名古屋周辺の住人の命と伊勢湾をオイル汚染から救った自衛隊の人でしょう。初めてアメリカ海軍から勲章をもらった日本人だって。大統領から直接授与される最高位の勲章なんでしょう。でも、亡くなってる。お子さんが大統領と握手してるの、テレビで見ました」

瀬戸口はなんとも答えられないという風に横を向いた。

「放っておくと、誰かに取られてしまいますよ」

「悪いが、後五分で会議が始まる。また時々、寄ってくれ」

瀬戸口は急に立ち上がって上着を取った。

失礼しますと言って黒田は頭を下げた。

俺が一〇歳年取ってたら放っておかないんだけどな、と独り言のように言った。この言葉は瀬戸口に聞こえたはずだ。

部屋を出たところで携帯電話が鳴り出した。ディスプレーにパンダが二頭、寄りそっている。

〈明日、ボード運んでくれるんでしょ〉

「何時に行けばいい」

〈九時ごろかな。ねえ、お昼おごってよ。ちょっと早いけど〉

「今、どこだ」

〈シンスケ、その汚いデイパックいい加減に捨てなさいよ。それにその髪、なんなの。逆立ってる〉

黒田はデイパックを担ぎ直すと、正門に向かって駆け出した。

【参考資料】

『東京における直下地震の被害想定に関する調査報告書』東京都防災会議事務局編　東京都　一九九七年
『直接的被害想定結果について』内閣府（防災担当）作成資料　二〇〇四年
『巨大地震が来る！』産経新聞「巨大地震」取材班編　産経新聞ニュースサービス　二〇〇四年
『公認「地震予知」を疑う』島村英紀　柏書房　二〇〇四年
『せまり来る巨大地震』Ｎｅｗｔｏｎ別冊　竹内均総編集　ニュートンプレス　二〇〇二年
『読売報道写真　阪神大震災全記録』読売新聞社編　読売新聞社　一九九五年
『東京が危ない！』地震災害対策研究会　ぶんか社　二〇〇三年
東京消防庁パンフレット
気象庁パンフレット
都庁パンフレット
各種ホームページ、新聞記事

解説

手嶋龍一（外交ジャーナリスト・作家）

人間の想像を絶する事態を常に想定しておけ――。欧米の戦略家たちの間で語り継がれてきた心得である。米ソ両超大国が核の刃《やいば》を手に対峙《たいじ》していた冷戦の時代、過去のいかなる事態とも異なる危機が突如持ち上がり、人類を破滅の淵《ふち》に誘い込んでいった。それゆえ、現代の戦略家たちは、想像力の限りを尽くして、いや想像力の限界すら跳び超えて、人類に迫り来るクライシスと戦わなければならなかった。

高嶋哲夫という作家もまた、自然災害という名のクライシスにあらん限りの想像力を注ぎ込んで立ち向かってきた。『TSUNAMI――津波』は、「災害三部作」とも呼ぶべきシリーズの第二作にあたる。彼にとって、作品のタイトルは単に『津波』ではなく、『TSUNAMI』でなければならなかった。海底で生じた揺れは、海を伝って地表を襲う。その威力は国境などたちまち無意味なものに変えてしまうからだ。

二〇〇四年十二月に起きたスマトラ島沖地震がその典型だろう。後に「インド洋大津波」と呼ばれる災厄は、二二万人もの命を奪ってしまった。ＢＢＣワールドの特派員が

「恐ろしいTSUNAMIが襲っている」と叫んだあのリポートは、いまも鮮烈に憶《おぼ》えている。海水が凄《すさ》まじいスピードで市街地を急襲した。深さ四〇〇〇メートルの海底では、TSUNAMIの時速は八〇〇キロにも達するという。その勢いを駆って互いに烈《はげ》しくぶつかりあいながら陸地めがけてやってくる。スリランカのヒッカドゥワに停《と》まっていた列車を高さ五メートルを超える大波があっというまに呑《の》み込んでしまう。乗客一二七〇人が瞬時に海の魔神にさらわれて姿を消してしまった。これほどの獰猛《どうもう》さをいったい誰《だれ》が想像できただろうか。

高嶋哲夫に「災害三部作」の筆を執《と》らせたもの。それは、この作家が阪神淡路大震災に神戸で遭遇したからだろう。だが、あの悲劇はずっしりと重かった。眼前で起きたがゆえに、現実は大津波のようにこの作家を呑み込んでしまった。そこから懸命に這《は》い出す道筋から「災害三部作」が誕生した。第一作目の『M8』には、阪神地区を襲った大震災をかろうじて生き残った三人の若い男女が登場する。その三人が東京を直撃した巨大な直下型地震に遭遇し、その凄まじいばかりの破壊と立ち向かう物語だ。この平成大震災に続く第二作の『TSUNAMI』は、『M8』から六年の歳月が経《た》った日本が舞台となっている。平成大震災の時にはポストドクターだった瀬戸口誠治は、日本防災研究センターの地震研究部長になっており、瀬戸口の同級生、松浦真一郎は陸上自衛隊の一等陸尉として、そして河本亜紀子は防災担当副大臣として、新たなクライシスに臨むことになる。

物語では東海・東南海・南海の三つの海溝型地震が鎖のように絡み合い、大津波が発生。これによって日本列島の半分を呑み込んでしまう。常の作家ならこの悲劇を小手先の筆遣いで描いてしまうところだ。だが高嶋哲夫は豊富なデータを駆使して、科学的合理性に徹して、ストーリーを紡《つむ》いでいく。まず東海地方を海溝型地震が襲い、名古屋地区に大きなダメージを与える。さらに東海地震・東南海地震・南海地震が連鎖し、伊豆半島から四国へと広がる巨大地震に膨らんでいく。そして三つの地震は互いに共振し、高さ二〇メートルを超える大津波が日本列島に押し寄せる。人々はこの圧倒的な災厄に必死で抗《あらが》い、壮大な人間ドラマを繰り広げていく。

「我らが地球は、九九パーセントの確率で温暖化への道を辿《たど》ることになろう」

アメリカ連邦議会上院の公聴会で航空宇宙局のジェームズ・ハンセンが述べた言葉だ。地球温暖化への警告はこの日から始まったと言われる。だが、私もこのときワシントン特派員として、米議会を担当していたのだが、私自身を含めてどれほどの人々が、このハンセンの警告を真剣に受け止めたことだろう。『沈黙の春』のレーチェル・カーソンの暗い予言にも耳を傾けようとしなかったように、どこか別のプラネットでの出来事としかとらえなかった。高嶋哲夫もまた「自然災害は、とりわけ巨大地震や大津波は、将来起こるか否かが問題なのではない、それが、いつ起こるか、どのように起こるかが問題なのだ」と警鐘を鳴らす。「災害三部作」の最後の作品『ジェミニの方舟』で作中の人物にこう言わせている。

「それは、この国に住む国民すべてに共通した宿命なのだ」

こうした宿命に立ち向かうため、本書では「自然災害研究対策庁」構想が提唱される。アメリカのＦＥＭＡ（連邦緊急事態管理庁）を念頭に置いているのだろう。しかし、どんな立派な組織を立ち上げても、自然の力を完璧《かんぺき》に鎮め、支配することなどかなわない。われわれ人間になしうることは、災厄が襲いかかってきたときに災害を最小限度にとどめることでしかない。

「洗濯機にハンマーやナイフと一緒に放り込まれたような」。高嶋哲夫は、獰猛な津波という災厄をこう表現している。政府の防災機関が様々な形で公表するデータより、この一言は人々の想像力をどれほどかきたてることか。大津波が来たら、遠くへ逃げるだけでは、生き残れない。すばやく、もっと高い所へ。災害が去った後のことなど気にかけるな。生き残ることだけに心を砕け——。著者は読者にこう呼びかけている。その意味で本書は、単なるデータの集積ではなく、大津波に想を得たエンターテインメント小説でもない。日本に突然変異種のように現れたサバイバル小説なのである。

この作品は二〇〇五年十二月、集英社より刊行されました。

集英社文庫

TSUNAMI　津波《つなみ》

2008年11月25日　第1刷　　定価はカバーに表示してあります。
2020年8月25日　第9刷

著　者　高嶋哲夫《たかしまてつお》
発行者　徳永　真
発行所　株式会社　集英社
東京都千代田区一ツ橋2-5-10　〒101-8050
電話　【編集部】03-3230-6095
【読者係】03-3230-6080
【販売部】03-3230-6393（書店専用）
印　刷　凸版印刷株式会社
製　本　加藤製本株式会社

フォーマットデザイン　アリヤマデザインストア　　マークデザイン　居山浩二

ISBN978-4-08-746369-9 C0193